1

Portmeirion, Snowdonia, Wales, 1970

Die Musik drang zu ihnen herauf, mischte sich mit dem Flüstern des Windes in den Blättern und dem Rauschen des Meeres, das die Klippen von Portmeirion umspielte. Über den nächtlichen Himmel zogen regenschwere Wolken, doch noch störte kein Tropfen die Feiernden. Wenn der Mond durch die Wolken blitzte, tauchte er den Pfad, der sich den dicht bewachsenen Hügel emporwand, in silbriges Licht. Vier junge Leute schlenderten in ausgelassener Stimmung unter den herabhängenden Zweigen hindurch. Die jüngere der beiden Frauen warf die Arme in die Luft und rief: »Endlich frei! Keine Zwänge mehr! Nie wieder unnützes Zeug lernen!«

Dichte, kastanienbraune Haare wirbelten durch die Luft, als sie sich drehte und vor ihren Freunden tanzte. Ihr schlanker Körper bog sich wie eine Weidengerte und schien die Blicke ihrer männlichen Begleiter magisch anzuziehen.

»Und was willst du mit deiner Freiheit anfangen, Anne?« Die Frage klang eine Spur zynischer als beabsichtigt, und Charlotte Bennett, die von allen Birdie genannt wurde, biss sich auf die Lippe. Sie war zwei Jahre älter als ihre Schwester und sah die Welt mit dem nüchternen Realismus einer Frau, die auf Männer nicht wirkte wie das Licht auf die Motten. Ein Mauerblümchen war sie keineswegs, aber ihre Unverblümtheit war nicht jedermanns Sache.

»Keine Pläne machen zu müssen gehört zum Freiheitskonzept! Komm, Anne!« Ihr dunkelhaariger Begleiter ergriff Annes Hand und zog sie mit sich fort. Oliver Craddock war der Sohn reicher Landbesitzer. Er war nicht nur eine gute Partie, sondern sah noch dazu unverschämt gut aus.

Birdie seufzte und blies sich eine widerspenstige Locke aus der Stirn. Welches Mädchen würde sich nicht von der Aufmerksamkeit des charmanten Craddock geschmeichelt fühlen? Anne war beinahe erwachsen und wusste, was sie tat.

Eine sanfte Berührung an ihrer Schulter lenkte sie ab. Nathan Turner schob ihr Schultertuch höher. »Du klingst wie ihre Mutter, Birdie. Sie muss ihre eigenen Erfahrungen machen. Du kannst sie nicht ewig beschützen.«

»Ach, Nathan …« Sie wollte nach seiner Hand greifen, doch als sie ihn ansah, war sein Blick in die Dunkelheit gerichtet, in der Anne und Oliver verschwunden waren.

Nathan war Tischler und arbeitete in der Sägemühle seines Vaters. Das Land der Turners grenzte an die Besitzungen der Craddocks, und sie kannten einander seit Kindertagen. Wo Oliver impulsiv und voller verrückter Einfälle war, gab der hochgewachsene Nathan sich bedächtig. Mit seinen schönen Händen und den halblangen, dunkelblonden Haaren hätte er auch ein Poet sein können. Birdie dachte oft, dass Nathan vielleicht lieber Literatur studiert hätte, wenn sein Vater ihn nicht schon mit vierzehn in die Werkstatt beordert hätte.

»Du verstehst das nicht. Anne ist so jung, sie tut einfach, wonach ihr ist. Bisher ist zwar immer alles gut gegangen, aber irgendwann …«, sagte Birdie leise.

»Irgendwann muss sie ganz allein entscheiden. Das müssen wir alle. Und jetzt Schluss damit. Was willst du denn jetzt machen? Weiter am College bleiben?«

Energisch schüttelte Birdie den Kopf. Die kühle Nachtluft jagte ihr eine Gänsehaut über die nackten Beine unter dem hellblauen Minikleid. »Das ist nichts für mich. Ich will was

Praktisches, vielleicht einen Laden und da meine Töpferwaren verkaufen.«

Nathan warf den Kopf nach hinten und lachte schallend. »Damit kann man doch kein Geld verdienen! Und dafür hast du zwei Jahre Kunst studiert?«

Er trug Jeans und ein enges weißes Oberhemd, unter dem sich seine Muskeln abzeichneten. Die Arbeit in einer Sägemühle verlangte harten körperlichen Einsatz, und das sah man ihm an. »Hätte ich die Möglichkeit gehabt, das kannst du mir glauben, ich hätte was daraus gemacht!«

»Und wenn ich mein eigenes Geschäft habe, ist das vielleicht nichts?«, erwiderte Birdie schnippisch. »Es geht ja wohl auch darum, was einen glücklich macht! Und diese Aktionskunst ist nicht mein Ding.«

»Hm. Wo sind sie denn nur?« Nathan hörte offenbar gar nicht mehr zu und beschleunigte seinen Schritt.

Portmeirion war ein höchst ungewöhnlicher Ort. Die winzige Traumstadt im toskanischen Stil war das »letzte Folly« eines Exzentrikers, phantastische Spielerei eines begabten Architekten. Sir Clough hatte sich Anfang des letzten Jahrhunderts eine italienische Oase auf einem idyllischen Landzipfel an der Mündung von Tremadog Bay geschaffen. Feierlichkeiten aller Art wurden seitdem im Hotel von Portmeirion vor zauberhafter Kulisse abgehalten. Eine ausgedehnte Parkanlage mit üppiger südländischer Vegetation lud zu Spaziergängen ein, bei denen die Gäste auf weitere Wunderlichkeiten stießen: kleine Tempel, Bänke unter Rosenranken, bizarre Brunnen, Skulpturen und sogar einen weiß-blauen Leuchtturm, von dem man die gesamte Bucht überblickte.

»Sie sind bestimmt zum Leuchtturm hoch«, sagte Birdie, der die Parkanlage von früheren Besuchen vertraut war. Vor ihnen gabelte sich der Pfad. Entlang der Mauer, die der Hotelanlage folgte, waren Windlichter aufgestellt, deren warmes, flackerndes Licht nur bis zu den ersten Bäumen heraufschien. Hier oben im dichten Mischwald waren sie auf das Mondlicht angewiesen. In der Nähe kicherte jemand. Sie waren nicht die Einzigen, die einen Mitternachtsspaziergang unternahmen.

»Anne! Oliver!«, rief Nathan ungeduldig.

»Wir müssen hier entlang.« Birdie legte die Hand auf Nathans Rücken und gab ihm einen leichten Schubs in die richtige Richtung. Sie widerstand der Versuchung, ihre Hand über seine festen Muskeln gleiten zu lassen. Wenn er nicht sehen konnte, was sie für ihn empfand, konnte sie nichts daran ändern. Mit der Nase auf ihre Gefühle stoßen würde sie ihn nicht.

Der Pfad führte einige Meter steil bergan. Ein Strauch mit zarten weißen Blüten verströmte den Duft von Orangen, an anderer Stelle wurden sie vom süßlichen Duft einer Wildrose eingehüllt. Leicht außer Atem blieb Birdie stehen und sog die intensiven Blumendüfte ein. Für einen Junitag war es außergewöhnlich warm, aber sie waren an wechselhaftes Wetter gewöhnt.

Nathan hielt nach zwei Schritten ebenfalls an und drehte sich zu ihr um. Als sähe er sie zum ersten Mal an diesem Abend richtig an, betrachtete er sie mit schief gelegtem Kopf. »Du siehst ganz anders aus, Birdie, richtig sexy. Du solltest öfter Kleider tragen.«

Überrascht zupfte Birdie an ihrem Schultertuch. »Danke. Solange ich dich kenne, und das ist fast mein ganzes Leben, ist dies das erste Kompliment, das du mir gemacht hast, Nathan Turner.«

Er grinste und strich sich eine helle Haarsträhne aus dem Gesicht. »Du bist keins von diesen Girlies, denen man ständig schöntun muss. Für so was bist du zu intelligent, und außerdem …«

Ein Geräusch oberhalb des Weges ließ Nathan innehalten. Doch es war nur ein Kauz, der flügelschlagend aus dem dichten

Blattwerk hervorkam. Nathan streckte ihr die Hand entgegen. »Na, komm. Gleich haben wir es geschafft.«

Hinter der Biegung schimmerte der weiße Leuchtturm bereits durch die Bäume. »Du wolltest noch etwas sagen. Außerdem?«, hakte sie nach.

»Was? Ach, nichts.« Nathan zog sie mit Schwung die letzten Meter bis zum Aussichtspunkt hinauf. Nur ein Oleander versperrte noch den Blick auf den kleinen Leuchtturm, der über einige Stufen zu erreichen war.

Wie alle architektonischen Wundersamkeiten in Portmeirion diente auch der kleine weiß-blaue Leuchtturm einem ausschließlich dekorativen Zweck. Die Wolken schoben sich genau in dem Moment am Mond vorbei, als Birdie und Nathan um den Oleander herumtraten. Eine beinahe unwirklich romantische Szene bot sich ihnen und jagte Birdie einen Schauer über den Rücken. Der Seewind hatte Annes lange Locken erfasst und ließ sie wie einen Schleier um den schlanken Körper tanzen, der sich in Oliver Craddocks Arme schmiegte. Die beiden waren so in ihren Kuss versunken, dass sie alles um sich herum vergessen zu haben schienen. Birdie schluckte. Der Mann und die Frau dort oben schienen miteinander im Mondlicht zu verschmelzen. Vollkommene Schönheit, dachte Birdie und wusste doch, dass das Bild eine Illusion war. Oliver war nicht der Richtige für ihre Schwester. Er würde sie zerstören.

»Anne!«, rief Nathan ungerührt und wollte die Stufen hinaufsteigen.

Oliver hob den Kopf und warf ihm einen Blick zu, den Birdie niemals vergessen würde. Es war der Blick des Siegers, voller Triumph und Verachtung für den Verlierer. Kein Mitgefühl, keine Liebe, dachte Birdie und sah zu, wie das Paar hinter dem Leuchtturm verschwand.

»Komm, Nathan, lassen wir sie. Ich möchte zurück. Mir wird kalt«, sagte Birdie.

Mit gesenktem Kopf, die Hände in die Taschen versenkt, ging Nathan neben ihr her. Als Birdie das Schweigen nicht länger ertrug, sagte sie: »Was hast du erwartet? Es war nur ein Kuss …«

Aber sie wussten beide, dass das eine Lüge war. Hatte Nathan sich tatsächlich Hoffnungen auf Anne gemacht? Er war doch viel älter. Zehn Jahre, dachte Birdie, aber nur acht Jahre älter als sie selbst. Hatte er nicht gerade erst gesagt, dass er sie hübsch fand?

»Nathan, ich …«

Ein beschwipstes Pärchen stieß zu ihnen und hakte sie lachend unter. »Na, ihr zieht ja lange Gesichter! Kommt mit, da gibt's sicher noch Whisky oder Bier, was, Nathan?«, sagte der junge Mann, ein Klassenkamerad von Anne.

»Wo du recht hast, hast du recht, Steve. Die Mädels können sich ja weiter mit dem süßen Zeug amüsieren.« Nathan schlug dem Schulabgänger auf die Schulter, und die düstere Angespanntheit schien vergessen.

Je näher sie dem mit Lichtern und Lampions geschmückten Hotel kamen, desto lauter wurde die Musik, und Birdie war erleichtert, als sie ihre und Nathans Eltern an einem Tisch auf der Terrasse entdeckte. Ihr Vater verstand sich gut mit Nathans Vater Samuel, von dem er Holz für seine Farm bezog, und auch ihre Tischlerwerkstatt schätzte er. Samuel Turner winkte sie zu sich.

»Da ist ja mein Sohn, der bald meine Nachfolge antreten wird. Ein gut eingeführtes Geschäft kannst du da übernehmen, Nathan. Da wäre mancher wild hinterher und würd sich nicht so zieren wie du …«

Hannah Turner, eine mollige Brünette, tätschelte den Schenkel ihres Mannes. »Na na, Sam, wir wissen doch, dass Nathan ein guter Junge ist. Jeder braucht seine Zeit. Habt ihr Lucas gesehen?«

Nathans jüngerer Bruder Lucas hatte gemeinsam mit Anne die Schule beendet. Nathan hob die Schultern. »Keine Ahnung. Will noch jemand was zu trinken? Wir wollten uns gerade etwas holen.«

Die Bowle schien dem sonst eher wortkargen Samuel Turner die Zunge gelöst zu haben, denn er ließ sich von seiner Frau nicht zurückhalten. »Mein Junge, wir haben schon auf euch gewartet. Ich übergebe dir das Geschäft gleich morgen, wenn du willst. Gibt ja vielleicht einen guten Grund …«

Samuel zwinkerte Nathan bedeutungsvoll zu. Birdie konnte von der Seite aus beobachten, wie Nathans Gesichtszüge versteinerten.

»Nimmst du ein Glas Bowle, Birdie? Ich hole mir jetzt ein Bier.«

Doch Samuel schlug mit der flachen Hand auf den Tisch, dass die Gläser klirrten. »Du kannst nicht immer davonlaufen, Nathan. Wie lange willst du dieses nette Mädchen noch warten lassen? Bis sie dir ein anderer wegschnappt?«

Erschüttert ließ Birdie die Hände sinken, die sich plötzlich eiskalt anfühlten. Nein, so nicht! Was tat er denn da? Er machte alles kaputt!

Nathans Lippen waren weiß vor Wut, als er einen Schritt auf seinen Vater zumachte. »Ich habe ein Mal meine Träume aufgegeben und mich deinem Wunsch gefügt. Ich bin Tischler geworden und werde die Sägemühle übernehmen, aber die falsche Frau werde ich nicht dir zu Gefallen heiraten! Das nicht! Niemals! Kein Wort mehr darüber.« Er hatte seine Stimme nicht erhoben, sondern mit scharfer, unmissverständlicher Entschiedenheit gesprochen. Wie ein Messer zerschnitten seine Worte den Raum zwischen ihm und Samuel. »Haben wir uns verstanden?«

An den Nachbartischen waren die Gespräche verstummt. Alle starrten gebannt auf Vater und Sohn und schließlich auch auf Birdie, die sich an einen Ort auf der anderen Seite der Insel wünschte. Vor Scham und Enttäuschung wäre sie am liebsten im Boden versunken. Schluchzend drückte sie sich den Schal vors Gesicht und lief davon.

2

MINFFORDD, SNOWDONIA, WALES

Caitlin sah auf die Uhr. Sie hatte sich Zeit gelassen, zwischendurch Pause gemacht und war eine halbe Stunde um den See hinter Blaenau Ffestiniog gelaufen. Wie sehr sie die Berge vermisste, merkte sie immer erst dann, wenn sie hier war. Dabei war Chester nur knapp hundert Kilometer entfernt. Allerdings kam man auf den kurvenreichen, oftmals einspurigen Straßen nur langsam voran und benötigte bis Minffordd zwei Stunden. Caitlin Turner überholte einen Radfahrer und winkte einem Wanderer zu, der sich auf dem Grünstreifen zum nächsten Aufgang in die Berge vorkämpfte. Darauf freute sie sich schon: auf eine ausgedehnte Tour zum Moel Hebog, einem ihrer Lieblingsberge.

Auf einer alten Römerbrücke wurde die Straße einspurig. Sie folgte dem Hinweisschild nach Portmeirion und fand sich kurz darauf vor dem Haus ihrer Tante in einem ruhigen Wohngebiet ein. Es war über ein Jahr her, dass sie zuletzt hier gewesen war. Birdie hatte sie vor fünf Monaten in Chester besucht und einen gesunden Eindruck gemacht. Caitlin seufzte und nahm die Sonnenbrille ab. Zumindest war es warm und würde es wohl auch bleiben. Aber selbst im Hochsommer musste man auf Regentage gefasst sein, vor allem, wenn man in die Berge ging.

Mit dem kurzen dunklen Pferdeschwanz, Jeans und zerknitterter Leinenbluse entsprach Caitlin nicht dem typischen

Bild einer Inneneinrichterin. Aber solange sie gute Arbeit leistete, störte es Amber Bell nicht, wie ihre wichtigste Mitarbeiterin herumlief. Weniger tolerant war Amber in Bezug auf ungeplante Urlaubstage, und Caitlin hoffte, dass es ihrer Tante bald besser gehen würde. Es gehörte nicht zu Birdies Wesen, sich übers Altwerden oder Krankheiten zu beklagen. Tat sie es dennoch, musste es dafür einen triftigen Grund geben. Und deswegen hatte sich Caitlin über Ambers Einwände, dass sie bei einem Großauftrag unentbehrlich sei und erst in zwei Wochen freinehmen könnte, hinweggesetzt. Zwar hatte sich Amber beleidigt gegeben, doch weil sie um Caitlins enge Beziehung zu ihrer Tante wusste, hatte sie letztlich eingelenkt.

Als Caitlin die Autotür zuwarf, hob sie automatisch den Blick zum ersten Stock des hellblauen Reihenhauses. Die Fenster waren verschlossen, und die Blumenkästen boten mit ihren verdorrten Pflanzen einen traurigen Anblick. In ihr stieg eine schmerzhafte Vorahnung auf. Auch die Kübel neben dem Eingang sahen bemitleidenswert aus. Ein leises Miauen ertönte, und eine graue Katze schmiegte sich um Caitlins Beine.

»Ja hallo, Penelope.« Caitlin strich der schnurrenden Katze über den Rücken. Penelope musste inzwischen über fünfzehn Jahre alt sein und schien sich bester Gesundheit zu erfreuen.

Die Haustür war nicht verschlossen, und Caitlin trat in den engen Flur, aus dem ihr der vertraute Geruch von Lavendel entgegenschlug. Birdie hängte überall getrocknete Lavendelsträuße auf. Während Caitlin in das stille Haus hineinhorchte, lief die Katze an ihr vorbei Richtung Küche. »Tante Charlotte! Ich bin es, Caitlin!«

Langsam ging sie weiter und warf einen Blick in die Küche, wo auf dem Herd ein Topf vor sich hinköchelte. Es roch nach Beeren. Die Holzdielen knarrten unter ihren Sandalen, als Caitlin ins Wohnzimmer trat. In den Sonnenstrahlen, die durch die Gardinen fielen, flirrten Staubpartikel, und eine Biene summte gemächlich durch die offene Terrassentür hinaus in den Garten. Endlich entdeckte sie ihre Tante schlafend in einem Sessel, die Beine auf einen Hocker gelegt, in den Händen ein Buch.

Caitlin erschrak, als sie sah, wie mager sie geworden war. Hatte sie auch bei ihrem letzten Besuch schon so dunkle Augenringe gehabt? Vorsichtig nahm Caitlin das Buch und legte es auf den Tisch. Dann streichelte sie ihrer Tante sanft über die Wange. Birdies Lider flackerten, und es dauerte einen Moment, bevor sie die Augen öffnete. Als kehrte sie von einer langen Reise zurück und müsste sich erst besinnen, dachte Caitlin.

Sie kannte ihre Tante als starke, patente Frau, die für jedes Problem eine Lösung fand und nie klein beigab. Und plötzlich wirkte sie beängstigend zart und zerbrechlich. Die Katze war unbemerkt ins Zimmer gelaufen, sprang auf Birdies Schoß und rollte sich dort schnurrend zusammen.

»Ach, Penelope …«, murmelte die fast Sechzigjährige und vergrub die Hände im weichen Katzenfell. Schließlich öffnete Charlotte Bennett die Augen und maß ihre Nichte mit einem prüfenden, nicht im Geringsten überraschten Blick. »Cait, wie lange stehst du schon da herum und beobachtest mich? Ich mag es nicht, wenn man mich anstarrt. So weit ist es noch nicht. Du siehst müde aus. Du arbeitest zu viel. Setz dich! Hast du überhaupt gegessen?«

Caitlin lächelte, drückte ihrer Tante einen Kuss auf die Stirn und setzte sich in einen grasgrünen Sessel.

»Dein Anruf kam so überraschend! Was ist los?«

Ihre Tante räusperte sich und kniff sich ins rechte Ohrläppchen. Eine Angewohnheit, die anzeigte, dass ihr ein Thema missfiel. »Die Pumpe, Cait, die muss mal durchgespült werden. Du weißt ja, wie das mit mir und den Ärzten ist. Wir gehen einander aus dem Weg, und das ist gut so. Aber in diesem Fall habe ich keine Wahl …«

»Dein Herz? Hast du dich denn nie durchchecken lassen?« Sie kannte die Antwort und schüttelte den Kopf. Ihre Tante verstand sich auf Kräuter und hatte sich stets selbst kuriert, aber sie war auch noch nie ernsthaft krank gewesen. Oder sie hatte alle Anzeichen einer Herzkrankheit ignoriert. Cait fuhr sich mit beiden Händen über die Haare, die sich aus dem Gummi zu lösen begannen. »Wann gehst du ins Krankenhaus?«

»Au!« Birdie schubste die Katze nach unten, die mit wedelndem Schwanz davonschritt. »Wenn sie Hunger hat, wird sie ungeduldig. Du kümmerst dich um sie? Es steht alles auf einem Zettel. Sie bekommt alle zwei Tage ein Pulver für ihren Magen.«

»Natürlich, aber …« Besorgt beobachtete Caitlin, wie ihre Tante sich langsam aus dem Sessel erhob und nach Luft rang.

»Übermorgen, sie holen mich übermorgen ab.« Birdie suchte Halt an der Sessellehne und zupfte an ihrer knielangen Tunika. Der helle Leinenstoff war rings um die Knopfleiste mit blauen Stickereien verziert, die dünnen Beine steckten in einer abgewetzten Stoffhose, und die Füße schob sie in gelbe Plastiklatschen.

Cait wollte aufspringen und Birdie stützen, doch die winkte entschieden ab. »Lass mich, solange ich noch allein gehen kann, tue ich das.«

»Ich kann dich doch hinfahren. Nach Bangor?« Dort gab es das größte Krankenhaus des Bezirks.

Caitlin hatte an der Universität von Bangor studiert und zwei Jahre dort gelebt, bevor sie ihre Ausbildung bei Amber begonnen hatte. Trockene Theorie war nichts für Caitlin gewesen, und die Kenntnisse, die sie in der Tischlerei ihres Vaters gesammelt hatte, kamen ihr als Dekorateurin zugute. Amber Bell hatte sie unter ihre Fittiche genommen und sie alles vom Schneidern über das Kleben von Papierdekorationen bis hin zum Schleifen und Lackieren von Möbeln machen lassen. Nachdem Amber Caitlins kreatives Potenzial beim Entwickeln von Raumkonzepten entdeckt hatte, verbesserte sich Caits Stellung, und die Arbeit begann ihr Spaß zu machen. Daran hatte sich nichts geändert. Trotzdem war Cait nicht zufrieden, fühlte sich nicht wirklich heimisch in Chester. Aber das lag nicht an der malerischen viktorianischen Stadt, sondern an ihrer inneren Rastlosigkeit, auch wenn es um Beziehungen ging. In diesem Punkt unterschied sie sich grundlegend von ihrer jüngeren Schwester Jessica. Bei dem Gedanken an ihre Schwester wurden Caits Lippen schmal, und sie atmete hörbar ein.

»Bangor. Nein, warum sollst du extra fahren? Sie zahlen mir die Fahrt ins Krankenhaus, und das Taxi kommt schon um halb sechs in der Frühe. Wir haben noch einen Tag. Da kann ich dir alles zeigen. Meinen Laden. Ich kann es mir nicht leisten zu schließen. Und ich möchte ihn nicht verlieren. Du weißt, wie sie sind. Wenn man nicht pünktlich öffnet, ist man draußen.« Birdie sah ihre Nichte an. »Ich brauche die Arbeit. Nicht nur wegen des Geldes.«

»Das verstehe ich, und ich helfe dir gern, nur weiß ich nicht, wie lange ich bleiben kann.« Cait erhob sich ebenfalls. »Hast du mit Jessi gesprochen?«

Birdie schlurfte Richtung Küche. »Wozu? Sie hat zwei kleine Kinder.«

»So klein sind die auch nicht mehr. Wenn sie wollte, könnte sie sich schon mal freimachen …« Aber Jessica hatte immer eine Ausrede, wenn es darum ging, nach Wales zu kommen.

Direkt nach ihrem Schulabschluss hatte Jessica die Koffer gepackt und war nach Oxford gefahren, wo sie eine Lehre in einer Anwaltskanzlei begonnen hatte. Kein Blick zurück, kein Bedauern, zwei Jahre war sie nicht ein Mal zu Besuch gekommen. Sie müsse sich über Dinge klar werden, ihr Leben ordnen, Abstand gewinnen. Caitlin fand das einfach nur herzlos und egoistisch, schließlich hatte Birdie ihnen ein Zuhause gegeben, als sie es gebraucht hatten. Zum ersten Mal in ihrem Leben hatten sie erfahren, was es bedeutete, ein liebevolles, geordnetes Heim zu haben. Aber das hatte Jessica nie einsehen wollen. Was hätte aus zwei Mädchen werden sollen, deren Vater sich das Leben genommen hatte und deren Mutter ein Jahr später bei einem Autounfall gestorben war?

»Lass sie, Cait. Das ist ihr Leben«, sagte Birdie, ohne sich umzusehen.

»Aber …«, protestierte Cait, wurde jedoch von ihrer Tante durch eine energische Handbewegung unterbrochen.

»Genug davon. Du bist hier.«

Cait kannte ihre Tante gut genug, um zu wissen, wann man nachzugeben hatte. Später würde sich ein besserer Moment finden, um das Thema erneut aufzugreifen. Oder auch nicht. Wenn es für Birdie nicht wichtig war, sollte sie sich auch damit abfinden können, dass ihre Schwester in Oxford ein neues Leben begonnen hatte, in dem für ihre Familie kein Platz mehr war.

»Worauf hast du Appetit? Ich könnte auch etwas holen!« Kochen gehörte nicht zu Caitlins herausragenden Talenten, und sie fand nicht, dass das ein Makel war. Es gab viele hervorragende Restaurants und Lieferservices, denen man nicht die Existenz erschweren musste, indem man sich ständig selbst am Herd herumquälte.

Sie war ihrer Tante in die Küche gefolgt und sah zu, wie Birdie eine Dose Katzenfutter unter Penelopes aufmerksamen Blicken aus dem Kühlschrank holte. »Sie darf es nie kalt fressen, dann spuckt sie alles wieder aus. Ich habe Nudeln da, etwas grünen Salat. Eine Flasche Wein steht irgendwo, aber ich darf nichts trinken. Das ist vielleicht ein Unfug! Phh!«, entrüstete sich Birdie. »Als ob ein Glas Rotwein jemals einem Menschen geschadet hätte. Das ist wie Medizin! Ich sage dir, wenn ich diese Operation erst hinter mir habe, können sich die Weißkittel ihre Tabellen und Diätpläne in den Allerwertesten stecken!«

»Diät? Du bist viel zu dünn, Birdie.« Caitlin öffnete nach und nach die Türen der Küchenschränke, fand nichts Brauchbares und holte das Telefonbuch aus dem Flur. »Gibt es Tonis Pizzeria noch?«

Birdie hantierte mit Schüsseln und einer Dose Katzenmedizin. »Ja ja. Sein Sohn macht das jetzt, aber es schmeckt genauso gut wie immer.«

»Großartig. Ich bestelle uns was. Dann kann nichts schiefgehen …« Lächelnd griff sie zum Telefon.

Während sie auf die Lieferung warteten, holte Caitlin ihr Gepäck aus dem Wagen. Sie stand neben ihrem geöffneten Kofferraum, als ein weißer Geländewagen langsam an ihrer Einfahrt vorbeirollte. Der blaue Schriftzug des Snowdonia Nationalparks zeigte, dass es sich um einen Park Ranger handelte. Unwillkürlich dachte sie an Nantmor, die Wälder hinter der Sägemühle und die Berge, die man von ihrem Elternhaus aus gesehen hatte. Sie war fünfzehn gewesen, als der Freitod ihres Vaters alles verändert hatte. Zu ihrer Kindheit gehörten der Geruch von Sägemehl, frisch geschnittenem Holz und Wanderungen durch die Berge. Ihre Mutter Anne war mit ihnen oft auf den Moel Hebog gegangen, nicht den ganzen Weg bis hinauf zur Spitze, jedenfalls nicht, als sie klein waren. Anne hatte es geliebt, sich in der Natur zu bewegen. Das hatte Caitlin von ihrer Mutter geerbt.

Ihren Erinnerungen nachhängend hatte Caitlin nicht bemerkt, dass der Fahrer des Geländewagens sie ansah. Sie registrierte kurzes, dunkles Haar und sonnengebräunte Haut. Er lächelte nicht und wandte den Blick ab, als sie ihn bemerkte. Hellgraue Augen, dachte Cait, interessant. Mit ihrer Reisetasche ging sie zurück ins Haus.

»Ich habe dein altes Zimmer für dich hergerichtet, Cait.«

Birdie sah zu, wie die Katze kritisch den Futternapf beschnupperte. »Na los, altes Mädchen, das schmeckt schon.«

»Danke.« Bevor sie die schmale Treppe hinaufstieg, fügte sie hinzu: »Es ist schön, wieder hier zu sein.«

Ihre Tante schenkte ihr ein warmes Lächeln.

Caitlin brachte ihre Sachen hinauf in einen kleinen Raum, vor dessen Erkerfenster eine gemütliche Bank stand. Die Möbel waren aus solidem Holz und stammten noch aus der Tischlerei ihres Vaters. Lediglich die Vorhänge und den Teppich hatte Birdie nach ihrem Auszug erneuert. An einer Wand hing ein großes Schwarz-Weiß-Foto ihrer Eltern. Sie standen auf einer Bergkuppe. Dichte Wolkenberge verdeckten den Blick ins Tal. Die langen Locken ihrer Mutter wehten im Wind, während sie dem Fotografen ihr schönes Gesicht zuwandte. Ihr Vater lächelte verhalten und hielt die Hand seiner Frau fest.

Sie waren so jung und alles schien möglich, dachte Caitlin. Vorsichtig streckte sie die Finger nach dem Bilderrahmen aus und zuckte zurück, als sie das kalte Glas berührte. Warum hatte alles zerbrechen müssen? Ruckartig wandte sie sich ab und machte sich ans Auspacken. Es gab nie einen guten Grund. Dinge zerbrachen, Menschen gingen fort, und das Warum war letzten Endes gleichgültig.

3

Am nächsten Morgen war Caitlin überrascht und erleichtert, ihre Tante schon in der Küche zu finden. Ein Radiomoderator verkündete gerade das Wetter, und im Hintergrund sang Bruce Springsteen irgendetwas über den Geist von Tom Joad. Caitlin umarmte ihre Tante und küsste sie auf die Wange. »Guten Morgen. Ich dachte, du lässt es ruhiger angehen, schläfst dich aus …«

Birdie hatte sich die struppigen Locken mit einer Spange am Hinterkopf festgesteckt und trug ein knöchellanges Sommerkleid. Das Hellblau ließ sie noch blasser wirken, und Cait fragte sich, wie schlimm es wirklich um sie stand. »Willst du dich nicht setzen? Ich mache gern Frühstück.«

»Das Wasser kocht gleich. Brot ist dort im Kasten, Butter und Marmelade stehen im Kühlschrank. Ja, vielleicht setze ich mich und nehme meine Pillen.« Birdie sank auf einen Küchenstuhl und griff nach einer der Tablettenschachteln, die auf dem Tisch lagen.

»Blau, gelb, grün … verdammte Chemie!«, murrte sie, spülte aber eine Tablette mit einem Schluck Wasser hinunter.

»Manchmal ist sie hilfreich.« Cait deckte den Tisch und goss eine Kanne Tee auf.

»Hmm, Penelope ist gefüttert. Ich stelle ihr immer eine volle Schüssel hin, bevor ich weggehe. Wenn ich Waren mitnehmen muss, fahre ich natürlich. Der Parkausweis liegt im Auto. Heute brauchen wir …«, erklärte Birdie, wurde jedoch von Caitlin unterbrochen.

»Wir sollen ja wohl heute nicht den Laden öffnen?« Caitlin ließ lautstark ihr Messer fallen.

»Nur für ein oder zwei Stunden. Ich muss dir zumindest zeigen, wie die Kasse funktioniert, oder nicht?«

Caitlin nahm das Brot aus dem Toaster und legte die ersten beiden Scheiben auf den Teller ihrer Tante. »Wir haben auch eine Kasse in unserem Geschäft. Ich möchte nur nicht, dass du dich zu sehr anstrengst. Hast du denn keine Aushilfe, die dir zumindest das Auspacken abnimmt?«

»Phoebe kommt an vier Nachmittagen in der Woche, aber ich schließe auf, das habe ich immer getan.« Energisch strich sich Birdie Butter auf ihren Toast.

»Töpferst du noch selbst?« Der Schuppen im Garten diente ihrer Tante seit jeher als Töpferwerkstatt.

»Selten. Phoebe kommt manchmal her und arbeitet eigene Entwürfe aus. Sie ist begabt, aber zu ungenau. Wenn die Mischung nicht stimmt, zerplatzen die Sachen beim Brennen, und das wird auf die Dauer teuer. Nein, ich verkaufe eigentlich nur noch das Porzellan von Portmeirion und den üblichen Souvenirkram eben.«

Birdie goss Milch in ihren Teebecher, der zu einer Serie gehörte, die sie vor Jahren gefertigt hatte.

»Ich mochte deine Stücke immer viel lieber als diesen Industriekram. Vielleicht hast du wieder Lust und Kraft, wenn du zurück bist. Jetzt musst du nur gesund werden, Birdie.« Sie versuchte, ihre Besorgnis zu verbergen, und schob die ungewohnte Nachdenklichkeit und Zerstreutheit ihrer Tante auf die bevorstehende Operation.

»Wenn ich wieder hier bin …«, sagte Birdie leise, griff plötzlich nach Caitlins Hand und streichelte sie sanft. »Caitlin …«

Alarmiert suchte Cait ihren Blick. Nur selten nannte ihre Tante sie bei ihrem vollen Namen, und dann ging es meist um etwas Ernstes.

»Ich habe keine Kinder, wie du weißt, und du und Jessica, ihr seid meine Familie, und …«

»Bitte nicht, Birdie!« Caitlin stand auf und drückte ihre Tante fest an sich. »Du wirst wieder ganz gesund, und dann machst du eine erholsame Reise, oder ich besuche dich für ein paar Wochen und gehe dir auf die Nerven. Hörst du?«

Mit sanfter Entschlossenheit machte sich Birdie von ihr los. »Setz dich bitte, Cait, und hör mir zu. Ich will nicht über mein Testament reden. So ein Unfug!«

Mit einem tiefen Seufzer und einer unguten Vorahnung nahm Cait ihren Platz am Tisch wieder ein.

»Aber man kann nicht wissen, wie eine Operation verläuft. Es fällt mir auch nicht leicht, aber ich finde einfach, dass du die Wahrheit über deine Eltern erfahren musst.« Hier stockte Birdie und begann, mit der Tablettenschachtel zu hantieren.

Diese Eröffnung traf Caitlin wie ein Schlag vor den Kopf. Ihr Mund wurde trocken, und ihre Knie waren so weich, dass sie nicht hätte aufstehen können. »Was? Ich meine … ich verstehe nicht!«

»Nein, wie solltest du auch. Deine Mutter war ein verschlossener Mensch. Sie … Oh, das ist verteufelt viel schwieriger, als ich gedacht hatte.« Mit fahrigen Händen versuchte Birdie, eine Schachtel zu verschließen, und stieß mit dem Ellenbogen ihren Becher um. Der Tee ergoss sich über die Tischplatte und tropfte auf Birdies Kleid. »Nein, auch das noch!«

Caitlin sprang auf, griff sich ein Küchentuch und wischte die braune Flüssigkeit auf, die zum Glück nicht mehr heiß war. »Tu mir einen Gefallen, Birdie, ja? Zieh dich um und denk nicht mehr daran. Ich bin so lange ohne die Wahrheit über meine Eltern zurechtgekommen, es macht mir nichts. Du bist immer für uns da gewesen, du bist mir wichtig, Birdie. Also, lass die alten Geschichten. Soll ich dir beim Umkleiden helfen?«

Ihre Tante quittierte diese Frage mit einem unwilligen

Stirnrunzeln. »Ich bin gleich wieder da. Dann fahren wir nach Portmeirion.«

An einem sonnigen Junimorgen wie diesem gehörte Portmeirion zu den Touristenmagneten der Region. Caitlin steuerte ihren Kleinwagen die einspurige Straße entlang, welche die einzige Zufahrt auf die Halbinsel darstellte. Vor ihr zwängte sich ein Reisebus in eine Ausbuchtung, um einen entgegenkommenden Lieferwagen vorbeizulassen. Birdies Haus befand sich nur wenige Minuten von der Kreuzung entfernt, an der ein großes, farbiges Schild den Durchgang zu Sir Cloughs Verrücktheit anzeigte. Ihre Tante hatte zu den Ersten gehört, die in einem der pittoresken Häuser einen Laden hatten mieten dürfen. Anfangs hatte man ihr die selbst gefertigten Töpferwaren aus den Händen gerissen, und Birdie war mit der Produktion kaum nachgekommen. Mit der Einführung des Porzellans von Portmeirion, das eigens für das Dorf hergestellt wurde, hatte sich die Nachfrage verringert. Doch Kunsthandwerk blickte in Wales auf eine lange Tradition zurück, vor allem von den Töpfern hatten sich viele einen internationalen Ruf erarbeitet.

Caitlin war immer stolz auf ihre eigenwillige Tante gewesen, die sich ihren Weg auf eigene Faust erkämpft hatte. Solange sie Birdie kannte, hatte sie nie einen Mann an ihrer Seite gesehen und wusste auch von keiner verflossenen Liebe. Wenn Caitlin sie früher danach gefragt hatte, war Birdie ihr immer geschickt ausgewichen, und irgendwann war das Thema einfach unwichtig geworden.

Dicht belaubte Eichen, Birken und Ulmen überschatteten die Straße, die auf der Küstenseite von einer niedrigen Steinmauer begrenzt wurde. Ab und zu erhaschte man einen Blick aufs Meer, dessen aquamarinfarbenes Wasser unterhalb der Klippen zwischen den Blättern glitzerte. In ihrem neuen, ockerfarbenen Kleid sah Birdie viel besser aus, fand Caitlin und beobachtete, wie ihre Tante zwei Gärtner grüßte. Das ideale Dörfchen, das wie in Italien um eine kleine Piazza angelegt war, umgab eine ausgedehnte Parkanlage. Oberhalb der gepflegten Wanderwege war der Wald dicht und ursprünglich, doch im Zentrum sorgten Heerscharen von Landschaftspflegern und Gärtnern für eine immerwährende Blumenpracht und perfekt gestutzte Bäume und Hecken.

»Ich fahre nun schon seit zwanzig Jahren diese Straße hinunter, aber an einem Tag wie heute verstehe ich, was den Zauber von Portmeirion ausmacht«, sagte Birdie.

Sie fuhren an dem bereits überfüllten Touristenparkplatz vorbei und auf ein rosafarbenes Tor mit Schranke zu, durch die sie ein älterer Herr im Anzug winkte. »Guten Morgen, Mrs Bennett.«

»Wie geht es Ihnen heute, Mr Jones?«

»Ganz hervorragend, wie könnte es anders sein, bei diesem Wetter.« Der weißhaarige Herr, den Caitlin von vielen Besuchen kannte, blinzelte ihr zu. »Das ist aber schön, dass Sie Ihre Tante besuchen, Mrs Turner. Kommen Sie nachher ins Café, Ellie hat ihren Lemoncake gebacken.«

»Danke, das klingt verlockend!« Vorsichtig lenkte Caitlin den Wagen an einer Familie mit kleinen Kindern vorbei, die über die Straße zur Piazza mit den Brunnen wollten.

»Wir parken da vorn. Siehst du die blaue Hortensie unter der Palme? Gleich dahinter rechts«, dirigierte Birdie ihre Nichte auf ihren Stellplatz.

Es entging Caitlin nicht, dass es Birdie anstrengte, aus dem Wagen zu steigen, und sie nahm sich vor, ihre Tante so schnell wie möglich wieder nach Hause zu bringen. Zu Birdies Laden gelangte man durch eine der Loggien, die sich rings um die Piazza aneinanderreihten. Bizarre Skulpturen, Rosenspaliere und exotische Pflanzen schmückten die Gartenanlage um die Piazza. An den Hängen hatte der Architekt seine Vorstellungen von toskanischen Landhäusern, einem Campanile, römischen Kolonnaden und sogar einem Kuppelgebäude nach Vorbild des Pantheon verwirklicht. Kein Wunder, dass die Touristen ohne Unterlass ihre Kameras zückten. »Die Instandhaltung von all dem hier verschlingt doch sicher Unsummen?«

Birdie nickte. »Das Hotel ist zwar gut ausgebucht, aber sie müssen eine Menge in Events und Werbung investieren, um klarzukommen. Demnächst soll hier sogar ein Rockkonzert stattfinden …«

»Das klingt verzweifelt«, meinte Caitlin und trat mit ihrer Tante durch einen der vielen Rundbögen, hinter denen sich die Läden befanden.

»Arts & Crafts« stand auf dem Schild über der Tür. Der Laden nebenan hatte bereits geöffnet, und eine junge Frau schob gelangweilt Ständer mit Postkarten nach draußen. Sie brachte einen kaum hörbaren Gruß über die gepiercten Lippen und fluchte, als sie sich einen pinkfarbenen Fingernagel anstieß.

»Hallo, Lexi, das ist meine Nichte, Caitlin Turner. Sie wird mich für einige Tage vertreten«, erklärte Birdie freundlich. Sie schien sich nichts aus der übellaunigen Miene der Verkäuferin zu machen.

Lexi richtete ihre Aufmerksamkeit von ihrem Fingernagel auf Cait, taxierte sie kurz und sagte mit leichtem Lispeln: »Willst du für länger herkommen? Würde ich mir überlegen. Ist total langweilig hier, nur Touris, die Souvenirs wollen, und die Gören reißen alles aus den Regalen, und du kannst dauernd hinter ihnen herwischen.«

»Äh, nein, ich helfe nur aus. Ich lebe in Chester«, sagte Cait vorsichtig.

Die mit Kajal umrandeten Augen der Verkäuferin leuchteten auf. »Chester! Immerhin, besser als dieser öde Flecken hier. Aber ich hab's vermasselt … Zu früh schwanger, falscher Mann …«

»Tja dann, wir sehen uns ja morgen. Birdie, du wolltest mir noch erklären …?« Hilfesuchend schaute Cait ihre Tante an, die bereits den Schlüssel in das Türschloss gesteckt hatte.

Eine altmodische Türglocke erklang, als die Glastür aufschwang und Cait sich Regalen voll mit buntem Porzellangeschirr gegenübersah. Einiges war sehr hübsch, aber dem Vergleich mit Birdies handgefertigten Unikaten konnten die Serienprodukte nicht standhalten. Allerdings hatten Birdies handbemalte Schalen und Vasen auch ihren Preis. Cait entdeckte Stücke, die schon seit Jahren auf einen Käufer warteten, und begriff, wie schwierig es sein musste, ausschließlich vom Verkauf eigener Stücke zu leben. Letztlich ging es ums Überleben, und da musste auch ein Künstler Kompromisse machen.

»Nimm Lexi nicht so ernst. Sie ist ganz in Ordnung, aber sie hat viel Kummer mit ihrem Mann, einem Paketausfahrer, der seinen Lohn in den Pubs durchbringt.« Birdie schaltete die Beleuchtung ein und blieb vor einer gerahmten Fotografie stehen.

Die Panoramaaufnahme zeigte einen roten Milan, der majestätisch seine Kreise über einem Bergsee zog. Der Blickwinkel war spektakulär und musste den Fotografen viel Zeit und Geduld gekostet haben.

»Wunderschön!« Cait schnalzte anerkennend mit der Zunge. »Wer hat das gemacht?«

»Jake Parry, ein Ranger aus dem Nationalpark. Er kümmert sich vor allem um die bedrohten Vogelarten. Ich habe ihn oben im Wald getroffen. Da sammelt er Eulengewölle. Wir sind ins Gespräch gekommen, und irgendwann hat er mir einige Fotografien zur Ansicht mitgebracht, weil er mein Urteil hören wollte. Er ist gut!« Birdie zeigte auf weitere Bilder, die in und zwischen den Regalen hingen und standen, und berührte mit einer Hand ihre Brust über dem Herzen.

»Birdie, setz dich, bitte«, bat Cait, doch ihre Tante atmete tief durch und fuhr fort. »Du notierst alles, was du verkaufst, in dem Buch neben der Kasse, und ab und zu kommt Jake vorbei. Dann gibst du ihm seinen Anteil. Er bekommt siebzig Prozent.«

»Das ist großzügig. Galeristen nehmen mindestens fünfzig Prozent.« So konnte ihre Tante keinen lohnenden Gewinn machen.

»Ich habe doch dadurch keine Extraarbeit. Nein, das ist schon in Ordnung.« Birdie nahm eine unregelmäßig geformte Schale in die Hand und strich liebevoll über die graublaue Glasur. »So eine ähnliche habe ich deinen Eltern zur Hochzeit geschenkt.« Leise fügte sie hinzu: »Es war nicht an mir, etwas zu sagen. Das musste sie selbst vor sich verantworten. Man sollte nicht mit einer Lüge in …« Plötzlich ließ Birdie die Schale fallen und griff sich ans Herz. Die schwere Keramikschale zersprang lautstark auf dem gefliesten Boden und übertönte Birdies gepressten Schmerzensschrei.

»Birdie! Um Himmels willen … Wen soll ich anrufen? Hast du Tabletten dabei?«, rief Caitlin aufgeregt und half ihrer Tante, sich auf einen Stuhl zu setzen.

Birdie stöhnte und atmete flach mit geschlossenen Augen, so als konzentriere sie sich. »Die blauen, in meiner … ah … Tasche.«

Ruhe bewahren, dachte Caitlin, suchte die Tabletten heraus und legte ihrer Tante eine in den Mund. Dann holte sie ein Glas Wasser, wartete, bis Birdie einen Schluck getrunken hatte, und rief den Notarzt an.

»Halte durch, Birdie, bitte, sei jetzt stark. Du schaffst das …«, murmelte Cait und legte ihrer Tante einen feuchten Lappen auf die schweißnasse Stirn. Eine schreckliche Angst kroch in ihr hoch, sie fühlte sich so hilflos wie damals, als ihr Vater gestorben war. Nicht ihre Mutter, sondern Birdie hatte die Mädchen getröstet und sich in Erklärungen versucht. Nein, dachte Cait, nicht Birdie, nicht jetzt! Ihre Zeit ist noch nicht gekommen. Sie küsste ihre Tante auf die Wangen, nahm ihre Hände und drückte sie.

»Nicht ohnmächtig werden, Birdie, der Arzt wird gleich da sein.«

»Hmm, mir ist so schwindelig.«

Es gelang Caitlin, ihre Tante bis zur Ankunft des Notarztes bei Bewusstsein zu halten. Birdies Atmung wurde gleichmäßiger, und der Arzt versicherte Caitlin, dass sie alles richtig gemacht und ihre Tante Glück gehabt hatte.

»Sie hatte einen OP-Termin in Bangor«, informierte Caitlin den Arzt, der die Sanitäter zu größter Eile anhielt.

»Dorthin fahren wir jetzt. Rufen Sie heute Abend im Ysbyty Gwynedd an. Vorher wird man Ihnen nichts sagen können. Aber machen Sie sich keine Sorgen!« Mit diesen Worten sprang der Arzt in den Rettungswagen, der sofort mit Blaulicht davonraste.

Fassungslos und mit Tränen in den Augen stand Caitlin vor dem Laden. »Ach, Birdie«, schluchzte sie.

4

Penrhyndeudraeth, Verwaltung des Snowdonia Nationalparks, Wales

Das kannst du nicht machen, Leo! Wenn du das durchgehen lässt, werden noch mehr Tiere sterben!« Wutentbrannt schleuderte Jake eine Akte auf den Schreibtisch von Leo Boswick.

»Lass dir einen Termin geben, Jake.« Boswick war Mitglied des Parkkomitees und hatte eine gewichtige Stimme bei Entscheidungen, die den sensiblen Grenzbereich zwischen Farmern und Naturschützern betrafen.

»Was bist du, ein verdammter Bürokrat, dem die Tiere egal sind, wenn der Profit stimmt? Verflucht, Leo, du warst mal auf unserer Seite!«, rief Jake, ohne darauf Rücksicht zu nehmen, dass man ihn im gesamten Flur der obersten Verwaltungsebene hören konnte. Sollten sie doch! Schließlich war er an der Front und musste täglich tote Vögel einsammeln und mit Landbesitzern diskutieren, die ihr Vieh weiden ließen, wo die Rekultivierung von Brachland vorgesehen war. Und das war nicht einmal das Ärgste.

»Das bin ich noch immer! Was glaubst du eigentlich, was ich hier tue? Ich kämpfe für jeden Zentimeter Boden, aber das geht eben nicht ohne Kompromisse. Sieh das endlich ein, Jake!« Der korpulente Mann, dessen mächtiger Brustkorb von seiner Zeit als Boxer herrührte, nahm die Akte und blätterte sie flüchtig durch. »Das ist alles richtig, und ich weiß von den Vorfällen, aber mir sind momentan die Hände gebunden. Wir haben Abmachungen mit den Farmern getroffen und können die nicht einfach umstoßen. Die Gegend um Nantmor ist vor Monaten zur Intensivbewirtschaftung freigegeben worden. Wenn wir die Erlaubnis jetzt zurücknehmen, verlieren die Farmer Tausende!«

Jake schnaufte abfällig. »Die Verlierer sind immer nur die Tiere, Leo. Du sprichst von Verhandlungen, und währenddessen läuft uns die Zeit davon. Zeit, in der Arten aussterben, die unwiederbringlich sind. Ihr wisst es und lasst es zu.«

»Jake, so hör doch! Ich werde noch einmal mit Craddock reden, aber du kennst den Mann. Er hat einen eisernen Willen, und er spendet jährlich eine Summe, auf die der Park nicht verzichten kann.« Boswick rieb sich den kahlen Schädel und sah Jake um Verständnis bittend an.

»Er schießt Kornweihen, Habichte und Bergdohlen ab!«, erwiderte Jake kühl.

»Das können wir nicht beweisen.«

»Ich könnte es, wenn ich die Erlaubnis bekäme, die Projektile mit seinen Waffen zu vergleichen.«

»Es geht hier nicht um Mord, sondern lediglich um ein paar tote Vögel, Jake. Mach aus einer Mücke keinen Elefanten.« Leo hatte ein fleischiges Gesicht mit dunklen Augen, die ständig zu blinzeln schienen, was auf durch das Boxen verletzte Nerven zurückzuführen war.

»Für mich gibt es da keinen Unterschied, aber genau da liegt das Problem. Du hast die richtige Perspektive verloren, Leo. Ich schätze, das liegt an den Immobiliengeschäften mit Craddock. Das verträgt sich schlecht, ist es nicht so, Leo?«

Boswicks Geduld war erschöpft. Sein purpurroter Kopf schien kurz vor der Explosion zu stehen, als er aufstand und mit ausgestreckter Hand auf die offene Tür zeigte. »Raus! Sofort! Ich könnte dich wegen Verleumdung anzeigen, Jake. Treib es nicht zu weit!«

»Ich lass mich nicht einschüchtern. Diesmal kommt ihr

nicht damit durch!« Jake richtete sich zu seiner vollen Größe auf. Er hielt Leos Blick stand und nahm die Türklinke in die Hand. Der Knall der zugeworfenen Bürotür hallte noch nach, als Jake das Treppenhaus erreicht hatte.

Eine gedämpfte Frauenstimme hielt ihn zurück. »Jake, warte!«

Er drehte sich um und entdeckte einen rötlich blonden Haarschopf, der vorsichtig aus einer der Bürotüren gesteckt wurde. Kayla Gillam arbeitete als Verwaltungsassistentin für den Park und war nicht nur hübsch und karriereorientiert, sondern setzte sich auch resolut für die Belange der Ranger ein, die allzu oft mit denen der Landbesitzer kollidierten. Außerdem flirtete sie gern mit ihm, was Jake nicht störte, aber sie war einfach nicht sein Typ. Automatisch wischte er über sein dunkles Poloshirt, das genauso schmutzig war wie seine Jeans und die Trekkingschuhe. Er war direkt aus dem Wald oberhalb von Craddocks Land zur Küste heruntergefahren.

»Kayla, der einzige Lichtblick an diesem Vormittag!«

Bei einer anderen Frau hätten eine grüne Bluse und die violette Hose schrill gewirkt, doch zu Kaylas rötlichen Haaren bildeten sie einen passenden Kontrast. Sie lächelte. »Dein Streit mit Leo war nicht zu überhören. Auch wenn du recht hast, Jake, erreichst du gar nichts, wenn du dich mit ihm anlegst. Das Komitee braucht Leute wie ihn und Sponsoren wie Craddock. Möchtest du einen Kaffee? Ich kann dir auch noch Shortbread anbieten.«

»Nein, danke. Craddock denkt, er kann sich alles erlauben. Aber ich werde ihm zeigen, dass nicht alle klein beigeben, wenn er sein Scheckheft zückt«, sagte Jake, und seine gesamte Haltung zeigte seine innere Anspannung.

Kayla legte ihm die Hand auf den Unterarm. »Tu das nicht, Jake. Mach das nicht zu deinem persönlichen Kampf. Du weißt doch aus Erfahrung, wie so was ausgeht …«

Er schüttelte ihre Berührung ab wie eine lästige Fliege. »Ach ja? Hast du in meinen Papieren geschnüffelt?«

»Das brauchte ich gar nicht. Als du dich beworben hast, haben wir Erkundigungen über dich angestellt, wie wir es bei allen tun, die sich für eine Stelle im Park bewerben. Es bedurfte keiner Anstrengungen herauszufinden, dass man dich in Ecuador in Pedro Moncayo lieber hat gehen lassen, als es sich deinetwegen weiter mit den Behörden zu verderben. Und wie war das im Waldgebiet bei Essex, wo du dich gegen die Entscheidungen der Büroleiterin des Parks gestellt hast?«

Jake lachte bitter. »Gegen die Korruption in Moncayo zu kämpfen, hat mich fertiggemacht, aber ich habe es zumindest versucht! Und Essex ... Meine Ideen hätten Verbesserungen für den Naturpark bedeutet. Den neuen Supermarkt hätte man auch zwei Kilometer weiter südlich bauen können. Man muss Prioritäten setzen!«

»Jeder aus seiner Perspektive, Jake.« Sie streckte die Hand erneut nach ihm aus, doch er wich zurück. »Ich würde dich gern zum Essen einladen und dir von einigen geplanten Neuanschaffungen erzählen. Das dürfte dich freuen.«

Doch Jake winkte ab. »Heute nicht. Ich muss los.«

Sie streckte sich, was ihre Brüste vorteilhaft zur Geltung brachte, und hob kokett die Schultern. »Ruf mich an, wenn du bessere Laune hast.«

Damit drehte sie sich um und schlenderte mit gekonntem Hüftschwung den Flur entlang.

»Ich lass mich doch nicht erpressen«, murmelte Jake verärgert und lief die Treppen hinunter.

Er wusste sehr wohl, dass seine undiplomatische Art viele vor den Kopf stieß, aber Abwarten und Herumtaktieren waren seine Sache nicht. Die letzten Treppenstufen nahm er mit einem Satz, winkte Molly an der Rezeption zu und war froh, als er allein im Wagen saß. Hätte er sich für diesen Berufsweg entschieden, wenn er geahnt hätte, wie schwer es werden würde? Jake setzte seine Sonnenbrille auf und fuhr langsam über den Parkplatz der Parkverwaltung. An der Ausfahrt kam ihm Rob, ein weiterer Ranger, entgegen, hielt an und rief durch das offene Fenster: »Hast du dir deine Papiere geholt? Ioan hat mir von der Kornweihe auf Craddocks Land erzählt. Und so, wie ich dich kenne, bist du ausgerastet und hast sie Boswick an den Schädel geworfen …« Rob lachte, doch seine Augen schauten besorgt.

»Nein, ganz so schlimm war's nicht, aber nahe dran. Irgendjemand muss Craddock die Stirn bieten!«, erwiderte Jake.

»Du bist noch nicht lange genug hier. Ich will dir deine Illusionen nicht nehmen, aber ganz Nantmor gehört den Craddocks, und das seit Generationen. Gegen die kommst du nicht an.« Rob war in Jakes Alter und stammte aus Llanberis. Er kannte die Berge und Wälder rund um den Snowdon wie kein Zweiter und war umgänglich und freundlich. Die Touristen buchten ihn gern als Führer für Wanderungen. Öffentlichkeitsarbeit war ein Teil des Rangerberufs, und es war wichtig, ein Bewusstsein für die Zerbrechlichkeit des Ökosystems bei den Besuchern zu wecken.

Jake war froh, wenn er keine Gruppen betreuen musste, da schlug er sich doch lieber mit aggressiven Grundbesitzern und Farmern herum. »Werden wir ja sehen.« Er klopfte auf die Tür und ließ den Wagen anrollen.

»Was willst du denn unternehmen?«, wollte Rob wissen. Er hatte halblange, braune Haare, und die Frauen mochten seine witzige Art. Seiner Freundin gefiel es weniger, dass er ständig mit den Touristinnen flirtete.

»Ich fahre zu Alun, zeige ihm den Vogel und hoffe, dass er mir helfen kann.« Alun Brace war Sergeant der Polizei in Towyn und zuständig für alle Wildlife- und Umweltbelange.

»Den Weg kannst du dir sparen, ich hab ihn vor einer Stunde in Beddgelert getroffen. Da war er auf dem Weg nach Caernarfon.« Robs Telefon klingelte. Der Ranger schaute aufs Display und verdrehte die Augen. »Aileen. Sie ist ziemlich kontrollsüchtig geworden. Wenn das so weitergeht, weiß ich auch nicht …«

»Sie ist ein nettes Mädchen, Rob, sei nachsichtig. Sie hat ja auch allen Grund, sich Sorgen zu machen, oder nicht?«

»Unsinn! Ein Mann braucht ein gewisses Maß an Freiheit, das lasse ich mir nicht nehmen. Entweder sie kommt damit klar oder nicht. Sehen wir uns heute Abend im *White Horse*?«

»Ich kann's nicht versprechen. Mach's gut, Rob!«

Jake fuhr zu seiner Station, die sich auf dem Weg nach Beddgelert befand. Die Stationen der Ranger waren über den gesamten Nationalpark verteilt. Jakes bestand aus zwei Lagerhallen, in denen ein Büro und eine Werkstatt untergebracht waren. Auf dem Hof lagerte Holz und in den Hallen weiteres Material, das zum Bau von Nistkästen und Tierfallen benötigt wurde. Neben vielen anderen Dingen war Jake für die Kontrolle der Vogelbestände zuständig.

Er brachte die tote Kornweihe in den Kühlraum. Ein Jammer um das schöne Tier, dachte er, beschriftete die Aufbewahrungsbox mit Datum und genauem Fundort und ging in sein Büro. Vorher warf er einen Blick in die Werkstatt, doch Caleb war nicht dort. Caleb Ash gehörte zu einer Reihe von Aushilfen, die über handwerkliche Fähigkeiten verfügten, Zäune und Holzstege ausbesserten, beim Bau von Nistkästen und dem Aufstellen von Informationstafeln halfen. Jake mochte den derben Mann nicht sonderlich, den er mehr als ein Mal dabei erwischt hatte, wie er seine Unterlagen durchstöberte. Aber Caleb war ein Freund von Boswick und seit Jahren hier beschäftigt. Jake versuchte, das Beste aus ihrer Zusammenarbeit zu machen, und schloss die Unterlagen weg, die nicht für Calebs oder Boswicks Augen bestimmt waren. Denn Jake war sich ziemlich sicher, dass Caleb alles, was er hier hörte und sah, brühwarm seinem Vorgesetzten servierte.

Sein Magen knurrte, als er sich vor den Computer setzte und rasch die eingegangenen Mails überflog. Nichts, was nicht warten konnte, dachte er und griff zum Telefon, um Alun anzurufen.

»Hey, Jake, wen soll ich für dich verhaften?«, begrüßte ihn Alun Brace.

Die Männer hatten sich kurz nach Jakes Ankunft in Snowdonia vor sieben Monaten bei der Suche nach einem illegalen Vogeleierdieb kennen- und schätzen gelernt. Brace war ein walisischer Name und bedeutete fett, was auf niemanden weniger zutreffen mochte als auf Alun, einen eher kleinen, doch in diversen Kampfsportarten erfahrenen Polizisten.

Jake lachte. »Erschießen wäre noch besser!«

»Lass mich raten. Craddock hat wieder zugeschlagen?«

»Eine Kornweihe. Verdammt, die sind so selten geworden. Was geht nur in seinem Kopf vor?«

»Willst du das wirklich wissen?« Alun war schwer zu verstehen, da im Hintergrund Verkehrsgeräusche und eine Sirene lärmten.

»Ich brauche Beweise, einen Projektilvergleich. Dann …«, versuchte es Jake.

»Vergiss es. Das haben wir doch schon durchgekaut. Du musst ihn auf frischer Tat ertappen. Leg dich auf die Lauer oder stell ihm eine Falle. Aber ich bin mir nicht mal sicher, dass er das tatsächlich selbst macht. Oliver Craddock ist ein widerlicher alter Sack, aber er hat eine künstliche Hüfte und ist mehr auf dem Golfplatz unterwegs. An deiner Stelle würde ich ein Auge auf seinen Sohn haben. Dem traue ich einiges zu. Dazu wollte ich dir sowieso noch etwas sagen … Verflucht, jetzt fährt der Idiot doch tatsächlich wieder an. Ich melde mich später. Hier hat es einen Auffahrunfall gegeben.«

Das Gespräch war beendet, aber Jake war nicht unzufrieden. Alun hatte Neuigkeiten für ihn, was die Craddocks betraf, das war immerhin etwas. In den folgenden zwei Stunden erledigte Jake den auf seinem Schreibtisch liegen gebliebenen Papierkram, führte Telefonate mit einer Vertreterin des Wildlife Trust in Bangor und erreichte auch die für Schulveranstaltungen zuständige Dame des RSPB, der *Royal Society for the Protection of Birds*. In der letzten Ferienwoche würde sich Jake einen Nachmittag lang den Fragen interessierter Kinder stellen und ihnen erklären, was Eulen so besonders machte. Von allen Pflichtveranstaltungen waren ihm die mit den kleineren Kindern die liebsten, denn die begeisterten sich noch für die Analyse von Eulengewöllen.

Er schaltete den Computer aus und verpackte eine Tüte mit Eulengewöllen, um sie ans Labor in Bangor zu schicken. Es ging um eine neue Studie zum Beuteverhalten der Schleiereulen, die zu seinen persönlichen Lieblingstieren gehörten. Es lag am Ausdruck der weisen, dunklen Augen, die aus dem schneeweißen Federkleid, das das Eulenköpfchen beinahe herzförmig einrahmte, auf einen herunterblicken konnten.

Nachdem Jake sein Paket auf der Poststation in Penrhyndeudraeth aufgegeben hatte, entschied er sich für einen Abstecher nach Portmeirion. Er mochte Birdie. Die Frau strahlte eine Wärme und Lebensfreude aus, wie er es selten bei einem Menschen gefunden hatte. Außerdem hatte sie seine Fotografien gelobt, und er gestand sich ein, dass ihm das geschmeichelt hatte. Auf seinen beruflichen Streifzügen durch die Natur machte er ständig Bilder, doch seitdem Birdie ihn auf die Qualität einiger seiner Aufnahmen hingewiesen hatte, achtete er vermehrt auf perfekte Bildausschnitte und Stimmungen. Darüber hinaus unterhielt er sich gern mit ihr. Sie war auf eine erfahrene Weise klug, ohne belehrend sein zu wollen. Auch das war eine Rarität, die er zu schätzen wusste.

Der Parkwächter am Schlagbaum von Portmeirion ließ ihn ohne Weiteres hindurch, und Jake brachte seinen Wagen hinter dem Restaurant zum Stehen. Als er die Wagentür zuwarf, nahm er den Duft von Pilzen und Langusten wahr. Das Restaurant war für seine raffinierten und stets frisch zubereiteten Gerichte bekannt. Leider überstiegen die Preise sein bescheidenes Budget, aber auch das Café bot anständiges Essen. Und das konnte er sich leisten.

Die Arbeit am Schreibtisch hatte ihm gutgetan, und seine Wut war verflogen, als er nun über die Piazza spazierte. Jake winkte einem älteren Herrn zu, der in seinem dunklen Anzug wie ein Relikt aus den zwanziger Jahren, aber seltsamerweise nicht fehl am Platz wirkte. Mit zwei Sätzen war er die Stufen zur umlaufenden Loggia emporgesprungen und verlangsamte seine Schritte. Etwas war anders als sonst. Die Tür von Birdies Geschäft war zwar offen, doch die Kartenständer und das Regal mit den Bechern standen nicht draußen. Nebenan schien alles wie immer. Er hörte die gelangweilte Stimme der Verkäuferin, deren Gesichtsausdruck sich veränderte, als sie ihn entdeckte.

Jake fuhr sich durch die kurzen, dunklen Haare und betrat den Laden. »Hallo!« Suchend sah er sich um.

Doch anstelle von Birdies Lockenschopf entdeckte er eine Fremde hinter dem Verkaufstresen. Nein, dachte er, wo hatte er diese ernsten, herausfordernden Augen schon gesehen? Die junge Frau war nicht auf den ersten Blick schön, aber sie hatte ein interessantes Gesicht und eine sportliche Figur. Hatte sie gestern in Birdies Einfahrt gestanden?

»Guten Tag«, sagte sie und schien mit ihren Gedanken ganz woanders zu sein. Sie wirkte bedrückt, und ihre Augen sahen aus, als hätte sie geweint.

»Hallo. Eigentlich wollte ich zu …« Er zögerte kurz, weil er Birdie nur unter ihrem Spitznamen ansprach. »Mrs Bennett. Ich möchte mit Mrs Bennett sprechen. Ist sie nicht hier?«

Die Lippen der jungen Frau zitterten, und sie wischte sich kurz über die Augen. »Nein«, sagte sie leise. »Sie wurde heute Morgen ins Krankenhaus gebracht. Kann …« Sie räusperte sich. »Kann ich Ihnen helfen?«

»Das tut mir sehr leid! Wie geht es ihr? Darf ich fragen, was ihr fehlt? Ich hatte nicht den Eindruck, dass Birdie krank ist.« Er lächelte zaghaft. »Vielleicht sollte ich mich vorstellen. Mein Name ist Jake Parry. Mrs Bennett ist so freundlich, einige Fotografien von mir in Kommission zu verkaufen.«

Die Anspannung wich aus dem Gesicht der jungen Frau, und sie streckte ihm die Hand entgegen. »Meine Tante hat mir von Ihnen erzählt. Sie hält viel von Ihren Bildern. Caitlin Turner.«

Er nahm ihre Hand und drückte sie sanft. »Freut mich sehr, Caitlin. Ich mag Ihre Tante, sie ist ein besonderer Mensch. Was ist passiert?«

Seufzend fuhr sich Caitlin durch die Haare, die ihr immer wieder ins Gesicht fielen. »Ihr Herz. Ich wusste nicht, wie krank sie ist. Sie hat mir nie etwas gesagt! Und ich mache mir Vorwürfe, dass ich nichts bemerkt habe! Ich hätte doch sehen müssen …«

»Ihre Tante ist nicht der Typ, der sich eine Krankheit eingesteht. Jedenfalls schätze ich sie so ein. Ich meine, ich kenne sie nicht so lange wie Sie, aber sie wirkte immer sehr fit für ihr Alter, resolut und … nun ja … Sie werden es besser wissen.«

Caitlin schniefte und drückte sich ein zerknittertes Taschentuch gegen die Nase. »Sie ist nie ernsthaft krank gewesen. Ich kenne das nicht von ihr, und deshalb ist es wie ein Schock. Obwohl ich es mir hätte denken können, denn sie hat mich hergebeten, weil sie ins Krankenhaus musste. Aber sie hat nicht gesagt, warum, nur eine Routinesache. Ach!« Verärgert warf Caitlin das Tuch in den Papierkorb und sah zur Tür, durch die sich eine Familie mit drei kleinen Kindern drängte. Die Jungen rannten sofort zu einem Regal und zogen Keramikbecher mit Tiermotiven heraus.

»Guten Tag, geben Sie bitte acht mit den …« Die Warnung kam zu spät, denn es klirrte und ein Junge weinte.

Die Mutter kümmerte sich nicht weiter um die Scherben, sondern nahm ihren Sohn an der Hand und sagte: »Gleich bekommst du ein Eis, mein Schatz.«

Caitlin kam hinter dem Tresen hervor, um sich den Schaden anzuschauen. »Alles in Ordnung? Hat sich niemand verletzt?«

Der Familienvater hob die Schultern. »Tut uns leid, aber es ist auch sehr eng hier drinnen. Dafür haben Sie ja eine Versicherung, nicht wahr? Schönen Tag noch.«

Und schon war die Familie verschwunden. Cait starrte fassungslos zur Tür. »Das gibt's ja wohl nicht! Wie frech ist das denn?«

Jake kam grinsend mit einem Mülleimer zu ihr. »Kein Wunder, dass Ihre Tante Herzprobleme hat … Ich würde ausrasten.«

In Caitlins Augen blitzte es humorvoll auf. »Verkauf ist nicht jedermanns Sache. Ich sollte eigentlich an absurde Auswüchse aller Art gewöhnt sein, trotzdem überraschen mich Menschen immer wieder aufs Neue.«

»Sind Sie Eventmanagerin oder so etwas in der Richtung?« Jake sammelte die Scherben in den Mülleimer.

»Eine Wohnung einzurichten ist irgendwie auch ein Ereignis, immer wieder, manchmal lieben die Kunden meine Ideen, manchmal nicht.« Caitlin holte einen Lappen und wischte die restlichen Splitter auf eine Zeitung. »Dann wird es schwierig, spannend oder einfach nur anstrengend.«

Jake rückte die Becher gerade und folgte Caitlin zum Verkaufstresen. »Aber Sie mögen, was Sie tun?« Diese sportliche, ungekünstelte Frau entsprach so gar nicht dem Bild von Vertretern ihres Berufsstands, denen er in London begegnet war.

»Sonst würde ich es nicht tun«, war die schlichte Antwort.

»Das ist eine bemerkenswerte Einstellung.«

»Hören Sie, Jake, ich schließe hier gleich ab, weil ich mich um tausend Dinge und vor allem um meine Tante kümmern muss. Falls Sie etwas wegen Ihrer Bilder wissen wollen, müssen wir das auf morgen verschieben.« Sie hängte sich ihre Tasche über die Schulter und klimperte mit einem Schlüsselbund.

»Das hat Zeit. Bitte grüßen Sie Birdie von mir. Ich wäre Ihnen verbunden, wenn ich Sie anrufen dürfte, um mich nach ihr zu erkundigen.« Er sah sie bittend an.

Caitlin überlegte kurz, seufzte und schrieb eine Mobilfunknummer auf einen Zettel. »Bitte.«

Während der gesamten Rückfahrt nach Beddgelert, wo er eine Wohnung gemietet hatte, dachte er an Birdie und ihre Nichte. Vielleicht ein wenig öfter an ihre Nichte, denn er fand sie nicht weniger bemerkenswert als ihre Tante, und Caitlin war in seinem Alter.

5

Von Portmeirion aus fuhr Caitlin direkt zum Haus ihrer Tante. Penelope wartete bereits vor der Tür.

»Hallo, Penny, auf dein Frauchen wirst du eine Weile verzichten müssen, fürchte ich …« Caitlin beugte sich hinunter und streichelte die Katze, die schnurrend um ihre Beine strich.

Das Haus erschien ihr still und leer. Caitlin warf ihre Tasche auf den Küchentisch und zog das Telefon heran. Bevor sie die Nummer des Krankenhauses in Bangor wählte, warf sie einen Blick auf die Uhr. Es war halb sechs. Falls man ihre Tante notoperiert hatte, müsste man ihr nun Genaueres sagen können. Sie ließ sich auf die entsprechende Station verbinden.

»Sind Sie eine Angehörige?«, fragte die Schwester.

»Ja, ihre Nichte und nächste Verwandte. Ich war dabei, als der Notarzt meine Tante heute Morgen versorgt hat. Wie geht es ihr?« Nervös spielte Caitlin mit einer Kordel ihrer Handtasche.

»Einen Moment, bitte.« Der Hörer wurde beiseitegelegt, und es dauerte einige endlose Minuten, bis sich eine männliche Stimme meldete.

»Guten Tag, mein Name ist Doktor Green, ich bin der behandelnde Arzt Ihrer Tante, Mrs …?«

»Turner«, half Caitlin.

»Sie wussten sicherlich, dass Ihre Tante schon seit geraumer Zeit an verengten Herzkranzgefäßen litt?«

»Birdie, meine Tante, hat nie über Krankheiten gesprochen. Ich wusste nur, dass ihr eine kleinere Operation bevorstand, und bin deshalb für einige Tage gekommen …« Hilflos brach sie ab.

»Nun, als eine kleinere Operation würde ich das Setzen eines Bypasses nicht bezeichnen, aber machen Sie sich keine Sorgen. Es geht Ihrer Tante den Umständen entsprechend gut.«

»Sie hat jetzt einen Bypass?« Caitlin hatte nur eine vage Vorstellung von der Bedeutung eines solchen Eingriffs.

»Ja, Mrs Turner. Dieser Eingriff war schon geplant, aber nun haben wir ihn eben vorgezogen. Wie gesagt, alles ist gut verlaufen, keine Komplikationen. Ihre Tante befindet sich auf der Intensivstation, und zu einem Besuch würde ich in frühestens zwei Tagen raten.« Doktor Green sprach mit jemand anderem und wandte sich ihr nur kurz wieder zu. »Tut mir leid, Mrs Turner, Schwester Lina wird Ihnen gern mehr erklären.«

Sie konnte hören, wie der Telefonhörer die Hände wechselte und die sanfte Stimme der Krankenschwester erklang: »Wirklich, Mrs Turner, machen Sie sich keine Sorgen. Wir haben ein großartiges Kardioteam hier, und Ihre Tante ist stabil. Natürlich kann es immer mal zu Komplikationen auch nach der Operation kommen. Immerhin wird das Brustbein durchtrennt und ein Stück Vene aus dem Oberschenkel …«

Die Erklärungen und Statistiken über mögliche Risiken nahm Caitlin wie in Trance wahr und konnte nur daran denken, dass ihre Tante ihr nichts von all dem gesagt hatte. Aber sie hatte gewusst, was ihr bevorstand, und sie deshalb zu sich gebeten. Und irgendetwas lag Birdie auf der Seele. Ein Familiengeheimnis, das Caitlin nicht wissen wollte. Nicht so, eigentlich überhaupt nicht. Sie wollte, dass Birdie gesund wurde. Aber wenn sie ihr dann irgendeine schmutzige Geschichte aus der verkorksten Jugend ihrer Eltern erzählen wollte, dann sollte sie es um Himmels willen tun.

»Mrs Turner? Haben Sie alles verstanden? Das ist ziemlich viel und sicher nicht leicht zu verstehen, aber wie gesagt, alles verlief nach Plan.« Schwester Lina schien auf eine Antwort zu warten.

»Danke, tut mir leid, ich bin noch immer geschockt, nein, das ist wunderbar! Kann ich Sie morgen wieder anrufen?«

»Natürlich. Hier ist unsere Direktwahl.«

Caitlin schrieb sich die Nummer der Station auf und bedankte sich noch einmal bei der freundlichen Krankenschwester. Nachdem sie das Telefon zur Seite gelegt hatte, saß sie eine Weile fassungslos am Küchentisch. Ein Bypass war kein Spaziergang. Kein Wunder, dass Birdie sich Gedanken über die Zukunft gemacht hatte.

»Was machen wir jetzt, Penny?« Caitlin betrachtete die Katze, die sich vor sie hingesetzt hatte und sie unverwandt mit ihren grünen Augen anblinzelte. »Du brauchst deine Medizin.«

Sie bereitete das Futter vor, mischte das Pulver darunter und war erleichtert, als die Katze sich sofort ans Fressen machte. Wenn Birdie zurückkam, musste Penelope gesund und munter sein. Caitlin überlegte, womit sie ihre Gedanken von Birdie an Schläuchen auf der Intensivstation ablenken konnte, und begann aufzuräumen. Es konnte nicht schaden, das Haus einmal von oben bis unten zu putzen. Nachdem sie Küche und Bäder gereinigt und die Waschmaschine zum zweiten Mal gefüllt hatte, schob sie den Staubsauger ins Wohnzimmer. Inzwischen war es beinahe dunkel, im Garten konzertierten Grillen, und Mücken summten durch die offene Terrassentür. Durch die dichten Hecken schimmerte Licht und drang Gelächter, und der Geruch eines Holzkohlegrills zog von einem Nachbargrundstück herüber.

Birdie hatte viele Bekannte, aber enge Freundschaften hatte sie nicht gepflegt. Caitlin musste überlegen, wer zu ihrer Zeit nebenan gewohnt hatte. Ein stilles älteres Ehepaar war darunter gewesen und ein Paar mittleren Alters, das sich an den Wochenenden oft lautstark gestritten hatte. Nun, es würde sich eine Gelegenheit ergeben, mit den Nachbarn zu sprechen. Sie zog das Kabel aus dem Staubsauger und wollte einen kleinen Tisch vom Fenster rücken, als ihr Blick auf die Bilderrahmen fiel. Ein sentimentaler Mensch war Birdie nicht, aber sie sagte immer, dass sie ihre Familie gern um sich hatte. Und Bilder halfen ihr, die verblassenden Erinnerungen aufzufrischen.

Caitlin nahm einen silbernen Rahmen in die Hand. Die Fotografie zeigte sie neben Jessica. Die langen blonden Haare ihrer Schwester umrahmten ihr ovales Gesicht wie das einer Madonna, und genauso süß lächelte sie auch. Die dünnen Träger eines Kleides ließen zarte Schultern sehen. Birdie hatte die Aufnahme im Garten gemacht und gesagt, dass nun auch der jüngste Vogel das Nest verlassen würde. Dabei hatte sich Birdie heimlich eine Träne aus dem Augenwinkel gewischt. Es war Jessicas letzter Sommer hier gewesen, doch Jessi hatte nichts von Birdies Rührung bemerkt. Sie konnte gar nicht schnell genug fortgehen. Caitlin stellte das Foto auf den Tisch. Auch wenn es Jessica nicht interessierte, sollte sie zumindest wissen, wie es um ihre Tante stand. Caitlin wollte sich nicht nachsagen lassen, dass sie ihre Pflicht nicht getan hatte.

In der Küche hob Caitlin Penelopes Fressnapf auf, stellte ihn in die Spüle. Erst jetzt fiel ihr auf, dass sie seit dem Frühstück kaum etwas gegessen hatte. Rasch schmierte sie sich ein Sandwich, öffnete eine Dose Thunfisch und stopfte lustlos einige Bissen in sich hinein. Nachdem sich das flaue Gefühl in ihrem Magen gelegt hatte, wählte sie Jessicas Nummer. Michael nahm ab.

»Grant, guten Abend.« Jessicas Mann klang genervt.

»Hallo, Michael. Tut mir leid, dass ich so spät noch störe, aber es geht um Birdie.«

Seine Stimme wurde etwas freundlicher, doch er schien es eilig zu haben. So war es immer, wenn sie anrief oder auch, wenn sie sich sahen. Michael Grant war ein erfolgreicher Anwalt in Oxford und ständig mit wichtigen Fällen und Klienten beschäftigt. Wie wichtig er war, ließ er jeden spüren.

»Eure Tante? Ist sie gestorben?«

Caitlin nahm das Telefon vom Ohr, atmete tief durch und räusperte sich, um etwas Zeit zu gewinnen. »Ich würde gern mit meiner Schwester sprechen. Wärest du so freundlich, sie ans Telefon zu rufen, falls sie in der Nähe ist?«

»Sicher. Es war wie immer eine Freude, mit dir zu plaudern, Cait. Jessica!«

Wie konnte man es nur mit einem derartig arroganten Kerl aushalten? Und es war nicht etwa so, dass er Jessica anders behandelte. Sie hörte die zuckersüße Stimme ihrer Schwester im Hintergrund. Sie redete auf ihren Mann ein und nahm schließlich das Telefon in die Hand. »Cait? Was ist denn los? Du jagst uns aber einen Schrecken ein!«

»Weil ich um halb elf Uhr anrufe oder weil ich mich überhaupt melde? Obwohl das ja auf Gegenseitigkeit beruht«, erwiderte Caitlin und hörte, wie eine Tür ins Schloss fiel.

Jessica seufzte auf. »Michael hat morgen einen wichtigen Gerichtstermin und ist gerade noch einmal ins Büro gefahren, um sich eine Akte anzusehen. Er arbeitet wirklich hart, und vielleicht wird er demnächst zum Partner seiner Kanzlei ernannt. Das schenkt ihm natürlich niemand, sondern er muss auch eine finanzielle Einlage machen …«

»Jessi!«, sagte Caitlin scharf. »Hör auf! Dein eingebildeter Gatte ist mir schnurzegal. Birdie hatte einen Herzinfarkt und liegt nach einer Bypassoperation im Krankenhaus.«

Plötzlich war es still am anderen Ende der Leitung.

»Bist du noch da?«

»Ja«, schluchzte Jessica.

»Wieso weinst du? Du hast Birdie doch kaum noch gesehen.«

»Das ist typisch! Du spielst dich mal wieder auf! Nur weil

ich keine Zeit hatte, sie dauernd zu besuchen, heißt das nicht, dass ich sie nicht vermisse«, sagte Jessica.

»Oxford ist nicht durch einen Ozean von Wales getrennt, und wenn ein Besuch in fünf Jahren bedeutet, dass du sie vermisst, setzt das neue Maßstäbe. Aber bitte, das muss jeder für sich entscheiden …« Sie hasste sich dafür, wenn sie ihrer Schwester gegenüber derart sarkastisch wurde, aber Jessi forderte es heraus.

»Ich habe zwei Kinder, das ist etwas anderes. Und außerdem verlangt die Stellung meines Mannes, dass ich meinen gesellschaftlichen Pflichten nachkomme, aber das kannst du wohl nicht verstehen.« Jessicas Stimme war nun sehr kühl. »Wie geht es Birdie? Wird sie durchkommen?«

»Natürlich wird sie das!«, fauchte Caitlin.

»Das ist schön. Hat sie jemanden, der sich um sie kümmert, wenn sie aus dem Krankenhaus kommt? Michaels Vater wurde vor einem Jahr ein künstliches Kniegelenk eingesetzt, und es war ziemlich schwierig, eine zuverlässige Pflegekraft zu organisieren.«

»Denkst du eigentlich noch darüber nach, was du da von dir gibst? Birdie liegt in Bangor, im Ysbyty Gwynedd.« Wütend knallte Caitlin ihr Telefon auf den Tisch, und die Tränen brachen aus ihr heraus.

Sie ließ ihnen freien Lauf, bis das Schluchzen schmerzte, ihre Augen brannten und sie das Gefühl hatte, die wenigen Bissen wieder herauswürgen zu müssen. Es war lange her, dass sie so hemmungslos geweint hatte, zuletzt nach dem Tod ihrer Mutter. Caitlin schluckte mehrmals, stand auf und spritzte sich kaltes Wasser ins Gesicht.

»Du wirst wieder gesund, Charlotte Bennett!« Mit der Faust schlug Caitlin auf die Ablage.

Pünktlich um zehn Uhr schloss Caitlin am nächsten Morgen den Laden in Portmeirion auf. Wenn es das war, was ihre Tante wollte und was ihr am Herzen lag, dann war es das Mindeste, was sie tun konnte. Sie war gerade dabei, einen Ständer mit Anhängern und Kunstpostkarten nach draußen zu schieben, als Lexi leicht außer Atem durch die Loggia eilte.

Die blondierten Strähnen leuchteten im pechschwarzen Haar, und ihre Fingernägel waren heute laubfroschgrün.

»Guten Morgen, Lexi!«, begrüßte Caitlin die junge Frau.

Lexi schürzte die gepiercte Unterlippe und schaute sie mürrisch aus übernächtigten Augen an. Die dicke Umrandung mit Kajal und blauer Lidschatten waren keine Verbesserung.

»Morgen«, grunzte sie und wühlte in einem bunten Beutel nach den Schlüsseln. Erst als sie den Bund gefunden hatte, schien ihr der dramatische Zwischenfall von gestern wieder einzufallen. »Was ist mit deiner Tante? Ist sie übern Berg?«

»Wenn man das Überleben einer Bypassoperation als über den Berg bezeichnet, ja, dann kann man das so sagen«, erwiderte Caitlin.

»Scheiße, Mann!« Lexi zog an ihren schwarzen Nylonstrümpfen, bevor sie Caitlin ansah. »Mein Großvater Ted hatte was am Herzen. Keine Ahnung, was die operiert haben, aber er hat danach eine Infektion bekommen und sich gequält wie ein Hund.«

»Aber er hat es überstanden?«, fragte Caitlin vorsichtig.

Lexi unterdrückte einen Fluch. »Was denkst du denn? Die haben irgendwann meine Großmutter angerufen und gesagt, dass er es nun hinter sich hat.« Sie öffnete die Ladentür. »Wahrscheinlich war's besser so.«

»Oh«, war alles, was Caitlin dazu einfiel.

»Hey!« Lexi drehte sich noch einmal zu ihr um. »Muss ja bei deiner Tante nicht so sein. Sie ist längst nicht so alt wie Ted und sah ganz fit aus, also, na ja, das wird schon.«

»Davon bin ich überzeugt.« Caitlin positionierte den Ständer und ging wieder in den Laden.

In der ersten Stunde schauten nur wenige Leute bei ihr herein und kauften zwei Karten. Das würde sich hoffentlich noch steigern, dachte sie, als ihr Mobiltelefon klingelte.

»Meine Liebe, wie schön, dass ich Sie erreiche. Wie geht es Ihrer Tante?«, säuselte Amber Bell.

Caitlin schilderte die Umstände in wenigen Worten. »Aber sie wird es schaffen, sie ist eine Kämpferin.«

»Wie schön. Alles ist auf dem besten Wege, nicht wahr? Wann kommen Sie denn zurück, meine liebe Cait? Wir alle vermissen Sie ganz schrecklich. Um ehrlich zu sein, könnte ich Sie hier sehr gut gebrauchen. Trish, was macht Mrs Millard?«

Caitlin sah ihre Chefin vor sich, wie sie mit leicht ungeduldigem Augenklimpern ihre Sekretärin um Informationen ersuchte. Dabei spielte sie meist mit ihrem goldenen Füllfederhalter. Amber Bell wusste, wie man sich in Szene setzte. Wenn sie auftrat, hielten alle für eine Sekunde den Atem an. Mit fünfzehn hatte sie eine Modelkarriere begonnen, Kontakte geknüpft, dann mehrere gewinnbringende Scheidungen durchfochten und sich ihr Geschäft aufgebaut. Viele Kunden liebten Ambers Extravaganz und ihren unvergleichlichen Stil. Andere, und dazu gehörte anscheinend Mrs Millard, mochten es etwas dezenter, und meist konnte Caitlin mit diesen Kunden besser umgehen.

»Man kann nur hoffen, dass man sie nicht einmal braucht«, seufzte Amber. »Epithetikerin. Haben Sie das schon einmal gehört? Nein, ich auch nicht. Solche Leute fertigen künstliche Gesichts- oder Körperteile an. Ihr Mann hat ein Zahntechniklabor. War das nicht so, Trish?«

Die Sekretärin gab eine kurze Erläuterung von sich.

Caitlin konnte sich ein Grinsen nicht verkneifen. »Und warum wäre ausgerechnet ich die Richtige für Mrs Millard?«

»Warum? Weil diese Frau so furchtbar nüchtern ist. Sie ist so sachlich, dass es staubt, wenn sie spricht. Genauso ist ihre

Vorstellung von einer Wohnungseinrichtung. Wenn ich ihr Tapeten und Stoffe vorschlage, ist sie entsetzt und sagt, dass das so gar nicht ihren Vorstellungen entspräche. Und irgendwann war ich am Ende meiner Weisheit und habe sie geradeheraus gefragt, warum sie sich mein Studio ausgesucht hat. Wir stehen ja nun einmal für einen eher üppigen Stil.«

Caitlin spazierte während des Telefonats durch den Laden und rückte Schalen, Teller und Becher zurecht. Ein junges Paar schlenderte durch die offene Tür, grüßte und begann sich umzusehen, als Caitlin ihnen freundlich zunickte. »Ja?«

»Sie wirken abgelenkt, interessiert Sie das Geschäft nicht mehr?«, fragte Amber leicht erbost.

»Natürlich tut es das, aber ich passe hier auf den Laden meiner Tante auf. Sie wollten mir gerade sagen, warum diese Körperteilherstellerin bei uns nachgefragt hat?«

Amber kicherte, fuhr aber sofort energisch fort: »Tja, eigentlich sollte ich Ihnen das gar nicht sagen, sonst steigt Ihnen das Lob noch zu Kopf. Aber so ist es nun einmal. Mrs Millard hat das Haus in der Bridge Street gesehen, das Sie eingerichtet haben, meine Liebe.«

Auch wenn Amber stolz auf die Leistung ihrer Mitarbeiter war, schwang doch immer ein wenig Eifersucht mit, denn sie war der Star, und das sollte so bleiben.

»Großartig, ich freue mich. Vielleicht zeigen Sie ihr die skandinavischen Designer, die ich dort verwendet habe: kühle Töne, lebendiges Mauerwerk. Trish müsste noch den Entwurf für den Schreibtisch aus Glas und Bronze haben. Die Schubladen waren aus lackiertem Intrecciato-Pergamentleder. Das war das Highlight.«

»Ja ja, richtig, das war eine wundervolle Idee.« Amber schien etwas zu notieren. »Gut, ich will Sie nicht länger stören. Hatte ich schon gefragt, wann Sie wieder hier sind?«

»Ja, aber ich kann es noch nicht sagen. Ich muss mich erst

ein wenig einarbeiten und die Aushilfe für einen ganzen Tag organisieren. Es hängt natürlich davon ab, wie schnell meine Tante sich erholt.«

»Sicher, aber irgendwann ist Ihr Urlaub vorbei, Caitlin, bei allem Verständnis für Ihre Situation.«

»In einigen Tagen weiß ich Genaueres, versprochen.«

»Machen Sie es gut, meine Liebe, und Ihrer Tante eine rasche Genesung!«

Amber Bell legte auf, und Caitlin hatte das Gefühl, dass sie es ehrlich meinte mit ihrer Anteilnahme, doch das konnte auch ganz eigennützige Gründe haben. Trotz ihrer kapriziösen Art mochte Caitlin ihre Chefin und hatte großen Respekt vor ihrer Arbeit. Es gab viele Inneneinrichter, jedes Jahr schossen neue, hippe Firmen aus dem Boden, und wie die Sternschnuppen verglühten viele schnell wieder. Amber war seit drei Jahrzehnten dabei, und darauf war sie zu Recht stolz.

Die junge Frau kam mit einer großen Obstschale zu ihr. Es war eines von Birdies frühen Unikaten. »Die gefällt uns. Das ist doch keine Industrieware? So etwas wollen wir nicht.«

»Die Künstlerin heißt Charlotte Bennett. Ihr gehört dieser Laden«, erklärte Caitlin und strich liebevoll über die unregelmäßigen Außenlinien. »Dieses Stück stammt aus einer frühen Kollektion und wurde von Wanderungen um den Moel Hebog inspiriert. Sehen Sie den reliefartigen Farbauftrag und die changierenden Blau- und Grautöne? Das sind die Farben der Steine und des Himmels. Waren Sie schon oben?«

Der Mann trat zu ihnen. »Wir waren uns noch nicht sicher, aber nun sollten wir es tun, finde ich. Wir nehmen sie. Ich mag das, wenn die Künstler vor Ort leben und arbeiten.«

Lächelnd wickelte Caitlin die Schale in Seidenpapier. »Sie ist nicht ganz billig. Das haben Sie gesehen?«

»Geht in Ordnung«, sagte der Mann und lächelte seine Freundin an.

Dieser Verkauf wäre heute wohl kaum noch zu übertreffen, dachte Caitlin und stellte zufrieden den Wasserkocher an, nachdem die Kunden gegangen waren. Hinter der Kasse gab es einen Durchgang zu einer winzigen Teeküche, die zugleich als Abstell- und Lagerraum diente. Auch die Toilette war mit Kisten und Körben voller Kleinartikel zugestellt. In den Ecken hingen dicke Staubflusen, und Caitlin nahm sich vor, der Aushilfe, die heute Mittag kommen sollte, Eimer und Wischmopp in die Hand zu drücken. Sie nahm den Teebeutel nach einigen Sekunden heraus und suchte in den Schränken nach Milch.

»Milchpulver wäre ja schon …«, murmelte sie, gab es auf und nahm den Becher mit nach vorn.

»Hallo, Caitlin!«

Erschrocken fuhr sie zusammen, und der Tee schwappte auf ihre Hose. »Verdammt!«, fluchte sie zwischen zusammengebissenen Zähnen und machte im Halbdunkel des Ladens die Umrisse eines Mannes aus.

Diese Stimme, dachte sie, und Bilder aus der Vergangenheit schossen ihr durch den Kopf. »Sean?«

Sie stellte den Becher ab und klopfte mit einem Tuch ihre Hose trocken.

»Clevere Cait, hast dich nicht verändert, nein, bist noch hübscher geworden. Hey!« Mit Pferdeschwanz und Kinnbart hätte sie ihn kaum wiedererkannt, doch der mittelgroße Mann in Outdoorkleidung, der lässig auf sie zukam, war niemand anderer als Sean Craddock.

Sie waren als Nachbarskinder aufgewachsen, und er hatte sie und Jessica auf seinen Pferden reiten lassen. Die Ländereien der Craddocks erstreckten sich weit über Nantmor hinaus, und Seans Vater kaufte jede Weide und jeden Quadratmeter Wald auf, dessen er habhaft werden konnte. Im Gegensatz zu seinem herrischen Vater war Sean ein umgänglicher Junge gewesen. Das war untertrieben, musste Caitlin sich eingestehen.

Sean war der Schwarm aller Mädchen gewesen, sie und Jessica eingeschlossen. Glücklicherweise war Jessi zu jung für den reichen Verführer gewesen, sonst hätte er ihr mit Sicherheit das Herz gebrochen. Sie selbst hatte es bei einer Jungmädchenschwärmerei belassen. Wenn sie ihn jetzt betrachtete, war das die richtige Entscheidung gewesen.

Er hatte noch immer attraktive Gesichtszüge, dunkle Augen unter unverschämt langen Wimpern und ein charmantes, schiefes Lächeln. Doch seine Züge waren hart geworden, vielleicht auch zynisch, und seine fordernde Selbstsicherheit war ihr unangenehm.

»Das nenne ich eine Überraschung«, sagte Caitlin und lächelte.

»Was ist denn das für eine Begrüßung? Waren wir nicht Freunde?« Er streckte eine Hand nach ihr aus, und sie trat in den Gang, wo er sie in die Arme nahm und auf die Wangen küsste. »Na also, das gefällt mir schon besser, Miss Turner? Oder hast du inzwischen geheiratet?«

Sie schüttelte leicht den Kopf. »Du?«

Sein herzliches Lachen schmolz die Fremdheit zwischen ihnen. »Machst du Witze? Du wolltest mich nicht, und eine andere konnte es nicht geben.«

»Du kannst es nicht lassen, oder?«, grinste Cait.

»Warum sollte ich? Aber ganz im Ernst, Cait, ich freue mich, dass du hier bist, auch wenn der Grund kein schöner ist.« Er sah sie mitfühlend an.

»Du weißt von Birdies Krankheit?«

»Buschtrommeln. Schon vergessen?«

Sie verschränkte die Arme vor der Brust und lehnte sich rücklings an den Tresen. »Jetzt fällt es mir wieder ein. Was treibst du? Bist du Farmer geworden?«

»Zum Teufel, nein! Der Alte versucht immer noch, mich da reinzuziehen, aber das ist nicht mein Ding. Ich züchte Pferde und organisiere Touren für reiche Touristen. Na ja, dies und das, was sich auszahlt eben.« Er legte den Kopf schief und musterte sie eingehend. »Wie wäre es mit einem Dinner, heute Abend?«

»Nein, das ist nett gemeint, aber ich muss so viel regeln, und vielleicht fahre ich noch ins Krankenhaus zu Birdie …«, lehnte sie ab und war froh, als eine Kundin hereinkam. »Bis dann, Sean.«

Sie nickte der Frau zu, die etwas außer Atem war und eine Einkaufstüte abstellte. »Kann ich Ihnen helfen?«

»Ich bin Phoebe«, sagte die mollige Mittzwanzigerin vorwurfsvoll.

»Oh, wie schön!« Cait streckte ihr die Hand entgegen.

Phoebe gab ihr eine verschwitzte weiche Hand, konnte ihre Augen jedoch nicht von Sean wenden.

»Du wohnst sicher bei deiner Tante in Minffordd?« Ohne auf die wie hypnotisiert verharrende Phoebe zu achten, gab er Cait erneut einen Kuss auf die Wange. »Bis dann!«

Mit federndem Schritt verließ er den Laden und ließ eine sprachlose Phoebe zurück.

»Phoebe, ich bin so froh, dass Sie meiner Tante helfen, und wenn Sie …« Weiter kam Cait nicht, denn Phoebe riss ihre Augen auf und starrte zur Tür.

»Das war doch Sean Craddock?! Wow, Sie kennen Sean? Er ist so, so, oh Mann, er sieht so gut aus, und ich habe mir immer gewünscht, dass er mich nur mal ansieht …« Ein tiefer Seufzer kam über die mit pinkfarbenem Gloss bedeckten Lippen.

»So wie ich ihn kenne, schaut er schon bald wieder hier vorbei. Dann mache ich Sie gern miteinander bekannt. Aber bei Seans Ruf wird Ihrem Mann das sicher nicht gefallen.«

»Ich bin nicht verheiratet.« Phoebe nestelte am Ausschnitt ihrer weiten schwarzen Bluse, die ihre ausladenden Hüften kaschierte, und schob ihre Einkaufstüten hinter den Tresen.

»Also, Phoebe, wir werden jetzt einige Zeit allein den Laden führen müssen. Ich bin da auf Ihre Erfahrung angewiesen …«, begann Caitlin.

»Wie geht es Birdie?« Phoebe legte ihre Handtasche auf den Boden und richtete sich schnaufend wieder auf.

»Sie ist notoperiert worden, aber alles ist gut verlaufen«, beruhigte Caitlin die junge Frau, die entsetzt die Augen aufriss.

»Aber wieso … Es war doch alles geplant, oder nicht?«

Caitlin schilderte kurz die Umstände. »Ich glaube, Birdie hat nicht wahrhaben wollen, wie krank sie ist. Jedenfalls wird es länger dauern als nur ein paar Tage. Und ich werde nicht zulassen, dass meine Tante sich zu früh überanstrengt. Wie sieht es zeitlich bei Ihnen aus, Phoebe? Können Sie sich vorstellen, ganze Tage hier zu arbeiten?«

Phoebe plusterte die Wangen auf und spielte mit einer Strähne ihrer langen, rotbraunen Haare. »Tja, so einfach ist das nicht. Ich betreue noch eine ältere Dame. Mal sehen. Zwei Tage kann ich zusagen, aber mehr müsste ich absprechen.«

Seufzend nickte Caitlin. »Das ist doch ein Anfang.«

6

Wo steckst du, Jake?« Rob war schwer zu verstehen, weil der Wind sich knisternd in die Verbindung mischte.

»Bin auf dem Weg nach Hause und mache einen Abstecher nach Nantmor.« Jake setzte den Blinker und ließ einen roten Kleinwagen vorbei, dessen Fahrer suchend die Schilder las.

»Nimm dich zurück, wenn du mit den Craddocks sprichst. Ohne Beweise kannst du nichts machen, und die lassen sich nicht einschüchtern, haben sie noch nie.«

»Bist du jetzt meine Mutter, oder hast du mir noch etwas Wichtiges zu sagen, Rob?« Jake war nicht ernsthaft verärgert, doch wie weit er gehen würde, konnte man ihm schon selbst überlassen. Er musste unbedingt noch den Sergeant erreichen, der ihm Informationen über Sean Craddock geben wollte. Alun wusste genau, dass Jake nicht lockerlassen und den Dingen auf den Grund gehen würde.

»Sieh's mal so, ich arbeite gern mit dir zusammen und hoffe, dass du uns noch länger erhalten bleibst. Wir waren …« Das Rauschen des Windes nahm zu.

»Was hast du gesagt, Rob?«

Es raschelte, doch danach wurde die Verbindung klarer. »Besser? Ein Kanadier, Josh, der mich schon öfter auf Touren begleitet hat, ist drauf gestoßen. Scheint ganz so, als wären die Mistkerle wieder aktiv. Oben in den alten Schieferminen bei Dinorwig hat Josh jemanden klettern sehen. Ich bin hin, weil ich mir gedacht habe, dass der Dreckskerl es auf das Bergdohlennest abgesehen haben kann. Zu spät! Alle Eier waren weg!«

Jake bog mit grimmiger Miene in die Straße nach Nantmor. Das war schlimmer, als er befürchtet hatte. »Alle? Der Kerl kann nur hoffen, dass wir ihn nicht erwischen …«

Nur wenige Bergdohlenpaare nisteten noch in Snowdonia. Die majestätischen Rabenvögel waren vom Aussterben bedroht. Ihre Nester befanden sich meist in unzugänglichen Bergmassiven. Felsspalten und Höhlen gehörten zu ihren bevorzugten Nistplätzen. Doch kein Park konnte sich eine vierundzwanzigstündige Überwachung leisten. Wer widerrechtlich Vogeleier sammelte, trug dazu bei, eine Tierart auszurotten. Schon lange war es kein Kavaliersdelikt mehr, Nester seltener Vogelarten zu plündern. Doch selbst drastische Strafen hielten die rücksichtslosen Fanatiker nicht davon ab, lebensgefährliche Klettertouren zu unternehmen, um an die begehrten Eier zu gelangen. Fanatische Sammler zahlten Unsummen für begehrte Eier, nur um sie heimlich in Vitrinen oder Schubladen betrachten zu können.

»Hat dieser Josh vielleicht ein Foto gemacht?« Touristen schossen dauernd Fotos, möglich wäre es.

»Hat er sogar, aber es war dämmrig und neblig. Ich zeige es dir morgen im Büro. Jake, ich finde, wir sollten versuchen, das Nest am Snowdon zu finden und die Eier zu markieren. Ich habe eine ungefähre Ahnung, wo es sein könnte. Unterhalb von Crib Goch, wenn man den Pyg Track nimmt.«

»Schwierige Stelle, da sollte so schnell eigentlich niemand hingelangen, aber wer weiß … Lass uns morgen gemeinsam überlegen, wie wir am besten vorgehen.« Jake fuhr an der Kirche des malerischen kleinen Ortes vorbei, der durch eine Hollywoodverfilmung berühmt geworden war. In den sechziger Jahren waren die Amerikaner auf die Idee gekommen, China in Wales auferstehen zu lassen. *Die Herberge zur sechsten Glückseligkeit* war der Titel des Films mit Ingrid Bergman in der Rolle einer britischen Missionarin.

»In Ordnung. Und grüß den alten Craddock von mir.« Rob lachte und beendete das Gespräch.

»Grüßen, dem werde ich was ganz anderes …« Jake warf das Mobiltelefon auf den Beifahrersitz und fuhr über den Weiderost von Craddocks Farm.

Es war ein riesiges Anwesen, dem man die ständigen Um- und Anbauten ansah. Es fehlte eine gewisse Homogenität im Baustil, doch das störte Oliver Craddock kaum, solange er Eindruck schinden konnte. Und das würde ihm mit dem aus grauem Stein erbauten Gebäudekomplex, den Pferdeställen und einer Reithalle sicher gelingen. Jake fuhr an einem verlassen wirkenden Haus vorbei, auf dessen Hof riesige Baumstämme darauf zu warten schienen, in die Mühle gebracht zu werden. Offenbar gehörte auch eine ehemalige Sägemühle zum Craddock'schen Besitz.

Jake folgte einer von niedrigen Schieferwällen gesäumten Straße zum Wohnhaus. Alter Baumbestand und Wiesen, auf denen Schafe, Alpakas und Pferde grasten, erstreckten sich zu beiden Seiten der Straße. Der Hof vor dem einstöckigen Wohnhaus war gepflastert und senkte sich zur Mitte, die von einem Ziehbrunnen markiert wurde. Vor einem Weidezaun standen mehrere Fahrzeuge, darunter zwei schwarze Geländewagen mit Anhängerkupplung und ein Motocrossrad. Neben den Stallungen parkten Hänger für den Pferdetransport, die von einem Mann im Arbeitsoverall abgespritzt wurden. Eine junge Frau führte ein Pferd aus dem Stall, und vom Reitplatz waren Kommandorufe zu hören.

Jake stellte sich neben das Motorrad und stieg aus. Suchend blickte er sich um und beschloss, als er sonst niemanden entdecken konnte, den Mann an den Hängern zu fragen. Er war auf gut Glück hergekommen, um mit Oliver Craddock zu sprechen. Und wenn er ihn heute nicht antraf, würde er wiederkommen. Diesmal hatte Craddock sich mit dem Falschen angelegt.

»Hallo!«, rief Jake dem Mann im Overall zu, der sich umdrehte, ohne den Dampfstrahler auszustellen.

»Ich suche Mr Craddock! Wissen Sie, wo ich ihn finden kann?«, rief Jake lauter, um den Lärm des Strahlers zu übertönen.

Der Mann verzog keine Miene, zeigte jedoch mit einer Hand zum Hof. Jake drehte sich um und erkannte Sean Craddock, der mit einem Motorradhelm unter dem Arm auf ihn zusteuerte. Bisher war er ihm zweimal begegnet, und beide Male hatten sie gestritten, weil Jake es gewagt hatte, den jungen Craddock zu maßregeln. Sean war mit einer Reitergruppe über Wege geritten, die für Pferde verboten waren. Beim zweiten Mal hatte Jake ihm ein Bußgeld angedroht. Keine guten Voraussetzungen für ein Gespräch auf feindlichem Boden.

Sean gehörte zu der Art Menschen, die es darauf anlegten, Ärger zu machen, weil sie glaubten, ihr Geld mache sie unangreifbar. Für Leo Boswick mochte das ein Grund sein, sich auf beiden Augen blind zu stellen, aber Jake hatte nicht vor, es ebenso zu halten. Er blieb stehen und ließ Sean auf sich zukommen.

»Was willst du hier, Ranger?« Sean spuckte das letzte Wort abfällig aus.

»Mich sicher nicht mit dir zum Tee verabreden …«, erwiderte Jake gelassen.

»Also, was? Ich kann dich auch von meinem Land jagen lassen. Das hätte man früher mit Leuten wie dir getan!« Die schwarzen Augen wütend zusammengekniffen, stellte Sean sich vor Jake. Er trug eine schwarze Lederjacke und Jeans.

»Ich wollte mit deinem Vater sprechen, Sean.«

»Und es ist immer noch mein Land, auf dem du stehst!« Oliver Craddock kam mit großen Schritten vom Stall auf sie zu, wobei die Sporen seiner Reitstiefel auf den Steinen klirrten. Sein Polohemd war verschwitzt, und in einer Hand schwang er eine Reitgerte. Ohne auf Jake zu achten, herrschte er seinen Sohn an: »Habe ich dir nicht beigebracht, Gäste höflich zu behandeln? Auf meinem Grund und Boden wird jeder zuerst angehört, und dann entscheide ich, ob ich ihn zum Teufel jage oder nicht. Haben wir uns verstanden?«

Sean begegnete seinem Vater auf Augenhöhe. Beide Männer waren groß und von athletischer Statur. Auch wenn Oliver Craddock etwas fülliger wirkte und sein dichter Haarschopf silbern war, war er noch immer eine stattliche Erscheinung. Jake war dem Gutsherrn noch nicht persönlich begegnet und nahm die natürliche Autorität des älteren Mannes sofort wahr.

»Du sprichst laut und deutlich, wie immer, Vater. Allerdings haben wir schon lange Verständigungsprobleme, die ich nicht vor Fremden diskutiere.« Sean schien wenig beeindruckt von den harschen väterlichen Worten. »Hör ihn dir an, den guten Ranger, und dann schaue ich zu, wie du ihn vom Hof jagst. Wetten?«

»Was ist mit dem Hengstfohlen? Hat sich der Käufer entschieden?«, wechselte Craddock abrupt das Thema.

Sean grinste. »Ja. Ich hatte dir gesagt, dass er anbeißt. Er kommt nächstes Wochenende her.«

Sein Vater klopfte beifällig mit der Gerte gegen seine Stiefel. »Sehr schön. Und jetzt zu Ihnen, Mr …?«

»Parry, Sir. Es geht um …«, begann Jake, doch Craddock unterbrach ihn mit einem zischenden Hieb der Gerte, die vor seiner Nase durch die Luft fuhr.

»Wer hat Sie geschickt? Leo Boswick?« Die Sporen klirrten, als Craddock sich nach seinem Mitarbeiter umsah, der den Strahler ausgestellt hatte, um ihnen zu lauschen. »Hältst du Maulaffen feil, Tim? Ich bezahl dich nicht fürs Rumstehen!«

»Viel Spaß, Jake!« Sean warf den Kopf in den Nacken und ging grinsend davon.

»Nein, Leo hat mich nicht geschickt. Ganz im Gegenteil, er

hat mir davon abgeraten, weiter in der Sache nachzuforschen«, sagte Jake mit fester Stimme.

»Welche Sache?« Ungeduldig schaute Oliver Craddock auf seine Uhr.

»Die toten Greifvögel, die wir auf Ihrem Land gefunden haben. Sie wurden abgeschossen. Und Sie wissen, dass diese Tiere unter Naturschutz stehen.« Jake sah Oliver Craddock direkt in die Augen.

»Was? Sie unterstellen mir, dass ich diese Vögel geschossen habe? Ich könnte Sie wegen Verleumdung verklagen. Haben Sie Beweise?«

»Noch nicht.«

Zum ersten Mal schien Oliver Craddock Jake als Gegner wahrzunehmen. »Noch nicht?«, wiederholte er langsam.

»Ich arbeite daran.«

»Und wie, wenn ich fragen darf?«

»Es gibt Mittel und Wege herauszufinden, aus welcher Waffe eine Kugel abgefeuert wurde. Das dürfte Ihnen bekannt sein.«

»Hören Sie mir gut zu, Freundchen. Ich habe genug Zeit mit Ihnen verschwendet. Sie gehen jetzt brav zu Ihrem Wagen und kümmern sich um Touristinnen, die sich verlaufen haben. Und wenn Sie dann noch die Zäune hübsch in Ordnung halten, dürfen Sie Ihren Job hier behalten. Vielleicht. Ich rufe jetzt Leo Boswick an, und damit ist die Sache beendet. Verstanden?«

Jake verkniff sich die Bemerkung, die ihm auf der Zunge lag. »Ich hatte schon viel von Ihnen gehört, Mr Craddock, und Sie haben mich nicht enttäuscht.«

»Unverschämter …« Die Gerte sauste hinter Jake durch die Luft, der sich mit einem Satz außer Reichweite gebracht hatte und zu seinem Wagen ging.

Sean lehnte noch an seinem Motorrad und telefonierte. »Du bist doch zu Hause, Caitlin? Dann komme ich vielleicht nachher vorbei und lade dich zum Essen ein. Wie geht es deiner Tante?«

Als Jake den Namen hörte, durchzuckte es ihn eiskalt. Sean und Caitlin? Er hatte sie erst ein Mal gesehen und empfand doch schon einen vagen Anflug von Eifersucht, aber das mochte auch nur daran liegen, dass ihm Sean Craddock zuwider war. Der durchtriebene Craddock passte so gar nicht zu Caitlin. Von der er im Grunde nichts wusste, dachte Jake.

»Aha, nun ja, dann kannst du sowieso nichts tun, nur abwarten. Also, bis später vielleicht.« Bevor Sean sich den Motorradhelm überstülpte, wandte er sich mit einem abfälligen Grinsen an Jake. »Dein Besuch hier bei uns hat nicht lang gedauert, was, Ranger? Diesen Auftritt hättest du dir sparen können.«

»Ich mag nicht von hier sein, aber ich erkenne ein faules Ei am Geruch, und hier stinkt es gewaltig.« Jake riss die Wagentür auf und ließ sich in seinen Sitz fallen.

Kaum hatte er sein Apartment in Beddgelert erreicht, rief er Sergeant Alun Brace an. »Hallo, Alun, störe ich?«

Der Polizist klang entspannt, im Hintergrund war ein laufender Fernseher zu hören und Kinder lachten. »Ist in Ordnung. Du willst sicher wissen, was ich über Sean Craddock herausgefunden habe?«

»Ich brenne darauf. Gerade war ich in Nantmor und muss gestehen, dass mein Besuch dort alles andere als erfolgreich war. Der alte Craddock ist ein harter Knochen, aber ich habe zumindest Flagge gezeigt.« Er hustete und trank einen Schluck Wasser. »Und mir sicher eine Menge Ärger eingehandelt, denn Oliver Craddock wird sofort bei Leo Boswick angerufen haben. Egal, schieß los, ich bin ganz Ohr.«

»Evie, ich gehe kurz nach nebenan«, sagte Alun zu seiner Frau, um sich dann Jake zuzuwenden. »Hier bin ich ungestört. Im Grunde ist es nicht viel, aber ich glaube, dass wir einander helfen können, wenn wir Informationen austauschen. Du bist nicht von hier und kannst einiges nicht wissen, was für uns selbstverständlich ist. Sean Craddock ist nicht sehr wählerisch, was seinen Bekanntenkreis betrifft. Seit er ein Motocrossrad besitzt, fährt er oft nach Tremadog. Dort gibt es ganz in der Nähe ein Gelände, auf dem Lewis Gwilt einen Cross-Parcours angelegt hat. Die Gwilts betreiben die große Tankstelle in Porthmadog. Lewis fährt Auto, seit er vierzehn ist, ob mit Führerschein oder ohne, unter Alkohol oder bekifft. Wegen kleinerer Hehlereien hat er bereits eine Jugendstrafe abgesessen. Wenn er zu viel getrunken hat, neigt er zu Gewalttätigkeiten, genau wie sein Busenfreund Toby, ein Paketausfahrer. Dessen Frau Lexi tut mir leid, sie hat es nicht leicht mit ihm, arbeitet in Portmeirion.«

»Ich habe Sean unterschätzt, hätte ihn für zu überheblich gehalten, sich mit solchen Leuten abzugeben«, bemerkte Jake.

»Oh nein, Sean kann sehr umgänglich sein, wenn er will. Ich kenne ihn seit über zehn Jahren. Wenn er es darauf anlegt, macht er dich glauben, du wärst sein bester Freund, und dabei nutzt er die Leute nur für seine Projekte aus. Er hat dauernd etwas Neues vor und treibt seinen Vater damit zur Weißglut. Die Pferdezucht ist so ziemlich das Einzige, was er bisher durchgehalten hat, wobei ich nicht weiß, inwieweit er tatsächlich dahintersteht oder ob sein Vater nicht letzten Endes alles organisiert. Finanzieren tut er es ohnehin. Jedenfalls habe ich Sean, Lewis und Toby mehrfach offroad in den Bergen auf ihren Motorrädern erwischt und ihnen Strafen aufgebrummt, was sie nicht abschreckt, es wieder zu tun, leider. Zweimal war es bereits nach Mitternacht, und ich habe mich gefragt, was sie antreibt, sich auf lebensgefährlichen Pisten herumzutreiben. Vielleicht ist es nur der Nervenkitzel, doch seit die Eierdiebstähle wieder zugenommen haben, hege ich den Verdacht, dass sie ihre Finger darin haben. Aber solange ich sie nicht auf frischer Tat erwische, kann ich nichts tun.« Alun holte tief Luft.

»Verstehe. Ja, das klingt logisch. Sag mal, Alun, hat Rob dir von dem Vorfall in den alten Schieferminen bei Dinorwig erzählt?« Als Alun verneinte, berichtete Jake kurz. »Wir wollen morgen überlegen, wie wir am besten vorgehen, und versuchen, die Eier in den anderen Nestern zu markieren, damit sie wertlos für die Mistkerle werden.«

»Gute Idee, aber nimm dich vor Lewis in Acht. Der Kerl ist mit Vorsicht zu genießen und schlägt gern zu, wenn man ihm auf die Zehen tritt. Sag mir auf jeden Fall Bescheid, wenn du Motorräder in der Nähe von möglichen Nistplätzen siehst.«

»Okay, mache ich. Noch einen schönen Abend, Alun, und grüß deine Frau von mir. Ich habe ewig nicht so eine gute Forelle gegessen«, verabschiedete sich Jake von seinem Freund, bei dem er vor einer Woche zum Essen eingeladen gewesen war.

»Ich werd's ihr ausrichten. Sie kocht gern und für dich besonders, weshalb ich noch nicht weiß, ob ich dich so bald wieder einladen kann ...« Er lachte und hängte auf.

Die neuen Informationen hinterließen einen faden Nachgeschmack bei Jake, und er grübelte noch lange über Sean Craddock und dessen umtriebige Freunde nach. Gleich morgen früh würde er mit Rob darüber sprechen, für den Lewis und Toby sicher keine Unbekannten waren. Und es gab noch eine Sache, die ihm keine Ruhe ließ, als er an diesem Abend zu Bett ging: Was hatte Birdies Nichte mit Sean Craddock zu tun?

Jake erwachte eine Minute, bevor sein Wecker klingelte, packte seine Kletterausrüstung in den Wagen und war um acht Uhr in seinem Büro. Beinahe hatte er erwartet, Rob schon dort vorzufinden, und als sein Arbeitskollege auch um neun noch nicht in Sicht war, rief er ihn an. Robs Telefon blieb stumm. Dafür konnte es verschiedene Gründe geben, doch Jake beschlich ein ungutes Gefühl. Hatte Rob nicht gesagt, dass er vielleicht allein auf den Mount Snowdon gehen wollte?

»Verdammt, Rob, wo steckst du?«, murmelte Jake und wählte die Nummer seiner Freundin. »Aileen? Hallo, hier ist Jake. Ist Rob gestern bei dir gewesen?«

»Nein, er hat gesagt, dass er ganz früh rausmuss. Hattet ihr nicht was vor?« Ihre Stimme klang argwöhnisch. »Was ist denn? Stimmt was nicht? Er hat eine andere, nicht wahr? Ich wusste es! Dieser …«

»Ach was, hör auf, Aileen. Hat er von einer Tour auf den Snowdon gesprochen?«

»Kann sein. Sicher eine Privattour mit irgendeiner hübschen Touristin«, ätzte Aileen.

»Er hatte keine Tour, Aileen. Wir wollten eigentlich gemeinsam auf den Snowdon, ein Bergdohlennest suchen und die Eier markieren. Hat er dir nicht von dem Diebstahl in Dinorwig erzählt?«

Er konnte sie aufatmen hören. »Stimmt, er war ziemlich sauer! Dann ist er allein losgegangen?« Ihre Verärgerung verwandelte sich in nervöse Besorgnis.

»Sieht ganz so aus, aber mach dir keine Sorgen, Aileen. Wahrscheinlich steckt er einfach in einem Funkloch. Ich erwische ihn schon noch. Bis später.« Jake beendete das Gespräch, war jedoch alles andere als beruhigt. Es gab keine Funklöcher am Snowdon, und es war ganz und gar nicht Robs Art, sich nicht zu melden.

7

Bangor, Ysbyty Gwynedd, Wales

Caitlin war ohne Umwege zur Klinik gefahren, denn die Zeit drängte. Die Besuchszeiten auf der Herzstation waren stark eingeschränkt und wurden streng eingehalten, wie ihr die Schwester mitgeteilt hatte. Der Parkplatz war nur zur Hälfte belegt, und die Sonne schien warm vom kaum bewölkten Himmel. Mit gemischten Gefühlen ging Caitlin auf den modernen Gebäudekomplex zu, der sich klinisch weiß von der Grünanlage abhob. Zum letzten Mal war sie hier gewesen, um ihre Mutter nach dem Autounfall zu besuchen. Nie würde sie den Anblick vergessen, der sich ihr geboten hatte, als sie das Krankenzimmer betreten hatte. Die schmale Gestalt ihrer Mutter hatte verloren auf den weißen Laken gewirkt, und ein Blick in die ernsten Gesichter der umstehenden Ärzte hatte genügt, um sie wissen zu lassen, dass es keine Hoffnung gab.

Ohne Birdie wäre sie damals verzweifelt. Cait umfasste den Blumenstrauß fester und trat durch die Schiebetüren des Haupteingangs. Diesmal war es anders, schärfte sie sich ein. Schwester Lina hatte gesagt, dass es Birdie den Umständen entsprechend gut ging. Den Umständen entsprechend, was auch immer das heißen mochte. Auf ihrem Weg begegnete Cait vielen Familien mit kleinen Kindern und fragte sich, ob sie über all der Aufregung einen Feiertag vergessen hatte, konnte sich jedoch nicht erinnern. Phoebe hatte keine Zeit gehabt, den Laden zu übernehmen, und so hatte Cait einfach ein »Heute Ruhetag«-Schild an die Tür gehängt. Natürlich durfte Birdie das nicht wissen, aber ein Besuch war wichtiger als zwei verkaufte Keramikbecher.

Cait hatte sich für ein knallrotes T-Shirt und eine weiße Leinenhose entschieden, denn die Temperaturen waren auch heute bereits über zwanzig Grad geklettert. Ihre Sandalen klapperten auf den gefliesten Fluren, und eine Schwester warf ihr einen strafenden Blick zu. Der bunte Sommerstrauß in ihrer Hand verströmte einen süßlichen Duft, der sich mit den Gerüchen des Krankenhauses vermengte und Cait Brechreiz verursachte. Endlich erreichte sie die Station für Herzpatienten. Die Wände waren zitronengelb und die Türrahmen hellblau gestrichen. Am Empfangstresen standen zwei in ein Gespräch vertiefte Schwestern. Die ältere der beiden blickte auf. »Zu wem möchten Sie?«

»Mrs Charlotte Bennett, bitte.«

Die jüngere Schwester horchte auf und lächelte. Sie hatte rötlich blondes Haar und eine mit Sommersprossen übersäte Stupsnase. »Dann sind Sie die Nichte? Wir haben telefoniert. Ich bin Schwester Lina. Kommen Sie, ich bringe Sie hin.«

»Danke. Sind Blumen erlaubt?« Cait sah einen Rollwagen mit Vasen und Sträußen.

»Aber ja. Ihre Tante liegt ja nicht mehr auf der Intensivstation. Sie ist noch sehr schwach und darf auf keinen Fall aufgeregt werden, aber das haben Sie ja auch nicht vor, nicht wahr?« Die Schwester nickte ihr zu, blieb vor einer Tür stehen, klopfte kurz und warf vorsichtig einen Blick hinein. Leise sagte sie: »Ihre Tante ist wach, die anderen schlafen. Kommen Sie.«

Cait trat in ein Vierbettzimmer, in dem ein Bett nicht belegt war. Ihre Tante lag am Fenster und wandte ihr langsam den Kopf zu. »Hallo, Birdie«, flüsterte Cait mit heiserer Stimme.

Die Schwester warf einen prüfenden Blick auf die Infusionsschläuche und einen kleinen Bildschirm neben dem Bett und tätschelte Birdies Hand. »Alles in Ordnung, Mrs Bennett? Soll ich das Kopfteil etwas erhöhen, damit Sie sich besser unterhalten können?«

Birdie brachte ein schwaches Lächeln zustande. »Danke, gern.« Dann klopfte sie leicht neben sich auf die Bettdecke. »Cait, komm zu mir. Ich habe dir so viel zu erzählen.«

Die Schwester erhöhte das Kopfteil mittels einer Fernbedienung. »Lassen Sie lieber Ihre Nichte etwas erzählen, Mrs Bennett. Sie sollen sich schonen.«

»Ich kann doch sowieso nichts tun, da darf ich wohl die Lippen bewegen«, beschwerte sich Birdie, und die Schwester ging mit einem Achselzucken davon.

Auf dem Fensterbrett fand Cait eine Vase, in die sie die Blumen stellte, um sich anschließend einen Stuhl neben Birdies Bett zu ziehen. »Du hast mir vielleicht einen Schrecken eingejagt, Birdie.«

Sie streichelte über den Arm ihrer Tante und räusperte sich, um ihrer Stimme mehr Festigkeit zu verleihen. Was nützte Birdie ihr Besuch, wenn sie in Tränen ausbrach?

»So war das nicht geplant, glaub mir. Die alte Pumpe hat einfach gestreikt, und dabei stand der Wartungstermin schon fest.« Obwohl Birdie mitgenommen und blass aussah, brannte in ihren Augen das alte kämpferische Feuer, und Cait fiel ein Stein vom Herzen.

»Mach du nur deine Witzchen, so eine Operation ist keine Kleinigkeit. Du hättest mir doch sagen müssen …«

Birdie winkte matt ab. »Wozu denn? Damit du dich unnötig sorgst? Außerdem habe ich nichts gemerkt. Mir ging es gut! Was macht der Laden? Wer ist denn jetzt dort?«

»Phoebe«, log Cait, ohne mit der Wimper zu zucken. »Sie macht das sehr gut.«

»Na, das ist mir aber neu!«, schnaufte Birdie. »Sie hat den Kopf in den Wolken, vergisst die Hälfte und schläft im Stehen ein, wenn man sie nicht regelmäßig anschiebt.«

Cait lachte herzhaft, hielt sich die Hand vor den Mund und sah sich nach den anderen Patienten um, doch die schienen zu schlafen. »Manchmal muss man den Menschen eine Chance geben, und sie kommen aus sich heraus. Der Fotograf war auch da und lässt dich grüßen.«

Interessiert hob Birdie die Brauen. »Wie nett. Und?«

»Was und?«

»Na, was hältst du von ihm?«

»Schwer zu sagen, nach kaum drei Sätzen.«

»Komm schon, Cait …«, drängte Birdie sie.

»Nett, denke ich.« Und das dachte sie tatsächlich. Der Ranger mit den grauen Augen war ihr seit jener Begegnung mehr als ein Mal durch den Kopf gegangen. Das war beunruhigend, denn sie war weder in der Stimmung noch gewillt, sich auf irgendjemanden einzulassen. Sie wollte einfach nur ihr Leben so weiterführen wie bisher. Und dabei wusste sie selbst, dass das Unsinn war und sie sich in die Tasche log. Sie hatte Angst. Angst um Birdie, vor der Zukunft und vor der Vergangenheit. Ihr Leben schien aus den Fugen geraten zu sein, und sie konnte nichts dagegen tun.

Birdie beobachtete sie genau, nickte kurz und ließ den Kopf in die Kissen sinken. »Nett. So fängt es immer an. Hör mir zu, Cait. Ich hatte versprochen, dir die Wahrheit über deine Eltern zu erzählen.«

Cait schüttelte energisch den Kopf. »Das musst du nicht. Es regt dich sicher viel zu sehr auf. Soll ich dir etwas zu trinken holen?«

»Dafür habe ich all diese hübschen Schläuche. Nein.« Birdie richtete ihre Augen auf sie. »Es brennt mir auf der Seele, und du sollst es wissen, damit du nicht ewig vor dir selbst davonläufst.«

»Aber das tue ich nicht!«

»Doch, genau das tust du«, sagte Birdie mit einem Seufzer.

»Warum mir? Warum sagst du es nicht Jessica?«

»Du bist wie ich, Cait. Du hättest meine Tochter sein können.«

Cait schwieg. Wie oft hatte sie das selbst gedacht, sich gewünscht, sie wäre Birdies und nicht Annes Tochter. Und sie hatte sich furchtbar dafür geschämt. Aber wer konnte ein kleines Mädchen dafür verurteilen, wenn seine Schwester von den Eltern vergöttert wurde und sie selbst um jeden anerkennenden Blick, jedes Lob kämpfen musste? Wobei es eigentlich mehr ihr Vater gewesen war, der Jessica verwöhnte und glaubte, dass sie es nicht merkte. Aber Cait hatte sehr wohl bemerkt, wie die Augen ihres Vaters aufleuchteten, wenn Jessica in den Raum trat, und sich für eine Sekunde verdüsterten, wenn er sie, Cait, sah. Ihre Mutter zog Jessica nicht vor, sie verhielt sich beiden Töchtern gegenüber mit gleichbleibender Kühle. Es schien so, als lebte Anne in einem Kokon, den niemand durchdringen konnte, nicht einmal ihre Töchter.

»Jessica hat ihr eigenes Leben, Cait. Sie hat sich frühzeitig entschieden, und das ist gut so. Ich wünsche mir, dass auch du endlich dein Glück findest, dich aus den Fesseln der Vergangenheit befreist. Die Wahrheit scheint mir der einzige Weg zu sein, dir dabei zu helfen. Ich habe lange gezögert, vielleicht zu lange. Ich habe wohl gehofft, dass es nicht notwendig sein würde.« Ihr Blick fiel auf den Sommerstrauß auf der Fensterbank. »Schöne Blumen. Als hättest du sie auf der Wiese gepflückt. Die duften am schönsten, weißt du, wilde Rosen besonders … Die ganz besonders …«

Das Reden strengte Birdie an, und sie atmete einige Male schwer mit geschlossenen Augen, bevor sie mit leiser Stimme fortfuhr.

8

Nantmor, Snowdonia, Wales, September 1970

Birdie fuhr den Kleintransporter in die Auffahrt der Sägemühle. Die schweren Baumstämme auf der Ladefläche ruckelten ächzend in der Umklammerung der Eisenketten. Wenn sich nur eine löste, würden die Stämme wie Raketen vom Wagen springen und jeden erschlagen, der in Reichweite war. Wenn man auf einer Farm aufwuchs, war einem der Umgang mit schweren Gerätschaften vertraut, doch vor aufgestapelten Baumstämmen hatte Birdie höllischen Respekt. Sie war Zeugin eines Unglücks im Wald geworden, als ein Holzfäller zwischen losgebrochenen Stämmen zermalmt worden war. Das war ihr eine Warnung gewesen, und sie achtete nun strengstens darauf, ob Ladungen richtig festgezurrt waren.

Seit der Abschlussfeier in Portmeirion waren über zwei Monate vergangen. Sie war Nathan gezielt aus dem Weg gegangen, denn sein schroffer Ausbruch hatte geschmerzt. Warum auch hatte sein Vater auf eine Heirat anspielen müssen? Das war vollkommen aus der Luft gegriffen, denn sie waren ja nicht einmal offiziell miteinander ausgegangen, geschweige denn ein Liebespaar gewesen. Sie waren gute Freunde. Vielleicht nicht einmal mehr das, und das täte ihr am meisten leid. Seufzend steuerte Birdie den klapprigen Kleinlaster über die holprige Auffahrt. Das Tor zur Sägemühle stand offen, und sie konnte hören, wie sich die Metallblätter kreischend durch frisches Holz fraßen.

Birdie stellte den Motor ab und sprang aus dem Wagen. Der Boden war noch aufgeweicht vom Regen, doch die dicke Decke aus Sägespänen machte ihn weich wie einen Flokati. Aus der Werkstatt wehten Schwaden von feinem Holzstaub und drangen in Nase und Augen. Birdie nieste und schüttelte die Haare, die sie zu einem dicken Zopf zusammengebunden hatte. Sie mochte den Duft von frisch geschlagenem Holz, doch das Kreischen der Sägeblätter drang ihr durch Mark und Knochen.

Mit den Händen in den Taschen ihrer Jeans stapfte sie über den Hof. Ein schwarz-weißer Bordercollie lief auf sie zu und bellte. »Ey, Che, mach nicht solchen Wind, du kennst mich doch!«

Der Hund schnupperte an ihrer Hose, ließ sich kurz streicheln und stob davon. Lucas hatte ihn auf den Namen des Rebellenführers getauft, aber damit erschöpfte sich das politische Engagement der Turners auch schon. Birdies Arbeitsstiefel waren von der Farmarbeit verdreckt. Sie hatte nichts gegen die Arbeit mit den Tieren, mochte das Ausmisten der Ställe sogar, weil es sie körperlich forderte, doch ihre Zukunft sah sie dort nicht. Genauso wenig wie Annes Leben sich auf dem Hof abspielen würde. Welche Pläne auch immer ihre Eltern für Anne haben mochten, Birdie befürchtete, dass ihre Schwester sich durch ihr unbedachtes Verhalten in Schwierigkeiten brachte. Das Schlimmste war, dass Anne sich keine Gedanken machte. Sie lebte seit dem Abschluss einfach in den Tag hinein. Jeder sollte eine Auszeit nach der Schule nehmen dürfen, um sich neu zu orientieren, aber Anne übertrieb es – in jeder Beziehung.

Birdie entdeckte Lucas' kräftige Gestalt. Er kam mit einem Werkzeugkasten aus einem Schuppen und winkte ihr zu. »Birdie, schön, dich zu sehen! Wir kommen dir gleich helfen. Fass die Ketten nicht allein an!«

»Hatte ich nicht vor!«, brüllte sie zurück.

Als sie an der Werkhalle ankam, wurde die elektrische Säge abgestellt, und sie atmete auf. Die beiden Männer, die vor dem gefährlich scharfen Sägeblock gestanden hatten, zogen sich die Schutzhandschuhe aus und drehten sich um, während sie sich den Schweiß aus den Gesichtern wischten. Nathan und sein Vater waren von gleich großer Statur.

Birdies Herz machte einen kleinen Satz, als sie Nathan sah, doch sie ließ sich nichts anmerken. »Hallo, Samuel, Nathan. Wir haben gutes Holz gefällt, das mein Vater für den Bau eines Stalls verwenden möchte.«

»Dann will er stabile Bretter. Geht klar«, sagte Samuel und dehnte den Rücken.

Lucas stellte den Kasten auf eine Bank neben der Säge. »Sie hat die Stämme mitgebracht.«

»Du bist allein mit dem Laster hergefahren?« Nathan musterte sie mit gerunzelter Stirn und klopfte sich Späne von seinem karierten Hemd.

»Was ist schon dabei? Ich bin kein Püppchen«, erwiderte sie ärgerlich.

»Nein, das bist du sicher nicht.« Anerkennung schwang mit, als er ihr ein breites Lächeln schenkte.

Und warum siehst du dann nicht mehr in mir? Sie lechzte förmlich nach seiner Aufmerksamkeit, nach einem freundlichen Wort von ihm und war damit nicht besser als ein Hund, der seinem Herrn hinterherhechelte. Stolz hob sie das Kinn. Nein, sie war nicht zierlich und elfengleich wie ihre Schwester und hatte es nie sein wollen. Die Rolle des burschikosen Kumpels war ihr auf den Leib geschrieben, und sie hatte sich nie beschwert, sondern sich wohlgefühlt. Bis zu jenem Nachmittag auf dem Moel Hebog. Birdie wandte sich ab und schaute über den Hof zu den Bergen, deren Gipfel in den violett-orange gefärbten Schwaden abendlichen Nebels verschwanden.

Zu viert waren sie vom Nordwesten hinter einer alten Farm aufgestiegen: Lucas, Nathan, Anne und sie selbst. Außer Atem kamen sie an den scharfkantigen Felsen unterhalb des Gipfels an, die Aussicht über die satten grünen Abhänge und die sich anschließenden Bergketten genießend. Sie hatten herumgealbert, Lucas hatte Anne an der Hand genommen und war mit ihr vorausgelaufen. Bei dem Versuch, über einen Felsen zu springen, war Birdie ausgerutscht und hatte sich die Hand aufgerissen. Nathan hatte sich besorgt um die blutende Schürfwunde gekümmert. In jenem Augenblick hatte sich alles für Birdie geändert. Die Berührung seiner Hand schien sie zu elektrisieren, und als er ihr einen tröstenden Kuss auf die Wange drücken wollte, drehte sie den Kopf so, dass ihre Lippen sich fanden. Nathan hatte sie geküsst, sie hatte die Veränderung in seiner Atmung gespürt, und seine Lippen waren zärtlich und weich über ihre geglitten. Danach hatte er einen Scherz gemacht und so getan, als sei nichts geschehen. Warum hatte er es sich anders überlegt? Wenn sie ihn nicht fragte, würde sie es nicht erfahren. Aber das war der springende Punkt – sie würde ihn niemals fragen. Ihm ihre Gefühle einzugestehen hieße, ihm ihr Herz zu offenbaren, sich verwundbar zu machen. Und das, entschied Birdie, würde sie keinem Mann jemals zugestehen.

»Hast du nicht gehört, Birdie? Das Holz, wann will dein Vater es haben?«, fragte Nathan und berührte sie an der Schulter.

»Bis wann könntet ihr es zuschneiden?«

Nathan sah sich nach seinem Vater um, der in Gedanken bereits die Aufträge durchging.

»Ende nächster Woche. Vorher schaffen wir es nicht. Reicht das?«, fragte Samuel Turner. Er trug eine Latzhose, darunter ein gelbes Hemd und Arbeitsschuhe mit Metallkappen. Vor einigen Jahren war ihm ein Holzklotz auf den Fuß gefallen und hatte ihm die Zehenknochen zertrümmert.

»Aber ja. Wir haben auch so genug zu tun. Ich weiß nicht, wie lange meine Eltern das durchhalten wollen. Meiner Mutter wird es langsam zu viel. Wir kochen seit Wochen Obst ein, und noch immer sind die Kisten voll mit Äpfeln, Birnen und Quitten. Könnt ihr welche brauchen?«

Birdie schaute von Samuel zu Nathan, dessen Aufmerksamkeit jedoch von etwas hinter dem Weidezaun gefesselt wurde. Sie folgte seinem Blick und entdeckte die schlanke Gestalt ihrer Schwester, die auf einem Grauschimmel hinter Oliver Craddock über die Felder galoppierte. Anne war eine gute Reiterin, ihr Körper schien mit dem des Pferdes verwachsen. Sie legte sich nach vorn, um dem Pferd mehr Zügel zu lassen, und stieß einen triumphierenden Schrei aus, als sie Oliver überholte und ihr Pferd antrieb, über einen Graben zu springen.

Mit angehaltenem Atem verfolgte Birdie den Sprung und seufzte erleichtert, als Anne wohlbehalten auf der anderen Seite landete. Oliver folgte ihr, und die beiden verschwanden hinter einer Baumgruppe aus ihrem Blickfeld. »Warum muss sie alles übertreiben? Irgendwann bricht sie sich noch den Hals«, murmelte Birdie.

»Hör auf, die große besorgte Schwester zu sein. Genieß dein Leben, Birdie.« Nathan warf seine Handschuhe auf einen Holzblock. »Ich bin fertig für heute.«

Samuel folgte dem Beispiel seines Sohnes. »Komm mit rein, Birdie. Hannah wird sich über Obst freuen, und du kannst mit uns essen, wenn du magst. Lucas, mach Schluss!«

Gemeinsam gingen sie auf das Wohnhaus der Turners zu, das wie die meisten Häuser der Gegend aus grauem Stein erbaut war. Die Küchentür stand offen, und der Duft von geröstetem Fleisch und gebratenen Zwiebeln wehte ihnen entgegen. Hannah schaute vom Herd durch das ebenfalls offene Fenster und rief: »Zehn Minuten noch!«

Eine alte, steinerne Viehtränke mit Pumpschwengel stand

neben dem Haus, und Nathan tauchte Arme und Kopf in das kalte Bergwasser. Mit triefend nassen Haaren richtete er sich auf und schüttelte sich.

Birdie sprang zur Seite, denn Lucas kam dazu, und sie hatte keine Lust auf eine Wasserschlacht, wie sie sie als Teenager oft genug gespielt hatten. Was war nur los mit ihr? Wann war ihr die Leichtigkeit des Seins verloren gegangen? Diese Unbeschwertheit, die Anne so unwiderstehlich machte. Warum konnte sie nicht einfach drauflosflirten, ohne sich Gedanken zu machen, was daraus werden sollte? Aber sie war eben Birdie, bodenständig und patent. Und wenn sie nicht gerade in Nathans Nähe war, konnte sie durchaus unterhaltsam sein. Vielleicht sollte sie einfach lernen, ihre Gefühle für Nathan zurückzustellen und weiterzumachen wie immer. Mit einem Lächeln drehte sie sich zu den Brüdern um. »Wir sollten mal wieder wandern gehen. Mir fehlen unsere Touren. Wie lange bist du noch hier, Lucas?«

Der Angesprochene war dabei, sich das nasse Hemd über den Kopf zu ziehen. Sein Oberkörper war athletisch, und seine strahlenden Augen würden den Mädchen an der Universität von Manchester den Kopf verdrehen. »In drei Tagen bin ich weg. Ich freu mich auf die Uni, aber ich werde das hier vermissen.« Er machte eine ausholende Bewegung mit den Armen.

»In den Semesterferien bist du hier hochwillkommen, kleiner Bruder«, meinte Nathan mit einem halben Grinsen, und seine Augen streiften beinahe traurig über die Sägemühle.

»Ach, verdammt, Nathan, ich sollte nicht gehen und dich im Stich lassen. Ich habe sowieso keine Lust auf noch mehr Prüfungen und langweilige Vorlesungen«, sagte Lucas und warf sein Hemd über den Pumpschwengel.

»Nein!«, sagte Nathan scharf. »Es reicht, wenn einer von uns hierbleibt. Ich bin der Ältere, und nun ist es einmal so gekommen. Du wirst deinen Abschluss machen, und dann kannst du dich entscheiden. Aber glaub mir, Bruderherz, wenn du erst einmal hier raus bist, wirst du es nicht mehr vermissen.«

Es sollte sicher nicht bitter klingen, doch das tat es, und Lucas ging mit hängendem Kopf ins Haus.

»Ist es wirklich so schrecklich für dich, hierbleiben zu müssen?«, wollte Birdie wissen und konnte nicht anders, als Nathan über den Nacken zu streichen.

Er ließ es geschehen und starrte in die einsetzende Abenddämmerung. »Nein, nein, ich werde nachher noch mit Lucas sprechen. Es sollte nicht so hart klingen. Ich habe mich damit abgefunden, dass ich die Sägemühle und die Tischlerei übernehme. Es macht mir ja auch Spaß, Möbelstücke zu fertigen und Holz zu schlagen. Das ist es nicht. Ich glaube, ich hätte nur einfach gern die Wahl gehabt. Wäre gern ein paar Jahre durch die Welt gereist, einfach so, ohne darüber nachdenken zu müssen, dass ich für das Familienunternehmen verantwortlich bin. Als mein Vater krank war, habe ich keine Minute gezögert. Versteh mich nicht falsch. Nur, wenn ich Lucas jetzt sehe, so jung und voller Ideen und alle Möglichkeiten vor sich ...« Er seufzte tief, nahm ihre Hand und drückte sie.

»Du bist immer noch jung, Nathan, es gibt so viele Möglichkeiten.«

»Ja«, sagte er abwesend. »Ich war zu zögerlich und habe eine Chance vertan, aber das wird mir nicht noch einmal passieren.«

»Ich werde eine Töpferei aufmachen!« Es platzte einfach aus ihr heraus. Sie hatte lange darüber nachgedacht, und nun war sie entschlossen, ihren Plan in die Tat umzusetzen.

Nathan ließ sie los und sah sie an. »Wirklich? Wo denn? Auf eurer Farm?«

»Nein. Ich kann ein Haus in Minffordd mieten. In der Nähe ist eine Töpferei mit Brennofen, und vielleicht kann ich meine Sachen in einem der Läden in Portmeirion verkaufen!«

»Du bist mutig, dass du dir das allein zutraust, Birdie. Aber es passt zu dir.« Er legte ihr den Arm um die Schultern. »Na komm, gehen wir essen, meine Mum wird sich freuen, dich zu sehen.«

Am nächsten Vormittag fuhr sie mit ihrer Schwester nach Minffordd. Im Radio spielte ein melodischer Beatles-Song. Anne summte die Melodie mit und spielte mit einer Kette aus bunten Edelsteinen.

»Ist die nicht schön? Oliver hat sie mir geschenkt.« Sie zeigte Birdie die schimmernden Steine.

»Hmm, schön.« Birdie konzentrierte sich auf den Verkehr.

»Hast du was gegen Oliver? Du sagst überhaupt nichts dazu. Er ist doch eine gute Partie!«, beschwerte sich Anne.

»Klar ist er das. Will er denn heiraten?«

»Du musst immer alles runtermachen! Sicher will er das, warum schenkt er mir sonst so teuren Schmuck?«

»Tja, da fallen mir so einige Gründe ein. Vielleicht gefallen ihm deine Reitkünste«, sagte Birdie trocken.

»Weißt du, denk doch, was du willst, ihr werdet schon sehen. Außerdem bist du nur neidisch. Du bist doch immer noch Jungfrau, oder hat Nathan dich inzwischen flachgelegt?«

Zeit, das Thema zu wechseln, dachte Birdie. Sie wollte nicht über Nathan sprechen, und schon gar nicht mit ihrer Schwester. Sie zeigte auf ein Straßenschild. »Siehst du die Kreuzung da vorn? Gleich dahinter ist es. Klasse, oder? Ich kann sogar zu Fuß runter nach Portmeirion, wenn ich will. Die Häuser sind neu.«

»Was? Diese Reihenhäuser da? Da willst du einziehen? Mann, das ist so spießig!« Ihre Schwester rümpfte die Nase.

»Meine Pläne sind aber nicht konservativ.«

Anne lachte. »Das stimmt, und du bist auch gar nicht spießig, Birdie. Du bist Birdie, meine verschrobene große Schwester, auf die ich mich verlassen kann, wenn ich wieder Mist gebaut habe. Ich liebe dich, weißt du das?« Überschwänglich umarmte Anne ihre Schwester und küsste sie schmatzend auf die Wange.

»Ich kann nichts sehen!« Doch Birdie grinste und kniff Anne liebevoll in den Arm. Was Anne auch anstellte, sie konnte ihr einfach nicht böse sein, zumindest nicht für lange Zeit. »Gibt es denn etwas, wofür du meinen schwesterlichen Rat brauchst?«

Sie fuhr die frisch geteerte Straße in die Reihenhaussiedlung hinunter. Die Häuser waren in hellen Pastellfarben gestrichen und bildeten einen fröhlichen Kontrast zu den sonst vorherrschenden grauen Steinhäusern. Die Maklerin hatte gesagt, dass hier vor allem jüngere Familien einziehen würden, und das gefiel Birdie. In einer Einfahrt stand ein bunter VW-Bus, und aus einem Haus ertönten Gitarrenmusik und Gesang. Nein, langweilig würde es hier nicht werden.

»Welches ist es?« Anne lehnte sich aus dem Fenster und zündete sich eine Zigarette an.

»Das hellblaue. Seit wann rauchst du?«

»Schon eine ganze Weile, und nicht nur Tabak …« Anne stieß den Rauch aus, kicherte und klopfte gegen die Beifahrertür. »Na los, halt an. Können wir reingehen?«

Birdie parkte den Kleinlaster auf dem Seitenstreifen. Die Plattenwege zu den Hauseingängen waren noch nicht vollständig verlegt, und auch die Grünflächen waren nur zu erahnen, doch die gesamte Anlage machte einen vielversprechenden Eindruck. Nichts Spektakuläres, aber frisch und modern.

Anne trug kniehohe Riemchensandalen zu ihrem Minikleid, und ihre Haut war von vielen Strand- und Wandertagen im Sommer gebräunt. Aus dem gegenüberliegenden Haus, aus dem Musik tönte, erklang ein Pfiff. »Aber hallo! Zieht ihr hier ein? Ihr seid eingeladen, wir geben heute Abend eine Party!«

Birdie drehte sich um und schnitt eine Grimasse in Richtung eines langhaarigen jungen Mannes, der aus einem Fenster im ersten Stock linste. »Tut mir leid, Schatz. Ich ziehe hier ein, und sie ist schon vergeben.«

Der Musiker lachte und verschwand.

»Warum sagst du immer solche Sachen?«, fragte Anne und krauste die Nase.

»Was denn?« Birdie holte den Haustürschlüssel unter einem Blumentopf hervor. Dort hatte die Maklerin ihn für sie deponiert.

»Sehr originell. Äh, ich meine, dass du dich immer so runtermachst. Hast du nicht nötig, Birdie.«

»Nein?« Sie warf ihrer Schwester einen vielsagenden Blick zu.

»Nein!« Anne schüttelte die dichten Locken und ging an ihr vorbei in den Flur. »Oh, das ist hübsch, das gefällt mir! Kann ich mit einziehen?«

»Was willst du denn in Minffordd? Welche Uni nimmst du eigentlich, Bangor oder Edinburgh? An deiner Stelle würde ich nach Schottland gehen. Da ist die juristische Fakultät besser, und außerdem ist die Stadt ein Traum.«

Anne zog an ihrer Zigarette und tänzelte durch die Räume. »Vielleicht warte ich noch ein Semester, such mir einen Job und verdiene ein wenig Geld. Also, was ist? Kann ich für ein paar Monate bei dir einziehen?«

Birdie hob die Schultern. »Von mir aus, aber ich will hier eine Töpferwerkstatt aufbauen, das wird keine Studentenbude.«

»Uh, darf ich etwa keine Männer mit aufs Zimmer nehmen?«

»Verdammt, Anne, du bist noch nicht volljährig, und ich bin dann für dich verantwortlich. Mum und Dad denken, dass ich auf dich aufpassen kann. Nein, ich sollte mich nicht darauf einlassen. Wenn etwas passiert …«

»Du meinst, wenn ich schwanger werde? Lieber Himmel,

ich weiß schon, wie man das verhindert.« Anne strich mit den Fingerspitzen über die Halbedelsteine und summte vor sich hin.

Es war fast zwei Wochen später, Birdie war auf dem Weg zur Turner'schen Sägemühle, als ein entgegenkommender Schwertransporter sie von der Straße drängte. Birdie hatte Glück, denn der Grünstreifen, auf den sie sich rettete, mündete auf einen Parkplatz. Von der Straße kaum einsehbar, lag der Parkplatz unterhalb eines Aufstiegs in die Berge.

»So ein Vollidiot!«, schimpfte Birdie und stieg aus, um nachzusehen, ob die Reifen auf dem Rollsplitt Schaden genommen hatten.

Kaum trat sie um den Kleintransporter herum, hörte sie Geräusche, die unzweifelhaft auf ein Liebespaar hindeuteten. »Meine Güte, sucht euch ein Bett …«, murmelte Birdie und wollte sich umdrehen, doch dann erkannte sie Olivers Sportwagen, halb verdeckt von einem Rhododendron. Allerdings gehörten die blonden Haare der Frau, die sich über ihn beugte, nicht ihrer Schwester.

»Ich hab's doch geahnt, so einer ändert sich nicht, aber mein liebes Schwesterchen will es nicht wahrhaben.« Wütend stieg Birdie in ihren Wagen und fuhr davon. Sie hoffte, dass Oliver sie nicht bemerkt hatte, und würde sich eher auf die Zunge beißen, als Anne etwas von dem Vorfall zu erzählen. Sich in fremde Liebesangelegenheiten zu mischen, brachte nur Ärger.

9

Mount Snowdon, Y Crib Goch, Snowdonia, Wales

Argwöhnisch beobachtete Jake die grauen Wolken, die sich während der letzten halben Stunde bedrohlich über den Gipfeln des Bergmassivs verdichtet hatten. Hier oben in den Bergen herrschte ein eigenes Klima. Wer noch nicht hier gewesen war und den abrupten Wechsel von Sonnenschein zu Regen und dichtem Nebel oder Sturm erlebt hatte, mochte es nicht glauben. Bei Bergen dachten die meisten Touristen an Gipfel ab zweitausend Metern. Der Snowdon brachte es gerade mal auf 1085 Meter, doch die hatten es in sich.

Jake sah auf die Uhr. Inzwischen war es halb zwölf, und die Touristen strömten dem Parkplatz am Pen-y-Pass zu, von dem es die besten Aufstiegsmöglichkeiten in das Bergmassiv gab. Der Snowdon war der höchste Gipfel einer hufeisenförmig angeordneten Formation majestätischer Berge, die sich auf malerische Weise um zerklüftete Täler und Seen drängten. Bereits im achtzehnten Jahrhundert hatten zwei englische Botaniker auf der Suche nach seltenen alpinen Pflanzen die östliche Felswand des Snowdon bezwungen. Internationale Aufmerksamkeit hatte der Berg durch Edmund Hillary erlangt, der hier für seine Besteigung des Mount Everest trainiert hatte. Im Vorbeifahren warf Jake einen Blick auf ein graues Steinhaus, das sich in den Schutz eines Felsvorsprungs zu ducken schien. Aus dem ehemaligen Basislager der Bergsteiger war ein beliebtes

Gasthaus geworden, das sich seinen ursprünglichen rustikalen Charme erhalten hatte.

Doch er war nicht hier, um touristische Attraktionen zu bewundern. Energisch überholte Jake einen Mountainbiker und fuhr nach einem Kilometer auf den Parkplatz, der bereits zur Hälfte belegt war. Robs weißer Rangerwagen war nicht zu übersehen, und Jake stellte sich direkt daneben. Er war einem Gefühl gefolgt und hoffte, dass er sich täuschte. Zum wiederholten Mal an diesem Vormittag wählte er Robs Nummer, doch das Mobiltelefon blieb stumm. Auf einer gemeinsamen Tour im Mai hatten sie das Bergdohlennest an einer schroffen Felswand des Crib Goch entdeckt. Sie waren froh über den kaum sichtbaren und für Wanderer nicht zu erreichenden Nistplatz gewesen. Nur ein versierter Kletterer, der sich von der benachbarten Felswand abseilte, hätte Zugriff auf das Nest.

Jake nahm seinen Rucksack mit der Kletterausrüstung heraus, warf die Wagentür zu und machte sich auf den Weg. Bis Ende Juni konnte man damit rechnen, dass die Dohlen ihre Eier legten. Die Brutzeit betrug bis zu einundzwanzig Tage. Die Jungvögel blieben maximal achtunddreißig Tage im Nest, wurden aber auch danach noch lange von den Eltern mitversorgt und verblieben meist bis zum Winter im Jahresverband der Dohlen. Bergdohlen waren hervorragende Flugkünstler und konnten, wenn sie sich im Sturzflug an Steilwänden entlang in die Tiefe stürzten, bis zu zweihundert Stundenkilometer erreichen.

Er verstand Robs Begeisterung für die beeindruckenden Vögel, denen er selbst erst hier im Nationalpark größere Aufmerksamkeit geschenkt hatte. Und genau wie Rob hatte Jake kein Verständnis für Sammler, die bei ihren Raubzügen oft genug Nester zerstörten oder die Vogeleltern von der Brut vertrieben. Jake schritt forsch aus und überholte nach einer halben Stunde auf dem Pyg Track, einem uralten Pfad, der teils mit Felsstufen befestigt war, eine Gruppe Wanderer. Für viele war es überraschend, wie steil es gleich zu Anfang hinaufging, und auch diesen jungen Leuten stand bereits der Schweiß auf der Stirn.

»Hallo, alles in Ordnung?«, fragte Jake.

Ein Mädchen in roten Shorts lächelte gequält. »Ich dachte, dass ich ziemlich fit bin, doch diese Berge sind anstrengender, als ich dachte.«

»Aber die Aussicht ist gigantisch! Na los, Maddy, streng dich an!«, forderte einer der jungen Männer sie auf, dessen Dialekt verriet, dass er aus Birmingham stammte. »Wir wollen heute Abend noch an den Strand.«

»Das hätten wir mal gleich machen sollen«, maulte die zweite junge Frau und sah ängstlich nach oben. »Ich meine, seht euch die Wolken da an! Das kann noch was geben! Oder nicht? Sie sind doch ein Ranger, was sagen Sie?«

Schriftzüge auf seinem Poloshirt und dem Rucksack verrieten seine Funktion, und Jake rieb sich nachdenklich das Kinn. »Ganz ehrlich?«

Die vier jungen Leute sahen ihn neugierig an und nickten.

»Ich würde euch raten, wieder runterzusteigen. Es gibt schweres Wetter, und dann ist der Pfad im oberen Teil richtig gefährlich und nur etwas für erfahrene Kletterer. Ihr habt keine Ausrüstung dabei, und ich bin auf der Suche nach jemandem und muss schnell weiter. Ihr hättet den Miner's Track nehmen sollen, das ist der leichteste Aufstieg.«

Das Mädchen in den roten Shorts verdrehte die Augen. Ihr weicher Tonfall klang nach amerikanischem Süden. »Habe ich doch gesagt, aber nein, Greg wollte ja die tolle Aussicht. Mich hätte so eine Pipeline nicht gestört. Jetzt können wir wieder zurück … Danke, das war nett von Ihnen! Sie haben mich gerettet!«

Der Miner's Track, benannt nach den Schieferminen, zu denen er früher führte, wurde heute von einer oberirdischen Pipeline gekreuzt, ein Dorn im Auge der Landschaftsschützer und aller Ästheten. Doch der Energiekonzern hatte sich gemeinsam mit der damaligen Regierung gegen die Naturschützer durchgesetzt. Das Ergebnis war ein Schandfleck inmitten des Naturparks.

Als die jungen Männer noch zögerten, fügte Jake hinzu: »In etwa dreißig Minuten wird es regnen, und dann solltet ihr am See vorbei sein, denn da läuft man am Steilhang über Geröll und blanken Fels, und bei Regen ist das kein Vergnügen.«

Greg seufzte. »Okay, ist wohl besser. Was bedeutet denn Pyg Track? Heißt das ›gefährlich‹ auf Walisisch?«

Jake schüttelte den Kopf. »Nein, schwarzer Teer. Den haben die Arbeiter auf diesem Weg zu den Minen transportiert. Zumeist mit Eseln. Eins noch, bevor ich weitergehe – ist euch jemand begegnet?«

Sie schüttelten den Kopf. »Niemand.«

Jake grüßte und setzte seinen Weg in zügigem Tempo fort. Wenn an diesem Morgen noch niemand den Aufstieg zum Crib Goch gewählt hatte, war es durchaus möglich, dass Rob irgendwo verletzt lag. Vielleicht war er bei dem Versuch, das Nest zu erreichen, abgestürzt. Zwar war Rob ein erfahrener Bergführer, doch gegen Materialverschleiß oder einen unglücklichen Unfall war niemand gefeit. Die Wolken warfen dunkle Schatten auf die nur noch spärlich begrünten Hänge zu seiner Rechten. Unter ihm erstreckte sich die glatte Oberfläche des Sees, Llyn Llydaw, und direkt vor ihm erhob sich hinter dem See die Silhouette des Lliwedd. Wie ein Zickzackband fasste der Bergrücken das Tal ein. Nach einer weiteren Stunde hatte Jake den rauen, felsigen Crib Goch beinahe umrundet, und die pyramidale Spitze des Snowdon war in Sichtweite.

War es anfangs noch warm gewesen, wehte hier oben ein kalter, scharfer Wind, und die ersten Regentropfen gingen nieder. Obwohl es bei einem Schauer blieb, behielt Jake seine Wetterjacke an und fluchte, denn nun senkten sich die Nebelbänke, die schon oberhalb der Bergkuppen gelauert hatten. Es waren diese plötzlichen Wettereinbrüche, die schon zahlreiche Todesopfer am Crib Goch gefordert hatten.

Jake spürte, dass außer ihm niemand hier oben war. Er hätte es gehört, wenn vor ihm jemand geklettert wäre, und je dichter der Nebel wurde, desto stiller wurde es. Er war schon oft bei schlechtem Wetter in den Bergen gewesen, doch heute war es anders. Eine ungewohnte Nervosität ergriff von ihm Besitz, so als schärften sich alle seine Sinne, um sich vor drohendem Unheil zu wappnen. Der Pfad war zu einem kaum sichtbaren Geröllband am Felsen geworden, und Jake suchte mit den Händen nach Halt, als sein Fuß ins Leere trat. Doch er strauchelte nur leicht, hatte sofort wieder festen Boden unter den Schuhen und lehnte sich mit dem Rücken gegen den Berg.

»Krrrü, krrrrrü«, schrie es plötzlich neben ihm. Eine Bergdohle schwebte in lautlosem Gleitflug an ihm vorbei und hinterließ eine Gänsehaut bei Jake.

»Rob? Rob!«, rief Jake und horchte in die feuchte Ungewissheit hinein. Er musste ganz in der Nähe des Nestes sein, denn das *Krrrü* war der Warnruf der Dohlen. Die Weibchen brüteten, während die Männchen Futter suchten und die Verteidigung übernahmen.

Doch nur der Bergdohlenschrei wiederholte sich, und dann kam der schwarze Vogel erneut wie aus dem Nichts auf ihn zugesegelt. Lautlos schwebte die pechschwarze Bergdohle majestätisch an ihm vorbei, umrundete ihn und verschwand wieder in den Nebelschwaden.

»Rob, bist du hier irgendwo? Rob!«, brüllte Jake dem Berg entgegen, doch sein Schrei verhallte unbeantwortet über dem Grat von Crib Goch. Der Berg hatte durch den schmalen, messerscharfen Rücken, auf dem Hände und Füße zum Klettern über gefährlich loses Geröll benötigt wurden, einen schlechten Ruf erlangt.

Vorsichtig setzte Jake einen Fuß vor den anderen, darauf bedacht, keine Gesteinsbrocken ins Rollen zu bringen. Die Sichtweite betrug weniger als zehn Meter, und ein durchnässender Nieselregen mischte sich unter den Nebel. Vor ihm machte der kaum noch sichtbare Pfad eine scharfe Biegung, und Jake wusste, dass dort die Felsspalte lag, in der sich das Nest befand. Er hatte keine zwei Schritte getan, als er einen unförmigen, dunklen Umriss neben einem Stein ausmachte. Mit einem Satz war er dort und hielt Robs Rucksack in den Händen.

»Verdammt«, murmelte er, da sich seine schlimmsten Befürchtungen zu bewahrheiten schienen. »Rob!«

Jake ließ den Rucksack seines Freundes liegen, verließ den Pfad und kletterte hinunter bis zu dem Vorsprung, von dem aus sie in die Felsspalte geschaut hatten. Dort holte er Sitzgurt und Seil heraus, um sich abseilen zu können. Als er den Haken in der Felswand entdeckte, schlug sein Herz bis zum Hals.

»Rob!« Doch Jakes Ruf klang heiser, und als er das Seil berührte, das gespannt am Haken hing, zitterte ihm die Hand.

Er hielt sich mit einer Hand fest und beugte sich über die Felskante. Nieselregen und Nebel hatten Stein und Moos bereits mit einem feuchten Film überzogen, so dass Jake ohne Sicherung nur einen ersten Blick in die Tiefe wagte.

Eine Windböe riss die Nebelschwaden unter ihm auf und gab den Blick auf einen Felsvorsprung in etwa zehn Metern Tiefe frei. Jake schluckte schwer, als er die Umrisse eines männlichen Körpers erkannte. Die dunklen Haare und die rotblaue Jacke ließen keinen Zweifel daran, dass es sich um Rob handelte.

»Hallo, Rob! Hey, alter Junge, mach keinen Quatsch …« Jake zog ein wenig an Robs Sicherungsseil, doch sein Freund zeigte keine Reaktion.

Bevor Jake seinen Sitzgurt anlegte, rief er die Bergwacht an. Die Rettungsmannschaft der Mountain Medicine war in

Bangor stationiert, und der Hubschrauber würde in kurzer Zeit hier sein. Mit etwas Glück vertrieb der Wind den Nebel noch weiter und erleichterte die Bergung. Noch nie hatte Jake einen Freund am Berg verloren, und er hoffte inständig, dass Rob nur ohnmächtig war. Doch mit jedem Meter, den er sich dem Vorsprung näherte, sank seine Hoffnung. Zu einem anderen Zeitpunkt hätte er die karge Schönheit der bizarren Felslandschaft gewürdigt, die von gelblichbraunen und roten Flechten in ein pittoreskes Farbenspiel getaucht wurde.

Endlich konnte Jake einen Fuß auf den Vorsprung setzen und berührte seinen Freund, der mit dem Kopf nach unten in unnatürlich verdrehter Haltung lag. Kein Puls.

»Oh Gott, Rob, bitte nicht ...« Jake betrachtete das verrenkte Bein, das womöglich bei dem Sturz gebrochen war. Größere Sorgen machte ihm jedoch das Blut, das neben Robs Kopf auf den Stein gesickert war und bereits dickflüssig wurde. Vorsichtig drückte er die Haare auseinander und sah die klaffende Wunde, durch die der weiße Schädelknochen schimmerte. Sacht fuhr er mit den Fingern über Stirn und Lider seines toten Freundes und strich sie nach unten.

Erschüttert sank Jake mit dem Rücken an die Felswand und schluchzte laut. »Warum? Verdammt, wie konnte das passieren!«

Eine Bergdohle kam mit warnenden *Krrrü-Krrrü*-Schreien um den Berg geflogen und verharrte für Sekunden mit ausgebreiteten Schwingen auf Höhe des Vorsprungs. Die dunklen Vogelaugen schienen ihn mitleidig zu beobachten, bevor die blau-schwarzen Schwingen sich hoben und der große Vogel lautlos davonsegelte.

Es dauerte nicht lange, und der Helikopter der Bergwacht kündigte sich mit dem vertrauten Geräusch der Rotorblätter an. Jake war froh, als die Rettungsprofis Robs Körper auf eine Trage hoben und nach oben verfrachteten. Er hätte bei seinem Freund ausgeharrt, doch seine Nerven lagen blank, und er fragte sich, ob er eine Mitschuld an diesem schrecklichen Unglück trug.

Der Notarzt, ein grauhaariger Mittfünfziger, legte ihm die Hand auf die Schulter. »Tut mir sehr leid. Er war Ihr Freund?«

Die Tränen hinunterschluckend nickte Jake. »Ja, und wir haben zusammengearbeitet. Aber ich bin noch nicht lange hier, er kannte jeden Stein hier oben, ist hier aufgewachsen. Wie, wie lange ist er schon …«, fragte Jake.

»Seit den frühen Morgenstunden, würde ich sagen. Zumindest wird es die Angehörigen trösten, dass er sofort tot war. Durch die Kopfverletzung hat er das Bewusstsein verloren und von der Fraktur nichts mehr gespürt«, erklärte der Arzt. »Sie können mit uns fliegen oder später eine Aussage machen. Aber so wie es aussieht, war es ein tragischer Unglücksfall. Wissen Sie, was er hier oben wollte?«

Jake nickte gedankenverloren. »Eier in einem Bergdohlennest markieren.«

»Ach, dann sind mal wieder die verrückten Sammler aktiv?« Der Arzt schüttelte den Kopf. »Dabei ist doch bald jede Vogelart vom Aussterben bedroht.«

»Und das macht die Eier noch wertvoller. Verstehen Sie? Ich habe so meine Zweifel, dass Rob verunglückt ist. Vielleicht hat er jemanden am Nest überrascht.«

Die Sanitäter gaben das Startzeichen, und der Arzt hob die Hand. »Tja, ich glaube eher nicht. Es ist schwer, das zu akzeptieren, aber es kann den Besten passieren. Glauben Sie mir. Ich habe einen Bergsteiger geborgen, der den Chimborazo bezwungen hatte und auf einer Trainingstour hier oben sein Ende fand. Das hat nichts zu sagen.«

Jake wischte sich die tränennassen Augen. »Hmm, mag sein. Ich werde trotzdem mit Sergeant Brace sprechen. Dann habe ich nichts ausgelassen.«

Der Notarzt nickte. »Dann nehmen wir Sie gleich mit nach Bangor?«

»Können Sie mich einfach am Parkplatz absetzen? Ich will es Robs Eltern und seiner Freundin persönlich mitteilen.«

Da auf dem Parkplatz nicht genügend Platz für den Hubschrauber war, landete er auf einer nahe gelegenen Wiese. Auf dem Parkplatz hatte man die Aktion beobachtet, und die Leute tuschelten, doch niemand sprach ihn an, als er zu seinem Wagen ging. Er hatte Robs Rucksack an sich genommen, in dem sich die Wagenschlüssel befanden. Wahrscheinlich war Rob das Handy bei seinem Sturz aus der Tasche gefallen und am Berg zerschellt. Jake lehnte hilflos an seinem Wagen und überlegte, was er zuerst tun sollte. Er musste Alun anrufen, anschließend nach Llanberis zu Robs Eltern, dann zu Aileen, die in Porthmadog lebte. Boswick musste ebenfalls Bescheid wissen. Jake schnaufte wütend. Es war Boswick doch ein Dorn im Auge gewesen, dass Jake und Rob in Bezug auf die Craddocks und einige andere Landbesitzer zusammengehalten und streng durchgegriffen hatten. Boswick wollte keinen Ärger mit der Öffentlichkeit, kein Aufsehen, nur alles schnell unter den Teppich kehren, damit ja niemandem auf die Zehen getreten wurde. Aber damit war jetzt Schluss!

Jake schlug mit der flachen Hand gegen seinen Wagen und suchte nach seinem eigenen Schlüssel.

»Hallo, Jake?«

Eine sanfte weibliche Stimme erklang hinter ihm. Er brummte etwas Unverständliches und wischte sich die Augen, bevor er sich langsam umwandte.

»Oh, ist etwas passiert? Tut mir leid. Ich wollte nicht … Tut mir leid.« Caitlin Turner sah ihn aus mitfühlenden Augen an. Sie trug Outdoorkleidung und schien auf dem Weg in die Berge zu sein. Hier unten war es trocken, der Himmel teilweise blau, und nur vereinzelte Nebelfelder zogen durch die Täler.

»Ein Unfall. Ein Ranger, Freund, er ist am Crib Goch abgestürzt. Heute Morgen«, fügte er noch hinzu, dann versagte ihm die Stimme, und er presste die Lippen zusammen, um nicht erneut weinen zu müssen.

Caitlin streckte die Hand nach ihm aus und legte sie ihm auf den Arm. Die Geste berührte ihn und brachte seine Selbstbeherrschung zum Einsturz. Als er sich weinend abwenden wollte, nahm sie ihn in die Arme und wartete, bis er sich wieder gefangen hatte. Er war nicht dicht am Wasser gebaut, aber Robs Tod war so überraschend gewesen und hatte ihm einen Freund entrissen, den er schmerzlich vermissen würde. Mit Alun war er zwar auch befreundet, doch das war etwas anderes. Rob war in seinem Alter gewesen, und sie hatte mehr als nur die Arbeit verbunden. Als er hier angefangen hatte, war es Rob gewesen, der ihn wie selbstverständlich mit in die Pubs, zu seinen Eltern und Freunden genommen hatte. Er hatte ihn behandelt, als wäre er schon ewig ein Teil des Rangerteams.

Jake machte sich von Caitlin los und schnäuzte sich. »Das ist mir so peinlich. Ich werfe mich sonst nicht wildfremden Frauen in die Arme und heule mich aus.«

»Sie haben gerade einen Freund verloren. Was wäre ich für ein Mensch, wenn ich das nicht verstehen würde?« Sie schenkte ihm ein warmes Lächeln. »Ich will Sie nicht aufhalten. Aber ich glaube, ich wähle heute lieber einen anderen Weg für meinen kleinen Spaziergang.«

Sie war einfühlsam, nicht melodramatisch und hatte diesen trockenen Humor. Kein Wunder, dass er sich sofort zu ihr hingezogen gefühlt hatte. »Ich würde es Ihnen gern erzählen. Vielleicht heute Abend? Nur, wenn Sie möchten. Ich kann gut verstehen, wenn Sie …«

»Nein!«, sagte sie schnell. »Sehr gern.«

»Wie wäre es um acht Uhr mit dem *White Horse* in Porthmadog?«

»Ich werde dort sein. Bis dann«, erwiderte Cait.

Er sah der zierlichen Frau nach, wie sie zielstrebig zu ihrem Wagen ging. Nicht einmal nach ihrer Tante hatte er sich erkundigt, aber dafür war später Zeit. Als er in seinem Wagen saß und den Motor anließ, musste er tief durchatmen. Die Begegnung mit Robs Eltern war das Schwerste, aber das schuldete er seinem Freund.

10

Sie hatte den Kopf freibekommen wollen in der ursprünglichen Natur der Bergwelt. Pen-y-Pass war der Ausgangspunkt für die beliebtesten Routen, und nur zufällig hatte sie Jake unter all den Besuchern bemerkt. Caitlin hatte den Parkplatz verlassen und fuhr die Straße nach Beddgelert hinunter in Richtung Porthmadog. Der raue Charme der uralten Landschaft nahm sie gefangen, während ihr Blick über die stillen, dunklen Fluten des Llyn Gwynant glitt. Nur wenige Minuten später erhob sich zu ihrer Rechten ein bewaldeter Ausläufer des Yr Aran. Ein traditionelles Farmhaus lag abseits der Straße im Schutz knorriger Eichen, und Caitlin erinnerte sich, dass irgendwo dort oben ein sagenumwobener Schauplatz der Artussage lag. Dinas Emrys, dort hatten die Drachen gekämpft. Ein magischer Ort, dachte Cait und fuhr langsamer, als ein entgegenkommender Lieferwagen die Kurve vor ihr schnitt.

Die Begegnung mit Jake ließ sie nicht los. Ausgerechnet in einem solch tragischen Moment hatten sie einander wiedergesehen. Der Ausdruck von Trauer und Wut in seinen Augen verfolgte sie, seit sie ihm dort oben am Pass begegnet war. Der Tod seines Freundes hatte ihn schwer getroffen, und sie ahnte, dass es noch um mehr ging. Er wollte mit ihr darüber sprechen, deshalb hatte er sie gebeten, sich heute Abend mit ihm zu treffen. Manchmal tat es gut, sich jemandem mitteilen zu können, der einem nicht nahestand. Es schien so, als trafen sie dauernd unter dramatischen Umständen aufeinander. Zuerst hatte er sie nach Birdies Zusammenbruch gesehen und nun das.

Die Umrisse von Moel Hebog, dem Falkenberg, kamen in Sichtweite, und Cait dachte an die Erzählung ihrer Tante. Wie hatte Birdie, wie hatten ihre Eltern in all den Jahren nie über diese Zeit sprechen können? Birdies Worte hatten eine Welt voller unerwiderter Liebe, Leidenschaft und Betrug vor ihren Augen erstehen lassen. Vom Sprechen erschöpft, war Birdie ermattet eingeschlafen und hatte Caitlin mit düsteren Gedanken allein gelassen. Die Worte ihrer Tante brachten nicht nur das Bild, das sie von ihren Eltern gehabt hatte, ins Wanken. Als hätte jemand einen Stein gegen einen Spiegel geworfen, und sie musste zusehen, wie die Risse langsam die glatte Oberfläche zerstörten und die Stücke nach und nach herausbrachen. Was würde bleiben? Sie wollte sich gar nicht vorstellen, was damals geschehen war, und musste warten, bis Birdie ihr die ganze Wahrheit offenbarte.

Im Vergleich zu den wenigen Tagen hier in Snowdonia war ihr Leben in Chester beinahe ereignislos verlaufen. Zumindest, was ihr Privatleben betraf. Und war es nicht das, was einen letztlich ausmachte? Sie passierte das Ortsschild von Minffordd. Hier war sie aufgewachsen, hier lagen ihre Wurzeln und das Geheimnis ihrer Familie, das Birdie so sorgsam gehütet hatte. In Chester war sie Caitlin, die erfolgreiche, fleißige Inneneinrichterin. Man schätzte sie für ihr Können, ihre Kreativität, und sie liebte ihren Beruf. Aber wenn sie ehrlich mit sich war, gab es auch nicht mehr als das. Ihr Leben beschränkte sich auf die Arbeit und einige kurze, leidenschaftliche Beziehungen. Langfristige Zugeständnisse und Einblicke in ihre Seele hatte sie nie zugelassen. Freundschaften pflegte sie auf einer zweckgebundenen Ebene und war damit bisher gut gefahren. Zumindest hatte sie das geglaubt.

Das Wiedersehen mit Sean hatte Emotionen in ihr geweckt, die sie schon lange nicht mehr zugelassen hatte. Er erinnerte sie an unbeschwerte Teenagertage und an ihren ersten Kuss.

Es passte zu Sean, sich einfach selbst einzuladen. Wahrscheinlich hatte er sich noch nie einen Korb geholt. Damals hatte sie ihr Kopf vor ihm gewarnt. Hätte sie ihr Herz und ihr Bauchgefühl sprechen lassen, er hätte sie pflücken können wie eine reife Frucht. Aber sie wollte keine von vielen sein, und schon gar nicht bei ihrem ersten Mal. Letztlich war es eine desillusionierende Erfahrung geworden, mit einem Footballspieler aus Porthmadog. Sie war die ganze Sache nüchtern und eher wissenschaftlich angegangen, so weit das möglich war. Peter konnte nicht küssen, und seine Ausdauer bewies er auf dem Spielfeld, nicht im Bett. Aber sie hatte es hinter sich gebracht. Als sie in jener Nacht nach Hause gekommen war, hatte Birdie in der Küche gesessen und Keramikteller bemalt. Ihr Blick war voller Neugier und Mitleid gewesen. »Alles in Ordnung, Cait?«

Sie hatte genickt und ihre Tante umarmt, länger als sonst. Schließlich hatte Birdie ihr einen Kuss auf die Stirn gegeben und gesagt: »Irgendwann kommt der Richtige, Cait, und dann ist alles andere bedeutungslos. Schlaf gut, meine Süße.«

Birdie mischte sich nie in ihre Liebesangelegenheiten, sondern sagte nur: »Wenn du mich etwas fragen willst, frag. Aber die Liebe zeigt sich jedem in einem anderen Gewand, du musst es anprobieren, sehen, ob du dich darin wohlfühlst, dich darin bewegen kannst, und wenn es dich einzwängt, solltest du es zerreißen. Wenn es passt, pflege es, denn es kann brüchig werden und dir unter den Händen zerfallen. Oh, das sind alberne Weisheiten …«

»Du hast nie etwas Passendes gefunden, Birdie?«, hatte Cait gefragt.

Über Birdies Gesicht war ein Schatten gehuscht. »Eines hätte mir gepasst, aber ich habe bei der Anprobe versagt.«

Und da Birdie nicht gern über sich sprach, hatte Cait nie nachgehakt. Vielleicht hätte sie fragen sollen, aber der richtige Moment hatte sich nie ergeben. Wenn sie jetzt an Birdies Geschichte dachte, schämte sie sich dessen beinahe. Ihre Tante hatte Nathan, ihren Vater, geliebt. Eine unerwiderte Liebe, zumindest, soweit Cait es wusste. Immer neue Fragen tauchten auf, und Cait hoffte, dass Birdie bald wieder in besserer Verfassung war.

Am späten Nachmittag kam sie in Portmeirion an. Einzelne graue Regenwolken hingen am Himmel, und der Boden war nass. Doch die Besucher strömten bei jedem Wetter durch das exotische Dörfchen auf der Landzunge von Tremadog Bay. Bevor Cait zum Laden ging, sah sie zum Meer hinunter. Es war Ebbe, und nur spärliche Rinnsale schlängelten sich durch die Sandbänke. Möwen kreischten und suchten nach Muscheln und Krebsen und kamen, wenn sie nicht satt waren, auf die Terrassen der Cafés. Die Kinder ließen immer etwas fallen und hatten ihren Spaß daran, wenn die frechen Seevögel sich ihre Kartoffelchips holten.

Eine Besuchergruppe kam aus der Ladenzeile und strömte dem Ausgang zu. Cait wartete, bis sich der Großteil der Gruppe auf der Straße verteilt hatte, und trat durch den Bogengang neben der Piazza. Ein Kartenständer, der zum Souvenirladen gehörte, war kurz davor, die Treppe hinunterzurollen, und Cait schob ihn zur Tür.

»Hallo, Lexi!«, rief sie in den Laden und winkte. »Dir wäre fast was verloren gegangen …«

»Was denn?«, rief die Verkäuferin gelangweilt und erschien mit übellauniger Miene im Eingang. Ihre künstlichen Fingernägel glitzerten grünlich und passten sich ihren ebenso geschminkten Augenlidern an.

»Der Ständer, wahrscheinlich die Kinder.«

»Und ich kann dann alles wieder aufsammeln. Wie zu Hause … Heute kommt mein Mann mich abholen. Wir wollen zum Motocrossplatz bei Tremadog«, fügte sie hinzu.

Ob die Fingernägel das überleben würden, dachte Cait und

konnte sich ein Grinsen nicht verkneifen. »Na, das ist doch mal was anderes.«

»Kann ja nicht jeder so einen tollen Job in Chester haben. Wolltest du nicht zum Snowdon? Bist ja schnell wieder hier.«

»Es hat ein Unglück am Crib Goch gegeben. Da ist mir die Lust vergangen.«

»Die Leute sind zu dämlich. Die unterschätzen die Gefahren immer wieder. Ich meine, Crib Goch sieht doch schon gefährlich aus!«

»Es war kein Tourist, sondern ein Ranger, der verunglückt ist.« Cait nickte Phoebe zu, die sich mit neugieriger Miene zu ihnen gesellte.

»Ein Unfall? Hoffentlich nichts Schlimmes?«

»Leider schon. Ein Ranger ist abgestürzt, schreckliche Sache. Ich habe Jake auf dem Parkplatz unten am Pass getroffen.«

Phoebe presste sich die Hand an die Lippen. »Mein Gott!«

»Was sagst du? Und der Ranger ist tot?«, fragte Lexi und knabberte nervös an ihren Nägeln.

Cait nickte ernst. »Mehr kann ich euch nicht sagen. Jake war ganz fertig und stand noch unter Schock. Phoebe, ich wollte dich ablösen. Du kannst ruhig schon gehen. Ich bleibe noch bis sechs Uhr und schließe ab.«

Mit ihrer langen Mähne und dem schwingenden Blumenkleid passte Phoebe perfekt in die Kulisse des verspielten Portmeirion. Vielleicht gelang es Cait doch noch, sie für eine ganztägige Beschäftigung zu gewinnen.

Lexi stand gedankenverloren neben dem Kartenständer und fuhr sich mit der Zunge über ihre Lippenpiercings. »Ein toter Ranger. War auch Polizei da?«

»Weiß ich nicht. Phoebe, ich möchte noch etwas mit dir besprechen.« Cait ließ die Verkäuferin stehen und ging hinein. »Sonst kümmert sie sich um gar nichts, und wenn es etwas zu tratschen gibt, kriegt sie die Zähne plötzlich auseinander«, murmelte Cait mehr zu sich, doch Phoebe, die ihr gefolgt war, hatte sie verstanden.

»Lexi darf man nicht so ernst nehmen. Sie hat es nicht leicht mit Toby.«

»Aber zum Motocross kann er sie mitnehmen. Das ist in Ordnung. Ach, das geht mich nichts an. Phoebe …« Sie waren zum unkomplizierten Du übergegangen. »Du siehst wirklich hübsch aus heute.«

Die junge Frau strahlte. »Ich habe eine Haarkur gemacht, und das Kleid ist selbst genäht!«

»Du hast viele Talente, und ich finde, du machst das hier großartig.« Cait hatte rasch begriffen, dass man Phoebe einfach mehr Freiraum in der Handhabung des Ladens geben musste, um sie zu motivieren. Die junge Frau dekorierte geschickt um und zeigte ein Auge für Farbharmonien. Außerdem war sie freundlich im Umgang mit den Kunden.

»Oh nein, ich weiß schon, worauf du hinauswillst, Cait. Aber ich werde nicht sieben Tage die Woche hier im Laden stehen. Das ist nicht mein Ding!«, wehrte Phoebe ab und griff nach ihrer Tasche, die hinter dem Ladentisch stand. »Hier ist die Liste mit den Verkäufen, und hier habe ich notiert, was fehlt. Im Moment gehen die hellen Serien besser. Liegt an der Jahreszeit. Bunt ist gerade gar nicht in.«

»Und wenn wir mehr zahlen? Ich bespreche das sobald wie möglich mit meiner Tante. Und es wäre ja auch nur für die Übergangszeit. Ich fürchte nur, dass Birdie sich überschätzt. Es wird länger dauern, bis sie wieder hier sein kann, als sie annimmt.«

Seufzend warf Phoebe die Haare nach hinten und hängte sich ihre Tasche über die Schulter. »Ich wollte eigentlich einen Kurs machen. Altenpflege, allerdings verdienen die kaum etwas. Also, es macht mir schon Spaß hier, aber ich muss auch über die Runden kommen … Wie geht es Birdie? Bitte grüß sie von mir, wenn du mit ihr sprichst.«

»Sie ist noch sehr schwach, auch wenn es mit jedem Tag ein wenig besser wird. Ich telefoniere nachher mit ihr. Danke für alles, Phoebe.«

Ein Lächeln glitt über die vollen Wangen. »Gern, und wir bekommen das schon geregelt. Ich weiß ja auch, dass du irgendwann zurück nach Chester musst. Eine Freundin von mir sucht einen Job für ein paar Stunden die Woche. Vielleicht können wir uns das teilen und kommen dann hin.«

»Oh, das wäre wunderbar!« Spontan umarmte Cait die hilfsbereite Phoebe und küsste sie auf beide Wangen. »Das werde ich dir nicht vergessen. Bis morgen!«

»Bis morgen, Cait!«

Zufrieden mit Phoebes Vorschlag begann Cait mit dem Aufräumen, wischte den Boden und machte den Kassenabschluss. Der Umsatz musste sich noch etwas steigern, um eine zweite Kraft einstellen zu können, aber auch dafür würde sich eine Lösung finden. Cait sah auf die Uhr. Sie wollte nicht zu spät mit Birdie telefonieren und rief das Krankenhaus an. Ihre Tante hatte einen Apparat neben ihrem Bett, doch anstelle von Birdie hob Schwester Lina ab.

»Sind Sie das, Mrs Turner?«

»Ja.« Ein ungutes Gefühl beschlich Cait. »Wie geht es meiner Tante?«

»Sie schläft. Machen Sie sich keine Sorgen. Wir mussten ihr heute etwas mehr Schmerzmittel geben. Sie wissen ja, dass das Brustbein bei so einer Operation durchtrennt wird, und die Heilung dauert lang und ist oft von Schmerzen begleitet. Doktor Green war gerade hier und sagt, dass keine ernsthafte Infektion zu befürchten ist.«

»Eine Infektion? Aber das ist doch gefährlich!«

»Es ist nur eine leichte Rötung der Wunde gewesen, wirklich. Rufen Sie morgen früh noch einmal an, dann geht es Ihrer Tante sicher besser.«

»Danke, Schwester.«

Cait war alles andere als beruhigt, aber sie konnte nichts tun, außer Birdies Laden am Laufen zu halten, um ihr zumindest damit eine Freude zu machen. Als sie bald darauf die Tür von außen absperrte, hörte sie das laute Knattern eines Motorrads. Die Gebäude zu beiden Seiten der engen Straße hatten eine Trichterwirkung, die das Motorengeräusch verdoppelte. Lexi kam ungewohnt flink in einer engen, schwarzen Lederjacke aus dem Laden gesprungen.

»Hey, Toby!«, rief sie, als ein mittelgroßer Mann seine Motocrossmaschine vor den Stufen zum Halten brachte. Er trug einen roten Helm, Jeans, Lederjacke, einen Nierengurt um die Taille und Bikerstiefel.

»Los, komm schon, Lexi. Ich muss noch bei Lewis vorbei«, ranzte Toby seine Frau an, ohne seinen Helm abzunehmen. Auf dem linken Handrücken war ein farbiges Tattoo zu sehen.

Das Durchschnittsgesicht weckte bei Cait keine Sympathien, und besonders höflich schien dieser Toby auch nicht zu sein. Na, viel Spaß, dachte sie und machte sich auf den Heimweg.

Trotz der Sorgen, die sich Cait um ihre Tante machte, ertappte sie sich dabei, dass sie länger als sonst mit dem Zusammenstellen ihrer Garderobe beschäftigt war. Sofort warf sie die Sachen in die Tasche zurück und zog an, was noch auf dem Bett neben der schnurrenden Penelope lag: eine schlichte mokkafarbene Bluse, Jeans und Segeltuchschuhe. Da sich die sommerlichen Temperaturen nur am Tage hielten, nahm sie auch eine Jacke mit.

Das *White Horse* lag am Hafen von Porthmadog, dem einstigen Hauptumschlagplatz für walisischen Schiefer. Bevor sie in den Pub ging, spazierte sie an der Kaimauer entlang und sog den Geruch des Meeres ein. Hinter ihr standen Häuser aus grauem Granit und Schiefer, die ersten Lagerhallen für den Schiefer aus den Minen. Die Geschichte von Porthmadog und Tremadog war untrennbar mit William Madock verbunden, einem weiteren Visionär des neunzehnten Jahrhunderts.

Cait betrachtete die Segelschiffe, die friedlich auf den Wellen tanzten. Die letzten Strahlen der Abendsonne spiegelten sich auf dem Wasser und tauchten die Bucht in warmes, rotviolettes Licht. Sie hatte die Farbenspiele des ständig wechselnden Himmels über Meer und Bergen schon immer geliebt. Am Ende des Hafens lag die Station für die Dampflok, die Ffestiniog Railway, die den laufmüden Wanderer bis auf den Gipfel des Snowdon brachte. Wie lange war es her, seit sie mit der Bahn gefahren war? Zwanzig Jahre? Damals hatten ihre Eltern sie und Jessica zu einem Ausflug mitgenommen. War Birdie auch dabei gewesen? Vielleicht. Sie erinnerte sich nur an einen verregneten Sonntagnachmittag, an ihre schlecht gelaunte Mutter und ihren Vater, der sich bemühte, die Mädchen mit Geschichten über Stadt und Berge bei Laune zu halten.

Sie hatte Gedanken an ihre Kindheit eigentlich immer verdrängt, zu schmerzlich waren die Erinnerungen. Doch wenn sie es recht bedachte, hatte ihr Vater sich viel Zeit genommen, um mit seinen Töchtern kleinere Ausflüge in die Umgebung zu unternehmen. Sie wusste zwar, dass er Jessica bevorzugte, doch wenn er von den Mythen und der Geschichte seiner Heimat erzählte, richtete er seine Worte meist an sie. Cait schlang sich die Arme um den Körper und seufzte tief. Er hatte gewusst, dass sie alte Geschichten liebte, und sie mit ihr geteilt. Zumindest das. Und dann hatte er sie einfach verlassen. Warum?

Sie drehte sich um und entdeckte Jake Parry, der gerade sein Auto geparkt hatte und zum Hafen schaute. Als er sie erkannte, winkte er kurz und kam auf sie zu. Cait verdrängte die trüben Gedanken und setzte ein Lächeln auf.

»Hallo, Cait, schön, dass Sie gekommen sind.« Er begrüßte sie mit einem Kuss auf die Wange.

Seine Augen wirkten noch immer traurig, doch es lag auch bittere Entschlossenheit darin. Er hatte sich frisch rasiert und trug einen dunklen Pullover zur dunklen Jeans.

»Wie geht es Ihnen?«

Er lächelte schwach und hob die Schultern. »Nach einem Bier oder etwas Stärkerem vielleicht besser. Ich habe mit den Eltern und der Freundin meines verstorbenen Freundes sprechen müssen. Das war nicht leicht.«

Sie nickte und lenkte ihren Blick über die Bucht, die von den Bergen am Horizont eingerahmt wurde. »Einen geliebten Menschen zu verlieren, ist das Schlimmste, was einem passieren kann. Ich verstehe Sie sehr gut.«

Sie spürte, dass er sie ansah, doch er schwieg und schien zu erwarten, dass sie ihre Andeutung erklärte.

»Mein Vater starb, als ich fünfzehn war, meine Mutter ein Jahr darauf.«

»Deshalb stehen Sie Ihrer Tante so nah?«

»Sie war immer für mich da.« Mehr als meine Mutter es jemals gewesen ist, fügte Cait in Gedanken hinzu.

Eine Weile standen sie schweigend nebeneinander und sahen den schaukelnden Schiffen zu.

»Sind Sie hier aufgewachsen?«, fragte Jake unvermittelt. »Ich glaube, ich wäre nie von hier weggegangen, wenn ich hier geboren worden wäre.«

»Sehr weit habe ich mich auch nicht entfernt. Ich arbeite in Chester. Ihrem Akzent nach würde ich Sie im Londoner Raum ansiedeln.«

Jake berührte kurz ihren Arm. »Richtig. Lassen Sie uns hineingehen. Ich könnte einen Drink vertragen.«

Während sie an der Kaimauer entlang in Richtung Pub schlenderten, erzählte Jake, dass er Umweltwissenschaften in London studiert hatte, danach Wald- und Naturschutz an einer niederländischen Universität, und verschiedene Praktika, eines in Ecuador, absolviert hatte. Sie lernte einen Idealisten kennen, der für seine Überzeugungen kämpfte und dabei ziemlich kompromisslos vorging. In ihm steckte so viel Leidenschaft, dachte Cait. Ein faszinierender Mann und keiner, auf den man sich einfach so einließ.

Der Pub war gut besucht, in einer Ecke spielte eine vierköpfige Folkband, und die Barkeeper hinter dem Tresen hatten alle Hände voll zu tun.

»Hey, Jake!«, rief ein jüngerer Mann, der gerade ein Pint zapfte.

»Hallo, Joe.« Jake fragte Cait nach ihren Wünschen und ging an die Bar, wo er kurz mit Joe sprach. Die beiden Männer umarmten sich, und dann kam Jake zu ihr und lotste sie an einen freien Tisch in einer ruhigeren Ecke.

Cait sah sich um. »Meine Güte, hier hat sich alles verändert. Ah, die Bilder sind noch da.« Sie deutete auf eine Reihe alter Schwarz-Weiß-Fotografien, die eine tannengrüne Wand schmückten. Sie zeigten den alten Hafen mit den Anlagen zum Verladen des Schiefers, die Eisenbahn mit Waggons voller Schiefer und verschiedene Porträts des Namensgebers und Gründers von Tremadog.

»Waren Sie denn nie hier, wenn Sie Ihre Tante besucht haben?« Er hob sein Whiskyglas. »Auf dich, Rob! Auf die Freundschaft!«

»Auf Rob, den ich leider nicht gekannt habe.« Cait hatte ebenfalls einen Whisky bestellt. Die Gläser klirrten leicht aneinander.

»Er hätte Ihnen gefallen. Rob war ein großartiger Mensch, ehrlich, humorvoll und ein Freund, auf den man sich verlassen konnte. Ich kam hier vor einigen Monaten an, und er hat mich behandelt, als wäre ich nie woanders gewesen.« Jake blinzelte und trank rasch sein Glas aus. Nachdem er tief Luft geholt hatte, sagte er: »Und es war kein verdammter Unfall.«

»Wie bitte? Wollen Sie damit sagen, dass er …« Sie mochte es nicht aussprechen, denn es klang so ungeheuerlich und unvorstellbar, dass jemand einem Ranger Gewalt angetan haben sollte.

»Genau das. Jemand hat ihn gestoßen oder ihm einen Schlag über den Schädel gegeben, bevor er gestürzt ist. Letzteres, denke ich. Die Autopsie wird es zeigen.« Jake sah sie mit gerunzelter Stirn an. »Sie glauben mir nicht? Hören Sie sich das an.«

Er erklärte in wenigen Sätzen die Umstände des Unglücks und ließ auch seinen Verdacht in Bezug auf Sean nicht aus. Ernst musterte er sie. »Sie sind mit Sean befreundet, nicht wahr? Sie müssen nichts dazu sagen. Das ist meine Sache, aber ich werde ihr auf den Grund gehen, koste es, was es wolle.«

»Ich kenne Sean, befreundet wäre übertrieben«, korrigierte sie ihn und bemerkte, dass er sich etwas entspannte. »Trotzdem finde ich Ihre Begründung weit hergeholt. Wir sprechen über Eier von Bergdohlen, nicht Seeadler. Ich meine, so wertvoll sind die nun auch wieder nicht, dass jemand dafür töten würde. Kommen Sie, das wäre wie in einem schlechten Film. Hier läuft kein irrer Sammler herum. Und was hätte Sean davon? Er hat genug Geld.«

Jake lehnte sich zurück. »Hat er das? Es gehört seinem Vater. Alles gehört seinem Vater, und der alte Craddock bestimmt, wo es langgeht. Vielleicht hat Sean ein lukratives Nebengeschäft aufgezogen, und Rob ist ihm in die Quere gekommen.«

»Nein! Das kann ich mir einfach nicht vorstellen, und mit solchen Beschuldigungen sollte man sehr vorsichtig sein.« Sie nippte an ihrem Whisky.

Plötzlich verebbten die Gespräche, die Musik hatte aufgehört, und der Sänger der Band klopfte gegen das Mikro. »Dieser Song ist für einen Freund, den wir heute auf tragische Weise verloren haben. Jake, bitte!«

Erstaunt sah Cait zu, wie Jake sein Glas abstellte, sich erhob und nach vorn ging. Er begrüßte die Musiker mit Handschlag und stellte sich hinter das Mikrofon. »Wer ihn kannte, weiß, dass das hier einer seiner Lieblingssongs war. Für Rob.«

Jake räusperte sich und wartete mit geschlossenen Augen die einsetzende Musik ab. Die Melodie kam Cait bekannt vor, doch erst, als Jake mit ausdrucksvoller, rauer Stimme die erste Strophe von *Dandelion Wine* sang, erkannte sie das Lied von *Blackmore's Night.* Die Musiker spielten es langsamer, die Instrumente waren sparsamer, und Jakes Stimme trug den melancholischen Text auf eindringlich dramatische Weise vor. Als er den Refrain anstimmte und die Gäste des Pubs ihre Gläser hoben und als Chor einfielen, überlief Cait eine Gänsehaut.

So here's to you,
all our friends,
surely we will meet again …
and we'll be thinking of you,
until our paths cross again …

Ergriffen stimmte Cait in die Melodie ein, ohne ihren Blick von Jake wenden zu können. Und damit ging es ihr wahrscheinlich nicht anders als den meisten weiblichen Gästen, dachte sie. Kein Wunder, dass Birdie so von ihm geschwärmt hatte. Nachdem der letzte Ton verklungen war, standen alle auf, hoben ihre Gläser und riefen: »Auf Rob!«

Jake bedankte sich bei den Musikern, die ein langsames Stück anstimmten, und kehrte unter vielem Händeschütteln an ihren Tisch zurück. Mit tränennassen Augen sagte Cait: »Das war wunderschön.«

»Danke.« Er blieb vor dem Tisch stehen, fuhr sich durch die Haare, hob sein leeres Glas und stellte es wieder ab.

Cait schob ihm ihres hin, in dem noch ein Schluck verblieben war. »Bitte, ich gehe uns einen neuen Drink holen.« Sie stand auf und stolperte, als jemand hinter ihr seinen Stuhl ruckartig zurückschob, einen Schritt nach vorn. Jake hielt sie fest, und für Sekunden verfingen sich ihre Blicke.

Es ist diese ganze verdammte Situation, dachte Cait und versuchte vergeblich, die elektrisierende Anziehungskraft, die von ihm auszugehen schien, zu ignorieren. »Noch mal dasselbe?«, murmelte sie und wartete seine Antwort nicht ab.

Mit klopfendem Herzen drängte sie sich zwischen den Leuten hindurch, doch bevor sie die Bar erreichte, entschied sie, dass es besser wäre, sich jetzt aus dem Staub zu machen. Dieser Mann würde sie in Schwierigkeiten bringen, und davon hatte sie genug. Kaum stand sie vor der Tür und ließ sich die frische Luft um das erhitzte Gesicht wehen, fiel ihr siedend heiß ein, dass sie ihre Jacke auf dem Stuhl vergessen hatte. Einen Fluch unterdrückend drehte sie sich wieder um und stieß gegen Jake, der ihr mit ausdrucksloser Miene ihre Jacke entgegenhielt.

»Vergessen oder wolltest du nur frische Luft schnappen?«

»Nein, ja … ich …«, stammelte sie verlegen und wollte nach der Jacke greifen, doch er entzog sie ihrer Reichweite und ergriff ihren Arm.

Mit wenigen Schritten hatte er sie um die Hausecke gezerrt und stellte sich vor sie, dass ihr die Hauswand den Rückweg abschnitt. Ihr Widerstand kam ihr nun unsinnig vor. Sie straffte die Schultern.

Sein Blick hielt sie gefangen, und sie wich nicht aus, als er ihr den Arm um die Taille schlang und sie an sich zog. Als seine Lippen sanft die ihren berührten, schloss sie die Augen und überließ sich dem Moment. Ihre Hände glitten über seinen starken Rücken, fuhren über seinen Nacken, die dichten kurzen Haare, und ihr Körper wollte sich an ihn schmiegen, doch das brachte sie wieder zur Besinnung. Sie öffnete die Augen und bog den Kopf zurück.

Er sagte nichts, sah sie nur an, drückte ihr schließlich die Jacke in die Hand und ließ sie einfach stehen.

11

Aufgewühlt, verärgert und müde kehrte Cait in das Haus ihrer Tante zurück. Als Penelope ihr mauzend entgegenkam, ging sie in die Knie und kraulte der Katze Kinn und Ohren.

»Guten Abend, meine Hübsche, nächstes Mal bleibe ich hier bei dir, und wir machen uns einen ruhigen Mädelsabend.« Cait erhob sich und sah in der Küche nach, ob die Katze ihr Futter samt Medikament gefressen hatte.

»Penny, so geht das nicht. Ich mische dir jetzt eine neue Portion, und das isst du auf!« Sie gab das Pulver unter frisches Futter und stellte die Schale auf den Boden.

Danach sank Cait auf einen Stuhl und streckte die Beine aus. Was für ein Tag! Sie fuhr sich mit den Händen übers Gesicht und strich ihre Haare zurück. In Chester wäre sie schon längst zum Friseur gegangen, um die Konturen nachschneiden zu lassen. Aber nun hatte sie Lust, ihre Haare wachsen zu lassen. Sie war praktisch, sportlich und zielorientiert, aber sie war auch eine Frau, und das hatte sie viel zu lange vergessen. Ihre letzte, wie immer schwierige Beziehung lag Monate zurück, und nach der anstrengenden Trennung von Sebastian, einem Steuerberater, hatte sie sich allen Annäherungen verschlossen.

Bei dem Gedanken an Sebastian verdrehte sie genervt die Augen. Anfangs hatte er ihre Spontaneität und ihre Unabhängigkeit bewundert. Sie hatte klargestellt, dass sie keine Verpflichtungen wollte, und der Sex war gut gewesen. Nett, dachte sie und verzog den Mund. Was hatte sie nur an dem peniblen Kerl finden können? Wie hatte Amber ihn genannt? Einen

Erbsenzähler, einen, der jedes Wort auf die Goldwaage legte, sich betont locker gab und innerlich um Kontrolle rang. Kontrolle über sie, ihr Leben, ihre Gedanken. Und als sie die Beziehung nach viel zu langen fünf Monaten beendet hatte, gab er sich vollkommen überrascht und schlug ihr vor, sie solle eine Therapie machen. Was für eine Verschwendung von Energie und Zeit. Immerhin wusste sie genau, was sie nicht wollte.

Sie seufzte, und ihr Blick fiel auf eine Fotografie neben dem Fenster, die ihr bislang nicht aufgefallen war. Es war die Nahaufnahme einer Bergdohle, die auf einem spitz zulaufenden Felsen saß und mit schief gelegtem Kopf in das Tal hinunterschaute. Es hätte Cait nicht gewundert, wenn der Vogel den Kopf gewendet und ihr zugezwinkert hätte. Jake hat das Foto gemacht, dachte sie. Es passte zu ihm, den Tieren so nahezukommen und ihre Persönlichkeit zu porträtieren. Nahegekommen war er ihr heute auch. Lächelnd berührte sie mit den Fingerspitzen ihre Lippen. Sein Kuss hatte einen Sturm von Gefühlen in ihr ausgelöst. Er hatte sie überrascht und beeindruckt. Was er tat und sagte, war von einer Intensität, die sie mitriss, und das machte ihr Angst. Seine Trauer, die Wut über den Tod seines Freundes, er scheute sich nicht, ihr seine Gefühle zu zeigen, und dann stellte er sich einfach nach vorn ans Mikrofon und sang.

Sie brauchte nur an den Moment zu denken, und die Tränen schossen ihr in die Augen. Seine markante Stimme, die seine Gefühle schonungslos offenbarte, hatte sie tief bewegt, und das war nicht nur ihr so gegangen. Die Leute im Pub waren genauso ergriffen gewesen. Hatte er sie dorthin eingeladen, weil er gewusst hatte, dass die Band spielen würde? Eher nicht, dachte sie. Als er sie auf dem Parkplatz gefragt hatte, war er voller Wut und Sorge gewesen und hatte den schweren Gang zu Robs Eltern noch vor sich gehabt. Nein, dachte Cait, Jake war ein leidenschaftlicher und spontaner Mann. Bei den Nachforschungen zu den Todesumständen seines Freundes könnte ihn sein aufbrausendes Temperament jedoch in Schwierigkeiten bringen. Es war furchtbar, sich vorzustellen, dass Sean in die Sache verwickelt war. Nicht Sean! Sie konnte und mochte sich das nicht einmal vorstellen.

Doch was machte sie da so sicher? Kannte sie Sean überhaupt noch? Oder besser, hatte sie ihn jemals richtig gekannt? Sie waren als Nachbarn aufgewachsen, und die Craddocks waren ohne Zweifel faszinierende Menschen. Ihre magnetische Anziehungskraft beruhte nicht allein auf ihrem Reichtum, den Oliver durch Immobilien- und Wertpapiergeschäfte stetig gemehrt hatte. Oliver und seine Frau Lacey organisierten regelmäßig Wohltätigkeitsveranstaltungen, zu denen eingeladen wurde, was Rang und Namen in der Gegend und weit über die Grenzen Snowdonias hinaus hatte. Oliver schmückte sich gern mit prominenten Vertretern der Medienbranche, und seine Frau, die selbst eine kurze Karriere als Konzertpianistin genossen hatte, lud bekannte Musiker ein.

»Braves altes Mädchen«, sagte Cait zu Penelope, als diese von der leeren Schale aufsah und mit erhobenem Schwanz davonstolzierte.

Cait stand auf, wusch das Geschirr ab und schüttelte die nassen Hände. Einladungen traf es eigentlich nicht ganz. Lacey sah sich gern als Förderin der schönen Künste und wählte begabte Nachwuchsmusiker aus, die sie unter ihre Fittiche nahm. Im wörtlichen Sinne hatte sie die jungen Männer unter ihre Bettdecke gelassen. Doch ihr Mann nahm es mit dem Ehegelübde ebenfalls nicht so genau. Hübsche junge Moderatorinnen oder angehende Schauspielerinnen konnten sich seiner Unterstützung sicher sein, wenn sie sich entgegenkommend zeigten. Jeder Gefallen hatte seinen Preis. Die Welt der Craddocks war prächtig und schäbig zugleich.

Es hatte Cait nie gestört, dass weder sie noch ihre Eltern

jemals eingeladen worden waren. Nach dem, was Birdie ihr erzählt hatte, gab es einen triftigen Grund für diese Ablehnung. Immerhin waren Anne und Oliver einmal ein Paar gewesen. Aber Anne hatte ihren Vater geheiratet. War aus Liebe Hass geworden? Wie traurig, dachte Cait. Doch Hass und Liebe lagen so dicht beieinander. Nicht für sie. Cait schaltete das Licht aus und ging nach oben. Sie hatte gelernt, dass es sicherer war, sich zurückzuhalten und auf Distanz zu bleiben. Niemand konnte sie dann verletzen, und wenn es doch passierte, tat es nicht so weh.

Am nächsten Morgen rief sie als Erstes die Klinik an. Sie sprach kurz mit Birdie, die sich anscheinend etwas erholt hatte, und verabredete einen Besuch für den späten Nachmittag. Sie beschloss, nach Portmeirion zu laufen, denn sie brauchte Bewegung und frische Luft.

Die Sonne versteckte sich an diesem windigen Morgen hinter einer dichten Wolkendecke, und die ersten Regentropfen trafen Cait, als sie bereits die Hälfte der Strecke bewältigt hatte. Doch sie hatte sich nie etwas aus schlechtem Wetter gemacht und zog sich die Kapuze ihrer Windjacke über den Kopf. Mit schnellen Schritten folgte sie der Straße entlang der niedrigen Steinmauer und genoss zu ihrer Rechten den Blick über den Park und schaute links hinunter auf das Meer, das rauschend gegen die Felsen brandete. Noch waren keine Touristen zu sehen, und der große Parkplatz vor dem Torbogen war leer. Nur auf den für die Cottages und Hotelgäste reservierten Plätzen standen einige Autos.

»Guten Morgen, Mr Jones«, sagte Cait aufgeräumt.

Der alte Herr stand im dunklen Anzug und mit einem Regenschirm in der Hand vor dem Kassenhäuschen. Falls er sich einmal zur Ruhe setzte, was Cait sich nicht vorstellen konnte, würde dem phantastischen Ort sein Herzstück verloren gehen.

Wer erinnerte sich nicht an Mr Jones, der jeden in der Manier eines Gentlemans alter Schule formvollendet begrüßte?

»Guten Morgen, Mrs Turner. Darf ich fragen, wie es Ihrer Tante geht?«

»Sie ist auf dem Weg der Besserung, Mr Jones. Ich fahre heute nach Bangor.«

»Oh, dann überbringen Sie ihr doch bitte meine herzlichsten Genesungswünsche und einen Blumenstrauß, den ich noch kaufen werde. Wann fahren Sie?«

»Heute Nachmittag. Keine Eile, ich schaue auf jeden Fall bei Ihnen herein, bevor ich fahre.«

»Sehr freundlich. Wirklich schön, dass Sie sich um Ihre Tante sorgen. Das ist heute nicht mehr selbstverständlich.«

»Oh, sagen Sie das nicht.« Eine Windbö fuhr vom Meer herauf und brachte salzige, nach Tang und Algen schmeckende Luft mit sich. »Wird es noch stürmischer? Was meinen Sie?«

Mr Jones hatte seinen Regenschirm rechtzeitig geschlossen und trat in den Schutz des Vordachs. »Ich befürchte, ja. Bis zum Hochwasser sind es noch drei Stunden, und mit dem Wasser kommt das schlechte Wetter.«

Cait lächelte. »Mich stört es nicht. Nur wird es einige Touristen abhalten und ein Loch in die Kasse brennen. Ihre wie meine …«

Der alte Herr wiegte den Kopf. »Das ist nicht gut, ich weiß. Es wird schwieriger. Wir leben in merkwürdigen Zeiten, alles ändert sich und doch wieder nicht. Alle sind unzufrieden und wissen nicht, warum. Ich habe mein Häuschen und meinen Garten und bin gesund. Mehr kann ich nicht verlangen.«

»Wenn alle so denken würden, wären wir weiter. Bis später, ich muss öffnen, egal, ob jemand kommt oder nicht.« Cait schüttelte lächelnd ihr Schlüsselbund.

Mr Jones nickte. »Ja ja, gehen Sie nur, sonst kommt einer von der Verwaltung, und Sie bekommen Ärger.«

Wer einen Laden in Portmeirion betrieb, war dazu verpflichtet, die Öffnungszeiten einzuhalten. Fiel man durch fehlenden Warenbestand oder sonstige negative Vorkommnisse auf, lief man Gefahr, die Konzession zu verlieren. Verstehen konnte Cait die Verwaltung durchaus, denn der kleine Ort lebte von Gästen, und die wollten die Möglichkeit haben, sich mit Souvenirs oder dem berühmten Geschirr einzudecken.

Vor dem Souvenirladen lag ein Stapel Zeitungen. Lexi war noch nicht da. Cait schloss die Tür auf, schob die Kartenständer nach draußen, fegte und trank bereits ihren ersten Becher Tee, als Lexi mit grimmiger Miene die Stufen hinaufhastete.

»Guten Morgen, Lexi! Na, bisschen spät geworden gestern?«, neckte sie die junge Frau und wusste sofort, dass sie einen Fehler gemacht hatte.

Lexi riss die Ladentür auf, befestigte sie und warf Cait einen bösen Blick zu. »Und wenn schon! Du hast gut reden, kommst hierher auf Urlaub und meinst, du musst mir dauernd unter die Nase reiben, dass ich eine schlechte Mutter bin!«

Erschrocken umfasste Cait mit beiden Händen ihren Becher. »Aber so habe ich das doch gar nicht gemeint. Ihr wart Motorradfahren, deshalb dachte ich …«

»Ach ja? Klar, Motorradfahrer sind natürlich ein wilder Haufen, saufen, feiern und so was alles. Ihr Stadttussis seid doch alle gleich, haltet euch für was Besseres und schnappt uns die Männer weg!«, fauchte Lexi. »Verdammter Mist, jetzt habe ich mir auch noch einen Nagel abgebrochen …«

Ihre fettig glänzenden Haare waren lieblos mit einer Plastikklemme am Hinterkopf aufgesteckt, und auf Lexis pinkfarbenem T-Shirt prangte ein Fleck. Heute war eindeutig nicht ihr bester Tag, und Cait wollte sich diskret aus der Schusslinie entfernen.

»Ich könnte dir einen Tee anbieten …«

»Wir haben euch gesehen!« Lexi rieb an ihrem unteren Augenlid, was die ohnehin verlaufene Wimperntusche weiter verschmierte.

»Was soll denn das? Ich habe mir nichts vorzuwerfen. Was willst du eigentlich, Lexi?« Langsam wurde Cait ärgerlich.

»Gar nichts. Geht mich auch nichts an. Aber du tust so fein und machst hier eine auf oberschlau, und dabei bist du nur hinter den Kerlen her … Mir machst du jedenfalls nichts mehr vor.«

Als Cait nichts sagte, fügte Lexi hinzu: »Gestern Abend, hinterm *White Horse*.«

»Aha, na ja, wenn du sonst keine Sorgen hast …«

»Aber weißt du was? Ihr passt gut zusammen! Dieser Jake ist ein arrogantes Arschloch! Seit er hier ist, macht er Ärger, steckt seine Nase in Dinge, die ihn nichts angehen. Das kannst du ihm ruhig mal sagen, dann hat er was zum Nachdenken!«

»Sag es ihm lieber selbst, und vor allem, trink einen Tee und reg dich ab. Muss ja ein schlimmer Abend gewesen sein.« Cait ging in den Laden zurück und hockte sich auf den Stuhl hinter der Ladentheke. Was zum Teufel war denn nur in Lexi gefahren? Es schien fast so, als hätte Jake recht mit seinen Verdächtigungen. Aber auch wenn Lexis Mann in den Unglücksfall am Berg verwickelt war und sich allein durch Jakes Nachforschungen bedrängt fühlte, lebte Jake gefährlich. Sie sollte ihn zumindest über diesen seltsamen Ausbruch der Verkäuferin informieren. Vielleicht hatte Birdie hier irgendwo seine Nummer aufgeschrieben.

Doch Cait kam nicht dazu, nach Jakes Telefonnummer zu fahnden, denn wider Erwarten betrat eine Gruppe von Besuchern ihren Laden und wollte alles über Birdies Töpfertechnik wissen. Es blieb bis zur Mittagszeit geschäftig, und Cait freute sich über die Einnahmen, die sie für ihre Tante notieren konnte. Erst gegen zwölf fand sie genügend Zeit, in den Unterlagen ihrer Tante zu stöbern. Es dauerte eine Weile, doch dann fand sie seine Nummer auf der Rückseite eines Rechnungsblocks. Sie konnte nicht verhindern, dass ihr Puls sich beschleunigte, als sie begann, die Zahlen einzugeben, doch plötzlich brach sie ab. Was sollte er von ihr denken? Dass sie ihm hinterherlief wie ein liebeskranker Teenager, nur weil er sie geküsst hatte? Er hatte sie einfach stehen lassen. Und außerdem hatte er die Situation ausgenutzt. Vielleicht war an der ganzen Geschichte auch überhaupt nichts dran, und Lexi hatte einfach einen schlechten Tag. Das kam bei ihr sicher öfter vor.

Ungeduldig wartete Cait auf ihre Ablösung durch Phoebe, die sich für zwei Uhr angekündigt hatte. Als die Türglocke klingelte, hob sie hoffnungsvoll den Blick, doch es war eine etwa gleichaltrige Frau in einem grauen Kostüm, die mit geschäftiger Miene auf sie zukam.

»Guten Tag, mein Name ist Paula Finley. Managing Assistant der Geschäftsleitung. Wir kennen uns noch nicht.« Die Brünette sah sich interessiert im Laden um.

»Caitlin Turner, ich vertrete meine Tante, Mrs Bennett«, erklärte Cait und musterte Paula ihrerseits kritisch. Sie meinte diesen Typ Frau nur allzu gut zu kennen: Alle anderen Frauen waren potenzielle Konkurrentinnen, und man musste sich jederzeit rigoros durchsetzen, koste es, was es wolle.

»Ja, es kam uns zu Ohren, dass Mrs Bennett ernsthaft erkrankt ist. Natürlich hätten wir uns gewünscht, dass Sie uns informiert hätten«, sagte Paula Finley vorwurfsvoll.

»Mrs Finley, meine erste Sorge galt meiner Tante, deren Leben in einer Notoperation gerettet werden konnte.« Caits Tonfall verschärfte sich. »Sie werden wohl verzeihen, dass ich nicht sofort die Administration aufgesucht habe, sondern mich darum gekümmert habe, dass der Laden weiterhin geöffnet ist. Das lag meiner Tante sehr am Herzen und dürfte Sie sicher freuen.«

Paula Finley nestelte an ihrem sorgsam aufgesteckten Haar. »Ich hatte ja keine Ahnung … Mrs Bennett ist schon so lange bei uns. Und Sie sind ihre Nichte? Bitte, richten Sie ihr meine

Genesungswünsche aus. In welchem Krankenhaus liegt sie? Wir würden ihr gern einen Blumengruß schicken.«

Birdie ist länger hier als du arrogante Ziege, dachte Cait, erwiderte jedoch mit kühler Freundlichkeit: »Das wäre ganz reizend. Sie liegt in Bangor, im Ysbyty Gwynedd. Und bitte, seien Sie versichert, dass hier alles weiterläuft wie immer.«

Die Türglocke kündete einen weiteren Besucher an. Diesmal seufzte Cait erleichtert. Phoebe kam strahlend in den Laden, zögerte kurz, als sie Mrs Finley sah, warf dann aber schwungvoll ihre Tasche hinter den Tresen und streckte der Verwaltungsassistentin die Hand entgegen.

»Mrs Finley, na, wenn das kein hoher Besuch ist.« Dabei lächelte sie so herzlich, dass Mrs Finley den Anflug von Sarkasmus überging.

Mit ihrer fülligen Barockfigur, den wallenden Locken und in ihrem hübschen Sommerkleid wirkte Phoebe so viel wärmer und lebensfroher als die perfekt durchgestylte Mrs Finley, fand Cait.

»Mrs Young, wir hatten schon das Vergnügen. Schön, dann scheint ja alles bestens organisiert. Wie gesagt, alles Gute für Ihre Tante. Einen schönen Tag noch.« Paula Finley hatte es plötzlich eilig zu verschwinden, und weder Cait noch Phoebe waren traurig darüber.

Phoebe kicherte. »Was für eine Schnepfe! Ich kann sie nicht ausstehen, sie macht sich überall wichtig. Und den Job hat sie nur bekommen, weil sie mit dem Hoteldirektor schläft.«

»Hauptsache, sie macht uns nicht das Leben schwer. Es wäre furchtbar, wenn Birdie nicht hierher zurückkönnte.«

»Mach dir keine Sorgen, Cait. Wir schaukeln das Kind schon.« Phoebe blickte sich um und zeigte auf ein halb gefülltes Regal. »Da ist noch ziemlich viel Platz. Ich finde, da passen noch eine Menge hübscher Tassen und Teller hinein.«

»Hast du etwas Bestimmtes im Sinn?«, fragte Cait argwöhnisch und dachte an Birdies Erfahrungen mit Phoebes Töpferversuchen.

»Na ja, weißt du, ich habe da an ein paar Stücke aus meiner eigenen Kollektion gedacht. Ich meine, natürlich nur, wenn Birdie das auch recht wäre.« Phoebe zupfte verlegen an ihrer Bluse. »Vielleicht hat sie das erzählt … Meine ersten Versuche waren nicht so toll, um ehrlich zu sein. Also, mir ist eine ganze Serie geplatzt beim Brennen. Die Glasur hat nicht gestimmt und … Aber ich habe weitergemacht und … Schau hier!«

Phoebe hielt den Anhänger ihrer Halskette hoch: eine hauchdünne Tonscheibe, blau glasiert, von feinen Rissen durchzogen und mit einem Loch, in dem ein Bernstein hing.

»Sehr hübsch. Ich bin kein Experte wie meine Tante, aber dieses Craquelé-Muster entsteht beim Rakubrand, nicht wahr?« Immerhin war sie bei einer Meisterin der Töpferkunst groß geworden. Etwas war hängen geblieben.

Phoebes Augen leuchteten. »Genau! Ich liebe diese Technik. Jedes Stück ist einzigartig, und man weiß nie, wie die Risse sich verteilen. Ich wollte Birdie irgendwann was von meinen Sachen zeigen, hab mich dann aber doch nicht getraut.«

»Das solltest du aber. Was machst du noch? Vielleicht kleinere Objekte? Die wären leichter zu verkaufen«, überlegte Cait.

Eifrig nickte Phoebe. »Neben den Ketten mache ich Ohrringe, Kugeln für den Garten und Duftsteine.«

Cait lächelte. »Ich glaube, wir kommen ins Geschäft, Mrs Young.«

Freudig klatschte Phoebe in die Hände. »Wundervoll!«

Als die Glocke ertönte, drehten beide Frauen den Kopf zur Tür. Phoebe fuhr sich automatisch durch die Haare, und Cait wollte am liebsten hinter dem Ladentisch verschwinden, doch Jake hatte sie schon gesehen.

»Hallo, Jake«, begrüßte Phoebe ihn.

Cait blieb stehen und wartete.

»Hallo, Phoebe, Cait …« Jake trug einen schwarzen Pullover unter seiner Rangerweste. Er wirkte müde und angespannt.

»Wenn du wegen deiner Fotos gekommen bist …«, begann Phoebe, doch er unterbrach sie mit einer kurzen Handbewegung. »Nein. Cait, kann ich mit dir sprechen, bitte?«

Sie straffte die Schultern, und Phoebe sah neugierig von einem zum anderen. »Einen Moment. Phoebe, ich fahre jetzt nach Bangor. Du musst heute abschließen, und bring doch morgen früh ein paar Musterstücke mit. Oh, und nimm dich vor Lexi in Acht, die ist ziemlich stinkig heute.«

»Ach herrje … Keine Sorge, Cait, wir lassen Birdie nicht hängen.« Phoebe drückte Cait an sich. »Ich werde mal die Regale abstauben. Bis dann, Jake.«

»Mach's gut, Phoebe.« Er nahm einen Prospekt in die Hand und blätterte ihn uninteressiert durch.

Cait holte ihre Jacke und Handtasche und ging, gefolgt von Jake, nach draußen. Mit schnellen Schritten überquerte sie die Piazza und ging zum Torhaus. »Mr Jones? Ich gehe dann jetzt.«

»Sie sind ein Engel, dass Sie mich nicht vergessen haben. Einen Augenblick.« Der alte Herr verschwand in seinem Häuschen.

»Cait, es tut mir leid …«, sagte Jake.

Doch Mr Jones kam mit einem verpackten Blumenstrauß zurück. »Mit meinen Wünschen, nicht wahr, Sie wissen es.«

»Meine Tante wird sich sehr freuen. Bis morgen, Mr Jones!« Cait ergriff den Strauß und machte sich mit energischen Schritten auf den Rückweg.

»Wo willst du denn hin, Cait?« Jake schaute zum Himmel. »Außerdem wird es gleich regnen.«

»Ich bin zu Fuß hier. Ein wenig Regen macht mir nichts aus. Tut dir vielleicht auch ganz gut, so ein kühler Schauer, aber ich entschuldige deine Unverfrorenheit gestern mit der Ausnahmesituation.«

Er ging neben ihr und hielt sie am Arm zurück. »Ich glaube, du warst nicht ganz unbeteiligt, aber okay, ich entschuldige mich. Es war so ein furchtbarer Tag … und dann Robs Lied, und du bist einfach … verdammt … Du empfindest doch auch etwas für mich! Das habe ich gespürt!«

Sie schüttelte seine Hand ab. »Es war alles ein wenig viel. Was willst du, Jake?«

Er sah sie an, und was er von ihr wollte, lag in seinem Blick, doch er sagte: »Dich kennenlernen, Cait.«

Sie schüttelte den Kopf. »Schlechtes Timing. Ich fahre jetzt nach Bangor.«

Die ersten Regentropfen klatschten auf ihre Jacke.

»Mein Wagen steht da vorn. Der Blumenstrauß ist ruiniert, wenn du in Minffordd bist. Das kannst du Mr Jones nicht antun.« Er legte den Kopf schief. »Glaub's mir oder nicht, ich bin auf dem Weg nach Bangor, um mit Sergeant Brace zu sprechen. Wir könnten gemeinsam hinfahren. Außerdem möchte ich Birdie besuchen, wenn du es für angebracht hältst.«

Dicke Tropfen trafen ihr Gesicht und weichten das Papier des Blumenstraußes auf. Cait holte tief Luft. »Na schön, aber nur für Mr Jones.«

Jetzt prasselte der Regen auf sie nieder. »Ich möchte keinen falschen Eindruck erwecken, das heißt, ich will nichts von dir, Jake Parry. Aber …«

Er packte sie an der Hand und zerrte sie mit sich zu seinem Wagen, der auf einem der Parkplätze der Hotelwäscherei stand. Als sie außer Atem und durchnässt nebeneinander im Wagen saßen und er den Motor anließ, fragte er: »Aber was?«

»Ich muss dir von meiner seltsamen Begegnung mit Lexi heute Morgen erzählen.«

Die Straße schien von Wasserfluten überspült zu werden, doch solche Sommerregen hörten meist genauso schnell wieder auf, wie sie begannen. Jake stellte die Scheibenwischer auf die höchste Stufe, um überhaupt etwas sehen zu können, und hörte aufmerksam zu. Als Cait schwieg, sagte er: »Das ist interessant und könnte wichtig sein. Ich werde mit Alun Brace darüber sprechen.«

Sie schwiegen, bis sie die Kreuzung erreichten.

»Hättest du es mir gesagt, wenn ich nicht vorbeigekommen wäre?«

Cait starrte auf den Blumenstrauß. »Möglicherweise.«

12

Bangor, Snowdonia, Wales

Jake war zufrieden, Cait zumindest zum Mitfahren überredet zu haben. Obwohl ihr Verhalten ihm gegenüber frostig war, bereute er den Kuss nicht. Im Gegenteil. Ihr Körper hatte sofort auf ihn reagiert, und ihre Lippen waren sanft und voller Verheißung gewesen. Nachdem der Verstand die Kontrolle über ihr Herz gewonnen hatte, war sie vor ihm zurückgewichen. Es hatte ihn nicht überrascht. Das machte es spannend, das machte Cait aus. Sie war eine faszinierende, starke Frau voller Widersprüche. Hinter der kühlen Fassade verbarg sich mehr, eine verhaltene Traurigkeit, und er fragte sich, was der Grund dafür war.

»Ist es in Ordnung, wenn wir kurz in Beddgelert Halt machen? Ich muss noch ein paar Unterlagen für Alun aus meinem Apartment holen.« Er sah sie an, doch sie nickte nur, den Kopf gegen das Fenster gelehnt.

Erst als sie die Abzweigung nach Nantmor passierten, kam Bewegung in Cait. Sie rückte vom Fenster ab und schaute nach vorn. »Gefällt es dir in Beddgelert? Ziemlich viele Touristen dort.«

Er antwortete mit einem Schulterzucken. »Ich bin den ganzen Tag unterwegs. Das stört mich nicht. Wo bist du aufgewachsen? In Minffordd? Das ist nicht gerade das hübscheste Dörfchen hier, aber wahrscheinlich ideal für Birdie. Viel dichter kann man nicht an Portmeirion wohnen.«

Cait hatte sich eine Strickjacke über ihr T-Shirt gezogen und verbarg die Hände in den Ärmeln. »Wir sind erst nach dem Tod meiner Mutter ganz nach Minffordd gezogen.« Kaum hörbar fügte sie hinzu: »Vorher haben wir in Nantmor gelebt.«

Jake pfiff durch die Zähne. »Daher kennst du Sean!«

»Wir waren Nachbarn, Jake. Die Sägemühle, die seit Jahren leer steht, gehörte meinem Vater.«

Es hängt alles mit ihrer Familie zusammen, dachte Jake. Die Schatten der Vergangenheit hielten sie fest. »Was ist passiert? Hatte dein Vater einen Unfall in der Sägemühle?«

»Einen Unfall?« Sie lachte bitter. »Nein, er hat sich in seinem Arbeitszimmer erschossen, und ich habe ihn gefunden.«

»Wie schrecklich! Das tut mir leid. Er muss noch jung gewesen sein.« Warum brachte sich ein junger Familienvater um? Finanzielle Sorgen oder eine tödliche Krankheit, schoss es Jake durch den Kopf.

»Du willst wissen, warum? Das frage ich mich schon seit Jahren. Depressionen, und angeblich stand die Firma vor dem Konkurs, so hieß es immer. Oliver Craddock hat alles aufgekauft, und wir sind mit meiner Mutter in eine kleine Wohnung gezogen.« Cait schien weiter von ihm abzurücken, drückte sich schutzsuchend in die Ecke des Beifahrersitzes. »Es war eine furchtbare Zeit, für alle. Meine Mutter war schon immer eine schwierige Frau. Launenhaft. Gott, warum erzähle ich dir das überhaupt?«

»Weil es wichtig für dich ist und ich es wissen möchte.«

Sie seufzte tief. »Um es kurz zu machen, Birdie war immer für mich und meine kleine Schwester da. Nach dem Tod meines Vaters hat sich meine Mutter völlig verändert. Sie war nicht mehr sie selbst, schien mit den Gedanken überall, aber nicht bei uns zu sein. Es kümmerte sie nicht, wie es uns ging. Wir waren ihre Kinder, aber irgendwie war ihr das egal. Zumindest kam es so bei uns an. Jessi wollte das nicht sehen, aber so war es. Ich liebe Birdie dafür, dass sie einfach da war, mich getröstet hat, all diese Dinge, die eine Mutter tun sollte. Aber …«

Sie fuhren durch Beddgelert, überquerten die schmale mittelalterliche Brücke, unter welcher der Glaslyn munter durch sein steiniges Flussbett floss. Bei extremen Niederschlägen und Unwettern wurde aus dem Flüsslein ein reißender Strom, der die Straßen überflutete. Doch heute spazierten die Touristen im Gänsemarsch über die Brücke hinunter zu einer Ladenzeile und weiter zum Grab eines berühmten Hundes, dessen Legende eng mit dem Namen des Ortes verbunden war. Eingerahmt wurde das malerische Örtchen von den majestätischen Gipfeln des Snowdon-Massivs.

»Aber?«, hakte Jake nach und bog auf den Parkplatz vor seinem Wohnhaus ein, in dessen erstem Stock sein kleines Apartment lag.

»Plötzlich scheint nichts mehr so zu sein, wie es war. Birdie hat mir Dinge erzählt, die alles infrage stellen. Es hängt mit ihrer schweren Krankheit zusammen. Sie dachte wohl, dass sie es nicht übersteht, und wollte mir die Wahrheit über meine Eltern offenbaren. Aber ich weiß nicht, ob ich das wirklich wissen will. Kannst du das verstehen?« Eine Träne rollte Cait über die Wange, als sie Jake anblickte, die Hände noch immer in der Strickjacke vergraben.

Jake drehte den Schlüssel um, und der Motor erstarb. Langsam streckte er eine Hand nach Caits Gesicht aus und wischte sanft die Träne ab. Er hatte einiges vermutet, aber kein schwerwiegendes Familiendrama. »Ich kann dir nur sagen, was ich tun würde. Wahrscheinlich ahnst du es schon. Ich bin eher das Trüffelschwein, das nicht aufgibt, bevor nicht der letzte stinkende Trüffel gefunden ist. Dann wird sich zeigen, ob er genießbar ist oder wertlos.«

Cait schniefte, brachte aber ein halbes Lächeln zustande.

»Trüffelschwein? Was für ein Vergleich ist das denn? Aber es liegt ohnehin nicht bei mir. Birdie hat sich entschieden, mir die ganze Geschichte zu erzählen, und ich werde ihr diesen Wunsch nicht abschlagen.« Sie räusperte sich. »So, jetzt weißt du mehr über mich, als notwendig ist. Aber irgendwie hat der Tod deines Freundes alles in ein anderes Licht gerückt. Das Leben, meine ich … Ach … Wolltest du nicht etwas holen?«

»Ja, bin gleich zurück.« Er sprang aus dem Wagen und lief zur Haustür, die sich knallrot vom grauen Stein der Hausmauer abhob. In seinem Apartment ging er direkt in das Wohnzimmer, dessen großes Fenster auf den Fluss und die Berge ausgerichtet war, und griff sich den schmalen Ordner vom Tisch. Darin befanden sich private Aufzeichnungen, die er auf seinen Bergtouren gemacht hatte. Oft hatte er mit Rob über die verrückten Eiersammler gesprochen, und sie hatten versucht, sich ein Bild von regelmäßigen Aktivitäten der Gegend zu machen. Es gehörte nicht zu den offiziellen Aufgaben eines Rangers, Besucher zu beobachten, und vor allem Boswick hatte sie immer wieder angewiesen, sich auf ihre Aufgaben zu konzentrieren. Aber manchmal verschoben sich die Prioritäten, dachte Jake. Bevor er die Wohnung verließ, nahm er die gerahmte Fotografie einer Kornweihe im Flug aus einem Stapel Bilder, die an der Wand lehnten.

Als er sah, wie Cait sich die Nase schnäuzte und traurig aus dem Fenster sah, widersprach er ihr insgeheim. Es gab noch so vieles, was er über sie wissen wollte, und er hoffte, dass sich Gelegenheiten ergeben würden, in denen sie ihn in ihr Herz blicken ließ. Er legte Ordner und Bilderrahmen auf den Rücksitz neben den Blumenstrauß. »Alles dabei. Ich schätze, deine Tante hat genug Blumen. Ein Bild verwelkt nicht so schnell …«

Cait drehte sich um und begutachtete die Fotografie. »Wunderschön. Wo hast du das gelernt? Und wo wir gerade dabei sind, woher kannst du so unverschämt gut singen?«

Schmunzelnd fuhr er vom Parkplatz. »Fotografieren habe ich von meinem Vater gelernt, der das als Hobby betrieben hat, und singen konnte ich schon immer. Ich habe als Junge im Chor gesungen, dann in einer Rockband und immer wieder in Folkbands. Ich liebe die alten Songs von Liebe, Leid und Fernweh. Außerdem passen sie in diese Landschaft. Und du? Was machst du, wenn du nicht arbeitest?«

»Es gibt immer irgendetwas zu tun«, sagte sie abweisend.

»Töpferst du?«

»Himmel, nein. Ich habe das mal versucht, aber es liegt mir einfach nicht. Ich entspanne mich am besten beim Laufen und Mountainbiken, falls du das meinst. Wenn die Zeit es erlaubt.«

Ihre Arbeit bedeutete ihr viel, das machte sie unmissverständlich deutlich. Und verstehen konnte er sie durchaus. Nach allem, was sie durchgemacht hatte, brauchte sie eine Konstante in ihrem Leben. Erfolg im Beruf war eine Sache, aber war das genug?

Der Parkplatz vor dem Krankenhaus war so voll, dass es eine Weile dauerte, bis sie eine Lücke fanden. Jake zögerte. Birdie würde mit ihrer Nichte vertraulich sprechen wollen – und da störte er nur. »Cait, ich habe mich ein wenig mit meinen Terminen vertan.« Er drückte ihr den Bilderrahmen in die Hand. »Gib das Birdie mit meinen besten Wünschen. Ruf mich an, wenn du so weit bist. Dann hole ich dich ab oder wir treffen uns in der Stadt. Kennst du …«

Ihr Blick brachte ihn zum Schweigen. »Ich habe hier studiert. Dann brauche ich deine Nummer.«

Er kritzelte seine Handynummer auf einen Zettel und gab ihn ihr.

»Danke fürs Mitnehmen und bis später.« Mit dem Blumenstrauß und dem Bilderrahmen bepackt ging sie auf den Eingang des Krankenhauses zu.

Kein Wort darüber, dass er es sich anders überlegt hatte. Jetzt fühlte er sich wie ein Feigling, aber nach dem, was Cait erzählt hatte, war es besser, die beiden allein zu lassen.

Alun wartete vor dem Institut für Rechtsmedizin auf ihn. Der Sergeant war einen halben Kopf kleiner als er, wirkte jedoch drahtig, und seine Augen waren ständig in Bewegung, nahmen jedes Detail um sich herum auf. Lachfältchen und Geheimratsecken zeigten, dass Alun die vierzig überschritten hatte, doch Jake hätte ihn bei ihrer ersten Begegnung kaum älter als sich selbst geschätzt.

»Hi Jake.« Mehr sagte er nicht, umarmte seinen Freund herzlich und drückte ihn fest an sich, bevor er ihn wieder losließ.

Jake räusperte sich mehrmals und sagte mit belegter Stimme: »Alun, schön, dich zu sehen. Ein anderer Ort wäre mir lieber gewesen.«

»Mir auch, mir auch. Was für eine verdammte Schweinerei!« Der Polizist, den Jake noch nie in Uniform gesehen hatte, machte einen Schritt auf den Eingang zu. »Du musst nicht mit hineinkommen. Ich vergesse immer, dass das für andere nicht normal ist. Sollen wir Thomas rausbitten?«

»Nein. Schon in Ordnung«, versicherte Jake. Die Scheu vor dem Geruch von Krankheit und Tod hatte er vor langer Zeit verloren. Seine Mutter war Krankenschwester und Pflegerin und nahm siechende ältere Patienten bei sich zu Hause auf. Die Idee zur häuslichen Pflege war aus der Not geboren worden, denn ohne diese Einnahme hätten seine Eltern das große ererbte Haus in Richmond aufgeben müssen.

Die medizinische Fakultät der Universität von Bangor hatte sich in den letzten Jahren weit über die Grenzen des Landes hinaus einen guten Ruf erarbeitet. Alun pflegte engen Kontakt mit einem der Mediziner am Institut für Gerichtsmedizin, was seiner Arbeit zuträglich und in diesem Fall von großem Wert war. Auf unbürokratischem Weg konnte Jake deshalb mit Alun ins Institut gelangen und hoffte, so Informationen über Robs Tod zu erhalten, die ihm sonst nicht zugänglich gewesen wären.

Ihre Schritte hallten auf gefliesten Böden durch die Flure des Instituts. Eine Gruppe Studenten kam ihnen in weißen Kitteln entgegen. Die Farbe ihrer Gesichter war kaum kräftiger als die ihrer Kittel. Hinter ihnen lief ein Arzt, der sie mit aufmunternden Worten nach Hause schickte. »Beim ersten Mal geht das vielen so. Man gewöhnt sich daran. Wer es gar nicht aushält, schmiert sich Menthol unter die Nase, aber ich würde es einfach durchstehen.«

Eine Medizinstudentin hatte Tränen in den Augen. »Ich schaffe das nicht, Doktor Cooper.«

Alun und Jake blieben stehen. »Hallo, Thomas!«

Der Arzt lächelte, klopfte der Studentin auf die Schulter und kam zu ihnen. »Alun, grüß dich. Ihr kommt gerade richtig. Mein Kurs ist beendet. Wollen wir kurz einen Kaffee trinken?«

»Thomas, darf ich dir Jake vorstellen?«

Der Arzt, ein hochgewachsener Mittvierziger mit kahl rasiertem Schädel und humorvollen Augen hinter einer randlosen Brille, schüttelte Jake die Hand. »Schlimme Geschichte. Mein Beileid. Hat Alun Ihnen schon gesagt, was ich vermute?«

»Nur angedeutet«, sagte Jake und folgte dem Arzt die Treppe hinunter in die Keller des Instituts für forensische Medizin.

Kaltes Licht aus Neonröhren empfing sie in grauen Fluren, und graue Regalreihen zogen sich entlang der Wände eines Besprechungszimmers, in das der Arzt sie führte. Die offen stehende Tür in einer Glaswand gab den Blick frei auf einen Seziertisch, auf dem eine abgedeckte Leiche lag. Jake wandte sich um, als er die für eine Autopsie bereitliegenden Gerätschaften sah. Der Formaldehydgeruch war hier so stark, dass Jake die Lippen aufeinanderpresste und sich an einer Stuhllehne festhielt.

Doktor Cooper schloss die Zwischentür und ging zu einer

Kaffeemaschine. »Espresso, Cappuccino? Obwohl der nicht besonders schmeckt. Aber die Kekse sind gut.« Er nahm ein aufgerissenes Paket mit Schokoladenkeksen von einem Nachschlagewerk mit dem Titel »Infektionskrankheiten«.

Alun griff nach einem Keks und zog sich einen Stuhl heran. »Einen kleinen Schwarzen für mich, bitte, und für Jake einen Doppelten.«

»Zum ersten Mal in der Gerichtsmedizin, Jake?« Geübt hantierte der Mediziner mit der Kaffeemaschine.

Der Duft von frisch gebrühtem Kaffee beruhigte Jakes Nerven ein wenig. »Ist eine Weile her. In Ecuador musste ich mal einen Mitarbeiter identifizieren. Ein Autounfall. Aber …« Er brach ab und starrte auf den zugedeckten Körper im anderen Raum.

Doktor Cooper stellte den ersten kleinen Pappbecher vor Jake auf den Tisch und schob einen Zuckerstreuer dazu. »Das dort drüben ist nicht Ihr Freund.«

Erleichtert atmete Jake auf und trank seinen Espresso aus. »Gut. Es war schlimm genug, ihn dort oben am Berg finden zu müssen. Ich habe mir Gedanken über die Kopfwunde gemacht. Rob war ein hervorragender Bergsteiger, erfahren und umsichtig. Selbst wenn ein Seil gerissen oder ein Haken gebrochen wäre, hätte er sich doch irgendwie abgefangen. Ich kann mir nicht erklären, wie er aus der Position so schrecklich gestürzt sein soll …«

Die Kaffeemaschine ratterte, und Doktor Cooper kam mit zwei Bechern zu ihnen, setzte sich, streckte die langen Beine aus und sah sie über den Rand seiner Brille nachdenklich an. »Ihr Freund ist in den frühen Morgenstunden gestorben, das steht fest. Mehrere Lazerationen, Platzwunden, sind am Kopf zu finden. Eine davon wurde meines Erachtens durch einen stumpfen Gegenstand verursacht und hat letztlich zum Tode durch eine Hirnblutung geführt.«

Jake hielt den Atem an und schlug mit der flachen Hand auf den Tisch. »Ich wusste es! Bastarde! Wer immer das war, wird sich verantworten müssen!«

»Jake, wir müssen das gemeinsam und mit einem Plan angehen, hörst du?«, mahnte Alun.

Doch Jake konnte seine Wut auf die für Robs Tod Verantwortlichen kaum zügeln. »Was für ein Gegenstand? Haben Sie schon eine Idee? Wir könnten danach suchen. Alun, wir stellen sofort eine Truppe zusammen und suchen den ganzen Berg ab.«

Der Sergeant und der Arzt sahen einander an. »Es ist so, Jake, solange ich keinen Beweis erbringen kann, gibt es keinen zwingenden Mordverdacht. Es kann auch ein Unfall gewesen sein. Er ist gegen die Felsen gestürzt, und es liegen Lazerationen am Ohr und in tieferen Gewebsschichten vor. Ohne allzu sehr ins Detail gehen zu wollen, vertraue ich hier auf meine Erfahrung. Die Wundränder sagen mir, dass ein stumpfer, runder Gegenstand den tödlichen Schlag verursacht hat. Vielleicht ist er aber auch gegen einen Ast oder einen abgerundeten Fels geschlagen. Ein Kollege könnte durchaus zu diesem Schluss kommen.« Der Arzt gab Zucker in seinen Kaffee, schwenkte den Becher kurz hin und her und trank ihn aus.

»Jake, ich habe dich mit zu Thomas genommen, damit du verstehst, dass wir uns auf ganz dünnem Eis bewegen. LeoBoswick war bereits beim Polizeidirektor und hat sich eine Nachrichtensperre ausbedungen. Keine Presse, keine Interviews mit Parkmitarbeitern.« Alun trommelte mit den Fingerspitzen auf der Tischplatte.

»Großartig. Und was gedenkt Leo zu tun, um der Wahrheit auf die Spur zu kommen? Ah, nein, es ist ihm egal! Wir sollen alle schön den Mund halten und abwarten, bis Gras über die Sache gewachsen ist. Keine schlechte Presse, das könnte ja dem Park schaden. Das kann er vergessen!«, zischte Jake.

»Bitte, Jake, ich verstehe Ihre Wut, und ich spreche nur mit Ihnen und Alun so offen, weil ich hoffe, dass sich die Todesumstände klären lassen. Aber das müsst ihr auf inoffiziellem Weg machen. Mein Labor und meine Kenntnisse stehen zur Verfügung, doch wenn ich offiziell gefragt werde, weiß ich von nichts.«

Doktor Cooper strich sich über die glänzende Kopfhaut. »Ich verabscheue Gewalt. Jeden Tag werde ich mit den Auswüchsen menschlicher Niedertracht konfrontiert. Ich gebe Vorlesungen über die Auswirkungen von Stich- und Schusswaffen, von Schlägen und was man sich sonst nur vorstellen kann auf den menschlichen Körper. Jeden Tag sehe ich die Schattenseiten des Lebens. Gestern musste ich mir eine männliche Leiche ansehen, deren Gesicht und Hände von Waldtieren abgenagt waren. Niemand vermisst den Mann, niemand schert sich darum, dass er einfach erschlagen und verscharrt wurde.« Cooper sah auf seine Uhr. »Und in wenigen Minuten werde ich ein misshandeltes Kind untersuchen müssen, Opfer häuslicher Gewalt.«

Ein junger Mann blickte zu ihnen herein. »Guten Tag, Entschuldigung, Doktor Cooper, das kleine Mädchen wartet schon.« Bittend sah er den Arzt an.

»Ich komme sofort, Marc.« Cooper stand auf, und der junge Mann verschwand. »Eins noch, Jake. Wut bringt einen nicht weiter. Ich habe gelernt, nichts für selbstverständlich zu nehmen, und gehe mit Freunden und Familie nie im Streit auseinander.«

Alun und Jake hatten sich ebenfalls erhoben und schüttelten Cooper die Hand. »Danke, Thomas. Du hörst von uns.«

»Vielen Dank, Doktor Cooper, für alles«, sagte Jake und fühlte sich plötzlich wie ein hitzköpfiger Teenager.

Der Mediziner lächelte verständnisvoll und eilte davon.

13

Cait betrat das Zimmer ihrer Tante und sah als Erstes einen riesigen Strauß gelber und orangefarbener Rosen. Der konnte nur von Jessica sein. Sie machte es sich leicht.

»Guten Tag!«, sagte Cait leise und warf einen Blick zu den anderen Betten hinüber, von denen nur zwei belegt waren.

Eine der älteren Damen hob den Kopf. »So schöne Blumen bekomme ich nie! Die hat sie von ihrer Nichte aus Oxford!«

»Wenn man schon nicht kommen kann, schickt man Blumen, so beruhigt man sein schlechtes Gewissen«, erwiderte Cait bitter, legte den Strauß von Mr Jones auf einen Stuhl, stellte das Bild daneben und trat an Birdies Bett.

Ihre Tante atmete schwer und schlug erst die Augen auf, als Cait ihr über die Stirn strich und sie küsste. »Hallo, Birdie. Was machst du denn für Sachen? Gefällt es dir hier so gut, dass du noch länger bleiben willst?«

Birdie grinste schwach. Cait reichte ihr ein Wasserglas und half ihr beim Trinken. Dann suchte sie nach der Cremetube, die sie bei ihrem letzten Besuch gesehen hatte. »Ah, da haben wir sie ja. Deine Lippen sind ganz rissig, Birdie. Ist das okay, wenn ich dir etwas Salbe draufstreiche?«

»Mach nur, Cait. Ich schau schon gar nicht mehr in den Spiegel. Bin ein altes Wrack.« Sie schloss Augen und Lippen und wartete, bis Cait ihr behutsam die Lippen betupft hatte.

»Danke, meine Liebe. Schön, dass du hier bist.« Birdie bewegte suchend die Hand auf dem Laken, ergriff Caits Finger und drückte sie. »Hilf mir bitte, mich etwas aufzusetzen.«

Gemeinsam brachten sie Birdie in eine aufrechtere Position. Cait stopfte ihr ein zweites Kissen in den Rücken, und die Wangen ihrer Tante gewannen an Farbe. »So gefällst du mir schon viel besser. Möchtest du etwas trinken oder essen?«

Birdies Augen glänzten. »Einen richtig starken Kaffee!«

»Hm, ich frage Schwester Lina, ob das erlaubt ist.« Sie wollte aufstehen, doch ihre Tante hielt sie zurück.

»Ich habe gehört, was du vorhin gesagt hast. Jessica tut, was sie kann. Sei ihr nicht böse, bitte.«

Cait runzelte die Stirn. »Sie tut eben nicht, was sie könnte! Ach, sie hat immer eine Ausrede. Was soll's, ich rege mich ja gar nicht auf. Hauptsache, es geht dir besser. Schau mal hier!« Sie ergriff Jakes Bild und zeigte es ihrer Tante. »Mit den besten Wünschen von Jake. Er hat einen Termin in Bangor, und wir sind zusammen hergefahren.«

»Oh, das freut mich! Richte ihm meinen herzlichen Dank aus. Er ist ein netter Bursche, nicht wahr?« Birdie zwinkerte ihrer Nichte zu.

Cait überspielte ihre Verlegenheit und nahm Mr Jones' Blumenstrauß vom Stuhl. »Ich glaube, du hast einen Verehrer!«

Der Strauß bestand aus altrosa Hortensien und blauen Lupinen. Birdie lächelte und schnupperte an den Blumen, die einen süßen Duft verströmten. »Der liebe Mr Jones, nicht wahr?«

»Er fragt täglich nach dir und scheint dich ehrlich zu vermissen. Ein reizender alter Herr. Es wundert mich, dass er dir noch keinen Heiratsantrag gemacht hat.« Cait grinste und stellte die Blumen in eine Vase.

»Ich hätte ihn nur ein wenig zu ermutigen brauchen, und er hätte es getan«, sagte Birdie versonnen.

»Und warum nicht? Warum bist du allein geblieben?« Es war ihr herausgerutscht, obwohl sie nicht danach hatte fragen wollen. »Birdie, du musst nicht darüber sprechen. Ich hol dir jetzt den Kaffee.«

»Ach, der Kaffee kann warten. Komm, setz dich hier neben mich, bevor die Ärzte mit neuen Pillen kommen und mich schlafen legen …«

Nantmor, Snowdonia, Wales, Dezember 1970

Selten war der Winter mit solcher Härte über Wales hereingebrochen wie in diesem Jahr. Ende November war in den höheren Regionen der erste Schnee gefallen und liegen geblieben. Eine Schicht hatte sich auf die andere gelegt und sich durch zeitweilig mildere Temperaturen zu einer festen Eisdecke verdichtet. Es war beinahe unmöglich, mit einem normalen Auto in entlegene Dörfer zu fahren. Entweder landete man im Abgrund oder an einer der Steinmauern. Im Abgrund schien auch die ganze Welt zu landen, wenn man den Zeitungen Glauben schenken wollte. Der Vietnamkrieg hatte mit der Invasion der US-Truppen nach Kambodscha einen neuen, furchtbaren Höhepunkt erreicht, und die Proteste nahmen überall zu. Und dann waren auch noch Jimi Hendrix und Janis Joplin gestorben. Anne dudelte die Musik ihrer Idole Tag und Nacht, und das in voller Lautstärke.

Birdie warf einen Haufen Ton auf ihre Drehscheibe und trat das Pedal. Selbst hier draußen in ihrem Schuppen, den sie beschönigend ihre Werkstatt nannte, hörte sie die Musik. Vor allem aber roch sie das Marihuana, und das brachte sie am meisten auf. Sie hatte nichts dagegen, dass ihre Schwester die Monate bis zum Studienbeginn als Orientierungsphase nutzte und sich ins Leben stürzte. Aber was Anne an Haschpfeifen und Joints konsumierte, war nicht mehr feierlich. Immerhin hatte sie Birdie versprechen müssen, keine von diesen Pillen einzuwerfen, denn die waren unberechenbar.

Ihre Finger waren blau von der Kälte, und Birdie trat schneller, um die Scheibe in Fahrt zu bringen. Sie müsste den kleinen Ofen in der Ecke befeuern, doch sie wollte nur dieses eine Stück, eine Obstschale, noch fertigstellen und dann die Tabletts zum Brennen bringen. Gordon, ein professioneller Töpfer mit Werkstatt und großem Brennofen, war ihr bei ihren ersten Gehversuchen als Töpferin eine unschätzbare Hilfe gewesen, und sie hatten eine Vereinbarung getroffen. Birdie durfte seinen Ofen gegen eine geringe Gebühr benutzen und überließ ihm jeweils ein Stück aus jeder Serie. Das war für beide Seiten fair und bestärkte sie in dem Glauben an ihre Arbeit. In Portmeirion hatte sie eine halbe Stelle in einem der Läden gefunden, und man erlaubte ihr, eigene Stücke zu verkaufen. Alles in allem war sie mit ihren bescheidenen beruflichen Erfolgen zufrieden. Sie liebte die praktische Arbeit und das Experimentieren mit den Materialien, vor allem beim Anmischen neuer Glasuren.

Die Tür knarrte, und ein kalter Wind fuhr ihr in den Nacken. »Hi Birdie. Was machst du denn hier draußen?«

»Wonach sieht es wohl aus?«, erwiderte sie, ohne ihre Schwester anzusehen.

Der süßlich schwere Gestank von Hasch verteilte sich in dem kleinen Raum, als Anne in einem langen Baumwollkleid und in Sandalen über die Dielen tappte. Zwischen ihren Fingern glomm ein Joint. »Hmm, ein Haufen Matsch auf einer klitzekleinen Drehscheibe. Das ist so komisch …« Sie kicherte albern und zog an ihrem Joint. »Hier, willst du auch mal?«

»Nein, danke. Ich arbeite. Solltest du auch mal wieder tun, damit ich nicht allein auf der Miete sitzen bleibe.«

Anne stellte sich ihr gegenüber und betrachtete sie mit einem abwesenden Lächeln und riesigen, schwarzen Pupillen.

»Du bist so bourgeoise, Schwesterchen. Das ist unmodern, weißt du. Sei doch mal locker, dann hast du auch Spaß! Du lachst ja kaum noch. Früher hatten wir so viel Spaß zusammen.« Anne breitete die Arme aus und drehte sich anmutig im Kreis. Die weiten Ärmel ihres dünnen Batikkleids flatterten wie Engelsflügel um sie herum.

»Du holst dir noch die Schwindsucht! Frierst du denn gar nicht? Dahinten liegt eine Decke. Oder mach den Ofen an, wenn das nicht zu bourgeoise für dich ist.«

»Ein Ofen, ja, das ist schön … Hmm, *freedom's just another word for nothin' left to do* … hmmm«, sang Anne ein Lied von Janis Joplin vor sich hin und suchte nach Papier, um es in den Ofen zu stopfen.

Birdie konzentrierte sich weiter auf ihre Schale, die sie nach dem Drehen noch mit den Händen bearbeiten wollte, um ihr eine individuelle Form zu geben. »Was hast du denn heute noch mit deiner Freiheit vor, Anne?«

»Hmm, Bobby McGee«, summte Anne. »Ts ts, Zynismus ist auch bourgeoise und macht alt! Das sagt Oliver, und ich finde, er hat recht. Du hast ganz steile Falten auf der Stirn, da zwischen den Augen, wenn du mich so ansiehst. Uhh, da krieg ich ja Angst, uhhh, schlimmer als Mum und Dad.«

Die Drehscheibe surrte leise und wurde langsamer, als Birdie den Fuß vom Pedal nahm. »Anne, ich mach mir Sorgen um dich. Du bist meine kleine Schwester, und ich liebe dich.«

»Oh, du bist so süß, Birdie!« Voller Überschwang kam Anne zu ihr, umarmte sie und küsste ihr Gesicht ab. »Ich verdiene dich gar nicht, weil ich so schrecklich egoistisch bin und immer nur mache, worauf ich gerade Lust habe.« Plötzlich sank sie zu Boden und krümmte sich zusammen wie ein kleines Kind, weinte und schien sich gar nicht wieder beruhigen zu können.

Stumm verfluchte Birdie die Drogen, stand auf, wischte sich die Hände an einem Lappen ab und beugte sich über ihre Schwester. »Na, komm schon, Annie, komm, steh auf. Wir gehen ins Haus und essen etwas.«

Anne hob den Kopf und sah sie aus geröteten Augen an. Selbst die Tränen konnten ihrer Schönheit nichts anhaben, machten sie nur fragiler. »Du hast mich so lange nicht mehr Annie genannt, dabei bin ich doch immer deine kleine Annie. Ich will kein böses Mädchen sein.«

»Bist du auch nicht. Na los, komm mit.« Birdie trat den noch glühenden Joint aus, der Anne aus der Hand gefallen war, und führte ihre Schwester mit festem Griff um die Hüfte hinaus in den verschneiten Garten.

Dort machte Anne sich von ihr los und tanzte singend durch den knöcheltiefen Schnee, der durch den ständigen Temperaturwechsel eine harte Kruste gebildet hatte. Es knirschte, wenn Annes Sandalen mit den nackten Füßen durch die eisige Oberfläche brachen.

»Anne! Komm mit, bitte!« Birdie versuchte, ihre überdrehte Schwester am Handgelenk zu packen, doch Anne entwand sich ihr wieder und wieder, lachte hysterisch und brach schließlich außer Atem im feuchten Schnee zusammen.

Kastanienbraune Locken flossen über kristallines Weiß, während das Baumwollhemd die Feuchtigkeit aufsog. Verzweiflung und Wut stiegen in Birdie hoch, als sie sich über Anne beugte und versuchte, sie auf die Füße zu ziehen. »Willst du dich umbringen, du dumme Kuh?«

»Es ist so schön kühl hier, wie im Himmel. Oder nicht? Ist der Himmel nicht weiß und voller Watte?«, plapperte Anne vor sich hin, schien sich zu besinnen und schlug nach Birdie. »Was willst du von mir? Hast du eben blöde Kuh gesagt?«

Mit einer Kraft, die Birdie ihr nicht zugetraut hätte, zumindest nicht in diesem Zustand, sprang Anne auf und versetzte ihrer Schwester eine schallende Ohrfeige. »Ich bin nicht so schlau wie du, aber das gibt dir nicht das Recht, mich zu beleidigen. Blöde Kuh! Wirst schon noch sehen, was du von deiner Klugscheißerei hast. Glaubst du, Männer wollen ständig diskutieren, wenn sie nach Hause kommen?« Anne schüttelte die langen Haare und griff sich an ihre runden Apfelbrüste. »Sie wollen das hier! Lächle dazu und find sie großartig, und du bekommst, was du willst. So läuft das, Schwesterherz!«

Annes Wangen glühten, und ihre Augenlider flatterten, während sie mit in die Hüfte gestemmten Armen vor Birdie stand, die sich die Wange rieb. Es hatte keinen Sinn, sich jetzt mit Anne zu streiten. Birdie hatte solche Situationen schon viel zu oft mit ihrer Schwester durchlebt.

»Vielleicht, Annie. Aber nicht alle Männer sind so. Ich habe Hunger. Was hältst du von Eiern mit Speck und Bohnen?«

Die großen, dunklen Augen irrten ruhelos umher, und Anne strich über ihr nasses Kleid. »Ich mag Eier mit Speck. Mum hat die immer für uns gemacht, wenn wir vom Rodeln kamen. Birdie?«

Erschöpft hob Birdie den Blick. »Ja?«

»Du hältst mich nicht für dumm, oder?«

»Natürlich nicht.« Sie rieb sich die kalten Hände.

»Lass uns essen. Mir ist so kalt.« Anne stapfte neben Birdie durch den Schnee. »Du hast ein schönes Haus, weißt du?«

Birdie betrachtete das hellblaue Reihenhaus, in dem sie gefliest, gestrichen und tapeziert hatte. Ihre Eltern hatten sie bei der Anschaffung von Möbeln unterstützt, und Nathan hatte den Esstisch in der Küche für sie getischlert. »Mir gefällt es.«

Sie stieß die Hintertür zur Küche auf, und die Wärme umfing sie wie eine tröstende Liebkosung. Anne folgte ihr und wollte die Tür zuziehen, doch eine schwarze Katze sprang hindurch. »Wo kommt die denn her?«

»Ich füttere sie seit einer Woche und habe nichts dagegen, wenn sie im Haus schläft. Es ist kalt draußen. Würdest du vielleicht lieber unter einem Busch hocken und dir die Pfoten abfrieren?« Birdie schnalzte lockend mit der Zunge, und die scheue Katze lugte vorsichtig unter einem Stuhl hervor.

»Katzen gehören nach draußen, nicht ins Haus«, sagte Anne mit angewiderter Miene.

»Das ist mein Haus. Wenn hier Platz für einen Streuner ist, dann auch für zwei.« Sie holte eine Dose Katzenfutter aus einem Schrank und gab den Inhalt in eine kleine Schüssel, die sie der Katze unter den Tisch stellte.

Anne zog eine Grimasse und tänzelte zur Tür. »Und Dosenfutter kriegt das Vieh auch? Bei Ma und Pa gab's die Reste vom Tisch, und dann sollten sie Mäuse fangen.«

»Was glaubst du denn, woher die toten Mäuse kommen, die seit Kurzem vor unserer Tür liegen? Die hat sie uns gebracht. Ich habe noch keinen Namen für sie. Vielleicht fällt dir ja einer ein. Zieh dir was Trockenes an, Anne, und wenn du runterkommst, können wir essen.«

Birdie schlug Eier in eine Pfanne, machte Bohnen in einem Topf warm und legte Speckstreifen zu den Eiern. Manchmal fühlte sie sich wie Annes Ersatzmutter und fragte sich, warum sie die Launen ihrer Schwester überhaupt ertrug. Doch dann sah sie Annes traurige Augen und konnte die Verzweiflung ihrer Schwester spüren. Sie hoffte, dass Anne sich fangen würde, dass sie nur eine wilde Phase durchlebte, wie es viele taten in diesen ungewissen Zeiten. Nicht jeder wusste, was er im Leben erreichen wollte. Sie selbst schöpfte ihre Zufriedenheit aus ihrer Arbeit. Noch stand sie am Anfang und nichts war perfekt, aber sie freute sich über jeden kleinen Erfolg, den sie beim Töpfern errang. Eine fertige Schale, Vase oder Teekanne in den Händen zu halten, machte sie stolz.

Der Duft von Eiern und Speck zog durch die Küche. Die Katze holte sich vorsichtig einzelne Brocken aus der Schale und fraß sie hastig auf. »Hier nimmt dir keiner was weg, Mieze, und eine Decke finde ich auch noch für dich. Das ist mein Haus, und ich bestimme, wer hier wohnt und wer nicht.«

»Und wenn ich sage, dass ich ausziehe, wenn die Katze hier einzieht?« Anne stand im Türrahmen und starrte eifersüchtig auf das hübsche schwarze Tier.

»Dann kann ich nichts dagegen tun, deine Entscheidung. Du bist frei wie ein Vogel. Frag doch Oliver, der nimmt dich sicher gern bei sich auf. Seid ihr nicht verlobt? Legst du bitte Besteck auf den Tisch, und nimm den Salzstreuer mit, wenn du welches möchtest.«

In Pantoffeln, einem dicken, gelben Wollpullover und dunkelbrauner Cordhose kam Anne in die Küche, riss die Schublade mit dem Besteck auf und knallte Messer und Gabel auf den Tisch. Die Katze fauchte erschrocken und flüchtete auf die Fensterbank. »Du kannst so verdammt gut sticheln, Birdie, tust weiß Gott wie tolerant, und dabei willst du nur, dass ich alles so mache, wie du es gern hättest!«

Birdie drehte den Herd aus und verteilte Eier und Bohnen auf zwei Teller. Zum Schluss gab sie die Speckstreifen darüber. »Eine Tomate haben wir auch noch irgendwo. Ach ja.« Sie fischte eine Tomate aus einem Bastkorb und teilte sie. Mit den Tellern ging sie zum Tisch.

»Wie liebevoll du gedeckt hast, Anne, danke.« Mit lautem Scheppern ließ sie einen Teller dort auf den Tisch fallen, wo ihre Schwester stand. Ein Teil der Bohnen schwappte über den Rand. Etwas behutsamer stellte sie ihren Teller ab und zog sich einen Stuhl heran.

»Wie ich es gern hätte?« Birdie lachte trocken. »Du weißt doch gar nicht, was du überhaupt willst. Ich habe gedacht, du nutzt die Zeit bei mir, um dich zu orientieren, dir klar zu werden über das, was du vom Leben willst. Freiheit! Ha, was ist denn Freiheit? Du hast Sorgen, weil du keine hast! Dir stehen alle Wege offen, und du dröhnst dich den ganzen Tag mit diesem Dreck zu. Warum, Annie?«

Die Lippen ihrer Schwester zitterten verdächtig, und sie ließ sich auf einen Stuhl fallen. »Tut mir leid. Ehrlich, es tut mir leid.« Anne griff nach einer Gabel und schob sich Ei und Bohnen in den Mund, kaute kaum und schluckte. Das wiederholte sie so lange, bis ihr Teller leer war. Dann schob sie ihn zur Seite, stützte den Arm auf den Tisch und legte ihren Kopf in die Hand. »Ich liebe ihn, Birdie. Ich liebe Oliver so sehr, dass es wehtut, wenn er nicht in meiner Nähe ist. Mein Herz rast, wenn ich ihn sehe, und wenn wir zusammen sind, ist es jedes Mal wie ein irrer Tanz auf dem Vulkan. Wir scheinen uns gegenseitig zu verglühen und können doch nicht voneinander lassen. Klingt das nicht kitschig?«

Birdie legte den knusprigen Speckstreifen aus der Hand, an dem sie geknabbert hatte. »Nein, für mich klingt das nach Abhängigkeit. Er scheint wie eine Droge für dich zu sein, nur dass du nicht nach Belieben darüber verfügen kannst. Ist doch so, oder?«

»Hmm, kann sein. Aber nur mit ihm fühle ich mich wie die Frau, die ich sein will.« Anne kaute an einer Haarlocke.

Jetzt lächelte Birdie. Sie durfte nicht vergessen, dass Anne gerade erst die Schule beendet hatte. »Du bist noch so jung, Anne, und er ist nicht der einzige Mann. Und außerdem sieht er das vielleicht alles ganz anders.«

Anne spuckte die Haare aus. »Du meinst, er ist nicht treu? Das weiß ich, aber die anderen bedeuten ihm nichts. Wenn er mal heiratet, dann mich.«

Es war sinnlos zu versuchen, mit einer Verliebten über Logik zu sprechen, genauso gut konnte man mit der Wand reden. Birdie war sich nicht so sicher, dass Anne noch so gelassen wäre, wenn sie Oliver auf dem Parkplatz erwischt hätte. »Wunderbar, das wäre geklärt. Dann brauchst du dir nur noch zu überlegen, was du bis zu deiner Hochzeit machst.«

Birdie stand auf und trug die Teller zur Spüle. »Ich glaube, ein Studium würde sich gut machen als Qualifikation für die zukünftige Mrs Craddock. Ein bisschen renommieren muss man schon können …«

Einen winzigen Moment lang war es still, und dann lachte

Anne so herzlich, dass Birdie sich umdrehte und nicht anders konnte, als ebenfalls zu lachen. Was sollte sie auch sonst tun, vielleicht machte sie sich einfach zu viele Sorgen, und irgendwann würden sie über die wilden Monate in Minffordd nur noch lachen.

Anne schien sich das Gespräch mit ihrer Schwester zu Herzen genommen zu haben, denn am nächsten Tag ging sie wieder in einem Pub arbeiten, eine Stelle, die sie vernachlässigt hatte. Doch weil allein ihre attraktive Erscheinung den Umsatz steigerte, ließ der Pubbesitzer sie wieder kellnern und erhöhte sogar ihren Stundenlohn. Birdie war zufrieden und glücklich, dass Anne weniger Drogen zu nehmen schien, denn es roch kaum noch nach Hasch, und Anne wirkte ausgeglichener. Darüber hinaus gelangen Birdie immer bessere Glasuren, die ihren Keramiken einen unverwechselbaren Charakter verliehen. Die Stücke fanden mehr und mehr Bewunderer im Laden und brachten ihr mehr Geld ein als das kleine Gehalt, das sie als Verkäuferin in Portmeirion verdiente. Die Verwaltung von Portmeirion freute sich, denn man wollte junge walisische Keramikkünstler unterstützen.

Birdie mochte ihr kleines Häuschen, den Garten und die Werkstatt, die sie nach und nach ausbaute, und hatte sich auch an die Gesellschaft der schwarzen Katze gewöhnt. Sie hatte ihr den Namen Streuner gegeben. Streuner lag am liebsten auf dem Küchenfensterbrett und beobachtete den Garten, oder sie kam mit ihr in die Werkstatt und legte sich auf einen Schemel neben den Ofen, den Birdie jetzt regelmäßig heizte.

Es war am Weihnachtsmorgen, Birdie packte letzte Geschenke ein, denn das Weihnachtsessen würde bei ihren Eltern auf dem Hof stattfinden, und in zwei Stunden wollten sie losfahren. An den Fensterscheiben hatten sich Eiskristalle gebildet, und der Schnee war zu einer harten, glatten Schicht geworden. Noch nie waren so viele Seen zugefroren wie in diesem Winter, und Birdie freute sich aufs Schlittschuhlaufen mit der Familie. In der Nähe des Hofes gab es einen Teich, auf dem sich die Nachbarn trafen. Sie freute sich darauf, weil auch Nathan und sein Bruder kommen würden.

In Cordhose und dickem Wollpullover, die Schlittschuhe über der Schulter und mit zwei großen Tüten in den Händen kam Anne in die Küche.

»Fahren wir jetzt? Oliver hat nur wenig Zeit heute, seine Familie hat ihn über die Festtage total verplant.« Sie zog einen Schmollmund.

»Wie furchtbar! Das soll ja an Weihnachten schon mal vorkommen ... Sonst gib mir doch deine Tüten. Sind Zettel dran? Ich verteil alles für dich«, erwiderte Birdie bissig, denn sie liebte Weihnachten mit all seinen kleinen Traditionen.

Anne stöhnte genervt. »Ja ja, schon gut, aber dich fragen sie auch nicht dauernd nach deinen Plänen.«

»Wenn es nur das ist ... Sag doch, dass du im Frühjahr dein Studium beginnst, und alle sind zufrieden.« Birdie band eine dicke rote Schleife um das letzte Päckchen und grinste ihre Schwester an. »Keine Sorge, du bekommst keine Vase von mir.«

»Ich mag deine Sachen, ob du's glaubst oder nicht. Und wenn ich mal einen Haushalt habe, dann wünsche ich mir ganz viele Schalen und Teller und Tassen von dir.« Anne stellte die Tüten ab. »Und was studiere ich dann?«

»Mein Güte! Jura? Soziologie? Botanik? Such dir was aus!« Zufrieden mit ihrem Werk stand Birdie auf, räumte Schere und Kleber vom Tisch und legte die Päckchen in eine alte Reisetasche. »Wir bleiben über Nacht. Hast du sonst nichts dabei?«

Die glänzenden Locken ihrer Schwester schwangen hin und her. »Werden wir noch sehen, ob ich bleibe. Für mich wird Oliver schon Zeit finden ...«

»Morgen früh ist Boxing Day!«

»Und wer hat gesagt, dass ich dann nicht wieder da bin?« Anne riss die Tüten an sich und marschierte zur Haustür.

Birdie hielt nach ihrer Katze Ausschau, die auf der Fensterbank lag, und murmelte: »Na, das kann ja heiter werden.«

Da sie meistens fror, hatte sie sich einen knöchellangen Lammfellmantel zugelegt. Ihre Jeans war fleckig von der Arbeit, doch auf dem Hof gab es sicher noch genug Arbeit, und es lohnte sich nicht, sich in Schale zu werfen. Nicht, dass sie viel Sinn für modische Kleidung hatte. Ihre Sachen mussten in erster Linie praktisch, strapazierfähig und bequem sein. Nachdem sie die Gashähne kontrolliert hatte, stellte sie der Katze noch eine Schale mit frischem Hühnerfleisch hin. »Frohe Weihnachten, Streuner.«

Ihre Schwester saß bereits im Wagen und hatte Heizung und Radio voll aufgedreht. Birdie stellte ihre Tasche auf die Rückbank und winkte den Nachbarn von gegenüber zu. Eine junge Mutter hatte ihren Haustürschlüssel und würde nach der Katze sehen.

»Was machst du denn noch? Wir fahren nur zu unseren Eltern, nicht nach London.« Anne stemmte die Stiefel gegen das Armaturenbrett. »Das wäre mal was, Weihnachten in London! Die schmücken wenigstens stilvoll und nicht so grässlich bunt wie hier in den Dörfern.«

»Haben die Craddocks nicht ein Stadthaus in London?« Der Anlasser zickte wieder mal, und Birdie musste mehrmals Gas geben, bevor der Motor ansprang.

»Haben sie, und weißt du auch, was Oliver vorhat?« Triumphierend klopfte Anne den Rhythmus der Musik mit.

»Du machst mich neugierig …«

Die Straße war mit einer dicken Eisschicht überzogen, und Birdie hatte Mühe, den altersschwachen Transporter in der Straßenmitte zu halten. Ein unbedachter Schlenker, und sie würde in die parkenden Autos rutschen.

»Über Silvester will er mit mir nach London. Dann führt er mich elegant aus, und wir schauen uns das Feuerwerk an. Ist das nicht toll? Und vielleicht fragt er mich dann. Ich meine, romantischer geht es doch nicht, oder?« Annes Augen leuchteten.

»Traumhaft, und unter diesen gesegneten Umständen erträgst du doch auch das familiäre Beisammensein viel leichter, nicht wahr?« Birdie wusste, wie viel das Fest ihrer Mutter bedeutete, die schon Wochen vorher mit dem Backen von Weihnachtspuddings und Mince Pies begann.

»Weißt du eigentlich, dass du ganz schön zynisch geworden bist, Charlotte Bennett?«

»Zumindest habe ich nicht an allem und jedem etwas auszusetzen. Man muss die Menschen nehmen, wie sie sind, Anne. Oder glaubst du, ich könnte unsere kleine Wohngemeinschaft ertragen, wenn ich keinen Humor hätte?«

Sie schaltete einen Gang hinunter, damit sie langsam auf die Kreuzung zurollen konnte. Zum Glück war nicht viel Verkehr. Die Läden wurden nach und nach geschlossen, und es zog die Menschen nach Hause oder zumindest dorthin, wo es warm war.

»Ach ja, hatte ich glatt vergessen, ich bin ja so was wie ein Streuner, genau wie diese bescheuerte Katze, die nicht mal einen richtigen Namen hat.« Anne vergrub die Hände in den Ärmeln ihres Pullovers, eine Angewohnheit, die ihr etwas Mädchenhaftes verlieh und den Eindruck von Hilflosigkeit erweckte.

Verletzlich war ihre Schwester, hilflos nicht, dachte Birdie und schaffte es, mit einem Ruck des Lenkrads nach rechts einem ins Schleudern geratenen Kleinwagen auszuweichen. »Puh, das war knapp!«

Anne waren die Füße vom Armaturenbrett gerutscht, und sie stützte sich mit beiden Händen ab, um nicht nach vorn zu fallen. »Wow! Wenn das jetzt schon so glatt ist, kann man später überhaupt nicht mehr fahren.«

»Die Craddocks haben doch sicher Reifen mit Spikes. Die wollte ich mir auch draufmachen lassen, aber ich kann sie mir nicht leisten. In zwei, drei Wochen ist der Spuk vorbei, und dann muss ich die Dinger wieder abmontieren lassen.«

»Pa lässt die Spikes immer bis zum Mai drauf. Wenn der letzte Frost vorbei ist, sagt er. Hättest du was gesagt, Birdie, ich hätte dir was dazugeben können. Ich verdiene ganz gut im Pub.« Anne rieb sich die Hände. »Die Heizung geht nicht mehr! Ich glaube, du brauchst ein neues Auto.«

»Vielleicht wird's mir morgen früh durch den Schornstein geworfen, ein kleiner Bus wäre toll. Den würde ich ausbauen und damit die Küsten abfahren, Inspirationen für meine Arbeit sammeln. Irgendwann …«

Ty Glyn Farm, Tremadog, Snowdonia, Wales, 24. Dezember 1970

Sie bogen um die letzte Kurve und konnten das Farmhaus ihrer Eltern unterhalb des Berges sehen. Ty Glyn bedeutete so viel wie blaues Haus. Der Name war so alt wie das graue Steinhaus aus dem neunzehnten Jahrhundert. Eine richtige Erklärung dafür gab es nicht, und niemand störte sich daran. Die Fichten bogen sich unter dicken Schneehauben, überhaupt schien alles in jungfräulichem Weiß zu versinken. Ein seltener Anblick und ein fast unwirklicher Kontrast zum sonst vorherrschenden Grau des Schiefergesteins und den rostigen Farben von Flechten und Gräsern. Doch sobald sie über den ratternden Weiderost auf den Hof fuhren, veränderte sich das Bild. Hier war alles matschig, in der Mitte dampfte der Misthaufen, und der Traktor stand an der Seite, die Schaufel noch voller Schnee.

»Das wird zu viel für Pa. Er schafft das nicht mehr allein«, stellte Birdie fest und suchte nach einem halbwegs trockenen Parkplatz in Hausnähe.

»Ich hätte hierbleiben sollen …« Anne betrachtete schuldbewusst den Hof mit den Stallungen für die Kühe. Man sah den Gebäuden an, dass sie renovierungsbedürftig waren. Es lag ein trauriger Hauch von Vernachlässigung über dem Anwesen. »Aber ich habe es immer gehasst. Alles! Ist das nicht furchtbar? Das Scheren, das Reintreiben der Schafe, das Schlachten der Hühner, das Melken. Und vor allem dieser ekelhafte Gestank!«

Birdie stellte den Motor ab. Anne hatte das Fenster einen Spalt heruntergedreht, und der scharfe Gestank von Jauche drang herein. »Ich weiß, wir alle wissen das, aber behalte es heute einfach mal für dich, ja?«

»Ich sage es doch nur zu dir, weil ich mich jedes Mal, wenn ich nach Hause komme, schuldig fühle!«

»Dann tu was dagegen.« Birdie zog den Schlüssel ab und öffnete die Tür.

»Du hast immer für alles eine Lösung, aber so einfach ist das nicht!« Anne stieg ebenfalls aus und fluchte, als sie mit ihren Wildlederstiefeln im knöcheltiefen Matsch versank.

Birdie knallte die Wagentür zu. »Doch, ist es. Und ja, ich versuche, Probleme zu lösen, weil sie mich sonst ersticken. Das ist meine Art. Ich kann nicht anders. Ich gehe die Dinge praktisch an. Wenn du dich schuldig fühlst, zum Teufel, dann hilf ihnen!«

»Das ist es aber nicht allein. Es ist doch schrecklich, wenn man verabscheut, woher man stammt, oder nicht?« Obwohl sie nur eine Viertelstunde gefahren waren, biss die Kälte hier oben schärfer in die Haut, fuhr der Wind mit eisigen Stichen durch die Kleidung.

»Tja, man kann sich nicht aussuchen, wo man geboren wird. Stell dir einfach vor, dein Vater wäre ein Kolchosbauer in der Sowjetunion, dann hättest du jetzt schon Schwielen an den Händen von der Feldarbeit und so viele Falten im Gesicht, dass du von Glück sagen könntest, wenn dich noch jemand geheiratet hätte. Obwohl du mit siebzehn dort sicher schon mit einem knochigen, nach Knoblauch stinkenden Kerl verheiratet worden wärst und das zweite Kind unterwegs wäre.«

Perplex starrte Anne ihre Schwester an und lachte schließlich herzlich, bis ihr die Tränen kamen. »Oh, Mann …«

»Wo ist denn …« Kaum hatte Birdie an den Hofhund, einen achtjährigen Bordercollie, gedacht, kam er auch schon kläffend aus dem Stall gerannt und sprang an ihr hoch. »Charly, uhh … Oh nein, du hast Kuhmist gefressen, geh weg!«

Charly ließ von ihr ab und wollte sich auf sein nächstes Opfer stürzen, doch die Tür des Wohnhauses ging auf, ein kurzer Pfiff ertönte, und der Hund stob zu seinem Herrchen.

»Esme, die Mädchen sind da!«, rief John Bennett ins Haus. Seine struppigen, graublonden Locken standen ihm wirr vom Kopf ab, während blaue Augen freudig strahlten und er die Arme ausbreitete. Er war nur wenig größer als Birdie und sein Gesicht vom ständigen Aufenthalt im Freien gegerbt.

Birdie erschrak, als sie bemerkte, dass ihr Vater beim Gehen einen Fuß nachzog. »Pa!«

Sie umarmte ihn, spürte die kratzige Schafswolle des Rollkragenpullovers an ihrer Wange und roch die vertraute Mischung von Wolle, Stall und Lavendelseife. »Geht es dir auch gut, Pa? Hast du dich verletzt?«

»Ach, das ist gar nichts. Hallo, Engelchen!« Er umarmte auch Anne, die ihn auf die Wangen küsste.

»Wir haben uns so darauf gefreut herzukommen!«, säuselte Anne und hakte ihren Vater unter, um mit ihm zurück zum Haus zu gehen.

Birdie schüttelte den Kopf, nahm ihre Tasche und folgte den beiden ins Haus, wo ihre Mutter bereits auf sie wartete. Esme Bennett war mit den Jahren etwas fülliger geworden, doch noch immer eine hübsche Frau. Die Ähnlichkeit mit Anne war unübersehbar. Esme trug ihre Haare aufgesteckt und eine Schürze mit sichtbaren Spuren der Essensvorbereitungen. Ihre Wangen glühten, und sie schien ganz in ihrem Element, doch Birdie sah die Müdigkeit auf ihren Zügen. Und eine steile Falte zwischen den Augenbrauen zeugte von Sorgen oder Kummer.

»Mum, wie geht es dir? Hoffentlich hast du nicht wieder so viel gekocht. Wir können das niemals alles essen!« Birdie drückte ihre Mutter an sich, die sich weich anfühlte und deren Haut nach Rosenwasser duftete.

»Meine Süße, schön, dass ihr da seid. Du weißt, dass ich gern koche, und ihr könnt etwas davon mitnehmen. Das hält sich doch für ein paar Tage. Ich bin so stolz auf dich, Birdie!« Esme ging wieder in die Küche, wo es aus verschiedenen Töpfen dampfte, und auch im Backofen brannte Licht. »Mrs Trevena hat in Portmeirion eine von deinen Schalen gekauft. Sie sagt, du hast richtig schöne Stücke gemacht.«

»Hm, langsam habe ich den Bogen raus«, bemerkte Birdie mit einem Seitenblick auf Anne, die jedoch mit ihrem Vater sprach.

»Und fühlst du dich denn wohl in Minffordd?«, fragte Esme und hob prüfend einen Deckel.

»Das Haus ist schön und die Nachbarschaft gut. Eine der Mütter kümmert sich um meine Katze. Ich finde das …«

Esme unterbrach sie. »Ach ja, du hast diese Katze aufgenommen, und sie wohnt sogar im Haus! Anne hat es mir erzählt. Muss das denn sein? Du weißt doch, dass die Tiere unsauber sind und Krankheiten übertragen.«

Birdie zählte stumm bis drei, bevor sie antwortete: »Katzen sind so sauber, dass sich mancher Mensch daran ein Beispiel nehmen könnte. Sie hinterlassen keinen Müll, verstreuen nicht ihre Asche über die Teppiche, beklagen sich nicht dauernd …«

»Ich muss mich ums Essen kümmern.« Plötzlich wirkte Esme zerstreut. »Ihr Mädchen wolltet ja noch Schlittschuhlaufen. Habt Spaß und kommt nicht zu spät! Wir essen um sieben!«

Das Farmhaus war klein, und die Mädchen hatten sich eine Dachkammer geteilt, in der sie auch heute übernachten würden. Birdie griff nach ihrer Tasche und trug sie die Stiege hinauf. Mit gemischten Gefühlen glitt ihr Blick über die abgewetzten Vorhänge und dicken Staubflusen, die sich an Lampen und in den Ecken breitgemacht hatten. Über dem Treppengeländer hingen vier kleine Landschaftsaquarelle, die sie selbst als Teenager gemalt hatte. Auf einer Kommode stand ein buntes Flechtkörbchen, das Anne in der Schule gebastelt hatte. Hier war die Zeit stehen geblieben, in jeder Hinsicht, dachte Birdie.

Als sie die Tür zu ihrem ehemaligen Kinderzimmer aufstieß, stockte ihr kurz der Atem. Die beiden Betten standen unverändert unter den Dachschrägen, in der Mitte ein Balken, an dem sie und Anne nach heftigen Streitereien eine Decke als Raumteiler befestigt hatten. Sie warf die Tasche auf ein Bett, ging zum Waschbecken und wusch sich Gesicht und Hände. Dann tauschte sie den langen Mantel gegen eine kürzere Jacke, wickelte sich einen Schal um, stopfte sich Taschentücher in die Tasche und lief nach unten.

Anne schien schon auf sie gewartet zu haben, denn sie kam sofort aus der Küche gesprungen. »Wo warst du so lange?«, zischte sie Birdie ins Ohr.

Die Schwestern hängten sich ihre Schlittschuhe über die Schultern und machten sich auf den Weg zum Teich. Wo die Felder aufhörten, begann offenes Weideland. Land ohne Zäune, auf dem die Schafe frei grasten, Land, das von Wanderwegen durchzogen war, die seit Jahrhunderten allen zugänglich waren. Birdie sog die kalte, schneelastige Bergluft ein und lauschte dem Knirschen ihrer Stiefel auf dem gefrorenen Schnee. Ein Raubvogel stieß kurze Schreie aus und kreiste dann lautlos über ihnen. Sie beobachtete den eleganten Falken, der vielleicht eine Maus oder ein Kaninchen im Visier hatte.

»Ist der nicht schön?«, sprach sie ihren Gedanken laut aus.

»Ein Fasan wäre mir lieber, der macht sich besser im Ofen«, erwiderte Anne, ohne den Raubvogel zu beachten. Sie hatte nur Augen für die Menschen auf dem zugefrorenen Teich, der zwischen den Bäumen vor ihnen zu sehen war.

»Oh, Oliver ist schon da!« Sie begann zu laufen, stolperte, fing sich, und Birdie, die langsam folgte, sah, wie sie Oliver in die Arme fiel.

Sie sollte Craddock ihre Vernarrtheit nicht so offen zeigen, das machte sie zu einer leichten Beute und damit uninteressant für einen passionierten Jäger wie Oliver. Aber wer war sie, sich so altkluge Urteile über ihre Schwester zu erlauben? Sie selbst brachte es ja nicht einmal fertig, den Mann, den sie liebte, für sich zu interessieren.

Nathan und Lucas zogen bereits ihre Kreise auf dem Eis. Der Teich war ein beliebter Treffpunkt, weil er flach war und bei anhaltendem Frost schnell zufror. Birdie winkte den Menschen zu, die sich um und auf dem Eis tummelten. Die meisten stammten von den umliegenden Höfen, einige aus Tremadog. Sie entdeckte Martin Kealer, den Sohn eines Schafzüchters. Sie waren im gleichen Alter, hatten dieselbe Schule besucht und miteinander geflirtet. Er war ein netter Kerl, aber sie hatte nie ernsthafte Gefühle für ihn gehabt.

Martin winkte und kam auf sie zugelaufen. Die Kufen der Schlittschuhe kratzten über das Eis, und mit einer gekonnten Drehung kam er vor ihr zum Stehen. Er hatte ein breites, offenes Gesicht mit lachenden Augen unter braunen Haaren, die ihm unter einer Wollmütze bis auf die Schultern fielen.

»Hi Birdie! Schön, dich zu sehen. Gut siehst du aus!« Martin breitete die Arme aus, und sie ließ sich von ihm drücken und auf die Wangen küssen, wobei sein Dreitagebart sie kitzelte.

»Du auch!«, meinte Birdie ehrlich und fragte sich, warum sie ihn vorher nicht als den attraktiven Mann wahrgenommen hatte, der er war. Aber dann fiel ihr Blick auf Nathan, der sie ebenfalls bemerkt hatte und auf sie zusteuerte.

»Na los, zieh die Schlittschuhe an, und wir drehen eine Runde. Musik und Eiergrog gibt es auch.« Martin hielt sich an einem Ast fest, der über das Eis ragte, und griff fester zu, als Nathan heranrauschte und ihn beinahe aus dem Gleichgewicht gebracht hätte.

»Hey, Martin, Birdie. Perfektes Weihnachtswetter! Meine Eltern lassen euch grüßen. Ist deine Schwester nicht mitgekommen?« Nathan hatte sie nicht einmal umarmt, sondern schaute nur suchend das Teichufer entlang, an dem die Eisläufer zwischen den Baumstämmen standen, sich umzogen oder pausierten.

»Danke, Nathan«, sagte Birdie säuerlich. »Wir kommen noch bei euch vorbei. Mum hat wie immer etwas für euch gebacken.«

Plötzlich wusste sie, was sie tun musste. Sie schenkte Martin ein strahlendes Lächeln. »Was für Musik, Martin? Ich bin ja keine tolle Eisläuferin, aber vielleicht zeigst du mir ein paar Schritte?«

»Klar, Birdie. Ich warte drüben auf dich.« Martin ließ den Ast los und fuhr elegant davon.

Nathan zeigte keine Reaktion, doch seine Wangenmuskeln zuckten, und er hielt ihr eine Hand hin, als sie sich abstützen wollte.

»Geh schon«, murmelte Birdie und machte sich ans Zuschnüren ihrer Schlittschuhe, die sich hart und kalt anfühlten.

Etwas unschlüssig bewegte Nathan sich hin und her, um schließlich aufs Eis hinauszugleiten und sich unter die anderen zu mischen. Doch sein Blick ging immer wieder zum Ufer. Birdie konnte sich denken, wo Anne war: im warmen Auto von

Oliver Craddock. Wahrscheinlich schob der junge Craddock seine Weihnachtsnummer mit ihrer Schwester und machte sich insgeheim lustig über die liebestolle Anne. Oh, du bist wirklich zynisch, Birdie Bennett, dachte sie und fluchte nicht nur über die Kälte und ihre steifen Finger, in welche die Schnürsenkel einschnitten.

Als sie endlich mit ersten tastenden Schritten das Eis erkundete, war Anne noch immer nicht zu sehen. Doch als die beschwingten Klänge eines traditionellen Weihnachtslieds über dem Teich zu hören waren, verflogen ihre Bedenken, und Birdie überließ sich der Festtagsstimmung, die den Menschen ein Lächeln auf die Gesichter zauberte. Martin tat ein Übriges, denn er zog sie mit sich über die glatte Fläche, auf der sie plötzlich mühelos Kreise im Takt der Musik zu drehen begann.

»Martin, ich hatte ja keine Ahnung, dass du der Fred Astaire der Eiskunstläufer bist!«, rief Birdie und landete nach einer etwas riskanten Drehung in Martins Arm.

Sein Gesicht kam dem ihren so nahe, dass sie die kleine Narbe unter seinem rechten Auge sehen konnte, die von einem Sportunfall in der Schule herrührte. Er roch männlich, leicht verschwitzt und ein wenig nach Stall und Schafen. Sie fuhr sich mit der Zungenspitze über die Lippen, bemerkte aus den Augenwinkeln, dass Nathan sie beobachtete, und schlang den Arm um Martins Nacken. Ihre Lippen berührten sich, und sie war überrascht von seiner unverhohlenen Leidenschaft. Sein Kuss löste eine unerwartete Flut von Gefühlen in ihr aus, und sie schloss die Augen. »Nathan«, murmelte sie.

Augenblicklich ließ Martin sie los, und sie schien in ein Eisbad zu fallen. »Du hast mich nur benutzt. Ich hätte es wissen müssen.«

Die Verachtung in seiner Stimme schnitt tief, und sie wusste, dass sie es verdiente. »Tut mir leid, ich …«

»Vergiss es, Birdie. Hast du erreicht, was du wolltest?« Martin packte ihren Arm und drehte sie grob herum, so dass sie Nathan am Ufer sah. Er stand kerzengerade, hielt regungslos ein Glas und starrte zu ihnen herüber. »Ist er eifersüchtig genug? Das Traurige ist nur, Birdie, mich hättest du nicht durch einen billigen Trick auf dich aufmerksam zu machen brauchen. Anscheinend bist du nicht besser als deine Schwester. Schöne Weihnachten!«

Martin Kealer stieß heftig mit den Kufen ins Eis und fuhr auf eine Gruppe junger Leute zu, die ihn lachend in Empfang nahmen. Tief beschämt glitt Birdie mit gesenktem Kopf und unsicheren Bewegungen übers Eis, stieß beinahe mit jemandem zusammen, entschuldigte sich, ohne aufzusehen, und hastete am Ufer bis zu der Stelle, an der sie ihre Schuhe abgestellt hatte. Wütend auf sich selbst, hockte sie sich in den Schnee und zerrte an den Schnürsenkeln, die feucht und steif waren und sich nicht öffnen lassen wollten.

Ihre Finger waren taub und kalt und gehorchten ihr nicht, und die Kälte drang durch ihre Hose. »Ich hab's nicht besser verdient«, murmelte sie und riss so heftig an den Schnürsenkeln, dass sich die Metallhaken der Schlittschuhe verbogen.

»So wird das nichts. Darf ich dir helfen?«

Die sanfte Stimme ließ sie augenblicklich aufschauen. »Nathan!«

Er kniete vor ihr nieder und nahm ihre kalten Hände in seine, die warm waren und sie einen Moment festhielten. »Hast du keine Handschuhe? Es ist verdammt kalt.«

Sie brachte kein Wort über die Lippen, sondern sah ihn einfach nur stumm an. Warum tat er das? Wollte er sie noch mehr demütigen? Hastig entzog sie ihm die Hände. »Lass mich, ich kann das allein.«

»Kannst du nicht. Es ist keine Schande, sich helfen zu lassen, Birdie. Im Gegenteil … Also, darf ich dir helfen oder willst du ein Messer, um die Schnüre aufzutrennen?« Eine blonde Haarsträhne fiel ihm ins Gesicht, während er sie schmunzelnd ansah und sie die Grübchen neben seinen Mundwinkeln bemerkte.

»Bitte. Ich kann dich wohl nicht abhalten, hier den Samariter zu spielen. Das war deine gute Tat am Weihnachtsabend.«

Wortlos nestelte er an den feuchten Schnüren, bis sie sich lockerten und die Knoten sich aufziehen ließen. »So, bitte sehr, Miss Bennett. Eine Belohnung habe ich verdient, denke ich.«

Aus den Lautsprechern tönte José Felicianos *Feliz Navidad* über den Teich, und die Menschen begannen mitzusingen. Birdie hob den Kopf und seufzte. »Was willst du, Nathan? Ich habe nichts, ich meine, die Geschenke für euch …«

»Du hast nichts? Da bin ich anderer Meinung, und Martin hat es auch erkannt. Nur ich war zu blind. Birdie …« Er saß vor ihr, hatte die Hände neben ihren angewinkelten Knien aufgestützt und beugte sich vor, so dass sie keine Ausweichmöglichkeit hatte.

Seine blauen Augen waren so unergründlich wie das Meer und zogen sie magisch an, schon immer, dachte Birdie, und ihr Atem ging schneller. Er wollte sie küssen. Nathan wollte sie wahrhaftig küssen. Diesmal würde es kein flüchtiger Kuss zwischen Freunden sein, und in ihrem Magen breiteten Schmetterlinge ihre Flügel aus. Sie berührte die blonde Haarsträhne, die ihm vor ein Auge fiel. Ihre Hand zitterte, als seine Lippen zärtlich über ihre Wange strichen, um schließlich von ihrem Mund Besitz zu ergreifen. Seine Haut war weich, er roch nach Wald, und sie konnte einen Rest Punsch auf seinen Lippen schmecken. Nathan war alles, was sie wollte, und sie öffnete die Lippen. Ihre Zungen begegneten einander und fochten einen zärtlichen, fordernden Kampf aus, der vorausnahm, worauf Birdie so lange gewartet hatte. Ihr Körper vibrierte, erhitzte sich, und alle Taubheit war aus ihren Händen verschwunden, die scheinbar eigenständig über Nathans Pullover glitten, seinen Nacken umschlangen und sich in seine Haare gruben.

Nathan stöhnte leise auf und zog sich von ihr zurück. Verwundert sah er sie an. »Warum haben wir das nicht schon viel früher getan?«

»Du hast mich nicht bemerkt, Nathan.«

Er schob sich die Haare aus der Stirn und hockte sich auf die Fersen. »Wann kann ich dich treffen, allein?«

Ein innerlicher Triumphschrei durchfuhr sie. Es war gleichgültig, wie sie ihn dazu gebracht hatte, sie endlich als Frau wahrzunehmen, sie wollte ihn, nur ihn, dessen Geschmack sie noch auf den Lippen hatte. »Übermorgen vielleicht. Wie sieht es …«

Weiter kam sie nicht, denn Nathan sprang auf und rief: »Anne! Was ist passiert?«

Birdie, die noch immer die Schlittschuhe an den Füßen hatte, kam unbeholfen auf die Beine und wandte sich um. Ihre Schwester kam schluchzend durch die Bäume gelaufen und hielt sich mit einer Hand die Wange. Als sie näher kam, sah Birdie, dass Annes Lippe geschwollen war und die Wange blutete.

»Annie, um Himmels willen, sag doch, was los ist!«

Nathans Gesicht verdüsterte sich. Fürsorglich nahm er Anne in die Arme und drückte die weinende junge Frau an sich. »War er das?«

Anne nickte unter Tränen, so viel konnte Birdie sehen.

»Wer, Oliver? Oliver hat dich geschlagen?«, fragte Birdie ungläubig. Die beiden hatten sich schon oft gestritten, aber gewalttätig war Craddock noch nie geworden.

»Dieser Dreckskerl. Dafür wird er büßen!« Nathan schob Anne zu Birdie. »Wo ist er jetzt?«

»Nein, nein, er ist schon weg. Es war ja auch meine Schuld. Ich bin selbst schuld …« Wieder schluchzte Anne, und ihre geschundene Schönheit wirkte so verletzlich, dass Nathan die Hände rang.

»Birdie, du kümmerst dich um sie, ja? Dieses Weihnachtsfest

werden die Craddocks nicht vergessen.« Nathan eilte davon, ohne auf den Einspruch der Schwestern zu achten.

Etwas wackelig stand Birdie mit ihren aufgeschnürten Schlittschuhen auf dem gefrorenen Seeufer und schaute sehnsüchtig Nathan hinterher, der wie ein wütender Stier davonpreschte. »Warum tut er das?«, sagte Birdie mehr zu sich.

Anne, die neben ihr stand und vorsichtig mit den Fingern ihre Wange abtastete, erwiderte beinahe schnippisch: »Na, für mich natürlich. Er ist eben ein richtiger Mann. Mit Oliver kann man Spaß haben und weiß nie, woran man ist. Das ist aufregend. Aber vielleicht ist das eben doch nicht genug …«

»Was soll das denn jetzt? Oliver ist doch die große Liebe deines Lebens, und was ist überhaupt passiert?«

Anne warf die Haare nach hinten und verzog schmerzhaft den Mund. »Das verstehst du nicht, Birdie. Liebe ist kompliziert. Manchmal tut sie weh, aber das macht sie nicht schlecht. Ich werde Oliver genauso leiden lassen, wie er mich leiden lässt, und dann werden wir ja sehen …«

»Und was ist mit Nathan? Ist er Teil deiner Rache, oder wie?«

Anne gab ein kurzes, hartes Lachen von sich. »Unsinn. Aber es kann doch nicht schaden, wenn er Oliver mal eine Abreibung verpasst. Verdient hat er es! Oder was ist hiermit?« Vorwurfsvoll hielt sie Birdie ihr Gesicht hin.

»Ich werde nicht zulassen, dass du Nathan da mit reinziehst!«

»Ach ja? Was willst du dagegen tun?«

»Ich werde ihm die Wahrheit über dich erzählen.« Noch während sie es sagte, fühlte sie die Sinnlosigkeit ihres Widerstands in einem Kampf, den sie nicht gewinnen konnte.

»Welche Wahrheit denn, Birdie? Ich bin, wie ich bin. Ich habe nichts zu verbergen. Komm schon, Birdie, lass uns nicht streiten. Heute ist Weihnachten. Es wird sich alles regeln, da bin ich mir ganz sicher.«

Birdies Lippen wurden schmal. Als Anne die Arme nach ihr ausstreckte, drehte sie sich um und stolperte über gefrorene Grasbüschel und Steine zu ihren Schuhen. Diesmal würde nicht alles gut werden. Verzweifelt schluckte sie aufsteigende Tränen hinunter, und zum ersten Mal in ihrem Leben verspürte sie einen unbändigen Hass auf ihre Schwester.

14

Bangor, Snowdonia, Wales

Die letzten Worte hatte Birdie so leise gesprochen, dass es kaum mehr als ein raues Flüstern war. Cait saß neben ihr auf dem Stuhl und starrte ihre Tante ungläubig an. All die Jahre hatte sie geglaubt, Birdie zu kennen, und musste nun einsehen, dass sie gar nichts gewusst hatte. Das vertraute Gesicht mit den gütigen Augen gehörte einer Fremden. Erschöpft vom vielen Sprechen sank Birdie tiefer in ihr Kissen und schloss die Augen. Ihr Atem ging schwer, stoßweise, dann wurde er gleichmäßiger und nahm den Rhythmus der Schlafenden an.

Cait streichelte ihre Hand, legte sie sanft unter die Decke und stand auf. Vorsichtig hob sie den Stuhl an und stellte ihn zurück ans Fenster, wo der riesige Blumenstrauß ihrer Schwester prangte. Cait berührte eine der Rosen und schaute aus dem Fenster des Krankenzimmers hinunter auf den Parkplatz. Je länger sie Birdie zuhörte, desto mehr bedauerte sie, dass ihr Verhältnis zu Jessica so problematisch war. Es war so schon schwierig genug, aber wenn sie sich vorstellte, dass Jessica ihr den Mann genommen hätte, den sie liebte … Aber hatte Nathan Birdie wirklich geliebt? War es nicht mehr Birdies Bestreben gewesen? Ihre Tante hatte Nathan weitaus größere Gefühle entgegengebracht als er ihr. Immerhin hatten die Schwestern stets Kontakt bewahrt. Was war geschehen?

Nachdenklich drehte Cait sich um, verschränkte die Arme vor der Brust und betrachtete die friedlich Schlafende. Sie verglich Birdie mit ihrer Mutter, suchte nach Ähnlichkeiten und fand keine. Wen könnte sie über ihre Eltern befragen? Die Bennetts hatten ihre Farm früh verkauft, weil John Bennett schwer an Rheuma erkrankte und nur wenige Jahre, nachdem er vorzeitig in den Ruhestand gegangen war, starb. Ihre Großmutter, Esme, hatte zurückgezogen in einer winzigen Wohnung in Criccieth gelebt. Sie hatte sich immer nach dem Meer gesehnt und war auf einem ihrer einsamen Spaziergänge an einem Schlaganfall gestorben. Esme war bis ins hohe Alter eine schöne Frau geblieben. Schön und auf freundliche Art distanziert, genau wie Caits Mutter.

Cait wischte sich die Augen. Sie hatte sich immer gefragt, was sie falsch gemacht hatte, weshalb ihre eigene Mutter sie nicht hatte lieben können. Nun begann sie zu begreifen, dass Anne zu echter Liebe womöglich gar nicht fähig gewesen war. Jessica war ein zauberhaftes, niedliches Püppchen gewesen und als solches verwöhnt worden. Die kleine Schwester hatte sich perfekt der gewünschten Rolle angepasst und ihr Leben nach den Erwartungshaltungen anderer ausgerichtet. Cait seufzte. Sie konnte davon halten, was sie wollte, es war Jessicas Leben. Am meisten hatten sie beide unter dem plötzlichen Tod ihres Vaters gelitten. Nathan Turner hatte sich selbst gerichtet, und seine Eltern hatten Anne dafür die Schuld gegeben. Obwohl Cait die Beerdigung ihres Vaters nur im Schockzustand und wie unter einer Nebeldecke wahrgenommen hatte, erinnerte sie sich gut an die anklagenden Blicke von Samuel und Hannah Turner. Der Kontakt zur Familie ihres Vaters war nach seinem Tod gänzlich abgebrochen. Keiner der Turners war zu Annes Beerdigung erschienen.

Birdie hatte die Turners in Schutz genommen, den großen Schmerz über den viel zu frühen Verlust des Sohnes und die Abneigung gegen Anne angeführt. Doch nun schien es so, als habe viel mehr dahintergesteckt. Cait hielt den Atem an. War

Oliver Craddock bei der Beerdigung gewesen? Sie konnte sich nicht erinnern, ihn in der Kapelle gesehen zu haben.

»Er war am Grab!«, entfuhr es ihr laut. Oliver Craddock hatte am offenen Grab ihrer Mutter gestanden, nachdem alle anderen Trauergäste bereits gegangen waren. Sie hatte ihn dort gesehen, diesen großen, dunkelhaarigen Mann. Gramgebeugt hatte er dort verharrt und eine Rose auf den Sarg geworfen. Damals hatte sie nicht weiter darüber nachgedacht, denn ihre Welt war zerbrochen. Alles, was sie noch hatte, war Birdie.

Es klopfte an der Tür, und Schwester Lina kam herein. »Hallo, Mrs Turner. Wie geht es ihr?« Prüfend ging sie zu Birdies Bett, fühlte den Puls, kontrollierte die Infusionen und sagte leise zu Cait: »Sie sieht mitgenommen aus. Hat sie wieder viel gesprochen?«

Cait nickte. »Ja, es ist ihr sehr wichtig. Ich kann sie nicht davon abhalten.«

Lina machte ein besorgtes Gesicht. »Dann sollten Sie morgen nicht kommen. Es strengt Ihre Tante sehr an, und sie benötigt alle Kraft, um zu genesen. Geben Sie ihr Zeit. Sie wird gesund, aber die Operation war schwer, und noch ist nicht alles überstanden.«

»Ich würde gern mehr für sie tun.« Cait nahm ihre Tasche und folgte der Schwester nach draußen.

»Manchmal ist Abwarten das Einzige, was wir tun können. Sie sind für Ihre Tante da, das weiß sie, und das allein bedeutet schon viel. Es gibt nicht wenige Patienten, die überhaupt keinen Besuch bekommen. Das ist traurig.« Lina sah sie mitfühlend an.

»Es fällt mir schwer, nichts tun zu können. Dennoch werde ich Ihren Rat befolgen, mich aber telefonisch bei Ihnen melden.«

»Jederzeit.« Lina sah zum Schwesternzimmer, aus dem eine ältere Schwester nach ihr sah, und winkte. »Ich muss. Bis bald. Und seien Sie zuversichtlich.«

»Danke, das bin ich«, sagte Cait und legte alle ihr mögliche Überzeugungskraft in ihre Stimme.

Die Türen am Ende des Flures schwangen auf, und ein Pfleger schob ein Bett herein, auf dem ein frisch operierter Patient lag. Cait wandte den Blick ab und lief hinaus. Auf dem Parkplatz atmete sie mehrmals tief aus und ein und sah sich nach einer Bushaltestelle um. Die Läden hatten schon geschlossen, aber sie konnte einen Drink vertragen. In der Stadt gab es einige nette Pubs. Als sie wenig später durch die High Street spazierte, fiel ihr die *Fat Cat Bar* durch erfrischend modernes Dekor und eine ansprechende Speisekarte auf. Außerdem spielte gute Musik, die Bar war sehr belebt, und sie fühlte sich an ihre Studentenzeit erinnert. Genau das, was sie jetzt brauchte. Cait ging hinein, bestellte ein Glas Wein und suchte sich mit ihrem Glas einen Tisch am Fenster, von dem aus sie das Treiben auf der Straße beobachten konnte. Nachdem sie den Wein gekostet hatte, zog sie ihr Handy heraus und rief Jake an. Er wollte in zwanzig Minuten bei ihr sein.

Während sie an ihrem Wein nippte, bemerkte sie an einem der Tische eine etwa gleichaltrige junge Frau, die sie wiederholt ansah, schließlich aufstand und zu ihr trat.

»Hi, entschuldige, aber ich grüble die ganze Zeit darüber nach, woher wir uns kennen.« Die Frau hatte kurze dunkle Haare, trug eine schmale Brille, hinter der sich aufmerksame braune Augen verbargen, und ihr signalrot geschminkter Mund schien ständig bereit zu lächeln.

Der Mund, dachte Cait und stand auf. »Kristin?«

Die breiten roten Lippen verzogen sich zu einem herzlichen Lachen. »Ja! Cait, nicht wahr?«

Die Frauen umarmten sich. »Setz dich doch, Kristin. Was für eine schöne Überraschung. Meine Güte, wie lange ist das her? Zehn Jahre?«

Kristin grinste. »Eine Ewigkeit. Ich will gar nicht darüber

nachdenken, dann fühle ich mich alt. Das tue ich sowieso, wenn ich die Studenten sehe, die halb so alt sind wie ich!« Als ihre Freunde fragend zu ihnen herübersahen, winkte Kristin ihnen zu. »Einen Moment!«

Sie hatten zusammen verschiedene Kurse belegt, sich dann aber aus den Augen verloren. Warum, hätte Cait nicht zu sagen vermocht. Sie hatte die quirlige Kristin immer gemocht. »Oh, ich will dich nicht aufhalten …«

»Wenn du allein bist, komm doch mit an unseren Tisch«, schlug Kristin vor.

Doch Cait schüttelte den Kopf. »Ich warte auf jemanden. Aber erzähl doch kurz, wo wir uns nun schon getroffen haben. Was machst du?«

»Also, einen so tollen Job wie du habe ich nicht gefunden. Hey, ich habe über dich in der *AD* gelesen! Amber Bell, wow! Seit zwei Jahren habe ich einen eigenen Laden, also, wir haben einen Laden. Mein Freund ist Maler, kein Kunstmaler, er tapeziert und so was, und ich verkaufe Tapeten, Farben und Stoffe. Inzwischen läuft es ganz gut. Wir haben eigene Tapeten entworfen, und die Farben sind Naturprodukte. Für Allergiker, weißt du, und, na ja, eben Leute, die Wert auf ökologisch einwandfreie Produkte legen. Das ist eine richtige Marktlücke hier.«

»Das hört sich toll an! Glückwunsch.« Caits Blick fiel auf Kristins leicht gewölbten Bauch, der sich unter der Bluse abzeichnete. »Und du bist …?«

Kristin strahlte. »Jaaa!« Liebevoll streichelte sie sich über den Bauch. »Wir haben ewig lange herumprobiert, und als ich schon nicht mehr dran geglaubt habe, hat es geklappt. Hast du Kinder?«

»Nein. Hat sich nicht ergeben.« Cait schaute auf die Straße, wo sie einen schlanken, dunkelhaarigen Mann auf der anderen Straßenseite entdeckte: Jake.

Kristin war ihrem Blick gefolgt. »Ist das deine Verabredung?« Sie pfiff durch die Zähne. »Nett. Weißt du was, ich gebe dir meine Nummer. Wäre doch schön, wenn wir uns mal wiedersehen und über alte Zeiten quatschen. Vielleicht hast du auch noch einen Profitipp für unseren Laden. Bist du länger hier?«

Cait suchte ebenfalls eine Visitenkarte heraus, um sie mit Kristin zu tauschen. »Ich weiß es noch nicht. Meine Tante ist krank. Sie liegt hier im Ysbyty Gwynedd.«

»Oh, hoffentlich wird sie schnell gesund! Ich mochte sie gern. Sie töpfert doch diese wunderschönen Schalen und Teller in irgendeiner asiatischen Technik – Raku? Ich weiß noch, dass ich die traumhaft fand, aber damals nicht genug Geld hatte, um mir etwas zu kaufen. Du hast mich mal mit nach Portmeirion genommen, weißt du noch?«

Cait zog eine ratlose Miene. »Tut mir leid, aber mir geht so viel durch den Kopf. Ich mache es wieder gut, versprochen.« Sie freute sich wirklich, Kristin zu sehen, die so voller Lebensfreude war, dass es ansteckend wirkte.

Kristin steckte die Karte ein und erhob sich. »Dein Freund kommt.«

»Warte.« Cait gab Kristin einen Wangenkuss und legte ihre Hand auf deren Bauch. »Alles Gute euch beiden und vielleicht bis bald.«

Kaum hatte sie sich wieder gesetzt, kam Jake zwischen den Tischen hindurch. Er lächelte, doch seine Augen wirkten müde und angestrengt. »Hallo, Cait. Nettes Lokal.« Er zog seine Jacke aus und hängte sie über den Stuhl, auf dem eben noch Kristin gesessen hatte. »Ich wollte deine Freundin nicht vertreiben …«

»Ich habe sie zufällig wiedergetroffen, nach über zehn Jahren. Wir haben gemeinsam studiert.« Cait fuhr mit den Fingerspitzen über den Rand ihres Weinglases. »Hast du Hunger?«

»Ein wenig. Eher Durst.« Er lächelte. »Kann ich dir noch etwas mitbringen?«

»Das hier war ein Chardonnay, gerne, danke.«

Jake ging an die Bar, und sie nahm seine federnden Bewegungen, den kraftvollen Nacken und die gebräunte Haut wahr. Aber das Anziehendste an ihm waren seine unergründlichen Augen, die heute so dunkel wie das Meer an einem stürmischen Tag waren. Und seine Stimme, dachte Cait und verbot sich weitere Gedanken in dieser Richtung.

Mit einem Pint Lager in der einen und einem Glas Wein in der anderen Hand kam er zurück und stellte die Gläser auf den Tisch. »Cheers!«

Nach einem tiefen Schluck lehnte er sich entspannt zurück und sah sie an. »Wie geht es deiner Tante?«

»So weit ist sie stabil, aber sie überanstrengt sich, wenn sie viel redet.« Er machte sie nervös, und sie konnte nichts dagegen tun. »Und sie hat mir Dinge erzählt, von denen ich nicht weiß, ob ich sie hören wollte, und nun bin ich mitten in … Ach, aber das sind Familiengeschichten. Sie hat geschlafen, als ich ging, und die Schwester hat mir geraten, sie erst in zwei Tagen wieder zu besuchen.«

»Was für Dinge?«

Sie zögerte, sah aus dem Fenster und suchte erst danach seinen Blick. »Über meine Eltern, über sie selbst. Es tut weh, das zu hören, aber es ist ihr wichtig, also höre ich zu.«

»Sie wird einen guten Grund haben, dir das jetzt zu sagen, nach all den Jahren das Schweigen zu brechen. Meinst du nicht?«

»Sie will ihr Gewissen erleichtern, weil sie Angst vor dem Tod hat.« Sofort schüttelte Cait den Kopf. »Nein, das war gemein. So ist sie nicht. Sie fürchtet den Tod nicht. Ich schon, und ich habe Angst vor der Wahrheit.«

»Es wäre unnormal, wenn du den Tod nicht fürchten würdest, wir alle tun das. Aber ich vermute mal, dass das, was Birdie dir anvertraut, ziemlich schwer verdaulich ist …«

Cait hob ihr Glas und setzte es wieder ab. »Ich hatte begonnen, mich mit dem Tod meiner Eltern abzufinden, irgendwie. Verstanden habe ich es nie, aber das kann man auch nicht. Ich war einfach so weit, nicht mehr wütend auf meinen Vater zu sein. Birdie wirft nun alles durcheinander, und ich habe das Gefühl, sie nicht gekannt zu haben, keinen von ihnen! Das ist nicht gerade schön! Ich will einfach nur mein Leben leben und endlich … ach, entschuldige.« Sie hob das Glas an die Lippen und trank einen Schluck. Der Wein war ein wenig zu schwer, und wahrscheinlich hatte sie morgen Kopfschmerzen, doch im Moment war es ihr gleichgültig.

»Bei mir brauchst du dich nicht zu entschuldigen. Meine Familie ist recht übersichtlich, und unsere Positionen sind klar abgesteckt, wenn man das so sagen kann. Aber ich schätze, von meinen Eltern weiß ich auch nicht alles. Obwohl ich glaube, dass meine geschwätzige Tante Holly mir ein düsteres Geheimnis längst unter dem Mantel der Verschwiegenheit anvertraut hätte.« Er lächelte und berührte wie nebenbei ihre Hand auf dem Tisch.

Die Berührung hatte etwas Tröstliches, und Cait erwiderte sein Lächeln. »Tante Holly hätte ihr Vergnügen an unserer Familie. Was hast du heute erreicht? Wolltest du nicht mit einem Polizisten sprechen?«

Sein Blick wurde hart, und er nahm die Hand zurück. »Ich war mit Alun im Institut für Gerichtsmedizin. Der Arzt dort ist davon überzeugt, dass Rob einen Schlag mit einem stumpfen Gegenstand auf den Kopf erhalten hat und erst danach abgestürzt ist.«

Cait sog scharf die Luft ein und senkte die Stimme. »Das bedeutet, dass er ermordet wurde! Gibt es Beweise? Wird eine Untersuchung eingeleitet?«

»Nein. Das macht mich so fertig! Doktor Cooper kann es nicht beweisen und beruft sich nur im Vertrauen auf seine Erfahrung. Vor Gericht würde er mit seiner Theorie nicht gehen. Und Boswick, mein Vorgesetzter, hat dafür gesorgt, dass nichts unternommen wird. Jedenfalls soll kein Staub aufgewirbelt werden. Schlechte Presse bringt Unannehmlichkeiten und womöglich weniger Einnahmen.« Jake knirschte mit den Zähnen.

»Was willst du tun?«

»Du denkst, ich kann etwas tun?«

Sie musterte ihn, maß das energische, willensstarke Kinn, die schmalen Lippen, die sich so weich anfühlen konnten und jetzt verschlossen und unnahbar wirkten, und bemerkte die angespannten Muskeln an seinem Hals. »Davon bin ich überzeugt. Oder gibt es noch jemanden, der sich rückhaltlos für deinen Freund einsetzen würde?«

Seine Augen blitzten kurz auf. »Wir kannten einander noch nicht sehr lang. Es gibt andere, die ihm näherstanden.«

»Was nicht viel bedeuten muss.«

Die Andeutung eines Schmunzelns umspielte seine Lippen. »Du gibst also zu, dass man jemanden wertschätzen kann, ohne ihn lange zu kennen?«

Verwirrt und verärgert, als sie merkte, worauf er hinauswollte, sagte sie: »Wertschätzen, aber ja.«

»Aha, gut zu wissen. Ich werde dich bei Gelegenheit daran erinnern. Es ist im Übrigen tatsächlich so, dass die anderen Ranger sich eher zurückhalten. Sie würden mir helfen, aber sich nicht direkt mit Leo anlegen. Dafür bin ich zuständig.«

»Warum? Ist dir dein Job egal? Hast du nichts zu verlieren?«

Er beugte sich vor. »Ich habe mich dieser Arbeit aus Überzeugung verschrieben. Und für meine Überzeugung tue ich eine Menge, aber ich würde nicht mein Leben dafür aufs Spiel setzen. Rob hat es getan. Und das kann ich nicht hinnehmen. Wir sind nicht in Südamerika oder in Afrika, wo Ranger von

Wilderern erschossen werden. Ich weiß sehr gut, dass unsere Arbeit nicht leicht ist, dass die Balance zwischen Natur und Nutzen für die Allgemeinheit gehalten werden muss. Nur geht die Waagschale allzu oft zugunsten des Nutzens in die Knie.« Er holte tief Luft. »Für viele mag das lächerlich klingen, aber ich glaube, dass die Natur ein Geschenk ist, das die meisten Menschen respektlos mit Füßen treten. Und wenn jemand wie Rob getötet wird, während er versucht, ein paar Vogeleier vor perversen Dieben zu schützen, dann haben die auch versucht, mich zu töten.« Jake stürzte sein Bier hinunter.

Als er das Glas absetzte, konnte Cait nicht anders, als ihm über die Hand zu streichen. »Nicht lächerlich, Jake, ganz und gar nicht. Die Frage ist nur, wie findest du heraus, wer dahintersteckt?«

»Ich muss zurück auf den Berg. Robs Handy liegt noch da oben. Möglicherweise finde ich es und irgendwelche Spuren. Der Regen macht es nicht leichter, aber vielleicht habe ich Glück.«

»Und dein Freund von der Polizei?«

»Dem sind die Hände gebunden, was die offizielle Seite angeht, aber was er in seiner Freizeit tut, bleibt ihm überlassen. Er hilft, wo er kann, Leute zu befragen, zumindest bis zu einem gewissen Grad.«

»Könnte ich dir helfen? Touristen finden, die dort waren und vielleicht etwas bemerkt haben? Das könnte ich doch auch tun! Außerdem kenne ich mich hier aus. Wahrscheinlich besser als du.«

Er legte den Kopf schief. »Ich hatte vergessen, dass du hier aufgewachsen bist. Tja, es wird nicht leicht …«

»Aber es ist nicht unmöglich!«, sagte sie im Brustton der Überzeugung.

»Nein, aber vielleicht gefährlich. Ich werde nicht zulassen, dass du dich in Gefahr bringst.«

»Ach, woher denn! Vielleicht sind der oder die Täter, vorausgesetzt, es war kein Unfall, längst verschwunden. Hast du schon mal daran gedacht, dass sie nicht aus der Gegend sind?«

Jake rieb sich das Kinn. »Hm, lass uns fahren. Wir können unterwegs besprechen, was wir morgen unternehmen. Hast du morgen überhaupt Zeit?«

»Ich darf Birdie nicht besuchen, und Phoebe ist den ganzen Tag im Laden. Muss ich einen Eid als Hilfssheriff leisten?«

Sie stand auf, von ihrem plötzlichen Übermut überrascht, und schob ihn auf das zweite Glas Wein. Wenn sie mit Jake zusammen war, sollte sie besser aufpassen, denn er schien sie zu unbedachten Entscheidungen zu motivieren. Aber vielleicht war es genau das, was sie wollte, vielleicht war er genau der … Cait hängte sich ihre Tasche über die Schulter und verließ beinahe fluchtartig die Bar. Sie hätte etwas essen sollen! Die frische, feuchte Luft traf sie wie ein Schlag mit einem nassen Handtuch. Es regnete schon wieder, und sie hatte keinen Schirm dabei.

Doch Jake packte sie an der Hand und zog sie mit sich über die nasse Straße. »Komm, schnell! Ich parke dort hinten!«

Das Wasser spritzte an ihren Beinen hoch, als sie über das Kopfsteinpflaster liefen und durchnässt Jakes Wagen erreichten. Während des Laufens betätigte er den Türöffner, und beinahe gleichzeitig rissen sie die Türen auf und sprangen ins Wageninnere. Außer Atem und mit tropfnassen Haaren sahen sie einander an und lachten.

»Weißt du, was ich in Ecuador am meisten vermisst habe? Das englische Wetter!«, sagte Jake und griff nach hinten, wo er aus einem Haufen von Kisten und Kleidungsstücken ein Handtuch herausfischte und es Cait reichte.

Als sie ein wenig zögerlich danach griff, drückte er es ihr in die Hand. »Damit sind nur die Nerzfallen ausgewischt worden.«

Sie schnupperte an dem Handtuch. »Dann benutzen Nerze neuerdings Shampoo, das nach Limonen riecht.«

Nachdem sie sich notdürftig getrocknet hatte, gab sie Jake das Handtuch, der es ihr gleichtat. Cait strich sich die Haare aus dem Gesicht und knotete sie locker am Hinterkopf zusammen. Den Spiegel klappte sie nicht herunter, um nicht sehen zu müssen, was der Regen mit ihrem Lidschatten angestellt hatte.

»Steht dir gut«, sagte Jake und sah sie kurz von der Seite an, bevor er den Motor startete.

»Bitte?«

»Na, die Frisur.« Er deutete in Richtung ihres Nackens und lenkte den Wagen durch die Dunkelheit. Die Scheibenwischer schafften es kaum, die Wassermassen zu bewältigen.

»Das plätschert ja wie heute Morgen! Du hast das englische Wetter nicht wirklich vermisst, oder?« Cait kuschelte sich in ihren Sitz.

»Doch, im Ernst! Regen in Maßen stört mich nicht.«

»Warte ab, bis du eine richtige Überschwemmung hier oben miterlebst, dann verfluchst du ihn.« Cait schaute auf den unablässig prasselnden Regen. »Wenn das so weitergeht, treten bald Flüsse über die Ufer.«

Jake nickte grimmig und konzentrierte sich auf die enge Straße vor ihnen, die im Scheinwerferlicht nass glitzerte. Ein Schwall Wasser spritzte gegen die Scheiben, als er durch eine Senke fuhr. »Ich hätte die A5 nehmen sollen, aber das ahnt ja kein Mensch.«

Die kurvige Landstraße führte von Bangor über Llanberis mitten durch das Herz von Snowdonia, vorbei am Mount Snowdon und den alten Schieferminen. Nur wenige Autos waren noch unterwegs, und in den Kegeln der Scheinwerfer wirkten die steinernen Wälle und die dahinter aufragenden Bergmassive düster und geheimnisvoll. Cait hing ihren Gedanken nach, während sie die uralte Landschaft an sich vorbeiziehen ließ, deren Felsen und Bäume Blut und Dramen gesehen hatten, die zu erzählen ein Menschenleben nicht ausreichen würde. Genau wie in meiner Familie, dachte Cait, lehnte die Stirn gegen die Fensterscheibe und biss sich auf die Lippe. Ein Schild am Ufer eines bei Tageslicht malerischen Sees, des Llyn Dinas, wies auf den Eingang zu den Kupferminen von Sygun hin. Gegenüber, in den verschachtelten Berghängen, verbarg sich die Ruine eines alten Kastells.

Um das drückender werdende Schweigen zu brechen, sagte Cait: »Warst du schon oben am Dinas Emrys?«

Sie wischte die Feuchtigkeit von der Scheibe, doch Regen und Dunkelheit machten es unmöglich, den Pfad zu erkennen, der sich durch den Wald über den Berg in ein verwunschen anmutendes Tal zu den Ruinen von Vortigerns altem Lager zog.

»Noch nicht. Ich habe nur davon gehört. Hat es mit der Artussage zu tun?«

Er wollte sie zum Erzählen ermuntern, und Cait kuschelte sich in ihre Jacke. »Ich bin oft mit meinem Vater dort hinaufgewandert. Ich mochte es, wenn er mir von den alten Sagen erzählte. Einige Touristen sind enttäuscht, wenn sie die spärlichen Reste der Ruine sehen. Aber wer sich auf den Ort einlässt, spürt, dass er voller Magie ist. Man muss am Farmhaus dort hinter der Mauer durch ein Gatter und kann dann über den Berg wandern. Der Wald ist so alt wie der Berg, die Farne dort mannshoch, und meistens ist man ganz allein dort. Abgesehen von den Schafen, die sich von den unteren Weiden herauf verirren.« Sie blinzelte, als ihnen der grelle Scheinwerfer eines Motorrades entgegenkam.

»Mein Vater besaß eine alte Ausgabe der *Historia Regum Britanniae*, und darin heißt es, dass König Vortigern von seinen zwölf Weisen den Rat erhielt, dort oben sein Fort zu bauen, um sein Land gegen Feinde zu verteidigen. Aber jedes Mal, wenn ein Turm erbaut war, fanden die Arbeiter ihn am nächsten Morgen zerstört vor. Das ging viele Wochen so, bis man dem König den Rat gab, einen Jungen namens Myrddin Emrys zu suchen und ihn den mysteriösen Kräften des verwunschenen Ortes zu opfern.« Cait stockte, weil sie sich in Gedanken an der Hand ihres Vaters sah, wie er mit ihr über die bemoosten Steine der Ruine ging und über das Tal deutete. Es tat noch immer weh. Er hätte nicht einfach gehen dürfen, nicht so.

»Das war der junge Merlin?«, fragte Jake nach.

»Ja. Ja, der seltsame Junge war Merlin, und der erklärte König Vortigern, dass sich unter dem Fundament des Forts ein unterirdischer See befände, in dem zwei Drachen hausten. Und tatsächlich fanden die Männer des Königs dort unten einen roten und einen weißen Drachen. In einem fürchterlichen Kampf der Drachen gewann der rote.«

»Der rote Drache auf der walisischen Flagge.« Jake sah sie kurz an.

Cait nickte. »So sagt man, und weil König Vortigern so beeindruckt von Merlins Prophezeiung war, benannte er den Ort nach dem Zauberer.«

»Dinas Emrys, das Fort des Emrys. Du sprichst Walisisch?«

»Nicht oft, aber ja, wir sind zweisprachig aufgewachsen.«

Sie passierten das Ortsschild von Beddgelert.

»Jetzt musst du bei diesem Regen meinetwegen noch nach Minffordd. Ich hätte lieber selbst fahren sollen«, meinte Cait.

»Es macht mir nichts aus. Außerdem unterhalte ich mich gern mit dir.«

»Aha.«

»Das klingt so, als ob du mir nicht glaubst.«

»Hör auf damit.«

»Womit?«

»Du flirtest mit mir.«

»Ist das verboten?«

Sie verbarg die Hände in den Jackenärmeln und zog die Beine auf den Sitz. »Ich bin müde und will einfach nur nach Hause.«

»Wir sind gleich da, aber ich sehe nicht, was dagegen spricht, sich währenddessen angeregt zu unterhalten.«

Sie seufzte. »Du gibst nie auf, oder?«

»Nicht, wenn es sich lohnt.«

Cait schwieg, aber diesmal empfand sie das Schweigen nicht als bedrückend. Als sie vor dem Haus ihrer Tante in Minffordd ankamen, sah Cait einen hellen Schatten vor der Tür.

»Oh nein, Penelope!« Sobald der Wagen hielt, sprang sie hinaus und lief durch knöcheltiefe Pfützen zur Tür, wo die kleine Katze hockte und kläglich miaute. »Wie bist du denn rausgekommen? Ich hatte doch alle Fenster geschlossen …«

Sie drückte die nasse Katze an sich und suchte mit klammen Fingern vergeblich nach dem Haustürschlüssel in ihrer Tasche.

»Darf ich?« Jake war ihr gefolgt, fand den Schlüssel und öffnete die Tür.

Cait ging mit der Katze auf dem Arm ins Badezimmer, wo sie ein großes Handtuch fand, in das sie Penelope wickelte. Anscheinend hatte die Katze nichts dagegen, denn sie wehrte sich nicht und begann zu schnurren.

»Jake?«, rief Cait und ging durch den Flur in die Küche, wo sie Licht sah.

Er hatte den Wasserkocher angestellt. »Vielleicht trinkst du einen Tee. Du wirktest so verfroren. Alles in Ordnung mit der Katze? Sie gehört Birdie, oder?«

»Nicht auszudenken, wenn Penny meinetwegen krank würde. Irgendwie ist sie aus dem Haus entwischt. Wie machen wir es morgen?«

Er griff nach einem Handtuch und trocknete sich die Hände. »Du könntest morgen früh in mein Büro in Porthmadog kommen, und dann sehen wir weiter. Es hängt auch vom Wetter ab. Wenn es so weiterregnet, ist es zu gefährlich auf dem Crib Goch.«

»Aber je länger du wartest, desto geringer sind die Aussichten, noch etwas dort oben zu finden.«

Er fuhr sich übers Kinn. »Tja, lass uns morgen weitersehen.«

»Danke fürs Herbringen. Bis morgen dann.« Sie hielt noch immer Penelope im Arm.

Jake lächelte, strich der Katze über das feuchte Fell und ging.

15

Noch während er zu seinem Wagen ging, dachte er an Cait, wie sie in der Küche stand, die kleine durchnässte Katze auf dem Arm. Zart, traurig und einsam hatte sie ausgesehen, doch manchmal waren ihre Augen voller Wärme, und sie strahlte eine unbändige Energie aus. In der *Fat Cat Bar* in Bangor hatte sie für Sekunden ihren Schutzschild fallen lassen, und ihre braungrünen Augen waren dunkel und voller unausgesprochener Gefühle gewesen. Es war ihm schwergefallen, sie nicht in die Arme zu nehmen und zu küssen, denn seit jenem Abend im *White Horse* wusste er, dass sie etwas für ihn empfand. Worte konnten täuschen, ein Kuss nicht.

Jake stieg in den Rangerover und schaltete das Autoradio ein. Die Wettervorhersage versprach Besserung. Morgen früh sollte es trocken sein. Das war immerhin etwas. Ein Popsong erklang, und Jake stellte die Scheibenwischer langsamer, denn der Regen hatte nachgelassen. Trotzdem fuhr er vorsichtig, denn im Dunkeln konnte man die tiefen Pfützen teilweise kaum erkennen, und die Straßenränder brachen an vielen Stellen ab. Bei diesem Wetter in den Bergen festzuhängen war kein Vergnügen. Jakes Gedanken wanderten immer wieder zu Birdie und Cait. Er hoffte, dass Birdie bald wieder auf den Beinen sein würde, und das nicht nur, weil er sie gern hatte, sondern vor allem, weil sie Cait wichtig war.

Es war schwer, wenn nicht unmöglich, sich vorzustellen, was sie durchlitten hatte, als sie zuerst den Vater durch Freitod und dann die Mutter durch einen Unfall verloren hatte. Sein Vater

Michael war Apotheker mit einer eigenen kleinen Apotheke in einem Londoner Vorort. Die Zeiten waren nicht immer rosig gewesen, vor allem, als eine große Drugstorekette mit eingegliederter Apotheke gegenüber eröffnet hatte, aber Michael hatte nicht aufgegeben. Durch immer neue Werbeaktionen und die Pflege persönlicher Kundenkontakte hatte Michael Parry sich über die Jahre einen festen Kundenstamm aufgebaut. Jakes Mutter unterstützte ihren Mann, wo immer es ihr möglich war. Jake lächelte, wenn er an seine Eltern dachte. Sie führten eine Ehe mit Höhen und Tiefen, aber er konnte sich nicht erinnern, dass sie jemals einen Tag im Streit beendet hätten. Das hatte er für sich mitgenommen, man konnte sich streiten, aber man durfte den Ärger nicht mit in den Schlaf nehmen. Doktor Cooper hatte ihn wieder daran erinnert.

Wie furchtbar musste es sein, nicht zu wissen, warum der eigene Vater lieber in den Tod gegangen war, anstatt das Leben mit seiner Familie zu teilen. Und jetzt enthüllte Birdie, der einzige Mensch, dem Cait anscheinend vertraut hatte, die Familientragödie. Er wollte Cait in dieser bitteren Zeit zur Seite stehen, denn er fühlte, dass sie jemanden brauchte, der einfach nur für sie da war.

Sein Handy leuchtete auf und begann zu summen. Er hatte es in die Freisprechanlage gesteckt und drückte auf Gesprächsannahme. »Hallo?«

»Hi, Bruderherz! Wie geht es dir da oben zwischen all den Schafen?«

»Benji! Na, das ist mal eine schöne Überraschung! Darf ich gratulieren?« Sein Bruder Benjamin war vier Jahre jünger, Karatelehrer und Inhaber eines eigenen Dojos in Nottingham. Er besaß den zweiten Dan, einen Grad des schwarzen Gürtels, und hatte davon gesprochen, sich für die Prüfung zum nächsthöheren Grad anzumelden.

»Wenn wir das nächste Mal trainieren, trittst du gegen den

Meister des dritten Dan an, mein Alter.« Benji lachte. »Aber deswegen rufe ich nicht an. Du wirst bald Onkel! Wie findest du das? Onkel Jake!«

»Was? Wow! Herzlichen Glückwunsch!« Benji und Shannon waren seit sechs Jahren ein Paar, von Heirat oder Kindern war bisher nicht die Rede gewesen. »Wann ist es so weit, und wollt ihr jetzt heiraten?«

Benji schnaubte. »Gemach, nichts überstürzen. Ich freu mich auf den kleinen Windelscheißer, aber alles andere lassen wir ruhig angehen. Deshalb haben wir es so lange wie möglich für uns behalten. Shannon geht es gut, sie ist im sechsten Monat. Wir wissen nicht, was es wird, ist mir ehrlich gesagt auch egal. Früher hätte ich die Krise bekommen und wäre nach Honolulu ausgewandert oder weiter, aber jetzt scheint es mir richtig. Ist schon merkwürdig, oder?«

»Ich freu mich für euch, Benji. Wissen Mum und Dad es schon?«

»Nein. Ich wollte damit warten, bis wir sie besuchen. Sonst bombardiert Mum uns mit Anrufen, und Dad schickt uns wahrscheinlich die halbe Schwangerschaftsapotheke. Nein, wir warten, bitte verrat uns nicht!«

Jake lachte, denn er kannte seine Eltern, die bei Nachwuchs in der näheren Verwandtschaft immer ganz aus dem Häuschen waren. Wie sollte es erst werden, wenn sie selbst Großeltern wurden? »Versprochen!«

»Und wie sieht es bei dir aus? Du wirst auch nicht schöner …«

Jake grinste. »Noch ist der Lack nicht ab, und es gibt da womöglich jemanden. Aber das ist noch nichts, worüber ich ein Wort verlieren würde. Wenn, dann erfährst du es als Erster. Benji …« Er wechselte den Tonfall und wurde ernst. »Rob, ein Ranger und Freund von mir, ist vorgestern bei einer Bergtour tödlich verunglückt. Das Schlimme ist, es steckt wahrscheinlich mehr dahinter.«

»Wie, was meinst du? Selbstmord? Oder wurde an seiner Ausrüstung manipuliert?« Benji und Jake waren in ihrer Jugend oft zusammen in den französischen Alpen geklettert.

»Übler. Ich habe heute mit dem Gerichtsmediziner gesprochen, und der meint, dass es Mord sein könnte. Jemand hat Rob von hinten eins über den Schädel gezogen und ihn dann vom Fels gestoßen. Ich habe ihn gefunden.« Jakes Mund wurde trocken, und er musste tief Luft holen, um sich zu beherrschen.

»Grundgütiger, das ist grauenvoll! Warum? Wer könnte was gegen deinen Freund gehabt haben?«

Jake umriss die Situation und seine Vermutungen in Bezug auf die illegalen Vogeleiersammler.

»Für ein paar Eier bringt man doch niemanden um!« Benji liebte zwar die Natur, war aber kein so großer Naturschützer wie sein Bruder.

»Es gibt Leute, die zahlen für das Ei eines Seeadlers fünfzigtausend und mehr«, erklärte Jake.

»Okay, aber du redest von Bergdohlen, oder nicht?«

»Hm, ja, ich weiß. Es ist so ein Gefühl. Womöglich war es ja doch nur ein Unfall. Oder Rob hat die Diebe überrascht, und sie haben ihn …«

»Mal kurzerhand in den Abgrund gestoßen? Das ist ein bisschen heftig als Reaktion für Eierdiebe. Da muss etwas anderes dahinterstecken. Brauchst du Hilfe? Diese Woche kann ich nicht, wir haben Wettkämpfe und Prüfungen, aber danach könnte ich dich besuchen. Ich bringe Shannon mit, wir machen Urlaub, und wenn du Unterstützung beim Aufmischen von …«

»Benji! Warte, ich habe noch nicht mal einen richtigen Verdächtigen. Aber wenn ich Beweise finde, komme ich auf dein Angebot zurück.« Er selbst konnte sich durchaus verteidigen, doch mit Benji an seiner Seite mussten die Gegner schon mit Schusswaffen aufwarten, und das war nun wirklich eher unwahrscheinlich.

»Und dein Boss will nicht, dass die Sache richtig untersucht wird?«

»Wie gesagt, er will keine schlechte Publicity für den Park. Die Saison fängt gerade erst an, und die Touristen bringen das Geld. Niemand hier will darauf verzichten.« Auf die eine oder andere Weise profitierten die meisten hier oben vom Tourismus. Selbst die Farmer verdienten durch Vermietung oft mehr als durch ihre Tiere.

»Was wirst du tun? Wie ich dich kenne, hast du einen Plan.«

»Na ja, Plan ist übertrieben, aber ich werde mich umhören, und Alun streckt ebenfalls seine Fühler aus.«

»Dann hast du ja wenigstens Hilfe von einer Seite. Grüß Alun von mir! Nächsten Monat veranstalten wir einen offenen Wettkampf. Ein amerikanischer Aikido-Meister mit dem achten Dan wird da sein. Das wird Alun interessieren.«

Bei einem seiner Besuche in Snowdonia hatte Benji den Polizisten kennengelernt, und die Begeisterung für fernöstliche Kampfsportarten verband die beiden Männer. Jake trainierte gelegentlich, um in Form zu bleiben, war jedoch nie so besessen vom Wettkampf gewesen wie sein Bruder.

»Ich werd's ihm sagen und …« Gerade noch rechtzeitig konnte Jake einem entgegenkommenden Motorradfahrer ausweichen, der die Kurve schnitt und frontal mit ihm zusammengestoßen wäre. »Verdammte Biker!«, schimpfte er.

»Alles in Ordnung, Jake?«, rief sein Bruder.

»Ja, ein durchgeknallter Motorradfahrer. Es regnet noch immer, und die Fahrbahn ist alles andere als sicher. Seit es den Motocrossplatz bei Tremadog gibt, treiben sich mehr von den Burschen hier herum. Ich steig ja selbst gern mal auf eine Maschine, aber deshalb muss man auf der Straße nicht wie ein Irrer fahren.«

»Ist das der Platz von dem Lewis, den du vorhin erwähnt hast?«

»Genau der. Aber ich will keine voreiligen Schlüsse ziehen.

Ich brauche Beweise. Morgen früh gehe ich auf den Crib Goch und suche alles ab.«

»Sei vorsichtig, Jake, und geh nicht allein!«

»Ich nehme jemanden mit, der sich hier auskennt. Sie hat hier gelebt.«

»Sie? Wie heißt sie? Die sie, über die du noch kein Wort verlieren möchtest?«

Im Licht der Scheinwerfer leuchtete das Ortsschild von Nantmor auf, Craddocks Land. Dort war Cait aufgewachsen, und dort hatte ihr Vater alles verloren.

»Cait, sie ist die Nichte von Birdie, der Töpferin mit dem Laden in Portmeirion.«

»Ah, bei der du deine Bilder ausstellst. Die sind übrigens wirklich gut. Shannon hat Peter Gibson, ihrem Chef, doch eins zum Geburtstag geschenkt, und letztens fragte er, ob du nicht einen Katalog hast. Er würde gern mehr für sein Hotel kaufen. Stimmt, deswegen habe ich auch angerufen. Ist das nicht toll? Allerdings musst du sie fertig gerahmt abliefern.«

Shannon arbeitete als Rezeptionistin in einem eleganten Hotel im Zentrum von Nottingham. Da ihr Chef ein passionierter Wanderer war, hatte sie ihm eine von Jakes Snowdonia-Aufnahmen geschenkt.

»Wirklich? Sehr schön, aber momentan habe ich dafür keine Zeit.«

»Schon klar, aber ich wollte es dir gesagt haben. Tut mir sehr leid mit deinem Freund. Ich werde zusehen, dass wir raufkommen. Familiäre Rückendeckung kann nie schaden.« Benji lachte, meinte es aber ernst, das wusste Jake.

Für ihn war der Zusammenhalt innerhalb der Familie selbstverständlich. Er konnte sich auf seinen Bruder verlassen und jedes noch so große oder kleine Problem mit ihm besprechen. Natürlich waren sie nicht immer einer Meinung, aber das gehörte dazu.

»Danke, Benji. Ich ruf dich an, wenn ich mehr weiß. Und sag mir rechtzeitig Bescheid, ob ihr kommt, dann besorge ich euch eine Unterkunft. Arbeitet Shannon denn noch?«

»Sie betont immer, dass eine Schwangerschaft keine Krankheit ist, und solange sie sich gut fühlt, könnte sie auch arbeiten. Gibson freut sich, setzt sie mehr im Büro ein, denn sie kennt sich am besten mit dem neuen Computerprogramm aus. Er hält ihr die Stelle frei, nach einem Jahr will sie wieder anfangen. Nur Mutter sein ist nichts für Shannon. Wird sich schon alles ergeben, irgendwie. Die größeren Sorgen bereiten mir ihre Eltern … Wenn sie Wind von dem Kind bekommen, werden sie wahrscheinlich eine Abordnung aus Delhi schicken, die uns vor den Altar zwingt.«

Jake vergaß oft, dass Shannon die Tochter eines traditionsbewussten Inders und einer Engländerin war. Wie emanzipiert Shannon auch leben mochte, ihrem Vater ein uneheliches Kind als gesellschaftlich akzeptabel zu präsentieren, würde nicht einfach werden.

»Vielleicht überlegst du es dir ja noch. Ich bin gern dein Trauzeuge.«

»Wenn, dann singst du auf unserer Hochzeit.«

»Aber nichts Indisches …«

Lachend verabschiedeten sich die Brüder. Als Jake sein kleines Apartment in Beddgelert betrat, blieb er kurz stehen und lauschte in die Stille, die er sonst als wohltuend empfand. Es kam selten vor, dass er sich einsam fühlte, denn er liebte sein unabhängiges Leben. Doch heute kam er sich fremd in dem möbliert gemieteten Apartment vor. Er war nur zu Gast, nicht zu Hause, niemand wartete auf ihn. Wurde er etwa sentimental, weil er demnächst Onkel werden würde? Er warf die Schlüssel auf den Küchentisch, öffnete den Kühlschrank und nahm eine Bierdose heraus. Nein, dachte er und trat ans Fenster. Irgendwo in der Dunkelheit wartete der Berg mit seinen Geheimnissen auf ihn. Die letzten Tage waren dramatisch genug gewesen. Es fiel ihm noch immer schwer zu glauben, dass Rob wirklich tot war. Er stellte die Bierdose weg und ging schlafen.

Den Rest der kurzen Nacht schlug er sich mit Albträumen herum, durch die Rob, wie er am Crib Goch gelegen hatte, seine Schwägerin in spe mit Baby und Hochzeitssari und ein maskierter Motorradfahrer, der Cait verfolgte, geisterten.

Auch am nächsten Morgen konnte er das Bild des maskierten Motorradfahrers nicht aus seinem Kopf verbannen. Als er aus dem Haus trat, glitzerten Bürgersteige und Straße zwar noch vor Nässe, doch der Himmel war stellenweise aufgerissen und ließ auf einen Tag mit nur wenigen kleineren Schauern hoffen. Jake drückte den elektronischen Autoschlüssel und öffnete die hintere Klappe. Bei diesem Wetter konnte er den Aufstieg wagen, und seine Kletterausrüstung war vollständig. Er fuhr die äußerst kurvige und stellenweise einspurige Straße hinunter.

An der Abzweigung nach Nantmor murmelte er grimmig: »Wir sprechen uns noch, Sean!«

Es war noch nicht halb acht, als er auf den versteckt liegenden Parkplatz vor seiner Rangerstation fuhr. Der unbefestigte Platz war zur Hälfte überflutet, und der Stapel neuer Tierfallen war von Regen und Wind in das schmutzige Wasser gedrückt worden. Da Caleb gestern Dienst gehabt hatte, wäre es seine Aufgabe gewesen, die Fallen und Nistkästen mit einer Plane abzudecken und zu sichern. Verärgert ging Jake in die Werkstatt und schloss das Büro auf. Er fuhr den Computer hoch und kontrollierte seinen Posteingang. Die meisten Mails kamen von Bekannten und Kollegen, die ihre Trauer über Robs Tod ausdrückten und von Jake die näheren Todesumstände erfahren wollten. Er fasste seine Antworten so kurz wie möglich und bearbeitete neutrale Anfragen nach Führungen und Informationsmaterial. Kurz bevor er den Computer abschalten wollte, erregte eine Mail aus Chicago seine Aufmerksamkeit.

Ein gewisser Charles Fuller berief sich auf die Empfehlung von Freunden, die im Frühjahr eine Tour bei ihnen gebucht hätten und sehr zufrieden gewesen seien. Mr Fuller nannte nicht Jakes Namen und drückte sich überhaupt recht schwammig aus, so dass Jake sich wunderte, um was für eine Tour es sich gehandelt haben könnte. Er war seit Februar hier, und an eine Klettertour mit amerikanischen Touristen hätte er sich erinnert.

Auf dem Hof knatterte der defekte Auspuff eines Motorrads, und Jake schaute aus dem Fenster. Caleb Ash nahm den Helm vom Kopf, rieb sich das raspelkurze Haar auf dem kantigen Schädel und zog noch im Gehen den Reißverschluss seiner Wetterjacke auf. Die umgefallenen Tierkästen beachtete er nicht. Schwere Schuhe stapften über den Betonboden.

»Guten Morgen, Jake!« Caleb warf im Gang seinen Helm und eine Umhängetasche auf die Ablage und stellte sich in die Tür.

»Caleb, so früh schon hier?«

Unter dem rechten Ohr hatte Caleb eine Tätowierung, einen Skorpion, und auch die kräftigen Arme waren mit verschiedenen Motiven bedeckt. Einige sahen so unprofessionell aus, dass Jake auf Jugendsünden oder einen Gefängnisaufenthalt tippte. Aber das ging ihn nichts an. Er würde sich hüten, Caleb nach seiner Vergangenheit zu fragen. Wenn Leo ihn eingestellt hatte, waren seine Papiere überprüft worden. Boswick mochte ein unleidlicher Bürokrat sein und die Regeln manchmal zugunsten des Parks biegen, aber genau das würde ihn davon abhalten, jemanden einzustellen, der dem Image des Parks schaden könnte.

»Und, was dagegen?«, raunzte Caleb, zog seine Jacke aus und warf sie auf den zweiten Stuhl im Büro. Er war einen halben Kopf kleiner als Jake, hatte breite Schultern, einen Bauchansatz, der vielen durchzechten Nächten geschuldet war, und große Hände, denen man jahrelange harte Arbeit ansah. Aus den Unterlagen wusste Jake, dass Caleb knapp über vierzig war. Doch mit seinem zerfurchten, von Aknenarben übersäten Gesicht wirkte er älter.

»Hast du die Sauerei im Hof gesehen? Das hätte nicht passieren dürfen.«

»Bin ich hier der Leiter?« Höhnisch verzog Caleb den Mund und schaltete den zweiten Computer ein, der auf der anderen Seite des kleinen Büros stand.

Es gab keine Schreibtische, stattdessen waren entlang der Wand durchlaufende massive Holzplatten angebracht worden, die den verwinkelten Raum platzsparend nutzten.

»Wenn ich nicht da bin, hast du dafür zu sorgen, dass alles gesichert ist, bevor du die Station verlässt. Das solltest du wissen, bist schließlich um einiges länger hier als ich. Dann weißt du ja, was du heute zu tun hast. Wir brauchen die Fallen in den nächsten Tagen. Das Nerzproblem erledigt sich nicht von allein.«

Vor Jahren hatten enthusiastische Tierschützer eine Nerzfarm bei Rhyd gestürmt und die Tiere laufen lassen. Die Folge waren zahlreiche verendete Tiere und eine unkontrollierte Vermehrung, durch die andere Tierarten in ihrer Existenz bedroht wurden. Jede Störung des ökologischen Gleichgewichts erschwerte das Überleben heimischer Tierarten.

Caleb stand noch mitten im Raum und starrte über Jakes Schulter auf dessen Bildschirm. »Was ist denn das für eine Anfrage?«

»Das wollte ich dich noch fragen. Weißt du etwas über eine organisierte Tour mit amerikanischen Touristen in diesem Frühjahr? Damit haben wir doch gar nichts zu tun. Wie kommt dieser Fuller auf meine Adresse?«

Caleb verhakte die Finger und dehnte sie, so dass die Gelenke knackten. »Was weiß ich! Diese reichen Säcke schreiben gleich alles an, machen sich keine Mühe, den richtigen Ansprechpartner rauszusuchen.« Der bullige Mann drehte sich um und blätterte in einem Aktenordner. »Verdammte Sache, das mit Rob. War ein feiner Kerl.«

»Hm«, war alles, was Jake dazu sagte, denn Caleb war keiner, mit dem er über seinen toten Freund sprechen wollte.

»Du hast ihn doch gefunden, nicht wahr?«

»Ich möchte nicht darüber sprechen.«

»Ich denk ja nur, dass es ein Glück war, dass ausgerechnet du da oben warst. Sonst hätte er womöglich noch länger dort gelegen, war ja übles Wetter.«

Jake zögerte. Vielleicht tat er Caleb unrecht, und der ruppige Mann konnte seine Anteilnahme einfach nicht besser ausdrücken. »Ich wünschte nur, ich hätte ihn begleitet, dann wäre er noch am Leben.«

»Oder es hätte euch beide erwischt …«

»Sicher nicht!«

»Kann man das wissen? Crib Goch ist ein tückischer, hinterhältiger Berg. Da hat sich schon mancher überschätzt. Ich mein ja nur, da hätte keiner was machen können, so was ist Schicksal.«

»Das denke ich nicht, weil …« Jake hielt inne. Ein Auto fuhr auf den Parkplatz. Um diese Zeit konnte das nur ein Ranger sein oder … Er sprang auf und lief nach draußen. Sie war tatsächlich gekommen!

Mit leichten Schatten unter den Augen und einem verlegenen Lächeln stieg Cait aus ihrem Wagen. Sie trug eine Outdoorjacke über einem weißen T-Shirt, Kletterhose und festes Schuhwerk. Als sie einen Rucksack, an dem ein Seil hing, von der Rückbank holte, bestätigten sich seine Befürchtungen. Sie wollte in die Wand steigen.

»Guten Morgen! Du siehst überrascht aus. Hast du gedacht, ich komme nicht?« Sie blieb einen Schritt von ihm entfernt stehen. Ihre Haare waren im Nacken zusammengebunden und gaben den Blick auf einen schlanken Hals frei.

»Cait! Nein, ich freu mich!« Er küsste sie auf die Wangen und tippte gegen ihren Rucksack. »Nur das da macht mir Sorgen.«

Sie grinste. »Wieso? Ich bin hier aufgewachsen, habe ich dir doch erzählt. Glaubst du, wir sind nur mit der Dampflok auf den Snowdon gefahren?«

»Ich hätte es wissen müssen. Komm rein. Ich zeig dir die Station. Sieht etwas unordentlich aus, aber das meiste ist Werkstatt. Büroarbeit gehört zu unseren leidigen Pflichten.« Er streckte die Hand aus und nahm ihr den Rucksack ab.

»Was ist denn da passiert?« Sie zeigte auf den Haufen Kästen, die im Matsch nicht schöner wurden.

»Da war jemand nachlässig …« Jake nickte in Richtung des Büros, und sie verstand und fragte nicht weiter nach.

Da steckte auch schon Caleb den Kopf zur Tür hinaus. »Na, Süße, wie haben Sie sich denn hierher verlaufen?«

»Caleb, der Mann fürs Grobe«, sagte Jake knapp.

»Hi Caleb, ich bin Cait.« Höflich streckte sie ihm die Hand entgegen.

Caleb Ash schüttelte sie kurz. »Sind Sie der Ersatz für Rob?«

Cait hob überrascht die Augenbrauen. »Wie? Nein, ich …«

»Sie hilft mir bei den Vorbereitungen für ein Schulprojekt. Wirklich schön, dass du so früh kommen konntest. Wenn wir die Strecke noch festlegen wollen, müssen wir jetzt los.« Jake drängte Cait zum Ausgang und wandte sich an Caleb. »Ich bin ein paar Stunden weg. Du erreichst mich übers Handy, falls etwas sein sollte. Wir fahren zum Pen-y-Pass. Und ich glaube, dein Vormittag ist auch verplant.« Er zeigte in den Hof und ließ den leicht perplexen Caleb allein.

16

Obwohl ich hier aufgewachsen bin, überwältigt mich diese Landschaft jedes Mal wieder.« Cait hatte das Fenster heruntergedreht und sog die frische Morgenluft ein.

Sie waren an der Kupfermine von Sygun und den stillen Ufern des Llyn Dinas vorbeigefahren, und vor ihnen öffnete sich das Tal von Nant Gwynant mit dem gleichnamigen See. Sobald man Beddgelert hinter sich gelassen hatte, führte die Straße entlang des Snowdon-Massivs durch das malerische Tal, das zahlreiche Postkarten und Kalender zierte, und hinauf zum Pass von Llanberis. Plötzlich brach die Sonne durch die Wolkendecke und tauchte den See in ein irisierendes Türkis.

Jake fuhr langsamer. »Wenn ich nicht schon so viele Bilder von diesem Tal gemacht hätte, würde ich anhalten und die Kamera herausholen.«

»Es heißt, dass dieses schillernde Grünblau des Sees vom Kupfererz herrührt, das hier abgebaut wurde. Außerdem lebt dort ein Ungeheuer mit dem Namen Afanc.«

»Afanc?« Jake fuhr die steiler ansteigende Straße zum Pass hinauf.

Der Ausblick auf das Tal wurde grandioser, je höher man kam. »Immer wenn jemand im See ertrinkt, heißt es, dass Afanc ihn verschlungen hat. Pass auf, dort vorn könntest du kurz halten.«

Jake stoppte in einer Parkbucht. Sie stiegen aus, und Cait kletterte auf den Steinwall neben dem Hinweisschild des Nationalparks. »Hat Birdie dir erzählt, was beinahe mit diesem Tal geschehen wäre?«

»Nein!« Neugierig sah er sie an und sprang ebenfalls auf den Wall.

Sie befanden sich am nördlichen Ende des Sees, der im Westen von der spektakulären Gipfelkette, angeführt vom Snowdon, flankiert wurde. Im unteren Teil wurden die Berghänge von rostroten Flechten und Moosen bedeckt, kleine Mischwaldstücke standen zwischen beweideten Flächen, und erst in den höheren Lagen wurden die Berge felsig, hatten teils zackige Kämme und unwirtlich scheinende, schroffe Felswände.

»Der Park wurde 1951 von Privatleuten gegründet, und es dauerte lange, bis er die Struktur hatte, die du heute kennst. Zu Beginn gab es keine allgemeingültigen Gesetze, und das Land ist bis heute zum größten Teil in Privatbesitz«, begann Cait.

»Wem sagst du das …« Jake schob die Hände in die Hosentaschen.

Die Morgensonne tauchte zuerst die Gipfel und schließlich die Hänge in warmes goldenes Licht, und der See schimmerte nun strahlend blau.

»Nicht alle sind so wie die Craddocks. Es ist einer Farmerin und Schafzüchterin zu verdanken, dass der Park gegründet wurde. Sie ahnte wohl, was Investoren mit dem Potenzial an unberührter Natur anstellen könnten. Siehst du das Farmhaus dort unten?«

Mehrere Weiden und Felder, getrennt durch Steinwälle und Buschwerk, erstreckten sich vor ihnen. Dahinter lag ein weißes Haus am Seeufer.

»Hinter dem kleinen Wäldchen grenzt ein Wall das Land von der Straße ab. Zum See und auch zu den Bergen gibt es keine Zuwegung. Mitte der Siebzigerjahre waren die Besitzverhältnisse von mehreren Weiden ungeklärt, und ein Bauunternehmer hat gedacht, dass er eine Menge mit einem Caravanpark am See verdienen könnte. Eines Tages rückte der Kerl mit einem Bulldozer an, riss ein Loch in den alten Wall und ließ eine Ladung Schieferschutt dahinter abladen, um eine Straße zum See zu bauen.«

»Einfach so?«

»Einfach so. Wer sollte ihn aufhalten? Der Farmer hatte keine großen Geräte, und niemand fühlte sich zuständig. Der Regierung war so etwas egal. Aber es gab diese verrückten Leute vom Nationalpark. Die Turners, also meine Großeltern, waren Mitglieder, später auch mein Vater. Du musst dir vorstellen, dass hier früher kaum jemand durchkam. Das war reines Weideland. Der Tourismus setzte viel später ein. Die Straße, auf der wir heute fahren, war damals einspurig und unbefestigt.«

Noch waren sie allein hier oben, doch die ersten Autos mit fremden Kennzeichen rollten bereits vorbei. Seufzend fuhr Cait fort: »Der Farmer hat also die Leute vom Nationalpark informiert, aber damals traf sich das Komitee nur viermal im Jahr, man konnte in der Eile kein Verbot erwirken, und der Bauunternehmer weigerte sich schlicht, wieder abzuziehen. Birdie könnte es dir genauer erzählen. Es war wohl so, dass Tom, ein Mitglied des Parks, der hier in der Nähe wohnte, seinen alten Landrover vor den illegalen Durchbruch im Wall stellte und dort wartete. Auf dem Feld stand der Bulldozer und rückte näher, und von Beddgelert aus waren zehn Lastwagen mit Schieferschutt unterwegs.«

Jake sog hörbar die Luft ein. »Brenzlige Situation.«

»Dieser Tom hatte meinen Großvater vorher angerufen, und der ist zusammen mit einem bekannten Journalisten, der gerade vor Ort und ebenfalls Mitglied der Park Society war, rausgefahren. Jedenfalls haben diese beiden Männer es allein durch ihre Autorität und Überzeugungskraft geschafft, den Bauunternehmer zum Rückzug zu bewegen. Birdie sagt, dass an diesem Abend lange gefeiert wurde. Und zu Recht, wenn du mich fragst. Schau es dir an, es ist so traumhaft schön!«

Jake nickte. »Unvorstellbar, wenn da unten ein Caravanpark

entstanden wäre. Ich bewundere die Leute, denn damals war es noch viel unpopulärer, für die Natur zu kämpfen, als heute.«

»Aber es lohnt sich. Wenn ich zu lange in Chester bin, vergesse ich manchmal, wie schön es hier ist.« Cait versuchte, jedes Detail des wildromantischen Tales in sich aufzunehmen.

»Weißt du noch, wie der Bauunternehmer hieß?«

Cait hob die Schultern. »Nein. Kann aber gut sein, dass er mit den Craddocks befreundet war. Der alte Craddock hatte damals in fast allen anrüchigen Geschäften seine Finger.«

»Wundert mich nicht. Lass uns weiterfahren.« Jake hielt ihr die Hand hin.

»Danke, ich …«

»Du kannst alles allein, ich weiß. Darf ich dir trotzdem behilflich sein?«

Sie legte die Hand in seine und sprang seitlich von ihm auf den Boden. Sofort ließ sie seine Hand los. »Und wie sieht dein Plan aus?«

»Fragen stellen und auf den Crib Goch gehen.« Prüfend sah er zum Himmel über den Bergen. Um die Gipfel zog sich ein Wolkenband. »Wenn es zu neblig wird, gehen wir wieder runter.«

Er hielt ihr die Beifahrertür auf.

»Ich habe einen Kompass dabei. Es macht mir nichts aus, wenn das Wetter umschlägt.«

»Aber mir. Du warst nicht dabei. Ich habe Rob da oben gefunden, und er muss vom Nebel und seinem Mörder überrascht worden sein.« Seine Miene war ernst und ließ keinen Widerspruch zu.

»Hast du schon mal daran gedacht, dass Rob seinen Mörder vielleicht kannte und deshalb nicht mit einem Angriff gerechnet hat?« Der Gedanke war ihr jetzt gekommen, und sie fand ihn ziemlich beunruhigend.

Er warf die Tür zu und stieg auf der anderen Seite ein. Bevor er den Schlüssel drehte, um den Motor zu starten, wandte er sich ihr zu. »Ohne Beweise denke ich gar nichts. Ich verdächtige niemanden und möchte auch niemanden sonst in meine Nachforschungen mit hineinziehen.«

»Deshalb hast du mich vor Caleb als Lehrerin ausgegeben?«

Er grinste. »Genau.«

»Mit dem zusammenarbeiten zu müssen, stelle ich mir nicht besonders einfach vor.«

Jake startete den Wagen und fuhr los. »Er macht viele Dinge sehr gut. Handwerklich ist er geschickt, aber man kann sich nicht auf ihn verlassen. Wenn man ihm nicht genau sagt, was er tun soll, macht er nicht viel, und die durchnässten Nerzfallen sind sein Verdienst. Wir haben sie gemeinsam gezimmert, und jetzt ist die Hälfte unbrauchbar.«

Die kurze Fahrt bis zum Parkplatz von Pen-y-Pass verging rasch über ihrer Unterhaltung, und Cait ertappte sich öfter, als ihr lieb war, dabei, wie sie Jake ansah. Ihre Nervosität wich dem Gefühl, in ihm jemanden gefunden zu haben, dem sie sich anvertrauen konnte, und es war lange her, dass sie daran auch nur gedacht hatte.

Der Wagen war auf dem fast leeren Parkplatz zum Stehen gekommen. Jake zog den Schlüssel ab. »Danke, dass du mitgekommen bist. Aber du musst mir versprechen, nichts auf eigene Faust zu unternehmen.«

»Ich bin hier aufgewachsen, schon vergessen?«

»Rob kannte diese Berge besser als die meisten, und er war körperlich fit und bestens ausgerüstet«, hielt Jake entgegen.

Cait stieg aus. »Ich hab's begriffen.«

Ein Wohnmobil, gefolgt von zwei kleineren Personenwagen, fuhr auf den Parkplatz. Das Wohnmobil hatte ein skandinavisches Kennzeichen.

»Sind denn nicht alle, die am Tag von Robs Tod auf dem Parkplatz waren, registriert worden? Das würde es einfacher machen«, sagte Cait und beobachtete, wie eine junge Familie aus dem Wohnwagen stieg.

Ein kleines Mädchen mit flachsblonden Haaren und ein Junge mit einem orangefarbenen Käppi begannen, über den Parkplatz zu springen.

Jake schien mehr an den beiden Pkw interessiert und murmelte: »Amerikaner.«

Cait ging zum Heck und wollte die Klappe öffnen, als Jake zu ihr kam und die Heckklappe schwungvoll aufzog.

»Rob ist frühmorgens verstorben. Es gab keine Hinweise auf Fremdverschulden. Du warst da. Das Rettungsteam hat Rob mitgenommen, und das war's.« Er wandte sich ab und schaute zu den Bergen. »Robs Eltern die Nachricht zu überbringen, war wirklich das Schlimmste, was ich jemals habe tun müssen.«

»Willst du mit ihnen über deine Zweifel sprechen?«

»Vorerst nicht. Damit würde ich nur Salz in die Wunde streuen, sie unnötig quälen. Nein, wenn wir wissen, was passiert ist, und ich den Verantwortlichen gefunden habe, dann sage ich es ihnen. Und Aileen.«

»Du bist ein guter Freund, Jake.«

»Rob hätte dasselbe für mich getan«, sagte Jake schlicht und nahm seinen Rucksack aus dem Wagen. Dabei warf er erneut einen prüfenden Blick auf die aussteigenden Wanderer.

»Kennst du einen von denen?« Sie steckte sich eine Sportsonnenbrille auf die Haare.

»Das Mädchen, glaube ich. Okay, befragst du die Skandinavier? Ich gehe mal zu den anderen.«

Er drückte Cait ihren Rucksack in die Hand und ging zu den jungen Wanderern, die immer wieder zum Himmel schauten und die Kleidungswahl zu diskutieren schienen.

Cait schwang sich ihren Rucksack auf die Schultern und steuerte mit einem ermunternden Lächeln auf die Familie zu. »Hallo! Ihr habt aber eine weite Reise hinter euch!«

Die Mutter war in ihrem Alter oder jünger und packte Wasserflaschen in eine Tasche. »Von Malmö über Kopenhagen nach Esbjerg und von dort mit der Fähre nach Harwich! Wir sind seit zwei Wochen unterwegs!« Sie sprach gutes Englisch mit starkem schwedischen Akzent.

Der Mann trat um den Wagen herum. »Hallo. Ich bin Lars, meine Frau, Lena. Wollt ihr auch auf den Snowdon? Wegen der Kinder gehen wir es langsam an, aber sie wandern gern.«

»Cait.« Sie schüttelte den beiden Schweden die Hand. »Nein, wir wollen auf den Crib Goch, und ich würde euch gern etwas fragen.« Sie mochte die freundliche Offenheit der Skandinavier.

»Ja, gern.« Erwartungsvoll sahen die beiden sie an.

»Wart ihr zufällig vor zwei Tagen schon hier?«

Lars behielt seine Kinder im Auge, während er überlegte. »Das war unser erster Tag hier, aber das Wetter war so schlecht, dass wir ans Meer gefahren sind. Wieso fragst du?«

Enttäuscht ließ Cait die Schultern sinken, aber es wäre auch zu schön gewesen, wenn sie gleich beim ersten Mal Glück gehabt hätte. »Ein Freund von uns ist an dem Morgen hier oben verunglückt, und wir versuchen herauszufinden, was genau passiert ist.«

Lena legte automatisch den Arm um die Hüfte ihres Mannes. »Das ist fürchterlich! Wir müssen vorsichtig sein, Lars. Lass uns doch lieber die Eisenbahn nehmen, oder nicht?«

»Aber wir wollen ja nicht klettern, nur wandern. Ich nehme an, dein Freund ist in der Wand gewesen?«, fragte der Schwede.

Cait nickte. »Das Wetter schlägt hier schnell um. An dem Morgen ist plötzlich dichter Nebel aufgekommen. Tja, danke für eure Zeit.«

Sie hörte, wie Lena ihre Kinder in ihrer Muttersprache zu sich rief, und brauchte keine Schwedischkenntnisse, um zu verstehen, dass sie zur Vorsicht ermahnt wurden. Jake sprach noch mit den jungen Leuten, und Cait steuerte auf ein anderes Auto zu, das eben einen Parkplatz gefunden hatte. Doch auch das ältere Ehepaar aus Manchester konnte ihr nicht helfen.

Nach wenigen Minuten kam Jake zu ihr, und seine Miene war zumindest hoffnungsvoll. »Und?«

Sie schüttelte den Kopf. »Bei dir?«

»Eine der Frauen hat mir die Telefonnummer ihrer Freundin gegeben.«

»Na dann …« Cait hob vielsagend die Brauen.

»Sie ist Amerikanerin und hatte an dem Morgen eine Tour zum Snowdon und Crib Goch gebucht. Aber sie ist heute abgereist, macht eine Reise durch Europa und sitzt wahrscheinlich im Flieger nach Paris.« Jake warf einen Blick auf seine Uhr. »Na komm, lass uns losgehen!«

»Könnten wir nicht weiter in die Berge fahren, um Zeit zu sparen?« Cait war skeptisch, was das Wetter und den Zeitplan betraf. Sie würden mindestens fünf Stunden für die Hin- und Rücktour brauchen, vorausgesetzt, es regnete nicht und sie wurden nicht durch ausgedehnte Kletteraktionen aufgehalten.

»Rob hat hier unten geparkt und ist gelaufen. Ich möchte seine Route gehen. Auch wenn es dir unnötig erscheint. Vielleicht fällt mir irgendetwas auf. Und …« Er seufzte und zog die Gurte an seinem Rucksack fester. »Es ist mir wichtig.«

Sie sah den Schmerz und die Schuldgefühle in seinen Augen und fragte nicht weiter nach. Das Tor, welches den Pfad in die Berge vom Parkplatz trennte, fiel hinter ihnen zu, als jemand ihren Namen rief.

»Cait! Warte, bitte!«

Sie drehte sich um und sah Lars hinter ihr herlaufen. »Ja, Lars, was gibt es?«

Der Schwede blieb am Gatter stehen. »Uns ist da noch etwas eingefallen. Wahrscheinlich ist es ja gar nicht wichtig. Wir sind ziemlich früh hier auf dem Parkplatz angekommen. Die

Kinder haben noch geschlafen. Auf der Küstenstraße war das Wetter gut. Wir haben nicht gewusst, dass es hier oben so unterschiedlich sein kann. Na, also, wir fuhren hier rauf, und es regnete leicht und der Nebel wurde dichter, da rasten zwei Motorräder an uns vorbei. Ich konnte gerade noch bremsen vor der Ausfahrt.« Lars klopfte auf das Gatter. »Das war es. Nichts mehr.«

Jake hatte gespannt zugehört. »Habe ich das richtig verstanden, die Motorräder sind vom Parkplatz gekommen?«

»Ja, aber frag mich nicht nach Nummernschildern. Keine Ahnung. Und welche Maschinen es waren, kann ich auch nicht sagen, es ging so schnell.«

»Vielen Dank, dass du uns das noch erzählt hast. Es kann möglicherweise helfen. Danke!«, versicherte Jake und hakte die Daumen in die Tragegurte des Rucksacks.

Lars tippte auf das Gatter und ging zu seiner wartenden Familie.

»Was für eine nette Familie«, sagte Cait leise. »Machen diese lange Fahrt zusammen und sehen so glücklich aus …«

Jake ergriff einfach ihre Hand und zog sie mit sich den Pfad entlang. »Woher kommen sie?«

Es tat gut, seine Wärme zu spüren, und sie entzog ihm die Hand vorerst nicht. »Malmö. Sie sind von dort durch Dänemark und dann mit der Fähre zur Ostküste. Ich hatte mir immer gewünscht, mal nach Irland zu fahren, aber meine Mutter wollte nicht.«

»Warum nicht? Ist doch gar nicht so weit von Holyhead.«

»Sie meinte, in Irland wäre es nicht anders als hier, und dann ist sie mit Jessica für ein langes Wochenende nach Venedig geflogen. Es war ein Geburtstagsgeschenk.« Daran zu denken, tat noch immer weh, auch wenn es Jahre her war und sie darüber hinweg sein sollte.

»Und was hast du dir gewünscht?«

»Mir hätte schon ein Ausflug nach Glasgow ins Macintosh Museum gereicht, aber es wurde immer wieder verschoben, irgendwann war es mir egal, und dann … starb mein Vater«, schloss sie verbittert.

»Und Birdie, ist die mit euch verreist?«

»Mal nach London, ja, sie hat sich große Mühe mit allem gegeben, aber das ist es nicht. Du kannst das nicht verstehen.« Sie wollte ihm die Hand entziehen, doch er hielt sie fest, blieb stehen und drehte sie zu sich.

»Ich glaube doch. Deine Schwester wurde bevorzugt. Das tut weh. Kein Kind kann das verwinden. Das prägt, und die Wunden sind tief. Aber du bist erwachsen und kannst selbst entscheiden, was wichtig für dich ist und was nicht.«

»Kann man das? Du kannst die Vergangenheit nicht ungeschehen machen. Meine Schwester ist heute genauso verwöhnt und egoistisch wie damals. Sie findet noch nicht einmal Zeit, Birdie zu besuchen. Stattdessen schickt sie einen überdimensionalen Blumenstrauß! Große Gesten sind alles, wozu sie fähig ist. Wenn es darauf ankommt, kneift sie.«

»Wen hat Birdie denn um Hilfe gebeten?« Er stand vor ihr, die Augen so grau und gefährlich wie die Berge.

Ein Raubvogel schwebte von den Felsen herunter und kreiste über dem Tal. Steil führte der felsige Pfad die grünen Hänge hinauf, aus denen sich kahle Felswände erhoben. In der Ferne ragten die markanten Höhenzüge des Snowdon-Massivs auf.

»Jessica wäre nicht gekommen«, gab sie trotzig zurück, wissend, dass es nicht die Antwort war, die er erwartete.

Er ließ ihre Hand los. »Das weißt du nicht, aber für Birdie war es nicht wichtig. Sie wollte mit dir sprechen.« Bevor er weiterging, fügte er hinzu: »Und ich kann sie verstehen.«

Was konnte sie darauf sagen? Er machte sie verlegen und wütend zugleich, rührte mit seinen treffenden Feststellungen an Wunden in ihrem Inneren und zwang sie zur ehrlichen Auseinandersetzung mit sich selbst. Gleichzeitig verbarg er nicht seine Gefühle für sie, und das verunsicherte sie mehr als alles andere. Er kam ihr auf eine Art nahe wie niemand zuvor. Zumindest kein Mann.

Nach einer Stunde schnellen Wanderns hatten sie Bwlch y Moch hinter sich gelassen, und die grünblaue Oberfläche des Llyn Llydaw lag glatt und geheimnisvoll unter ihnen im Tal. Cait hatte sich angestrengt, mit Jake Schritt zu halten, doch jetzt benötigte sie eine Pause und blieb stehen, um ihre Wasserflasche aus dem Rucksack zu holen. Jake bemerkte erst nach weiteren zwanzig Schritten, dass sie nicht mehr hinter ihm war, und kam langsam zurück.

»Alles in Ordnung?«

Die Morgensonne stieg höher und verströmte eine unerwartete Wärme. In den Bergen musste man mit allem rechnen. Der gewölbte zackige Kamm des Crib Goch wurde jedoch von Nebelschwaden belagert, die zerrissen, sich auflösten und an anderer Stelle erneut auftauchten.

»Sicher. Ich wollte die Aussicht genießen.« Sie grinste und zeigte nach oben. »Schade, ich hatte gehofft, dass wir bis nach Irland sehen können!«

»Bis nach Irland? Ist das ein Witz unter Einheimischen?«

»Nein, durchaus ernst gemeint. Aber möglich ist das nur an einem klaren Tag. Immerhin können wir die Kuppen der Glyderau sehen. Dahinter liegen die Carneddau, nicht so spektakulär, aber wunderschön.« Sie erzählte ihm sicher nichts Neues, doch die Erinnerungen an geliebte Bergtouren waren ihr so nah wie seit Jahren nicht mehr. Sie hatte viel zu viele Dinge, die ihr wichtig und lieb gewesen waren, verdrängt, weil sie nicht in der Lage gewesen war, die schlechten von den guten Erinnerungen zu trennen.

»Ich beneide jeden, der hier aufwachsen durfte, für den diese Natur ein selbstverständlicher Teil der Kindheit ist. Meine

Eltern sind viel mit uns verreist, aber ich wäre gern in irgendeinem winzigen Bergdorf mit Ziegen und Schafen aufgewachsen.«

Cait verstaute die Wasserflasche und ging weiter. Sie hatte sich die Jacke um die Hüften gebunden und hoffte auf etwas Bräune durch die Sonne. »So sicher bin ich mir da nicht. Wahrscheinlich hättest du die aufregende Stadt vermisst und deine Eltern angefleht, nach London zu ziehen.«

»Nein. Ich nicht. Benji vielleicht. Der brauchte mehr Trubel und Nightlife und hat nichts ausgelassen …« Jake stand im kurzärmeligen Shirt auf einem Felsvorsprung und ließ den Blick über den See, die Täler und Berge schweifen. Sein Gesicht entspannte sich, und Cait glaubte ihm, konnte sich eine Bemerkung jedoch nicht verkneifen. »Und du warst ein Chorknabe, oder wie?«

Er drehte den Kopf und sah sie mit leicht angehobener Augenbraue an. »Das nicht gerade, aber anders als Benjamin bin ich nicht mit sechzehn nachts aus dem Fenster geklettert und zwanzig Kilometer zu einem Mädchen gejoggt. Und morgens wieder in der Schule gewesen – das muss ich ihm lassen, er hatte schon immer eine bemerkenswerte Kondition.« Jake deutete ein Lächeln an.

Jetzt konnte es verfänglich werden. Cait räusperte sich, verknotete die Jackenärmel um ihre Hüfte neu und stieg weiter den kaum noch sichtbaren Pfad hinauf.

Als spürte Jake ihr Unbehagen, wechselte er das Thema. »Rob hat diese Berge geliebt. Er kannte jeden Stein, jedes Nest hier oben, und ihm sind die Eiersammler zuerst aufgefallen. Das war sein Steckenpferd.«

»Erzähl mir etwas über diese Leute. Ich kann mir gar nicht vorstellen, wie man auf die Idee kommt, seltenen Vögeln ihre Eier zu stehlen. Was machen sie damit?«

»Alun kann dir Geschichten erzählen, die so schräg sind,

dass du denkst, so was gibt es gar nicht. Was die Leute damit machen? Sie legen sie in Schachteln oder Schubladen und verstecken sie. Wie verrückte Kunstsammler eben. Stell dir einen Millionär vor, der sich einen Rembrandt stehlen lässt und ihn dann nur allein in seinem Tresorraum anschauen kann – so ist das mit den Eiersammlern.« Jake wartete, bis sie dicht hinter ihm war, denn jetzt war der Pfad steinig und brach zum Hang hin weg.

»Der Regen hat einiges kaputt gemacht«, sagte Cait mit Blick auf die herunterrutschenden Steine.

»Und das war noch längst nicht alles. Es wird noch mehr Regen geben. Dann bekommt Caleb viel Arbeit. Er befestigt Zäune, stellt Warnschilder auf und dergleichen. Aber wo war ich stehen geblieben … Es gibt legale Sammlungen von Vogeleiern, die vor dem *Protection of Birds Act* 1954 erstellt wurden. Deren Besitz ist nicht strafbar. Wir Briten sind ja bekannt für unsere Naturforscher und einen skurrilen Hang für ausgefallene Sammlungen. Das ist ja auch in Ordnung.«

»Autsch!«, entfuhr es Cait, als sie abrutschte und sich mit den Händen auf scharfkantigen Steinen abstützen musste. Das Geröll war durch den Dauerregen tatsächlich sehr locker geworden.

»Hast du dich verletzt?«

Sie begutachtete ihre Hände, die nur leichte Schürfwunden erlitten hatten. »Das ist nichts«, wehrte sie ab, als er ihre Handflächen anschaute.

Rasch zog er eine kleine Sprühflasche aus seinem Rucksack. »Desinfektion. Schürfwunden entzünden sich leicht.« Er gab zwei Sprühstöße auf ihre Hände.

»Uh, das brennt, aber danke.« Es war ihr unangenehm, dass sie sich so ungeschickt anstellte.

»Noch eine halbe Stunde, bis wir die Hände zum Klettern brauchen. Bis dahin müsste es besser sein.«

»Ist kein Problem, wirklich nicht. Also, wie ist das heute mit den Eiern?«

Jake runzelte kurz die Brauen und ging wieder voran. »Es ist verboten, Eier seltener, bedrohter Vogelarten zu besitzen oder zu verkaufen und natürlich, sie zu sammeln. Laut Gesetz kann man zu sechs Monaten Gefängnis für jedes illegal erworbene Ei oder fünftausend Pfund verurteilt werden.«

»Das ist doch gut! Das scheint mir eine ziemlich harte Strafe und sollte die Leute davon abhalten!«, meinte Cait.

»In der Realität bewirkt das Gesetz kaum etwas, denn nur ganz wenige Diebe werden überführt. Das ist frustrierend, und noch schlimmer ist es, dass sie die verheerenden Folgen ihres Tuns nicht einmal einsehen wollen. Solche Typen sind unbelehrbar.«

Als ein Roter Milan über ihren Köpfen kreiste, blieb Jake stehen. »Wunderschön, nicht wahr? Majestätisch und elegant. Wusstest du, dass es in Wales sogar einmal Steinadler gegeben hat?«

»Nein! Unglaublich! Hier?«

»Rob hat es mir erzählt. Snowdonias walisischer Name ist doch Eryri.«

»Ah!« Jetzt verstand Cait. »Aber ja, Eryr bedeutet Adler!«

»Es gibt einen berühmten Naturforscher, Edward Lhnyd, glaube ich, der darüber geschrieben hat. Frag mich nicht, wann, siebzehntes oder achtzehntes Jahrhundert. Jedenfalls kommt in seinem Reisebericht der Steinadler vor, der auf unerreichbaren Felsen seine Nester gebaut hat und über den Tälern Snowdonias seine Kreise zog.«

»Stell sich das einer vor, Steinadler!« Sie kannte die riesigen schönen Raubvögel nur aus Büchern und dem Fernsehen. »Kann man die nicht wieder ansiedeln?«

Jakes Miene wurde ernst. »Genau da kommen die Eierdiebe ins Spiel. Es wurde versucht, aber sobald bekannt wurde, wo sich ein bebrütetes Nest befand, dauerte es nicht lang, und irgend so ein Dreckskerl hatte es leer geräumt. Es ist pervers. Sie nehmen die Eier, in denen Küken oft kurz vor dem Schlüpfen sind, ziehen das Küken heraus oder zerstückeln es im Ei, um das Loch klein zu halten. Und dann kommen die Eier in eine Schublade!« Verzweifelt ballte Jake die Fäuste.

»Das wusste ich nicht. Ich habe nie darüber nachgedacht, was eigentlich mit den Küken passiert.«

»Und das Geschäft ist lukrativ. Heute werden Schwaneneier in den USA für zweihundert Dollar pro Stück gehandelt. Bei Raubvögeln geht es nur noch aufwärts. Zehntausende sind keine Seltenheit. Verstehst du nun, worum es hier geht?«

Cait nickte und sah sich automatisch um, doch sie waren noch immer allein.

17

Der Aufstieg wurde anspruchsvoller und verlangte den Einsatz der Hände. Nach einer scharfen Biegung führte der Weg zum felsigen Kamm, der auf weiter Strecke bereits im Nebel versank. Waren bisher immer wieder Rufe von anderen Wanderern zu ihnen hinaufgedrungen, so wurde es jetzt stiller. Die Geräusche verebbten, nur losgetretene Steine, die den Hang hinabpolterten, waren immer wieder zu hören.

»Hier muss eine Menge Arbeit in die Befestigung der Wege gesteckt werden. Es werden immer mehr Touristen«, murrte Jake, während er sich an einem hervorstehenden Fels nach oben hievte.

»Du darfst nicht vergessen, dass die ganze Region von den Gästen lebt. Man muss sich arrangieren.« Ihr Atem ging schneller, und sie nahm sich vor, wieder öfter zu joggen.

»Arrangieren klingt nett, bedeutet im Klartext aber nichts anderes, als dass die zahlenden Gäste bekommen, was sie wollen, und die Natur klein beigeben muss.«

»Ach, Jake. So ist es doch nicht immer!« Sie verharrte kurz, bis ihre Atmung sich beruhigte. »Seit der Park besteht, ist so viel bewegt und viel Schlimmes verhindert worden.«

»Hm, das Atomkraftwerk haben sie damals trotzdem gebaut.«

»Aber es wurde doch schon vor Jahren vom Netz genommen!«

»Ja ja, aber jetzt steht da dieser riesige graue Betonklotz am Trawsfynydd und erinnert jeden an die Unterjochung Wales' durch die Engländer. Das sage ich, und ich bin nicht mal Waliser.«

Seufzend gab sie es auf. Im Grunde stimmte sie ihm zu. Das heftig umstrittene Atomkraftwerk an einem der größten Seen im Süden Snowdonias war im Stil englischer Burgen erbaut worden. Jedes englische Bollwerk auf walisischem Boden war ein Zeugnis für die Vorherrschaft der Engländer und den jahrhundertelangen Freiheitskampf der Waliser.

»Sind wir bald an der Stelle, an der Rob abgestürzt ist?«

Sie wischte sich mit dem Handrücken den Schweiß von der Stirn und sah sich um. Noch konnte sie ins Tal schauen, die Wasseroberfläche des Sees schimmerte durch die vorbeiziehenden Nebelschwaden, und der Snowdon ragte vor ihnen auf. Einige Meter vor ihnen fiel der Berg steil ab, und ein Vorsprung verhinderte die Sicht.

Jake nickte, nahm seinen Rucksack von den Schultern und holte Seil und Sitzgurt heraus. »Komm her und sieh da hinunter.«

Er reichte ihr die Hand und zog sie auf ein winziges Plateau, von dem aus sie direkt in eine enge Felsspalte sahen. In etwa zehn Metern Tiefe gab es einen Vorsprung. »Dort hast du ihn gefunden?«

Sie zitterte bei dem Gedanken daran, dass der Ranger hier oben womöglich seinem Mörder begegnet war.

Jakes Druck um ihr Handgelenk verstärkte sich. »Ja. Da hat er gelegen. Mit verdrehten Gliedern. Aus dieser Höhe derartig zu fallen, ist schon ein Kunststück.«

»Du hast gesagt, dass man Rob womöglich auf den Kopf geschlagen hat. Irgendeine Ahnung, mit was das gewesen sein könnte?« Sie trat zurück und legte ihren Rucksack ebenfalls ab.

Jake machte sich für den Abstieg fertig, schnallte den Sitzgurt um und legte Haken und Seil bereit. »Doc Cooper hält einen runden Gegenstand für möglich. Schwer zu sagen und …«

Er schaute in den Abgrund. »Wenn der dort hinuntergeworfen wurde, haben wir keine Chance, ihn zu finden.«

»Wer weiß. Hast du Robs Handy angerufen?« Sie hielt das Seil, während er den Haken in den Felsen schlug und die Karabiner befestigte.

Als das Seil an seinem Gurt befestigt war und er mit einem Fuß unterhalb der Felskante stand, sah er zu ihr auf. »Kein Signal. Wenn jemand kommt, gibst du sofort Bescheid. Egal, wer es ist!«

Plötzlich hatte sie Angst, bückte sich und griff nach seinem Arm. »Vielleicht sollten wir es lassen, Jake. Ich meine, wenn … Was soll ich denn tun? Ich kann dir nicht helfen!«

Er grinste. »Das gefällt mir. Du hast Angst um mich. Du könntest mich küssen. Wenn ich abstürze, dann mit dem süßen Geschmack deiner Lippen …«

Sie gab ihm einen Klaps auf die Schulter. »Eingebildeter Kerl.« Beugte sich dann aber vor und gab ihm einen flüchtigen Kuss auf die Wange.

Jake verdrehte die Augen. »Mädchen, romantisch ist anders … Aber verlass dich drauf, ich komm bald wieder rauf.«

Nervös beobachtete sie, wie er sich mit sicheren Bewegungen an der Felswand hinunterbewegte. Sie hatte tatsächlich Angst um ihn, und das war beunruhigend und aufregend zugleich. Um Sebastian hatte sie sich nie gesorgt. Es hatte nie einen Grund dafür gegeben, denn er plante jeden Schritt seines Lebens so sorgfältig, dass für Risiken kein Raum blieb. Was nicht bedeutete, dass er langweilig gewesen wäre. Er war gebildet und amüsant, manchmal sogar charmant, selten großzügig und immer korrekt. Ein Mann, mit dem man eine Zukunft planen konnte. Anfangs hatte sie gerade das an Sebastian geschätzt. Sie hatte geglaubt, dass sie Sicherheit brauchte, Verlässlichkeit. Aber im Gegenzug verlangte Sebastian ständig Rechtfertigungen für alles, was sie allein plante. Er wollte wissen, wo sie wann war und sogar, warum sie was gekauft hatte. Sie verdiente seit Jahren ihr eigenes Geld und empfand dieses Verhalten als einengend. Er schnürte ihr die Luft ab, zwang sie zu Ausreden, kleinen Lügen, für die sie sich hasste, weil es nicht ihrem Wesen entsprach. Irgendwann hatte sie den Schlussstrich gezogen, und der Grad ihrer Erleichterung bestätigte ihre Entscheidung. Noch lange nach der Trennung fühlte sie sich wie der eiserne Heinrich aus einem dieser Märchen. Die letzte eiserne Zwinge schien endlich von ihrem Brustkorb gesprungen, und sie war wieder frei und Herrin ihrer selbst.

Sie beobachtete Jake, der in allem das Gegenteil von Sebastian zu sein schien. War sie vielleicht nur deswegen so fasziniert von ihm? Dass sie ihn mochte, stand außer Frage. Sollte das der Fall sein, war es ein Grund mehr, sich nicht mit ihm einzulassen. Das Seil glitt gleichmäßig durch die Karabiner, und Jake erreichte den schmalen Vorsprung nach kurzer Zeit. Eine Nebelbank zog zwischen ihnen durch, und Cait sah sich immer wieder um. Sie hörte keine Geräusche anderer. Crib Goch erstiegen nur passionierte Wanderer, die über eine gewisse körperliche Fitness verfügten. Und bei schwierigem Wetter wurde dieser Berg gemieden.

Ein dunkler Schatten schwebte knapp unter Jake vorbei. Der Nebel verschwand, und sie erkannte die Umrisse einer Bergdohle, die sich dem Vorsprung näherte, Jake beäugte und langsam um die Felsspalte herumflog.

»Irgendetwas zu sehen?«, rief sie zu ihm hinunter.

»Nein. Ich werde noch ein Stück tiefer gehen.« Er hob den Daumen und schlug einen weiteren Haken in die Wand.

Als er unter dem Vorsprung verschwand, wartete Cait unruhig auf ein Zeichen von ihm. Sie war so konzentriert auf den Abgrund, dass sie den Wanderer erst bemerkte, als er die letzten Felsen hinter ihr erklomm.

»Hallo«, sagte der Mann, der sie um einen Kopf überragte,

mit knapp fünfzig Jahren durchtrainiert wirkte und sie ein wenig zu neugierig musterte.

Seine Kleidung wirkte teuer und neu, als hätte er sich gerade eben für sein Bergabenteuer eingekleidet. Ein Stadtmensch, dachte sie. »Hallo«, erwiderte sie und deutete Richtung Gipfel. »Wegen der Aussicht lohnt es sich heute nicht.«

Der Mann trug eine exklusive Sonnenbrille auf dem grau melierten Haar. Für Sonnenbrillen hatte Cait einen untrüglichen Blick, denn sie verrieten einiges über den Besitzer. Überhaupt hatte sie durch ihre Arbeit mit extravaganten Kunden viel über Menschen gelernt.

Er stand vor ihr und schaute über die Felsen. »Sie sind anscheinend auch nicht wegen der Aussicht hier. Was gibt es da unten?«

Ein Engländer aus der Gegend von Norfolk, dachte Cait, zumindest dem Dialekt nach.

»Mein Handy ist mir runtergefallen, und mein Freund will es raufholen«, log sie mit einem Lächeln.

Der Mann stutzte. »Ob sich das lohnt? Das ist doch sicher am Felsen zerschellt. Oder ist das ein Liebesbeweis? Na, ich wünsche Ihnen viel Erfolg.«

Er stemmte die Hände in die Hüften, schien zu überlegen und wandte sich um. »Ich glaube, Sie haben recht, da oben bekomme ich heute nicht viel zu sehen.«

»Wollen Sie nicht wenigstens bis zum Gipfel? Das sind nur noch zwanzig Minuten!«, sagte sie, denn normalerweise waren die Wanderer ganz wild darauf, zumindest ein Mal auf dem Gipfel gewesen zu sein.

»Ich komme wieder, wenn die Sonne scheint.« Mit einem knappen Nicken machte er sich an den Abstieg und war nach wenigen Sekunden aus ihrem Blickfeld verschwunden.

Cait wartete noch ein wenig, bevor sie sich über den Abgrund beugte. »Jake!«

Es dauerte einen Moment, bis er antwortete. »Alles in Ordnung. Ich komme rauf.«

Cait drehte sich immer wieder um, weil sie befürchtete, es könne sich erneut jemand nähern, ohne dass sie es rechtzeitig bemerkte. Endlich kletterte Jake über den Vorsprung, hangelte sich am Seil die Wand hoch und hievte sich schließlich über die Kante. Schweiß stand auf seiner Stirn, und er war leicht außer Atem, doch er war allem Anschein nach in bester körperlicher Verfassung. Mit wenigen Griffen befreite er sich von Gurt und Seil und griff dankbar nach der Wasserflasche, die Cait ihm reichte.

»Und?«, wollte sie erwartungsvoll wissen.

Er spritzte sich Wasser ins Gesicht und rieb es mit einem Tuch trocken. »Kein Handy. Die Sicht war nicht gut, und es könnte überall dort unten sein. Keine Chance. Ich habe auch nichts entdecken können, das einem Schlagwerkzeug ähnelt.« Er seufzte tief und fuhr sich durch die Haare. »Es hätte ja sein können.«

Sie schraubte die Flasche zu. »Wäre zu einfach gewesen. Während du da unten warst, kam ein Mann hoch.« Cait beschrieb ihn kurz.

»Hm … Er hat nicht weiter nachgefragt, was du hier machst?«

Sie legte den Kopf schief. »Schon. Ich habe ihm erklärt, dass du nach meinem Handy suchst, worauf er mich etwas irritiert ansah.«

Jake legte den Kopf in den Nacken und lachte. »Sehr schön!«

»Ja, wer klettert schon für seine dämliche Tussi den Berg runter und sucht nach einem mit an Sicherheit grenzender Wahrscheinlichkeit kaputten Telefon …«

Er warf seine Sachen zusammen. »Ein verliebter Trottel.«

»Liebe macht aus vernünftigen Menschen durchgeknallte Verrückte. Da muss was dran sein. Okay, was machen wir …«

Weiter kam sie nicht, weil er sich plötzlich aufgerichtet und seine Hand unter ihr Kinn gelegt hatte. »Was ist passiert, dass du nicht mehr an die Liebe glaubst, Cait?«

Jede Faser ihres Körpers spannte sich, sie fuhr sich mit der Zungenspitze über die Lippen und spürte die Wärme, die von seinem erhitzten Körper ausging. Wenn sie ihn berührte, würde sie sich verbrennen. Sie schwieg.

»Wovor hast du Angst?«

Seine Finger strichen ihr sanft über den Hals, den Nacken, legten sich sanft auf ihre Schultern.

»Alles zu verlieren, was ich mir mühsam erkämpft habe. Mein Leben, Jake. Du kannst das nicht verstehen …«

Doch sie wehrte sich nicht, als er sie langsam an sich zog, seine Hände leicht über ihren Rücken gleiten ließ und sie sanft küsste. Sein Kuss war voller Zärtlichkeit, seine Lippen weich wie Samt, und die Berührung seiner Hände löste die Anspannung in ihren Muskeln. Trotzdem legte sie ihre Hände gegen seine Brust und machte sich mit leichtem Druck von ihm los.

»Irgendjemand hat mal zu mir gesagt, dass man wegen der Liebe sein Gleichgewicht verliert, aber dass das ein Teil unseres Gleichgewichts ist.« Er fuhr ihr mit einem Finger über die Wange.

Sie hatte die Träne nicht bemerkt und senkte die Augenlider. »Vielleicht ist das so, aber …«

»Du willst nicht aus dem Gleichgewicht gebracht werden«, beendete Jake den Satz für sie.

Doch, wollte sie rufen, aber sie konnte ihm nicht sagen, dass sie seit Jahren darum kämpfte, ihr inneres Gleichgewicht zumindest nach außen zu bewahren. Dass sie Angst davor hatte zu verlieren, was sie liebte, weil sie wusste, wie weh es tat. Letztlich war sie die Maus im Labyrinth, aus dem es keinen Ausweg gab. Wohin auch immer sie rannte, irgendwo stieß sie gegen eine Mauer aus ihrer Vergangenheit. Irgendwann würde sie einen Weg finden hinüberzusteigen, irgendwann, aber bis dahin musste sie allein auf sich achtgeben. Das entschied zumindest ihr Verstand.

Nachdem er das Seil aufgerollt und alles wieder in seinem Rucksack verstaut hatte, griff er zu seinem Telefon. »Alun, störe ich? Nur ganz kurz. Wir sind auf dem Crib Goch und haben nichts gefunden. Ich war bis unter dem Vorsprung.«

Er lauschte und sagte dann: »Alles klar, machen wir. Ach, ich soll dich von Benjamin grüßen. Er wird Vater!«

Cait streifte sich ihren Rucksack über und dachte unwillkürlich an ihre Schwester. Aber es lag nicht nur an ihr, dass sie und Jessica kaum Kontakt hatten.

»… nächste Woche vielleicht. Dann gehen wir alle zusammen essen. Ich ruf dich an!« Jake kam zu ihr. »Birdie wird bis dahin noch nicht wieder fit sein, aber du bist natürlich eingeladen. Mein Bruder ist ein netter Kerl, wird dir gefallen, und Shannon sowieso. Sie ist Halbinderin, hatte ich das erwähnt? Bildschön, und du denkst, sie wäre die Sanftmut in Person, aber Benji kuscht, wenn sie mit den Fingern schnipst. Sie ist die Einzige, bei der er das tut, und das sagt eigentlich schon alles …«

Er plauderte so unbefangen über seinen Bruder, seine Familie, dass Cait sich verschroben und blass vorkam. Einsilbig ging sie voraus. Erst als sie den befestigten Teil des Pfades erreichten und nebeneinander ausschreiten konnten, ohne Gefahr zu laufen, Steine in den Abgrund zu treten, nahm sie das Gespräch wieder auf.

»Was hat Alun gesagt? Unser Ausflug war umsonst.«

»Das würde ich nicht sagen. Wir wissen von den Schweden, dass Motorradfahrer hier gewesen sind. Das ist schon auffällig. Schade, dass du den Engländer vorhin nicht nach seinem Namen gefragt hast.«

Sie runzelte die Stirn. »Wie hätte ich das denn anstellen sollen?«

»Na ja, indem du dich vorgestellt hättest, dann hätte er nachziehen müssen, oder nicht?«

»Hmm.« Eigentlich war sie nicht auf den Mund gefallen, aber in Jakes Gegenwart benahm sie sich wie ein Backfisch. »Hättest vielleicht lieber Caleb mitnehmen sollen …«

»Um mir den Tag zu verderben? Danke, es reicht mir schon jedes Mal, wenn wir gemeinsam etwas ausbessern müssen.«

Sie kamen an die Stelle, wo sich Pyg Track und Mixers Pfad kreuzten, und grüßten die entgegenkommenden Wanderer. Es war nach Mittag, und noch immer machten sich einige an den Aufstieg, allerdings kaum zum Crib Goch. Cait sah noch einmal zum Gipfel hoch, der vollständig im Nebel versunken war.

»Schade, die Aussicht ist großartig. Was war eigentlich mit der Bergdohle? Hast du in ihr Nest schauen können?«

Jake nickte. »Die Eier sind noch drin. Ich habe sie mit grüner Farbe markiert. Damit sind sie wertlos für die Sammler.«

»Und die Vögel stört das nicht?«

»Nein. Man darf Nest und Eier natürlich nicht mit bloßen Fingern berühren.«

»Ich habe die Dohle gesehen, als du unten warst. Sie kreiste um dich herum. Fühlte sie sich bedroht?«

»Nein, ich glaube eher, sie hat mich wiedererkannt. Sie war auch da, als ich Rob gefunden habe. Sie war vielleicht sogar Zeuge des Mordes. Auf jeden Fall sind die Täter nicht zurückgekommen. Ach, Cait, es ergibt alles keinen Sinn …«

»Nein, ich kann auch nicht glauben, dass es nur um die Vogeleier geht. Vielleicht sollten wir mal mit den Motorradfahrern der Gegend sprechen.«

»Nein! Das tust du auf keinen Fall!«

»Ich kenne Sean Craddock von früher, schon vergessen? Da könnte ich anknüpfen und ihn ein wenig ausfragen. Also ich halte das für eine gute Idee.«

Jake nahm ihren Arm und hielt sie zurück. »Ich nicht.«

»Ich bin ein großes Mädchen und kann auf mich aufpassen. Solange Sean nicht weiß, dass wir …«, sie zögerte kurz, »… befreundet sind, wird er keinen Verdacht schöpfen. Vorausgesetzt, er hat überhaupt etwas mit der Sache zu tun.«

Jake sah sie durchdringend an. »Nein. Ich möchte das nicht.« Etwas milder fügte er hinzu: »Ich könnte es mir nicht verzeihen, dich in Gefahr gebracht zu haben.«

»Musst du nicht. Es ist allein meine Entscheidung.« Sie lächelte ihn unschuldig an.

»Cait, das ist kein Spiel. Rob ist tot!«

Sie legte ihre Hand auf seine. »Genau deshalb möchte ich dir helfen. Ist das so schlimm?«

Seufzend schüttelte Jake den Kopf. »Dickköpfig wie ein Maultier. In Ecuador haben wir mit diesen reizenden Tieren Holz transportiert.«

»Oder bist du etwa eifersüchtig auf Sean?« Wider besseres Wissen flirtete sie mit ihm.

Doch Jake schenkte ihr nur ein spöttisches Lächeln. »Nicht dein Typ.«

Er ging weiter, und sie hatte Mühe, ihn einzuholen.

»Wie bitte? Du kennst mich überhaupt nicht!«

Jake sah sie von der Seite an, und seine Augen funkelten. »Hättest du zugelassen, dass er dich so küsst wie ich dich im Pub?«

»Nein, niemals!«, entrüstete sie sich und biss sich auf die Lippe, als sie die Genugtuung in seinen Augen sah.

»Siehst du? Nicht dein Typ.«

»Vielleicht sollte ich es ausprobieren.« So leicht wollte sie sich nicht geschlagen geben.

Doch als sie ihn diesmal ansah, wusste sie, dass das keine gute Idee war.

18

Jake hatte Cait zur Station zurückgebracht. Sie wollte nach Portmeirion und Phoebe im Laden ihrer Tante ablösen. Nun stand er im Hof vor der Werkstatt und betrachtete den noch immer beträchtlichen Haufen an defekten Fallen. Von Caleb war nichts zu sehen. Doch die Türen standen offen, und aus dem Büro hörte er Calebs kehlige Stimme. Mit dem Fuß schubste Jake ein Brett zur Seite und schüttelte verärgert den Kopf. Caleb ging so achtlos mit den Arbeitsmaterialien um, dass es eine Schande war. Aber er selbst war der Neue, auch wenn er in der Hierarchie über Caleb stand. Zudem verfügte der über einen entscheidenden Vorteil – seine Freundschaft mit Boswick.

Während Jake durch die Arbeitsräume auf das Büro zusteuerte, nahm er Gesprächsfetzen von Calebs Telefonat auf.

»... ja, aber so geht das nicht weiter. Ich habe Arbeit, die erledigt werden muss, und kann nicht dauernd für dich ...«

Unter seiner Schuhsohle zerbrach ein Plastikbecher. Das Geräusch schien Caleb zu stören.

»Ich kümmere mich darum, ruf mich nicht wieder an, verstanden!« Das Telefon wurde lautstark auf den Schreibtisch geworfen.

»Hallo, Caleb. Was gibt es Neues? Der Hof sieht nicht besonders aufgeräumt aus. Hattest du Wichtigeres zu tun?«

Der kantige Schädel drehte sich langsam um. Mit schmalen Augen musterte Caleb Ash den jüngeren Ranger. »Lehn dich mal nicht zu weit aus dem Fenster, Jake.« Den Namen spuckte er förmlich aus. »Hast den Nachmittag mit deinem Häschen verbracht und willst mir Vorhaltungen machen?«

Er machte eine anzügliche Geste und verzog den Mund zu einem hässlichen Grinsen.

»Ich muss mich vor dir nicht rechtfertigen. Was tust du überhaupt hier? Für Papierkram interessierst du dich doch sonst nicht.« Jake trat näher, doch Caleb schaltete schnell den Computer aus und stand auf. Mit einem Ruck riss er seine Jacke vom Stuhl und tippte Jake aggressiv auf die Schulter. »Leg dich nicht mit mir an! Das haben schon ganz andere versucht, und du möchtest nicht wissen, wie sie heute aussehen …«

»Uhh, mir schlottern die Knie. Sieh zu, dass du deine Arbeit erledigst, ansonsten habe ich dir nichts zu sagen.« In wenigen Sekunden hatte Jake abgeschätzt, wie er sich gegen Caleb wehren könnte. An Größe und Schnelligkeit wäre er ihm überlegen, doch Kerle wie Caleb kämpften nicht fair, und wenn es sich vermeiden ließ, würde er es nicht auf eine Prügelei ankommen lassen. Andererseits würde eine anständige Abreibung vielleicht einiges klären.

Caleb schnaufte geringschätzig und verschwand nach draußen. Es dauerte nicht lange, und das Motorrad wurde lautstark angeworfen und brauste vom Hof.

»Na gut, so habe ich wenigstens meine Ruhe«, murmelte Jake und setzte sich an seinen Arbeitsplatz.

Nachdem er beide Computer hochgefahren hatte, öffnete Jake neugierig das letzte Fenster auf Calebs Bildschirm, doch er konnte nichts Ungewöhnliches feststellen. Eine Bauanleitung für neue Fallen war zu sehen, daneben der Posteingang für offizielle Nachrichten. Auch darin entdeckte er beim Überfliegen nichts Ungewöhnliches. Er stutzte, Caleb hatte die Nachricht von Charles Fuller in sein Fach kopiert. Seit wann organisierte Caleb Touren? Das würde er im Hinterkopf behalten.

Jake arbeitete sich durch die üblichen Anfragen, verschob

eine lästige statistische Auswertung auf die nächste Woche, nahm sich vor, in einem leer stehenden Gehöft nach einer Schleiereule zu sehen, sortierte seine Unterlagen und schaltete alle Geräte aus. Was auch immer Boswick ihm vorwerfen mochte, seine Arbeit führte er gewissenhaft aus. Und jetzt war es Zeit, sich um die Motorradfahrer zu kümmern. Und dafür war es am besten, zu Lewis Gwilts Motocrossplatz bei Tremadog zu fahren. Außerdem hatte er keine anderen Anhaltspunkte. Und selbst wenn sich nichts ergeben würde, hatte er es versucht. Er musste etwas tun! Wäre er anstelle von Rob an jenem Morgen auf den Berg gegangen, hätte es ihn getroffen.

Sorgfältig verriegelte er Büroräume und Werkstatt, zog eine Plane über den Holzhaufen im Hof und machte sich auf den Weg nach Tremadog. Bedächtig steuerte er den großen Landrover über die schmale, kurvige Straße, bog bei Garreg nach Westen ab und fuhr im Schritttempo am Steinwall entlang, bis er die enge und extrem steile Auffahrt fand. Der alte Hof stand seit Jahren zum Verkauf. Vielleicht lag es an der versteckten Lage, dem baufälligen Gebäude und einem überteuerten Preis. Jake gab Gas, um die letzten Meter zu überwinden, und kam auf dem schlammigen Hof zum Stehen. Der starke Regen hatte den unbefestigten Hof aufgeweicht und in eine Schlammwüste verwandelt. Allerdings war der Schlamm von Reifenspuren durchpflügt. Jemand war heute oder gestern hier gewesen. Während der gesamten Zeit, die Jake hier war und sich um die Eulen in der Scheune kümmerte, hatte er nie fremde Reifenspuren vorgefunden. Vielleicht hatte einer der Ranger vorbeigeschaut, oder der Makler hatte tatsächlich einen Interessenten gefunden. Es gab immer den einen oder anderen Stadtneurotiker, der sich ein exzentrisches Landhaus zulegte, um es selten bis gar nicht zu besuchen. Birdie hatte ihm von einem reichen Londoner Galeristen erzählt, der sich ein Cottage an der Küste gekauft hatte, nur um dort seine Flügel abzustellen, auf denen seine Tochter gelegentlich spielte.

Jake stapfte durch den Matsch. Wenn er erst solche Sorgen hätte, fiele ihm sicher eine andere Lösung ein. Leise summte er einen irischen Folksong vor sich hin und dachte an Cait. Diese Frau hatte sich in seine Gedanken gefressen, war ihm unter die Haut gekrochen wie keine zuvor, und er konnte nicht einmal genau sagen, warum. Dass sein Körper auf sie reagierte, sobald er sie sah, roch oder – schlimmer noch – küsste, war eine Sache, eine andere war ihre verhaltene, gleichzeitig energische und direkte Art, die ihn faszinierte. Und er wollte ihr Geheimnis ergründen. Sie verbarg etwas vor ihm, vielleicht auch vor sich selbst, und anscheinend hing das mit Birdie und ihrer Familie zusammen.

Knarrend schwang die Holztür auf. Er hakte sie außen fest, um das Licht der einsetzenden Dämmerung hereinzulassen. Mit einer Stableuchte hätte er die Eule erschreckt, und er wollte nur nachsehen, ob sie noch hier war. Und da entdeckte er schon das erste Gewölle auf dem Boden. Er bückte sich und zerbröckelte das gräuliche Gebilde zwischen den Fingern: Mäuseknochen und Fellreste. Ein leises Rascheln ließ ihn aufblicken, und da sah er sie. Ganz oben unter dem löchrigen Scheunendach hockte eine Schleiereule auf einem Balken und beobachtete ihn.

»Na, meine Schöne, geht es dir gut?« Er ließ die Reste der Eulenmahlzeit auf den Boden fallen und sammelte zwei weitere Gewölle ein, die er in eine Tüte steckte, um sie mit den anderen ins Labor zu schicken.

Die Eule gab einen zarten Laut von sich. Jake schaute nach oben und bewunderte wie jedes Mal die Schönheit des eher kleinen Vogels, dessen weißes Gesicht ihm etwas Sanftes, beinahe Feenhaftes verlieh. Ihr Nest befand sich versteckt hinter einem herabgebrochenen Balken und einigen Schieferplatten.

Jake lauschte, konnte jedoch keine fiependen Geräusche hören. Die Küken würden sicher bald schlüpfen.

»Keine Sorge, wir werden deine Kinder beschützen«, sagte er und lächelte, als die Eule ihm mit großen dunklen Augen zuzuzwinkern schien.

Mit bedächtigen Bewegungen verließ er die Scheune und sah sich kurz auf dem Hof um, doch der Regen hatte die meisten Spuren vernichtet. Die Abdrücke großer Stiefel waren noch zu erkennen. Schleiereulen standen seit Jahren unter besonderer Beobachtung und wurden durch den *Wildlife and Countryside Act* geschützt. Einem aktiven Nest durfte man nicht zu nahe kommen, geschweige denn Eier entnehmen. Es war sogar verboten, Renovierungsarbeiten an einem Gebäude auszuführen, wenn das den Brutvorgang störte.

Jake stieg in seinen Wagen und griff zum Telefon. Falls es Interessenten für die alte Farm gab, würden diese sich noch ein wenig mit einem eventuellen Umbau gedulden müssen, dafür würde er Sorge tragen.

»Alun? Ich bin's noch mal. Bin gerade bei Henlleys alter Farm. Die Schleiereule nistet noch, und ich habe Reifenspuren gefunden. Kann sein, dass es einen Käufer gibt. Keine Ahnung, ich wollte es dir nur sagen, damit du den Makler informieren kannst.«

»Danke, Jake. Ich kümmere mich drum. Ich freue mich schon darauf, Benji und Shannon zu sehen. Bis bald!«

»Ich auch, mach's gut!« Jake schaltete das Telefon aus und ließ den Motor an. Er musste wenden und genau den richtigen Winkel zum Hinunterfahren der steilen Ausfahrt finden, um nicht gegen die hoch aufgemauerten Steinwände zu schrammen. Mit landwirtschaftlichen Fahrzeugen hier hindurchzumüssen war sicher kein Vergnügen gewesen. Andererseits gewöhnte sich der Mensch an alles. Ob das gut oder schlecht war, ließ sich kaum beantworten. Eher schlecht, dachte Jake, denn es ließ die Menschen Dinge, die definitiv falsch waren, nach einem genügend langen Gewöhnungsprozess akzeptieren. Aber es brachte wenig, über die menschliche Natur nachzugrübeln. Er würde tun, was er für richtig hielt, und dazu gehörte, Robs Mörder zu finden.

Jake beschleunigte den schweren Wagen und kam nach wenigen Minuten Fahrt über einen einspurigen Feldweg an der Zufahrt von Lewis Gwilts Motocrossplatz an. Über einem schief in den Angeln hängenden Tor war ein großes Schild mit der Aufschrift »Motocross Fun Park« angebracht. Das überschaubare Gelände grenzte auf der gegenüberliegenden Seite an die Ausläufer des Moel-ddu, im Westen lag der gleichnamige See. Östlich befand sich ein eher heruntergekommenes Hotel, dessen Besitzer den Gwilts einen Teil seines Landes verkauft hatte. Welcher Hotelbesitzer freute sich schon über die unmittelbare Nachbarschaft zu knatternden Motorrädern? Wahrscheinlich war Geldnot der Grund für den Landverkauf gewesen.

Kurz nach seiner Ankunft hier hatte Jake Boswick gefragt, wie es überhaupt zur Genehmigung dieses Motorparks gekommen war. Geben und Nehmen, war Boswicks lakonische Antwort gewesen. Ein Naturpark sei kein Museum, in dem die Menschen, die hier lebten, kaum mehr als Luft holen dürften. Die jungen Leute hätten ein Recht auf Vergnügen, und wenn sich die Crossfahrer auf das Gelände beschränkten, sei das immer noch besser, als wenn sie sich in den Bergen austobten. Seufzend fuhr Jake an einer mit Teerpappe gedeckten Hütte vorbei, die als Kassenhäuschen diente, und parkte neben einem Kombi mit Anhänger.

Eine bunte Lichterkette war rings um die Hütte gehängt worden, und die Leuchtreklame einer Biermarke blinkte in unregelmäßigen Abständen grün und gelb auf. Mehrere roh gezimmerte Holztische und -bänke befanden sich neben drei bemerkenswert hohen Stapeln aus Bierkästen. Zwei Bikes standen vor der ausgefahrenen Spur des Trainingsgeländes, von dem Motorengeräusche herüberdrangen.

Während Jake diese Details aufnahm, wurde er von zwei Männern beobachtet, die rauchend an einem Tisch mit einer brennenden Petroleumlampe saßen. Bierflaschen und halb leere Fish-&-Chips-Portionen in Zeitungspapier verströmten einen penetranten Geruch, der sich mit den Ausdünstungen der Motoren mischte.

»Guten Abend, Lewis! Gemütlich habt ihr's hier«, sagte Jake betont freundlich.

Lewis Gwilt streckte die Beine aus, die in engen Lederhosen und Bikerstiefeln steckten. Seine stämmige Figur und der breite Nacken rührten von jahrelangem Bodybuilding her. Er hatte kurze rötliche Haare und ein mit Sommersprossen übersätes Gesicht, das von einer breiten Nase und hellgrünen Augen dominiert wurde. Lewis hob seine Bierflasche an. »Auch eins, Jake, oder bist du im Dienst?«

Jetzt schien auch Leben in den anderen jungen Mann zu kommen, der regungslos neben Lewis verharrt hatte. Das Durchschnittsgesicht gehörte Toby Gray, den Jake nur wenige Male, und dann meist vor dem Geschäft in Portmeirion gesehen hatte, wo er seine Frau abholte. »Wieso Dienst? Ist der Kerl jetzt Polizist?«

Lewis verzog abschätzig die vollen Lippen. »Wäre er vielleicht gern, aber unser Jake hier ist nur ein kleiner Ranger, der sich wichtig macht. Nicht wahr, Jakyboy?«

Toby sank in den Schatten zurück und zog an seiner Zigarette.

»Na, was hast du denn auf dem Herzen, Jaky? Möchtest du eine Runde auf unserem Platz drehen? Ich verleihe auch Maschinen.« Lewis stützte die Ellenbogen auf den Tisch und musterte Jake spöttisch, doch der Unterton war durchaus bedrohlich. »Oder hast du einen neuen Paragraphen ausgegraben, mit dem du uns das Leben schwermachen willst? Das Leben kann kurz sein, Jaky, auch für einen Ranger.«

Da Jake mehrfach mit Lewis zusammengestoßen war und er von Alun wusste, dass Lewis vorbestraft und einschlägig für seine Brutalität bekannt war, überraschte ihn die feindselige Begrüßung nicht. Robs Tod war inzwischen Stadtgespräch, und Lewis war schlichtweg ein Mistkerl.

»Du musst mir nicht ständig beweisen, dass du ein Drecksack bist, Lewis. Das weiß ich inzwischen«, entfuhr es Jake gegen seinen Willen, aber der Kerl machte es ihm unmöglich, sich zu beherrschen.

»Ach ja? Du weißt gar nichts über mich. Gerade jetzt stehst du auf meinem Grund und Boden. Sag, was du zu sagen hast, und dann verschwinde!« Lewis knallte die Bierflasche auf den Tisch.

Was sollte er diese Kerle fragen? Ob sie tatsächlich an jenem Morgen am Crib Goch gewesen waren? Er war ein Narr gewesen, überhaupt herzukommen. »Man hat euch in den Dinorwig-Minen gesehen. Was wolltet ihr dort?«

Unsicher sah Toby seinen Freund an. Der stieß sich vom Tisch ab und stand auf. Lewis Gwilt verfügte über beeindruckende Muskelpakete, doch er bewegte sich langsam. »Was wir dort wollten? Das geht dich einen feuchten Dreck an. Deine Zeit ist um, scher dich von meinem Gelände!«

Ein Motorrad kam vom Parcours gefahren und rollte neben die Tische. Der Fahrer nahm den schwarzen Helm vom Kopf und strich sich lange, dunkle Strähnen aus der Stirn. »Hoher Besuch, was, Lewis? Ich sehe, du bist hier genauso gern gesehen wie bei uns, Jake.« Sean Craddock lachte, und die beiden anderen grinsten.

»Hallo, Sean. Ich mache nur meine Arbeit. Wenn ich dabei Leuten auf die Füße trete, ist das bedauerlich, aber unvermeidbar. Und«, Jake lächelte, »es macht mir nichts aus.«

Sean stieg von seiner rot-schwarzen Crossmaschine und lehnte sich lässig gegen das teure Bike. Er strahlte die angeborene Selbstsicherheit von jemandem aus, für den alle Probleme mit Geld lösbar waren und der niemals für etwas hatte kämpfen müssen. »Nein, du bist wie ein kleiner Terrier, der gern Leuten in die Hacken beißt. Aber verschätz dich nicht. Wenn du mal in eine Wade beißt, die zu groß für dich ist, könntest du dich verschlucken.«

Laut stieß Jake die Luft aus. »Das ist schon die dritte versteckte Drohung, die ich heute zu hören bekomme. Das sagt mir doch, dass ich irgendetwas richtig mache.«

Toby meldete sich zu Wort: »Ist der bescheuert oder wie? Typ, zieh ab!«

»Er hat mich einen Drecksack genannt.« Lewis machte einen Schritt auf Jake zu, wurde jedoch von Sean zurückgepfiffen.

»Lass mal gut sein, Lewis. Unser Ranger reagiert etwas über, weil einer seiner Kollegen tödlich verunglückt ist. Nicht wahr, Jake, so ist es doch?« Sean musterte ihn mit arrogant gehobenen Brauen.

»Deine sauberen Freunde waren in den Schieferminen von Dinorwig, Sean. Wenn ich auch nur einen Beweis dafür finden kann, dass sie die Bergdohlennester leer geräumt haben, sind sie dran!« Jake sah ein, dass er hier so nicht weiterkam, aber er hatte das Gefühl, dass er auf der richtigen Spur war. Sie hatten ihn bedroht, obwohl es eigentlich keinen Grund dafür gab, es sei denn, sie hatten etwas zu verbergen.

Sean lachte. »Die Vöglein sind es, die ihm schlaflose Nächte bereiten! Da können wir dich beruhigen, von uns klettert keiner auf Bäume und sammelt Eier. Das ist was für durchgeknallte Deppen wie diesen Gonshaw!«

Lewis und Toby fielen in Seans Lachen ein.

»Für wie viele Monate wandert er diesmal in den Bau? Sechs

Monate, weil sie ihn mit siebenhundert Eiern erwischt haben!«, ätzte Lewis.

»Ein halbes Jahr Bau für ein paar geklaute Eier … Mann, die Richter sollen sich mal um wirklich wichtige Sachen kümmern«, fügte Toby hinzu, der sich zunehmend sicherer zu fühlen schien.

»Außerdem lässt so einer das eh nicht. Sobald er draußen ist, macht er sich wieder auf die Suche«, sagte Lewis. »Das ist wie eine Sucht.«

»Sprichst du aus Erfahrung, Lewis? Hat dein Vater nicht auch früher Eier gesammelt?«, bohrte Jake, der das von Alun wusste.

Gonshaws Festnahme gehörte zu den wichtigsten der letzten Jahre, denn der Mann war unbelehrbar und hatte die Nester beinahe jeder vom Aussterben bedrohten Vogelart in Großbritannien ausgeraubt, unter anderem die der seltenen Steinadler in Schottland.

Lewis spuckte vor ihm auf den Boden. »Das war, bevor das Gesetz geändert wurde. Uns kannst du gar nichts. Vielleicht sollten wir dir mal erklären, wie man hier mit Zugereisten umgeht, die sich in Dinge einmischen, von denen sie keine Ahnung haben.«

»Jake, er hat irgendwo recht. Das hier ist unser Land. Kümmer dich um die Touristen und reparier die Zäune. Dafür wirst du bezahlt. Alles andere regeln die Leute hier unter sich. Du bist doch ein schlauer Bursche. Das kapierst du doch, oder?« Sean klang jovial, doch so eindringlich, dass Jake es für angezeigt hielt, es für heute dabei zu belassen.

»Ich wünsche den Herren noch einen schönen Abend. Bis demnächst!« Mit erhobenem Kinn ging Jake zu seinem Wagen und spürte die Blicke der Männer noch, als er schon längst auf der Straße war.

19

Chester, Nordwestengland

Ich weiß, wo Bruera liegt, Trish!« Cait hielt vor einer Ampel und stellte den Lautsprecher der Telefonanlage lauter.

»Aber das Haus ist ziemlich versteckt, und Mrs Millard hat nur noch eine gute Stunde Zeit. Schaffst du das?« Amber Bells Sekretärin klang nervös, aber das war sie immer, wenn es um einen wichtigen Auftrag ging.

Und weil alle Aufträge wichtig waren, wirkte Trish eigentlich ständig wie ein aufgescheuchtes Huhn. Aber sie machte ihre Sache gut, recherchierte genau und konnte sich in die verschiedenartigen Kundenseelen hineinversetzen. Wo es Cait an Geduld mangelte, lief Trish zur Hochform auf und bügelte leicht echauffierte Kundengemüter glatt.

»Ja ja, ich bin schon auf der Höhe von Wrexham. Wenn nicht all diese Baustellen wären …«, murrte Cait und drückte aufs Gas, als die Ampel endlich umschaltete.

»Ah, Wrexham, sehr gut! Du fährst bis Aldford, biegst dann ab nach Bruera und vor dem Ortsschild nach rechts. Da gibt es kein Schild, nur ein weiß angestrichenes Fass«, erklärte Trish.

»Ein was?«

»Ein altes Fass! Auch im Dunkeln nicht zu übersehen. Fahr langsam, dann siehst du es. Danach bleibst du auf dem Feldweg, rechts und links sind Gräben, altes Moorland.«

Cait kicherte. »Das passt irgendwie, Körperteile, die im Moor versenkt werden …« Soweit sie sich erinnerte, war Mrs

Millard die Epithetikerin, die künstliche Gesichtsteile herstellte.

»Die Frau ist ein wenig skurril, aber sehr nett, auch wenn Amber was anderes sagt. Sie mag es eben klar und übersichtlich. Die Stoffmuster und Tapetenkataloge liegen dort, auch ein Möbelkatalog von deiner italienischen Lieblingsfirma. Mrs Millard hat darauf bestanden, dass ihr jemand vor Ort das Konzept erklärt, und Amber hat gesagt, wenn du nicht kommst ...«

»Ja, ich weiß, das hast du mir schon gesagt. Ich bin auf dem Weg, oder nicht? Bevor ich morgen zurückfahre, schaue ich bei euch im Laden vorbei. So, ich bin gleich in Aldford.«

»Wie geht es eigentlich deiner Tante?«

Immerhin fragte sie. »Nicht besonders. Ich durfte sie heute nicht besuchen, weil sie keinerlei Aufregung verträgt.«

»Tut mir leid. Bis morgen, Cait!«

Als Cait über die schmale Zufahrt auf das Haus der Millards zusteuerte, wurde sie von vollkommener Dunkelheit umhüllt, und hundert verschiedene Gedanken gingen ihr durch den Kopf. Birdies Erzählung verfolgte sie bereits in ihren Träumen, und dass sie heute mit Jake auf dem Berg gewesen war, machte alles noch komplizierter. Natürlich könnte sie einfach jeden Kontakt mit ihm abbrechen, doch sie genoss es, mit ihm zusammen zu sein. Je mehr er von sich preisgab, desto anziehender fand sie ihn. Sie mochte seine kämpferische Art, sein Temperament, aber sie spürte auch, dass er mehr wollte als nur eine Affäre, und wenn sie sich auf ihn einließ, musste sie dafür bereit sein. So, wie es jetzt stand, war sie es nicht.

Auf den steinernen Pfosten des Tores zum Millard'schen Anwesen brannten Lampen, die an halbierte Pilze erinnerten. Originell, dachte Cait und parkte neben einem Kombi. Als sie ausstieg, schlugen im Haus mehrere Hunde an. Eine Epithetikerin mit einem Faible für Hunde und sachlichen Einrichtungsstil, das konnte interessant werden. Die Haustür des einstöckigen Steinhauses, das mehr als zweihundert Jahre den Elementen getrotzt haben dürfte, wurde aufgestoßen, und zwei cremefarbene Retriever stürmten auf Cait zu.

»Jacko, Fin, zurück!«, rief eine energische Frauenstimme, und die Hunde sprangen an ihr vorbei, drehten um und stürmten wieder zum Haus.

»Hallo, Mrs Millard? Ich bin Ihre Inneneinrichterin, Cait Turner.« Cait streckte einer großen kräftigen Frau die Hand zur Begrüßung entgegen.

Mrs Millard hatte ein entwaffnend warmes Lächeln, drückte ihre Hand und sah sie hinter einer runden Brille aus intelligenten Augen an. »Mrs Turner, ich wollte Sie nicht so spät noch hier herausbitten, aber anscheinend war es anders nicht möglich, und mein Mann und ich fahren übermorgen nach Schottland.« Sie tätschelte die Hunde, die sie schwanzwedelnd umtänzelten.

»Bitte, kommen Sie herein. Ich hoffe, die Hunde stören Sie nicht.«

»Gar nicht.« Cait strich über weiches Fell und wurde von einer kalten Hundenase zart angestupst. »Ich bin mit Hunden aufgewachsen, und würde ich nicht in der Stadt leben, hätte ich sicher auch einen.«

»Gut, das ist gut. Ja, wir schaffen den Spagat zwischen Arbeit und Landleben auch nur mit Mühe, aber irgendwie ist es möglich.« Mrs Millard strahlte und wirkte trotz kurzer grau melierter Haare extrem jugendlich und vital. Ihre schlaksige Figur wurde von einer knielangen, hellen Strickjacke und einer Tweedhose umspielt.

Das Haus war hell erleuchtet, und es war offensichtlich, dass die Millards gerade erst eingezogen waren. Es roch nach frischer Farbe, und nur wenige Möbelstücke standen in Flur und Wohnzimmer. Eine große Glasvitrine in einer Ecke zog Caits Blicke an. »Darf ich?«

»Bitte, aber erschrecken Sie nicht.«

Als Cait näher trat, verstand sie die Warnung, denn sie wurde mit Glasaugen in verschiedenen Farben und künstlichen Ohren, Nasen und Händen konfrontiert. »Oh, ist das eine Kinderhand?«

Mrs Millard trat neben Cait. »Die habe ich für ein kleines Mädchen von zehn Jahren angefertigt. Sie wollte keine Prothese, nur eine Hand, die echt aussieht. Das hier sind die Modelle, manches Prototypen. Mein Mann und ich haben ein neues Verfahren entwickelt, aber ich will Sie nicht aufhalten.«

»Äh, ja. Also man hat mir gesagt, dass Sie das Haus in Bridge Street gesehen haben.« Cait entdeckte die Kataloge und Stoffmuster auf einem Tisch.

Mrs Millard rieb sich die schlanken Hände und trat in die Raummitte. »Richtig. Deshalb habe ich mich an Mrs Bells Studio gewandt und war, ehrlich gesagt, enttäuscht.«

»Wir vertreten zwei Linien, vielleicht müssten wir das auf unserer Website deutlicher machen. Jedenfalls stehe ich für die Bridge-Street-Linie, wenn Sie so wollen, und Mrs Bell für die ausgefallenen, flamboyanten Entwürfe. Was schwebt Ihnen denn vor? Fangen wir doch einfach mit diesem Raum an. Welche Farben bevorzugen Sie, welche Materialien?«

Es zeigte sich, dass Mrs Millard sehr genaue Vorstellungen von der Gesamtfarbigkeit, aber nicht von der Aufteilung hatte. Cait kannte das Problem, denn nur die wenigsten wussten, wie man einem Raum neue Proportionen verleihen konnte. Sie machte verschiedene Vorschläge und bekam ein Gespür für Mrs Millards Vorlieben. Nach einer Stunde kristallisierte sich für Cait ein Konzept heraus, das sie ausarbeiten konnte. »Wie lange sind Sie in Schottland?«

»Eine Woche. Mein Mann ist passionierter Jäger. Ich entspanne mich beim Wandern, denn in der Morgendämmerung auf einem Hochsitz zu frieren ist nicht meine Vorstellung von

Urlaub.« Mrs Millard deutete auf den kahlen Wohnraum. »Ich möchte mich hier wohlfühlen, aber nicht von Plüsch und Jagdtrophäen erschlagen werden.«

»Ungefähr weiß ich jetzt, was Ihnen vorschwebt, und könnte Ihnen Computersimulationen von möglichen Interieurs schicken«, schlug Cait vor, die wusste, dass die Kunden sich unter einem dreidimensionalen Entwurf mehr vorstellen konnten als unter aneinandergehefteten Stoff- und Farbmustern.

»Das klingt großartig. Sehr schön. Und dieses schwarz-rote Samtsofa aus der Mailänder Serie hätte ich auf jeden Fall gern dabei. Bei den Accessoires lasse ich Ihrer Kreativität freie Hand.« Mrs Millard begleitete sie zur Tür.

»Obwohl Ihre Vitrine in jedem Fall den Vogel abschießt«, meinte Cait lapidar.

Mrs Millard lachte. »Das stimmt, aber meine Kunst wird vom Leben bestimmt. Da mitzuhalten ist schwer.«

Bevor Cait in die Nacht hinaustrat, sagte sie: »Haben Sie viele Gemälde, die integriert werden müssen, oder wären Sie auch offen für Fotografien?«

Mrs Millard machte eine Geste gespielter Verzweiflung. »Es gibt ein paar Ölschinken, Erbstücke, an denen mein Mann hängt, aber ich hoffe, dass ich sie in diesem Haus endlich aus dem Wohnzimmer verbannen kann. Am besten wäre es natürlich, wenn Ihre Vorschläge auch meinem Mann gefallen.« Im Haus klingelte das Telefon. »Bis bald und vielen Dank für Ihre Mühe, Mrs Turner.«

Cait verließ das Grundstück mit einem guten Gefühl, denn in ihrer Phantasie formten sich bereits Dekorationsideen für das Millard'sche Landhaus. Erst als sie durch die pechschwarze Nacht fuhr, wurde ihr bewusst, an welche Fotografien sie mit ihrem Vorschlag gedacht hatte.

»Welch Glanz in unseren tristen Hallen!« Amber Bell begrüßte Cait mit einem kühlen Lächeln. »Ich hatte schon kaum noch damit gerechnet, Sie wiederzusehen, Cait.«

Amber Bell sah wie immer makellos aus. Dunkle Locken fielen auf ein auberginefarbenes Kleid, und üppiger Goldschmuck schmückte Arme und Dekolleté. Die disziplinierte Amber hielt ihre jugendliche Figur durch regelmäßiges Training und den Verzicht auf süße Kalorienbomben. Eine Sünde, der Trish nicht widerstehen konnte.

Die Sekretärin war quirlig, rundlich und stets darauf bedacht, alle bei Laune zu halten. »Oh, Cait, wie schön, dass es gestern geklappt hat! Wie seid ihr verblieben?«

»Mrs Millard und ihr Mann sind für eine Woche in Schottland, und ich arbeite Entwürfe am Computer aus. Wir haben einen gemeinsamen Nenner gefunden.« Cait richtete ihre Worte mehr an ihre Chefin als an Trish, die jedoch erleichtert schien und an ihren Schreibtisch ging.

»Einen gemeinsamen Nenner? Der Auftrag bleibt also bei uns?«, wollte Amber wissen.

»Aber ja. Sie hat das Haus in der Bridge Street gesehen …«, begann Cait.

»Ich weiß.« Geduld war nicht Ambers Stärke.

»Nun, sie war nicht direkt enttäuscht, als sie in das Geschäft kam …«

»Wie bitte?« Amber strich über einen seidigen Gobelin.

Trish schaute alarmiert hinter ihrem Bildschirm hervor.

»Wenn Sie mich ausreden lassen würden, könnte ich es erklären.« Cait legte ihre Idee mit der Website dar, auf der ihre Linie einen eigenen Platz erhalten sollte.

Amber stand vor ihr, die Hand auf der elegant verschobenen Hüfte, und sah sie erstaunt an. »Eine interessante Idee, Cait. Aber von jemandem, der sich quasi neben mir behaupten möchte, erwarte ich mehr als das gelegentliche Vorbeischauen.

Wenn Sie Ihren Landurlaub beendet haben und sich für eine Karriere bei mir entscheiden können, reden wir darüber.«

Verärgert erwiderte Cait: »Ich wiederhole mich nur ungern, aber meine Tante ist schwer krank, sie könnte sogar sterben. Deshalb reiße ich mir zwischen Portmeirion, Bangor und hier den Hintern auf. Ich arbeite gern für Sie, aber etwas mehr Menschlichkeit würde Ihnen gut zu Gesicht stehen.«

Amber Bell verzog keine Miene, sondern drehte sich auf dem Absatz um, ging in ihr Büro und ließ die Tür lautstark hinter sich ins Schloss fallen.

Schmerzhaft verzog Trish das Gesicht und sagte leise: »Ich kann dich verstehen, Cait, aber das könnte ins Auge gehen. Kritikfähigkeit gehört nicht zu ihren Stärken.«

Cait hob die Schultern. »Es steht mir einfach bis hier. Birdie ist alles, was ich noch habe. Sie ist mir wichtiger als mein Job. Ich schäme mich nur, dass ich mich nicht früher mehr um sie gekümmert habe. Weißt du, eine neue Arbeit finde ich, aber wer schenkt mir die Zeit, die ich mit Birdie hätte verbringen können?«

Die Sekretärin zog ein Taschentuch aus einer Schublade und tupfte sich die Augen. »Da kommen mir glatt die Tränen. Na los, nimm mit, was du brauchst, und ich glätte das Gefieder unserer Pfauenkönigin schon wieder. Aber beeil dich mit den Entwürfen, dann sieht sie, dass du es ernst meinst.«

Jemand klopfte an die Tür.

»Hi Trish, hi Cait!« Ein junger Mann mit wilden braunen Locken kam mit einem Zollstock und einer Hand voll Stoffmuster herein. »Hier stimmt was nicht!« Zum Unternehmen gehörten verschiedene Handwerksbetriebe, darunter eine Polsterei, die auf Abruf einsatzbereit war.

»Hallo, Danny!« Cait ging zu ihrem Arbeitsplatz, der sich abgeschirmt hinter einem japanischen Paravent befand. Falls Amber sich zu einer Art Partnerschaft durchringen konnte, würde sie auf einem eigenen Büro bestehen. Platz genug war in dem alten Stadthaus.

Das gesamte Haus war ein einziges Ausstellungsstück, jeder Raum liebevoll in einem anderen Stil gehalten, und viele ausgesuchte Einzelstücke machten den Reiz der ständig wechselnden Ausstellung aus. Cait liebte das Haus, hatte sich hier von Anfang an wohlgefühlt und hoffte, dass sie und Amber zu einer Einigung kommen würden. Doch sie war keine Praktikantin mehr, zog inzwischen eigene Kunden an, und etwas mehr Anerkennung und vielleicht auch eine Gehaltserhöhung waren überfällig. Wie besessen recherchierte sie die Möbelfirmen, die für Mrs Millard infrage kamen, verglich Farben, Materialien und Preise und fügte, was sie für stimmig hielt, in ihre virtuellen Beispielräume. Kurz vor Mittag stieß sie noch auf eine futuristische Truhe aus Glas, Kupfer und Nussbaum und wusste, dass Mrs Millard sich darin verlieben würde.

»Perfekt!« Cait drückte auf die Speicher-Taste und zog den USB-Stick ab.

»Kann ich es sehen?«, fragte Trish, die mit Danny Stoffe ausmaß.

»Sobald ich die letzten Details eingefügt habe, Bilder und Vorhänge. Unterwegs fällt mir sicher noch etwas ein. Trish, ich muss los. Ich melde mich heute Abend, versprochen!« Cait packte den Stapel Kataloge, in denen sie noch stöbern wollte, und legte sie auf den Tisch.

Trish kam zu ihr, umarmte sie herzlich und drückte ihr einen Kuss auf die Wange. »Mach's gut, Süße. Grüß deine Tante unbekannterweise von mir. Schrecklich, nie findet sich Zeit, ich wollte dich schon immer mal in Snowdonia besuchen. Aber das mache ich noch, ganz bald!«

Cait lächelte. »Das wäre schön. Okay, Danny, grüß deinen Vater und lass ihn nicht die schweren Sofas tragen!«

Danny Farley klopfte mit dem Zollstock auf den Boden.

»Dem alten Sturkopf kannst du nichts verbieten. Der gibt erst ab, wenn die Bandscheiben gar nicht mehr wollen … Bis bald, Cait!«

Die Zusammenarbeit mit Dannys Familienbetrieb hatte sich bewährt, und Cait mochte die Farleys, genau wie sie Trish mochte, und auch Amber hatte ihre liebenswerten Seiten. Schwer beladen ging sie zu ihrem Wagen und setzte sich seufzend hinter das Lenkrad. Sie wollte ihre Arbeit auf keinen Fall verlieren, aber sie war auch ein Mensch mit einem Privatleben. Es regnete Bindfäden. Cait stellte die Scheibenwischer an und verließ die Seitenstraße. Dabei durfte sie Amber im Grunde keinen Vorwurf machen, denn bisher hatte sie ihr Privatleben immer hintangestellt. Es war ihr nie wichtig gewesen.

»Damit ist jetzt Schluss!«, sagte Cait laut und stellte das Radio an.

Ausgerechnet *Blackmore's Night* sangen einen ihrer sentimentalen Mittelaltersongs. Doch sie wechselte nicht den Sender, sondern summte die Melodie mit.

Der Regen wurde stärker, je näher sie Bangor kam, und einige Straßen waren bereits überflutet. »Das ist wohl der verregnetste Sommer, an den ich mich erinnern kann …«

Sie hatte Mühe, die Straße unter den prasselnden Wassermassen zu erkennen, und war erleichtert, als sie nach der doppelten Fahrtzeit endlich auf den Krankenhausparkplatz fuhr. Hoffentlich hatte die Nachbarin sich um die arme Penelope gekümmert. In ihrer Not hatte sich Cait an die Nachbarin gegenüber wenden müssen, eine ältere Dame, die nicht direkt mit Birdie befreundet, doch zumindest bekannt war. Aber was hatte sie für Alternativen? Immer noch besser, die Katze blieb in ihrer gewohnten Umgebung, als dass sie in einer Box im Wagen wartete.

Bevor sie zu Birdie hineinging, wählte sie die Nummer des Geschäfts in Portmeirion. »Phoebe? Ich bin so froh, dich zu hören! Was ist hier los? Das ist ja fast die zweite Sintflut!«

Die Verbindung war nicht gut, und Phoebe musste laut sprechen, damit Cait sie verstand. »Geht so. Das Wetter ist fürchterlich! Sie haben Überflutungen angekündigt. Der Dee ist schon über die Ufer getreten. In Swansea Bay sieht es übel aus, da haben sie seit zwei Tagen zehn Zentimeter Regen pro Minute. Meine Mutter sagt, das wird wahrscheinlich so heftig wie 1993, und das war eine Katastrophe!«

In jenem Jahr waren viele Dörfer in Wales vollständig überschwemmt und für Tage von der Außenwelt abgeschlossen, Straßen und Brücken gesperrt und beschädigt gewesen.

»Um Himmels willen, bitte nicht! Aber bei uns geht es noch?«

»Ja. Hier fließt alles ab, an den Flüssen ist es ärger. Der Conwy macht Probleme, und einige Caravanparks sind betroffen. Hier sind die Straßen noch frei. Du solltest aber nicht so spät runterfahren. Man weiß nie, was sie noch sperren. Ich werde den Laden auch früher schließen. Bei dem Sauwetter kommt sowieso kein Tourist!« Phoebe lachte, doch es klang nicht fröhlich.

»Ist Lexi da?«, wollte Cait wissen.

»Die kannst du völlig vergessen. Sie ist ja immer eine launische Ziege, aber heute ist sie ungenießbar. Na ja, kein Wunder bei dem Ehemann. Er hat sie heute hergebracht, und sie haben sich noch gezankt, als er schon wegfuhr. Da fällt mir ein, dass du auch Besuch hattest, sehr attraktiven sogar …«

Cait schluckte. »Jake?«

»Ah, verstehe, nein, der war es nicht. Sean Craddock war hier und hat nach dir gefragt.«

»Tatsächlich? Was wollte er?« Sie hätte sich mit ihm verabreden können, ohne dass es verfänglich gewesen wäre.

»Ehrlich, Cait, na, was kann er wollen, sich mit dir treffen? Du hast echt Glück, gleich zwei tolle Männer sind hinter dir her.«

Dass sie einen gern an Phoebe abtreten würde, konnte sie schlecht sagen. »Und beide sind nicht mein Fall. Ich stecke bis über beide Ohren in Arbeit, und dann die Sache mit Birdie, nein, Phoebe, keine Abenteuer.«

»Glaube ich dir nicht. Zumindest unser Jake scheint es dir angetan zu haben, da kannst du sagen, was du willst. Das spüre ich in meinem kleinen Finger.« Sie lachte.

»Was du für merkwürdige Finger hast …«

»Ich habe das zweite Gesicht. Hat Birdie dir das nicht erzählt?«

Eine Gänsehaut kroch in Caits Nacken. »Nein. Bitte verschon mich mit solchen übersinnlichen Geschichten.«

»Glaubst du auch nicht an Engel?«

Nicht so eine Diskussion! »Nein! Ich glaube an gar nichts, nicht nach dem, was ich erlebt habe. Lass es einfach, Phoebe. Okay?« Sie betonte die letzten Worte, und Phoebe schien zu verstehen.

»Kein Problem. Jedem das Seine. Mann, das schüttet jetzt, dass du meinst, da hängt ein Vorhang vor der Treppe! Vielleicht solltest du heute Nacht sogar in Bangor bleiben, Cait.«

»Nein, das geht nicht. Penny, Birdies Katze, vermisst mich sicher schon. In ihrem Alter kann Stress verheerend sein. Ich schaffe das schon. Danke, dass du dich um den Laden kümmerst. Ohne dich wäre ich aufgeschmissen, Phoebe!«

»Mache ich gern. Grüß Birdie ganz herzlich von mir!«

Phoebe war ein echter Glücksfall. Dankbar beendete Cait das Gespräch und wollte das Telefon in ihre Tasche stecken, als es klingelte. Ob Phoebe etwas vergessen hatte? Leicht genervt meldete sie sich.

»Ja?«

»Hi Cait. Störe ich?« Es war Jake, und es tat gut, seine ruhige Stimme zu hören.

»Nein. Tut mir leid, ich bin gerade aus Chester gekommen

und stehe noch auf dem Parkplatz vor dem Krankenhaus. Der Regen hat mich eine Stunde gekostet. Was ist nur los? Hat der Himmel alle Schleusen auf einmal geöffnet?«

»Könnte man meinen. Fahr bloß vorsichtig. Die A55 ist gerade gesperrt worden, und in Beddgelert hat der Fluss bereits eine Straßenseite überspült.«

»Ach du liebe Zeit. Komme ich denn überhaupt noch durch bis Minffordd?« An die Nebenstraßen war nicht zu denken, denn dort festzustecken bedeutete stundenlangen Fußmarsch bis zum nächsten Haus.

»Mach dich bald auf den Weg, dann solltest du es schaffen. Du könntest in Beddgelert Station machen und mit mir essen. Was hältst du davon? Dann erzähle ich dir von meinem unerfreulichen Zusammenstoß mit Lewis Gwilt und Konsorten.«

Sie überlegte. »Ich kann nicht genau sagen, wann ich es schaffe. Jetzt möchte ich erst einmal mit Birdie sprechen.«

»Ruf mich an, wenn du losfährst, und nimm die A5.«

Dass sich jemand um ihre Sicherheit sorgte, war neu und ein schönes Gefühl. »Gut, bis später.«

Als sie die Autotür aufstieß, peitschte ihr eine Sturmbö entgegen, und der Regen wischte ihr das verträumte Lächeln aus dem Gesicht. Schnell rannte sie über den Parkplatz und schüttelte in der Eingangshalle die Nässe aus ihren Kleidern, bevor sie auf die Station ging.

20

Bangor, Snowdonia, Wales

Sie hatte noch nicht angerufen, denn sie wäre gekommen, ganz gleich, was man ihr geraten hätte. Schwester Linas Miene verhieß nichts Gutes, als sie auf die Anmeldung zuging.

»Mrs Turner, hallo! Ich würde Ihnen gern etwas anderes sagen, aber Ihrer Tante geht es nicht gut.«

Caits Magen schnürte sich zusammen, und sie holte tief Luft. »Was genau bedeutet das? Kann ich sie sehen?«

Die Schwester kam um den Tresen herum und legte ihr die Hand auf die Schulter – eine Geste des Trostes, die wenig Hoffnung machte. »Ja, aber sie ist sehr schwach. Eine der Wunden an den Beinen, wo die Venenstücke entnommen wurden, hat sich entzündet.«

Cait traten die Tränen in die Augen. »Oh nein, arme Birdie. Sie wird doch wieder gesund, nicht wahr?«

»Aber ja!« Lina legte alle Überzeugungskraft in diese beiden Worte. »Ich hole gleich den Arzt, wollte Sie aber vorbereiten, weil Ihre Tante nicht so gut aussieht wie bei Ihrem letzten Besuch.«

Schluchzend nickte Cait.

»Im Grunde hat Ihre Tante Glück, denn es ist viel schlimmer, wenn sich das Brustbein …«

»Ah, Schwester Lina, danke, dass Sie Mrs Turner empfangen haben.« Doktor Green kam mit wehendem Arztkittel auf sie zu und schüttelte Cait die Hand.

»Bitte, gehen wir doch einen Moment in den Aufenthaltsraum.« Er lotste Cait durch die Glastür in den Warteraum und setzte sich ihr gegenüber in einen Sessel. »Machen Sie sich keine Sorgen. Wir haben alles unter Kontrolle. Schwester Lina hat von der Infektion im Bein berichtet?«

Cait nickte stumm.

»Das passiert immer wieder nach diesen Operationen und ist kein Grund zur Besorgnis. Der Patient ist geschwächt, das Immunsystem heruntergefahren, und die Keime durchdringen die Barriere, aber Ihre Tante spricht sehr gut auf die Behandlung an. In ein paar Tagen ist das vergessen.« Er sah sie eindringlich an. »Bitte nicht weinen, Mrs Turner, dafür besteht kein Anlass, außer, Sie finden das Wetter genauso furchtbar wie ich.«

Sie brachte ein Lächeln zustande und wischte sich über die Wangen. »Gut, nein, das ist es nicht, ich verstehe, was Sie mir sagen wollen. Danke, Doktor Green. Aber was meinte Schwester Lina mit dem Brustbein?«

Der Arzt runzelte verärgert die Stirn. »Da ist die liebe Lina übers Ziel hinausgeschossen. In seltenen Fällen kommt es zu einer Infektion im Brustkorbbereich, dann wächst das Brustbein, das ja bei der Operation durchtrennt wird, nicht zusammen. Dann muss noch einmal operiert werden. Aber«, er machte eine gewichtige Pause, »das ist bei Ihrer Tante nicht der Fall!«

Am Gürtel des Arztes leuchtete sein Pager auf. Er stand auf und tätschelte Caits Hand. »Gehen Sie zu Ihrer Tante, aber bleiben Sie nicht zu lang, damit sie schlafen kann, denn Ruhe ist alles, was sie braucht.«

»Danke.«

Durch das geöffnete Fenster war der zunehmende Sturm zu hören. Äste schlugen gegen die Scheibe, und der Regen prasselte unablässig auf die Fenstersimse und das Vordach. »Na, das kann ja eine interessante Rückfahrt werden«, murmelte Cait und wählte die Nummer von Birdies Nachbarin.

»Hallo, Mrs Meredith? Hier ist Caitlin Turner.«

»Ja, wer spricht da?« Die alte Dame war etwas schwerhörig.

»Ich bin die Nichte von Mrs Bennett!«, sagte sie lauter.

»Ja ja, natürlich. Wie geht es Ihrer Tante?«

»So weit ganz gut. Sagen Sie, ist Penelope im Haus?«

»Ja, ich habe sie vorhin reingelassen und gefüttert. Mit der Katze ist alles in Ordnung.«

Erleichtert seufzte Cait auf. »Danke, Mrs Meredith. Ich bin noch in Bangor und komme erst später zurück. Würden Sie nachher noch einmal nach ihr sehen und ihr die Medizin geben?«

»Das mache ich sehr gern. Keine Sorge, ich kümmere mich um die Katze. Früher hatte ich auch mal eine, wissen Sie, aber das ist lange her. Mein Mann hatte eine Katzenhaarallergie, deshalb hatten wir später keine mehr, und nachdem er verstorben war, bin ich erst viel gereist und hatte keine Zeit für ein Haustier. Aber wenn ich das jetzt so sehe, denke ich, dass es vielleicht doch sehr schön wäre, wieder eine Katze zu haben. Wissen Sie, meine Enkelin, also ich habe drei Töchter und …«

»Äh, Mrs Meredith, ich bin noch im Krankenhaus und der Arzt will mit mir sprechen«, log Cait, die befürchtete, dass die alte Dame zu einer längeren Geschichte über ihre Familie ausholte.

»Grüßen Sie Ihre Tante und richten Sie ihr aus, dass es ihrer Katze gut geht bei mir.«

»Vielen Dank, Mrs Meredith!«

Cait stellte ihr Telefon aus. Die freundliche alte Dame abzuwürgen war nicht nett, aber sie wollte endlich zu Birdie, und der Sturm machte sie zunehmend nervös.

Obwohl Doktor Green und die Schwester sie gewarnt hatten, erschrak Cait, als sie Birdie blass, mit dunklen Ringen um die

Augen und viel zu dünn in ihrem Bett vorfand. Aus drei Flaschen tropfte es in den Infusionsschlauch, und die Haut rings um die Infusionsnadel war geschwollen und bläulich verfärbt.

»Ach, Birdie, was machst du für Sachen?« Zärtlich streichelte Cait ihr über die Hand und küsste sie auf die Stirn.

Ihre Tante schlug langsam die Augen auf und versuchte zu lächeln, doch die Lippen waren aufgesprungen und schienen zu schmerzen. Sie murmelte etwas, was Cait nicht verstand, und berührte mit den Fingern ihre Wange. Es gab nicht viel, das sie für ihre Tante tun konnte. Sie holte ein feuchtes Tuch, benetzte Birdies Lippen und rieb sie sanft mit etwas Salbe ein. Das belebte Birdie, und ihre Wangen gewannen an Farbe. Schließlich setzte Cait sich auf einen Stuhl neben das Bett, nahm Birdies Hand und erzählte von Penelope, ihrem Spaziergang mit Jake und ihrer exzentrischen Kundin. Als ihr nichts mehr einfiel, schwieg sie und sah aus dem Fenster, wo der Sturm dunkle Wolken über die Stadt jagte und den Regen gegen die Scheiben schmetterte.

»Cait …«, krächzte ihre Tante und sah sie aus großen Augen an.

»Ich bin hier, Birdie.«

»Es gibt so viele Dinge, aber …« Birdie schloss die Augen, um Kraft zu sammeln. »Du darfst mich nicht hassen, hörst du? Das nicht, nein, das nicht …«

»Oh, Birdie, hör auf. Ich könnte dich niemals hassen! Ich liebe dich!« Cait senkte ihre Stimme, als sie bemerkte, dass die ältere Dame im Bett gegenüber gespannt den Kopf nach vorn neigte.

»Du bist ein gutes Mädchen, tapfer. Das warst du immer.« Birdie bewegte stumm die Lippen.

Etwas wurde vom Wind gegen das Fenster geschleudert, so dass die Scheiben in ihrem Rahmen klirrten. Erschrocken drehte Birdie den Kopf. »Was ist das?«

»Ein Sturm, ein wirklich schlimmer Sturm. Es gießt seit Stunden. Im Radio sagen sie, dass es so übel werden könnte wie 1993. Erinnerst du dich daran?«

Ihre Tante runzelte angestrengt die Stirn, und als sie die Augen aufschlug, wirkte sie wach und klar. »Ich kam von Bristol mit einem Anhänger voller teurer Farben und Sandsorten. Ein Vermögen hatte mich der ganze Kram gekostet, und dann bin ich mit dem Gespann kurz vor Builth Wells von der Straße abgekommen, weil das Wasser alles überflutet hatte. Es war schon dunkel, und überall waren Helikopter im Einsatz. Schlimm war das. Erst am nächsten Morgen hat man mir geholfen.«

Cait erinnerte sich nur an die Überschwemmungen in der Nähe ihres Hauses. Ihr Vater hatte viel Holz und einige wertvolle Maschinen verloren, und die Versicherung hatte nicht gezahlt. Die Verzweiflung in den Augen ihres Vaters angesichts des finanziellen Ruins hatte sie nie vergessen.

»Fahr nach Hause, Cait. Ich will nicht, dass dir etwas zustößt. Oder nimm dir ein Zimmer in der Stadt. Es geht mir gut hier. Du siehst ja, dass sie mich mit allem Möglichen betanken.« Birdie bewegte den Infusionsschlauch. »Ich bin so müde, Cait. Lass mich schlafen und komm wieder, wenn der Sturm sich gelegt hat. Gib Penny einen Kuss von mir.« Sie blinzelte.

Cait erhob sich, schob leise den Stuhl zur Seite und küsste ihre Tante auf die Wangen, doch Birdies Atmung nahm bereits den Rhythmus der Schlafenden an.

»Bis bald, Birdie. Ich liebe dich«, flüsterte Cait und verließ das Krankenzimmer.

Vor dem Eingang des Krankenhauses blieb Cait stehen. Eine Sturmbö fegte über den Parkplatz und ließ eine leere Plastikflasche über den Asphalt tanzen. Der Regen ging mit unverminderter Heftigkeit nieder und ließ befürchten, dass die düsteren Prognosen der Wetterfrösche eintrafen.

»Müssen Sie noch weit fahren?« Im Schutz des Vordachs

saß an der Wand eine Frau im Rollstuhl und rauchte eine Zigarette.

»Eigentlich nicht, nur nach Minffordd, aber heute scheinen mir selbst dreißig Kilometer ein Wagnis zu sein«, antwortete Cait. Sie deutete auf das bandagierte Bein der Frau und sagte: »Gute Besserung, ich mache mich lieber auf den Weg.«

»Gute Fahrt!«

Cait packte ihre Handtasche und rannte über den Parkplatz zu ihrem Wagen, auf dem ein abgerissener Zweig lag. Sie warf den Zweig zur Seite und verfluchte jede zusätzliche Sekunde, die sie draußen verbringen musste. Als sie endlich auf dem Fahrersitz saß, klebte ihr die Bluse am Körper, und die Hose war an der Vorderseite vollständig durchnässt.

»Na großartig.« Ihre Reisetasche stand auf dem Rücksitz, so dass Cait sich ein trockenes T-Shirt herausziehen konnte. Ihre zerzausten feuchten Haare bändigte sie mit einer Spange am Hinterkopf.

Sie erreichte gerade die Ausfahrt, als ihr Telefon summte. Cait schaltete auf Sprechanlage, doch die Verbindung war schlecht.

»Hallo, Cait? Es knistert und rauscht. Hörst du mich?«

Ihre Schwester. »Ja, was gibt es, Jessi?«

»Du freust dich ja mächtig, mich zu hören«, maulte Jessica.

»Sag schon, was los ist. Hier stürmt es wie verrückt, und vielleicht bricht die Verbindung gleich ab.« Wenn nicht vom Sturm, dann würde sie selbst dafür sorgen, dachte Cait.

»Ich wollte nur wissen, wie es Birdie geht und … dir auch.« Die letzten beiden Worte klangen ungewohnt sanft aus dem Mund ihrer Schwester.

»Birdie kämpft. Sie wird wieder gesund, aber es ist ein steiniger Weg. Du kannst mit Doktor Green sprechen, wenn es dich so sehr interessiert.«

Cait fuhr auf die Hauptstraße und hatte Mühe, den Wagen gegen eine Bö zu steuern. »Wow!«

»Was?«

»Nichts. Der Sturm ...«

»Ach so. Hier ist es windstill und warm. Ich wollte nächste Woche rauffahren. Was sagst du dazu?«

Lass mich in Ruhe, dachte Cait. »Birdie wird sich freuen.«

»Du nicht? Ich dachte, weil du doch Geburtstag hast, wäre es schön, wenn wir uns sehen.«

Was war denn plötzlich mit ihrer Schwester los? »Ich feiere meinen Geburtstag nicht, habe ich noch nie, seit ... Wie auch immer, lass es einfach. Ich meine, besuch Birdie, aber erwarte nicht, dass ich mich vor Freude überschlage. Dafür kommt deine liebevolle Art etwas spät.«

Liebe Güte, weinte Jessica etwa? Ein verhaltenes Schluchzen war zu hören, das jedoch sofort wieder verstummte. »Nein, du hast recht. Es war dumm von mir, überhaupt etwas zu erwarten. Mach's gut, Cait.«

Das Telefondisplay erlosch, und Cait drehte das Radio auf. An ihren Geburtstag hatte sie überhaupt nicht gedacht. Festtage waren ihr ein Gräuel. Sie brachten nur schmerzhafte Erinnerungen mit sich, denen sich schwer entfliehen ließ. Wie konnte sie an ihrem Geburtstag nicht an ihre Mutter denken, die ihr das Leben geschenkt und sie viel zu früh verlassen hatte. Vielleicht hätte ihre Mutter einfach keine Kinder in die Welt setzen sollen, denn anscheinend waren sie ihr mehr Last als Freude gewesen. Jedenfalls hatte sie ihr stets dieses Gefühl vermittelt.

Cait fluchte stumm, schlug mit der Hand aufs Lenkrad und stellte die Musik so laut, dass die Boxen dröhnten und den Sturm übertönten. Die Windschutzscheibe sah aus, als gösse jemand kübelweise Wasser von oben herab, und die hastig hin- und herjagenden Scheibenwischer schienen machtlos im Kampf gegen Regen und aufwirbelnde Blätter, die zusätzlich die Sicht behinderten. Immerhin war sie nicht die Einzige, die sich über die Straße quälte. Die Läden schlossen, und der

Feierabendverkehr hatte eingesetzt. Sie beherzigte Jakes Empfehlung und nahm die A5 nach Capel Curig. Bei Pont Pen-y-benglog musste sie eine halbe Stunde vor einer Brücke warten, die unter Wasser stand und von Feuerwehrleuten gesichert wurde. Ihr kleiner Personenwagen war nicht unbedingt geländetauglich und schon gar kein Amphibienfahrzeug, so dass sie nur zögernd dem energisch winkenden Uniformierten folgte, der die wartenden Autofahrer nach und nach über die Brücke winkte. Das Wasser gurgelte unter dem Fahrzeugboden, und der Motor stotterte zweimal, doch sie schaffte es auf die trockene Straße und stieß einen erleichterten Seufzer aus.

Ohne Zwischenfälle gelangte sie nach Capel Curig, wo sie die ausgebaute Hauptstraße verließ und auf die Landstraße bog, die hinunter bis an die Küste führte. Stellenweise war auch diese Straße neu befestigt und erweitert worden, doch die meiste Zeit gab es keinen Mittelstreifen, und für die extrem engen Kurven war auch in der Zukunft keine Entschärfung geplant. Warum auch, dachte Cait. Sollten die Leute eben langsam fahren. Für einen Ausbau des Straßensystems würde Natur zerstört werden, und dagegen kämpften insbesondere die Begründer des Nationalparks seit Jahren.

Es war dunkel, und außer ihr war niemand mehr auf der Straße, die bei schönem Wetter und Tageslicht zu den Attraktionen der Region zählte. Hier fuhr man an aufeinanderfolgenden Seen vorbei und fand sich auf der anderen Seite mit den schroff aufragenden Hängen des Glyder-Fawr-Massivs konfrontiert. Cait schaltete das Fernlicht ein, denn die regennasse Straße reflektierte das Licht, und der Seitenstreifen war nicht mehr sichtbar oder mit den Straßenrändern abgebrochen. Überall war Wasser. Sie stockte. Der See zu ihrer Linken, der normalerweise eine spiegelglatte Oberfläche zeigte und an dessen Ufer Schafe weideten, warf weiße Schaumkronen auf, und Wellen schlugen bis auf die Straße.

Als plötzlich ein großes weißes Etwas auf sie zuflog, riss sie instinktiv das Steuer herum. Der Wagen geriet ins Schleudern, sie verlor die Kontrolle, und nach der dritten Drehung wusste sie nicht mehr, in welche Richtung sie sich bewegte. Und dann knirschte und krachte es, und der Wagen sprang über Felsen und Schlaglöcher. Cait wurde im Gurt nach vorn geschleudert, konnte sich jedoch am Lenkrad festhalten und versuchte absurderweise gegenzusteuern, obwohl sie nicht einmal sehen konnte, wo sie sich befand. Endlich kam der Wagen mit einem Ruck zum Stehen.

»Bitte, lass mich nicht im Wasser sein …«, murmelte Cait und sah vorsichtig aus dem Fenster.

Ihre Befürchtung bewahrheitete sich nicht, und sie öffnete vorsichtig die Tür, die ihr von einer Sturmbö aus der Hand gerissen wurde. Krachend knallte die Tür gegen den Kotflügel und kam wieder zurück, allerdings in einem merkwürdig verdrehten Winkel.

»Verflucht!« Cait zog die Wetterjacke aus ihrer Tasche und zog sie an, bevor sie ausstieg. Die Tür lehnte sie an, denn richtig schließen ließ sie sich nicht mehr. Aber das war das geringste ihrer Probleme, wie sie nach einem kurzen Gang um den zerbeulten Wagen feststellte. Soweit sie es sehen konnte, war sie auf die gegenüberliegende Fahrbahn und von dort die Böschung hinuntergerast. Glücklicherweise war diese Stelle nicht sehr steil gewesen, und sie war auf einer Weide gelandet. Auf einer matschigen Weide. Sie schaute nach unten, wo ihre Füße bis über die Knöchel im Morast versanken, und als sie jetzt zu ihrem Wagen sah, begann auch der, tief in den aufgeweichten Boden zu sinken.

»Das wird ja immer besser!«, schimpfte Cait, riss die Tür auf und setzte sich wieder hinein, um zu telefonieren.

Bei der unsanften Fahrt war ihre Handtasche samt Telefon durch den Wagen geschleudert worden, und Cait musste unter dem Sitz suchen, bis sie das Mobiltelefon fand, dessen Plastikverkleidung aufgebrochen war.

»Nein, bitte nicht. Lass mich nicht im Stich …« Doch ihr Telefon reagierte nicht auf ihr Flehen und gab kein Lebenszeichen von sich.

Für einen Moment schloss Cait die Augen und überlegte. Sie konnte hier im Auto übernachten, was keine angenehme Vorstellung war, denn sie wusste nicht, wie viel Regen noch herunterkommen würde und wie tief die Weide lag. Oder sie machte sich auf den Weg zum nächsten Haus. Wenn sie sich richtig erinnerte, gab es erst an der Abzweigung nach Beddgelert eine Farm. Das bedeutete mindestens sechs Kilometer Fußmarsch bei Sturm und Regen. Doch sie sah keine Alternative. Vielleicht war ja noch irgendein Verrückter bei dem Wetter unterwegs und sammelte sie ein. Entschlossen warf sie ihre Sachen in die Handtasche, riss die Reisetasche vom Rücksitz und hängte sie sich über die Schulter.

Da sich die Fahrertür nicht mehr verschließen ließ, zog sie nur den Schlüssel ab. Während sie sich gegen den Wind den Hang hinaufkämpfte, wünschte sie sich, sie hätte auf Birdie gehört und wäre in Bangor geblieben. Aber sie wusste auch, dass sie die Einsamkeit eines anonymen Hotelzimmers fürchtete. Dort wäre sie allein gewesen mit ihren Gedanken, ihren Ängsten und hätte endlos darüber spekuliert, was Birdie ihr noch erzählen wollte. Außerdem hatte sie Jake sehen wollen, auch wenn es ihr schwerfiel, das zuzugeben. Und jetzt konnte sie ihn nicht einmal anrufen, um ihm zu sagen, wo sie steckte.

Nach einem mühsamen Aufstieg zur Straße orientierte sie sich an einem Straßenschild, in welche Richtung sie sich wenden musste. Es war nicht stockfinster, so dass sie die Straße und die Böschung erkennen konnte. Auf der anderen Seite brandete der See mit Wucht gegen das Ufer, und immer wieder schlug die Gischt auf die Straße. Cait fühlte sich klein und hilflos und den Elementen ausgeliefert und erwartete fast, dass eine große Woge sie verschlucken würde. Aber das würde nicht passieren, sagte sie sich immer wieder. Der Sturm musste bald nachlassen. Unwetter kamen und gingen meist schnell wieder. Waren das die Folgen der Klimaveränderung? Mit derartigen Gedanken versuchte Cait, sich von den bedrohlichen Geräuschen auf der anderen Seite der Straße abzulenken, und marschierte trotzig gegen die Fahrtrichtung. Als sie nach ungefähr zwanzig Minuten Lichter in der Ferne sah, blieb sie stehen und wartete.

Ein dunkler Geländewagen verlangsamte sein Tempo, als die Scheinwerfer sie erfassten, und hielt schließlich neben ihr an. Ein Mann mit dem wettergegerbten Gesicht eines Farmers drehte die Scheibe herunter.

»Was machen Sie denn hier? Unfall?«

»Ja!«, rief Cait gegen den Wind. »Mein Wagen liegt da hinten im Schlamm. Können Sie mich mitnehmen?«

Der Mann nickte. »Ich muss nach meinen Tieren sehen und weiter nach Capel Curig. Da kann ich Sie im Pub absetzen.«

Das war zwar nicht die Richtung, in die sie wollte, aber sie hatte keine Wahl. Wie viele Farmer würden heute Nacht noch hier vorbeikommen? »Danke.«

Cait ging um den Wagen herum und legte die Hand an den Türgriff, als sie erneut Lichter in der Ferne auftauchen sah. Zögernd wartete sie, und als sie den weißen Rangerover der Ranger erkannte, rannte sie auf die Straße und winkte. Der Wagen hielt, und ihr Herz machte einen Satz, als sie Jake erkannte. Cait klopfte gegen die Beifahrertür. »Vielen Dank, aber ich fahre drüben mit.«

Der Farmer knurrte ungeduldig. »Wie Sie meinen. Ich bin ja kein Taxi …«

»Cait? Ist dir auch nichts passiert?« Jake sprang aus seinem Wagen und packte ihr Handgelenk, um sie von der Fahrbahn zu ziehen.

»Nein, mir geht es gut. Ich hatte einen Unfall, mein Wagen …«, begann sie, überglücklich, dass er sie gefunden hatte.

»Steig erst mal ein.« Er öffnete die Beifahrertür, nahm ihr die Reisetasche ab, warf sie nach hinten und schloss die Tür.

Gegen den Sturm stapfte er um die Kühlerhaube und stieg ebenfalls ein. Als er neben ihr saß, wischte er sich mit den Händen den Regen aus dem Gesicht und sah sie ungläubig und verärgert an. »Meine Güte, was hattest du denn vor? Trampst hier mutterseelenallein durch die Wildnis. Du hättest mich anrufen können!«

»Mein Wagen steckt im Morast fest, und mein Handy hat den Geist aufgegeben. Was hätte ich deiner Meinung nach tun sollen? Der See schlägt dort Wellen auf die Straße, und ich hatte eine Scheißangst!« Ihre Hände zitterten, und sie nestelte am Riemen ihrer Handtasche.

»Oh Cait, ich hatte solche Angst, dass dir etwas passiert ist.« Seine Züge wurden weich, und er strich ihr eine nasse Strähne aus dem Gesicht. »Kannst du das denn nicht verstehen?«

Sie wollte nicken, doch er umfasste ihr Gesicht zärtlich mit den Händen und küsste sie auf die kalten, regenfeuchten Lippen. Angst und Erschöpfung schienen zu schwinden, und ihr Körper entspannte sich. Sie seufzte und öffnete langsam die Augen. »Jetzt schon«, flüsterte sie.

Er streichelte ihr über die Wange und nahm ihre immer noch zitternden Hände in seine. »Kalt – wahrscheinlich bist du vollkommen durchnässt. Zieh die nassen Sachen aus. Hinten liegt ein Pullover von mir.«

Jake drehte die Heizung auf und sah sie an. Seine Augen waren dunkel und unergründlich. »Einen Abschleppdienst werden wir jetzt kaum auftreiben, und so, wie du aussiehst, würde ich dir ein anständiges Essen und ein heißes Bad empfehlen. Beides kannst du bei mir haben oder in einem Hotel. Weiter als bis Beddgelert fahre ich dich aber nicht.«

Cait zog sich die nasse Jacke vom Körper und sagte, bevor sie die Hände an den Saum ihres T-Shirts legte: »Ich möchte in kein Hotel. Hätte ich das gewollt, wäre ich in Bangor geblieben.«

Sie streifte sich das Hemd über den Kopf und begegnete seinem Blick, als sie sich nach dem Pullover umdrehte.

»Dann stünde dein Wagen jetzt nicht auf irgendeiner Weide im Schlamm.« Er legte den Gang ein, und sie dachte, er würde losfahren, doch stattdessen beugte er sich zu ihr und küsste sie, dass ihr Atem schneller wurde und ihre Hände nicht länger zitterten, sondern sich um seinen Nacken legten, um den Kuss noch ein wenig länger auszukosten.

Als sie ihn losließ, flüsterte sie: »Aber dann wäre ich jetzt auch nicht hier.«

21

Beddgelert, Snowdonia, Wales

Jake wendete und fuhr in gemäßigtem Tempo nach Beddgelert. Der Sturm schien ein wenig abzuflauen, doch der Regen ging nach wie vor mit ungewöhnlicher Heftigkeit nieder. Die größte Gefahr ging von den Flüssen aus, die sich in reißende Ströme verwandelten und Häuser, Stallungen und Straßen überfluteten. In den Bergen spülte der Regen Gesteinsbrocken los, und es konnte zu gefährlichen Geröllawinen kommen. In Gedanken ging er bereits die potenziellen Gefahrenstellen seines Gebiets ab.

Die Radionachrichten klangen entmutigend: »Sturmtief Daria beherrscht noch immer das Land. Orkanartige Böen erreichen in weiten Teilen von Westengland und Wales Stärken von einhundertdreizehn Stundenkilometern. Ein Caravanpark bei Llandudno wurde von der Flut überrascht und zwanzig Menschen vom Wasser eingeschlossen. Helikopter sind im Einsatz …«

Jake schaltete das Radio aus und sah kurz zu Cait, die sich in seinem Pullover in die Ecke gekuschelt hatte und gegen die Müdigkeit ankämpfte. Kein Wunder angesichts dessen, was sie durchgemacht hatte. Er hatte schon viele Unwetter erlebt, nirgends waren sie so schlimm wie in den Bergen, weil die Wetterverhältnisse unberechenbar waren. Man glaubte, der Sturm sei vorbei, aber dann kam eine Lawine herunter, oder ein aufgestauter Gebirgsbach ging doch noch ins Tal. Vielleicht hatten sie Glück, und morgen war das Ärgste überstanden.

Kurz vor Beddgelert kamen sie am Llyn Dinas und dem Parkplatz vor dem Eingang zu den alten Kupferminen vorbei. Als ihm die Scheinwerfer eines Wagens auffielen, fuhr er langsamer und bog auf den Parkplatz. Ein Wohnmobil mit skandinavischem Kennzeichen stand dort. Cait erwachte aus ihrem Halbschlaf, als er den Motor abstellte.

»Bleib im Wagen, ich sehe nach, ob bei denen alles in Ordnung ist.« Er schlug den Kragen seiner Regenjacke hoch und stieg aus.

Der Wasserstand des Sees war bedenklich hoch, doch der Parkplatz war noch nicht überspült. Jake klopfte gegen die Beifahrertür. Ein blonder Haarschopf erschien.

»Hallo! Hey, wir kennen uns. Lars, schau mal!« Lena, die Schwedin vom Pen-y-Pass, blickte durch das heruntergedrehte Fenster, daneben tauchte der Kopf ihres Mannes auf.

»Warst du nicht mit deiner Freundin letztens am Pass?«, fragte Lena.

Ihr Mann sah Jake neugierig an. »Ist was passiert?«

Jake lächelte. »Das wollte ich euch fragen, weil ihr bei diesem Unwetter hier parkt. Das ist nicht sicher.«

Lars nickte. »Ich weiß. Wir wollen auch gleich weiter, aber unser Sohn musste sich übergeben. Eigentlich hätten wir heute Abend in Holyhead sein sollen. Doch die Fähren sind alle gestrichen, und die Kinder haben sich einen Virus eingefangen.«

»Okay.« Jake klopfte gegen die Tür. »Macht's gut, aber sucht euch einen anderen Stellplatz. In Beddgelert gibt es einen Parkplatz, der erhöht und direkt im Ort liegt.«

Lena sah ihren Mann an. »Den kennen wir, machen wir, danke. Und grüß deine Freundin!«

Beruhigt stieg Jake wieder in seinen Wagen, wo Cait ihn erwartungsvoll ansah. »Das war die schwedische Familie vom Pass.«

»Wirklich? Geht es ihnen gut?«

»Ja.« Er grinste und drehte den Zündschlüssel. »Ich soll meine Freundin grüßen.«

»Hast du denn eine?« Ein Lächeln umspielte Caits Lippen.

»Kommt darauf an …«

»Worauf?«

»Was man unter einer Freundin versteht.«

»Aha.« Sie hatte die Arme verschränkt und wirkte sehr zart mit den nach hinten gebundenen Haaren und den vom Regen geröteten Wangen. »Also, ich finde, du bist ein guter Freund. So wie du dich um Robs Familie und die Umstände seines Todes kümmerst. Du kümmerst dich um andere, das ist nicht selbstverständlich.«

»Danke.«

»Oh, das ist nur eine Feststellung. Vielleicht auch ein Kompliment, aber ich glaube, du brauchst keine Komplimente.«

»Warum nicht? Jeder Mensch freut sich über Anerkennung. Du etwa nicht?« Dieses Wortgeplänkel brachte sie in Verlegenheit, das konnte er sehen, aber er wollte sie aus ihrem Schneckenhaus locken.

»Sicher.« Sie schürzte die Lippen. »Ich freue mich über Anerkennung in meinem Job. Gestern zum Beispiel …« Sie berichtete von ihrer Arbeit mit Mrs Millard und schloss lachend: »Stell dir uneingeweihte Besucher in ihrem Haus vor, die fühlen sich glatt in Frankensteins Laboratorium versetzt!«

»Aber du hast die Frau verstanden.«

Er spürte, dass sie ihn ansah, konzentrierte sich jedoch auf die enge Durchfahrt, hinter der er scharf nach rechts abbiegen musste.

»Ihre Arbeit ist wichtig. Sie gibt Menschen einen Teil ihres Lebens zurück. Ich kann verstehen, dass sie keinen Sinn für überbordenden Luxus hat, sich aber in qualitativ hochwertigen Materialien und schönen Formen entspannen will. Harmonie wird von jedem anders definiert. Ich spreche jetzt nur von der optischen, Farben und Bilder …« Sie brach ab, und Jake ahnte, dass etwas Wesentliches unausgesprochen geblieben war.

»Ja?« Sie hatten den Parkplatz vor seinem Haus erreicht, und er stellte den Motor ab. Im Erdgeschoss ging Licht an. Seine Vermieterin war neugierig, und er konnte sehen, wie sich die Gardine hinter einem Fenster bewegte. Nun, er würde nicht ewig hier wohnen, und gegen Klatsch und Tratsch war er schon seit Jahren resistent.

»Ach, nichts«, wiegelte sie ab und löste den Anschnallgurt.

»Einem Freund kann man alles sagen.«

Ihr überraschter Blick rührte ihn. »Ich wünschte, ich hätte einen Bruder wie dich.«

Er verzog schmerzhaft das Gesicht. »Einen Bruder, ja? Na komm. Wenn ich den Herd nicht zu hoch gestellt habe, gibt es noch etwas zu essen.«

Selbst auf dem kurzen Weg zur Haustür wurden sie vom Regen durchnässt. Jake hatte Caits Tasche getragen, stellte sie im Wohnzimmer ab und zog seine Regenjacke aus.

»Das Bad ist dort, wenn du duschen oder baden möchtest. Ich kümmere mich ums Essen.«

Cait schnupperte. »Hmm, riecht gut. Was gibt es?«

»Minestrone, Brot, Käse und Wein. Ich bin gerade dabei, den walisischen Käse zu entdecken.« Er ging zum Herd, hob den Deckel des Suppentopfs an und rührte einmal prüfend um.

Plötzlich stand Cait neben ihm und sog genießerisch den Duft der herzhaften Gemüsesuppe ein. »Darf ich probieren? Ich sterbe vor Hunger!«

Er nahm eine Schale aus dem Schrank und füllte ihr eine kleine Portion ein. »Wenn du sie nicht magst, ist da immer noch der Käse und …«

Doch ihr verzückter Gesichtsausdruck sprach Bände. »Hmm, das ist wundervoll! Jemand, der so kochen kann, müsste längst vergeben sein. Welche geheimen Laster hast du?«

Jake lachte schallend. Das mochte er an Cait. Sie hatte Humor und war auf erfrischende Weise direkt, und gleichzeitig schien sie so verletzlich und unsicher. Wenn sie wüsste, wie sexy diese Mischung auf ihn wirkte … Er deckte den Topf zu und lehnte sich neben dem Herd gegen die Arbeitsplatte. »Als brüderlicher Freund hülle ich mich in Schweigen.«

Sie bedachte ihn mit einem skeptischen Blick und stellte die leere Schale ab. »Ich würde gern vor dem Essen duschen. Dann fühle ich mich weniger wie ein Erdferkel. Oh, tut mir leid!«

Sie schaute auf ihre Segeltuchschuhe, die als solche nicht mehr zu erkennen waren, denn von den Schuhen bis zum Knie bedeckten sie langsam trocknende Schlammkrusten.

»So sehe ich oft genug aus. Lass die schmutzigen Sachen einfach im Bad liegen, die können wir nachher im Heizungsraum aufhängen.«

Während Cait sich duschte, stellte er Käse und Brot auf den Tisch, goss Rotwein ein und stellte sich mit seinem Glas ans Fenster. Draußen tobten die Elemente und stürzten die Welt ins Chaos. Am meisten würden wie immer die Tiere leiden. Viele Nester würden zerstört werden und gerade geschlüpfte Jungvögel ertrinken. Und dann gab es diese kranken Sammler, die auch die wenigen Eier noch stahlen. Er ließ einen Schluck des südafrikanischen Pinot Noir langsam den Gaumen hinunterlaufen und schmeckte einen Hauch von Süßkirsche. Auch wenn er gern Bier trank, wusste er einen guten Wein durchaus zu schätzen, vor allem zu diesem Essen.

Regenschauer prasselten gegen das Fenster, doch die Sturmböen waren nun weniger heftig. Das Unwetter zog ostwärts. Sein Handy klingelte, auf dem Display stand eine Nummer mit amerikanischem Landescode. Er hatte der Amerikanerin, deren Nummer er von der Touristin erhalten hatte, eine Nachricht auf Band hinterlassen. Bisher hatte sie nichts von sich hören lassen.

»Jake Parry«, meldete er sich.

»Hallo, mein Name ist Pamela, Sie haben mir auf die Mailbox gesprochen. Können Sie mir bitte noch einmal erklären, worum genau es geht?«

Sie klang forsch, etwas ungeduldig und ein wenig vorsichtig, was er ihr nicht verübeln konnte. Er umriss den Sachverhalt. »Ich möchte keine Zeugenaussage von Ihnen, sondern einfach nur Informationen zu dem besagten Vormittag. Alles könnte mir helfen, die Todesumstände meines Freundes zu klären.«

Pamela sprach kurz mit jemandem im Hintergrund. Gelächter und das Klirren von Gläsern war zu hören. »Wir sind gerade in einem Restaurant. Grauenvoll, alles schmeckt hier so gut, dass ich mehr esse als sonst in einem Monat! Verstehen werde ich nie, wie die Französinnen dabei so schlank bleiben! Wie auch immer, das wollten Sie nicht wissen.«

Jake lachte höflich und beobachtete Cait, die mit rosigen Wangen und nassen Haaren aus dem Bad kam. Sie trug seinen Pullover, was ihm gefiel, und machte eine Geste, aus der er schloss, dass sie einen Fön suchte. Ins Telefon sagte er: »Einen Moment, Pamela«, und legte es auf den Tisch.

Er ging zu einem Wandschrank im Flur und holte einen Fön heraus, der bei ihm nur selten zum Einsatz kam. »Bitte.«

Caits Augen leuchteten auf. »Klasse, ich befürchtete schon, du hättest keinen, aber ich beginne zu ahnen, wo deine Laster liegen …«

»Das wirst du näher erklären müssen.« Sie verschwand im Bad, und er ging zurück zum Esstisch. »Entschuldigung. Jetzt bin ich ganz Ohr, Pamela.«

»Es ist nicht viel, was ich Ihnen erzählen kann, und sicher eher belanglos. Wir sind an dem Tag schon sehr früh wandern gewesen, weil wir nicht viel Zeit hatten. Wissen Sie, wir touren durch ganz Europa, das flächenmäßig mal gerade vier amerikanische Bundesstaaten ausmacht. Aber es gibt dann doch viel mehr zu sehen, als wir gedacht hatten, und die Berge waren wirklich schön, auch wenn es eigentlich nur Hügel sind.«

Jake zog eine Grimasse und trank einen Schluck Wein.

»Jedenfalls wollten wir den Snowdon und den Crib Goch nicht auslassen. Mein Mann und ich sind sehr fit und dachten, wir hätten die Berge so früh vielleicht für uns allein. Das ist es, wissen Sie? Wir waren nicht die Ersten da oben! Wir kamen also diesen Pfad herauf, der so heißt wie ein Schwein, aber anders geschrieben wird. Was für eine grauenvolle Sprache das ist, verzeihen Sie, aber das ist das Einzige, was mich gestört hat – all diese y und doppelten Konsonanten! Das mag ja exotisch sein, aber das kann sich doch kein Mensch merken!«

Aus dem Hintergrund ertönte Musik, und jemand rief nach Pamela. »*Darling*, ich bin gleich bei euch! Dieser Pfad war ja auch sehr hübsch, und je höher wir kamen, desto interessanter wurde es. Man musste die Hände benutzen, und es wurde eine richtige Kletterpartie daraus. Ja, und das hat mich gewundert! Normalerweise sind Wanderer sehr höfliche Menschen, man grüßt sich, und wer auf dem schwierigeren Stück ist, der wird vorbeigelassen. Aber weit gefehlt bei diesen beiden Kerlen! Die haben uns einfach übersehen und uns quasi überrannt! Ernsthaft, die sind im Sturmschritt den Berg runter, kamen vom Gipfel, und es war ihnen egal, dass sie Steine lostraten und uns damit gefährdeten. Ungehobelte Burschen, und wie es sich anhörte, waren das Einheimische! Hat Ihnen das geholfen? Das ist nämlich alles, was mir dazu einfällt.«

Jake konnte sein Glück kaum fassen und verzieh der Amerikanerin ihre ausschweifende Erzählweise gern. »Wie sahen sie aus? Bitte, erinnern Sie sich. Das ist sehr wichtig! Vielleicht haben diese beiden meinen Freund in den Tod gestürzt!«

Pamela stöhnte genervt. »Es war neblig, und es ging sehr schnell. Wir haben mehr auf den Weg und die Steine geachtet. Zwei Männer eben, Jeans, Outdoorjacken, dunkel. Das hat mich gewundert. Bei solchem Wetter zieht man doch was Leuchtendes an!«

»Die Gesichter? Ist Ihnen da nichts aufgefallen? Hatten sie Bärte? Waren sie blond oder dunkelhaarig?«

»Guter Mann, ich weiß nur noch, dass der eine, der dicht an mir vorbeiging, älter war. Seine Stimme war tief und rau, und er wirkte irgendwie rücksichtslos. Ich bin einfach so weit an die Felswand gewichen, wie es mir möglich war. Hören Sie, mehr fällt mir nicht ein. Aber ich spreche noch einmal mit meinem Mann. Falls er sich noch an etwas erinnert, melden wir uns bei Ihnen. Wäre das in Ordnung?«

»Natürlich. Vielen Dank, Pamela, und genießen Sie Paris!«

»Oh, das tun wir. *Au revoir*, Jake!«

Jake legte das Telefon auf den Tisch und murmelte: »Dann habe ich also recht.«

»Womit, Jake?« Cait kam mit einem neugierigen Lächeln und weich fallenden Locken auf ihn zu.

Seinen Pullover hatte sie gegen ihre eigene Kleidung getauscht, was er bedauerte, aber auch der leichte, hellgrüne Kaschmirpulli stand ihr gut. Er führte ihn noch mehr in Versuchung, seine Hand über ihren Körper gleiten zu lassen. Aber ob sie das wollte, musste sie selbst entscheiden.

»Setz dich, Cait.« Er schob ihr einen Stuhl hin und ging zum Herd, um zwei Teller mit Suppe zu füllen. Nachdem er die Teller zum Tisch gebracht und sich ebenfalls gesetzt hatte, hob er sein Glas. »Auf die Gesundheit deiner Tante und auf Rob!«

Sie schien den Wein zu mögen, denn nach einem Bissen Brot nahm sie einen weiteren Schluck.

»Das eben am Telefon war Pamela, eine Amerikanerin, die am Morgen von Robs Tod dort mit ihrem Mann gewandert ist. Und«, er machte eine dramatische Pause und wartete, bis Cait ihn ansah, »sie hat zwei Männer vom Crib Goch kommen sehen, zwei Einheimische, wie sie sagt!«

»Wow! Das bestätigt deine Vermutung. Leider, wie ich finde. Irgendwie habe ich gehofft, dass es doch ein Unfall war. Aber ein endgültiger Beweis ist das noch nicht. Hat sie die Männer beschrieben?«

Jake schüttelte den Kopf. »Leider nein. Sich auf andere Menschen zu konzentrieren, ist wohl nicht ihre Stärke. Obwohl ich hoffe, dass ihrem Mann vielleicht noch etwas dazu einfällt. Doch jetzt lass dich nicht vom Essen abhalten.«

»Guten Appetit, Jake.«

Sie leerte ihren Teller nicht ganz, aber seine Portion war auch sehr großzügig bemessen gewesen. Dafür probierte sie von den Käsestücken.

»Der Caerphilly ist himmlisch, und diese Cheddarsorte ist neu. Was ist da drin?« Sie schnitt sich ein kleines Stück ab und roch daran. »Bärlauch?«

»Ja, und Chili.« Die Kerze in der Tischmitte flackerte, und Caits braune Augen blinzelten. »Du bist sicher müde.«

Sofort schien sie hellwach und nahm alarmiert die Schultern zurück, doch er stand auf und trug die Teller zur Spüle. »Du kannst dir aussuchen, wo du schlafen möchtest. Das Sofa ist bequem. Mein Bruder hat sich nicht beschwert. Ansonsten steht dir auch mein Bett zur Verfügung. Eigentlich schlafe ich sogar lieber hier, weil man dann morgens die Berge sieht.«

Er warf das Besteck in die Spüle und drehte sich um. Cait stand mit ihrem Glas am Fenster und sah in die Nacht hinaus. Als sie sich umdrehte, war ihr Blick geheimnisvoll und zog ihn beinahe magisch an. Langsam ging er auf sie zu. Sie stellte ihr Glas ab und streckte eine Hand nach ihm aus.

Ihre Berührung war warm und einladend. Sanfte Fingerspitzen glitten über seinen Nacken, und Caits Stimme war ein Flüstern an seinem Ohr: »Du warst sehr brüderlich, aber ich möchte heute Nacht nicht allein sein.«

22

Sie wollte ihn, hatte ihn seit jenem Kuss im Pub gewollt. Alles andere wäre eine Lüge, und sie war es leid, sich der Vernunft unterzuordnen, die bislang ihr gesamtes Leben diktiert hatte. Dieser Mann brachte eine unbekannte Saite in ihr zum Klingen. Die Art, wie er sie ansah, erregte sie, weckte die reine Lust in ihr, und das war neu für sie. Vielleicht hatte sie es nie zugelassen. Nein, dachte Cait und schloss die Augen, als seine Lippen über ihre Wange und von dort ihren Hals hinunterglitten. Es hatte nie einen Mann wie Jake in ihrem Leben gegeben. Sie begann zu ahnen, was Birdie ihr sagen wollte, wenn sie über die unerfüllte Liebe zu ihrem Vater und von der brennenden Leidenschaft ihrer Mutter zu Oliver Craddock sprach.

Es gab Gefühle, die mächtiger waren als alles andere, die den Verstand ausschalteten und die tiefsten Begierden freisetzten. Wohin das führen sollte? Sie wusste es nicht, und es spielte keine Rolle, nicht heute Nacht.

»Küss mich, Jake«, murmelte sie, als sein Mund provozierend ihre Lippen streifte.

Seine kräftigen Hände glitten über ihren Körper, berührten sie voller Leidenschaft, und ihr Herzschlag beschleunigte sich. Aber sie wollte mehr, ließ die Hände unter seinen Pullover gleiten, knetete die Muskeln an seinem starken Rücken und schlang die Arme um seine schmalen Hüften, um ihn an sich zu ziehen, seine Wärme zu spüren.

»Cait …«, flüsterte er und hob sie hoch, trug sie mit sich in sein Schlafzimmer, als wäre sie ein kleines Kind.

Vor dem Bett stellte er sie auf den Boden und ließ die Hände über ihre Schultern gleiten. Seine Augen waren dunkel, umrahmt von langen Wimpern, die seinem männlichen Gesicht eine unerwartete Sanftheit verliehen. Sie wollte das Grübchen an seinem Kinn berühren, doch er nutzte den Moment, in dem sie ihre Hand hob, um ihr den Pullover über den Kopf zu ziehen. Hatte sie sich nur deshalb in das Unwetter gestürzt? Vielleicht, nein, sie sollte zumindest mit sich selbst ehrlich sein. Sie war gefahren, um ihn zu sehen, zu fühlen, zu schmecken, nur das.

»Keine Verpflichtungen.« Sie hatte ihre Gedanken laut ausgesprochen und sah, wie es in seinen Augen glitzerte.

»Warum sagst du das jetzt? Ich habe dir keinen Heiratsantrag gemacht, oder?« Er zog Pullover und Hemd aus und legte eine Hand um ihre Taille, zog sie an sich und ließ sie seine Erregung spüren.

»Noch kannst du Nein sagen, Caitlin Turner.« Mit der anderen Hand strich er ihr zärtlich durch die Haare, öffnete ganz nebenbei den Verschluss ihres BH und streifte ihn über ihre Arme.

Sie stöhnte leise auf, als er ihre kleinen Brüste streichelte, und erwiderte: »Nein.«

Dann umschlang sie seinen nackten Oberkörper und ließ seine Wärme durch ihre Haut strömen. Diesmal war sie es, die ganz nebenbei seinen Gürtel öffnete und mit ihrer Hand der Spur dunkler Haare folgte.

»Nein?«, brachte er zwischen zusammengebissenen Zähnen hervor und gab ihr einen Schubs, der sie nach hinten aufs Bett fallen ließ. Mit zwei Griffen hatte er ihre Jeans aufgeknöpft, sie ihr über die Hüften gezogen und auf den Boden geworfen. Er küsste sie auf den flachen Bauch und setzte sich neben sie auf die Bettkante, um sich seiner Schuhe und Hose zu entledigen.

»Nein zu deinem Vorschlag, dass ich noch nein sagen könnte«, sagte sie und streckte ihm die Arme entgegen, als er sich ihr zuwandte.

»Wovor hast du dann Angst, Cait?«

Durch das schmale Fenster fiel das Licht einer flackernden Straßenlaterne, und über den Bergen schien der Mond hin und wieder durch die vom Sturm getriebenen Wolkenmassen. Es war dunkel genug, dass er ihre Tränen nicht sehen konnte.

»Vor gar nichts, nicht jetzt …« Nicht mit dir, dachte sie und spürte, wie sein warmer, fester Körper sich auf sie legte, sie umschlang, ihr tröstliche Nähe spendete.

Im diffusen Dunkel erkundeten sie einander. Draußen zürnten noch immer die Elemente, doch hier drinnen gab es nur sie beide, ungezügelte Lust und eine Sehnsucht, die er stillen konnte. Sie bewegte sich, um ihn noch inniger zu spüren, und als kein Stoff ihre erhitzten Körper mehr trennte, sagte er ihren Namen, und sie nahm ihn in sich auf.

»Jake.« Sie hielt ihn fest, klammerte sich an ihn, konnte nicht genug von seinem gierigen Mund bekommen, und schließlich dachte sie nicht mehr, sondern gab sich ihrer unerwarteten Leidenschaft und einem uralten Rhythmus hin.

Als ihrer beider Atem wieder ruhiger wurde, glitt er neben sie und legte den Arm über ihren Bauch. Die Geste war zärtlich und besitzergreifend zugleich. Er stellte einen Ellbogen auf und legte den Kopf so, dass er sie betrachten konnte. Langsam strichen seine Fingerspitzen über ihren Bauchnabel, umrundeten ihre Brüste und strichen über ihren Rippenbogen bis zu ihrem Hüftknochen.

»Wie machst du das?« Sie war müde, erschöpft, und alle Nervosität und Anspannung schien vergessen.

»Was? Das hier?« Seine Hand nahm ihren Weg wieder auf, um diesmal an ihrem Schlüsselbein zu verweilen.

»Hm, das auch.« Sie legte ihre Hand über seine. »Ich bin so müde.«

»Komm her.« Er zog sie an seine Seite und legte die Bettdecke über sie beide. »Schlaf jetzt.«

Und das tat sie. Sie schlief einfach ein. Als sie einige Stunden später erwachte, lauschte sie in die Stille des fremden Raumes und vernahm nur Jakes gleichmäßiges Atmen an ihrem Ohr. Sein Arm war noch immer um sie geschlungen, und sie hielt seine Hand fest. So viel Nähe machte sie normalerweise unruhig. Sacht wollte sie sich aus seiner Umarmung befreien, doch sein Griff verstärkte sich, und er drehte sie zu sich um.

»Wolltest du dich davonstehlen wie eine Diebin?«

»Ich habe kein Auto, schon vergessen?«

Er grinste und schob sein Bein über ihres. »Richtig. Du sitzt hier fest. Das gefällt dir nicht, oder?«

»Nein. Überhaupt nicht.« Sie legte ihre Hände gegen seine Brust und drückte ihn zurück, so dass er sich auf den Rücken legen musste. »Wie gefällt dir das?«

Sie schwang ihre vom Joggen gekräftigten Beine über seine Hüfte und strich von seinem Bauch aufwärts, bis sie seine breite Brust erreichte.

»Ich glaube, wir haben dieselbe Idee.« Jake richtete sich auf, um sie zu umarmen, sie zu wiegen, während sein Mund ihre Brüste liebkoste. Seine Hände strichen über ihren Rücken, hielten sie, als sie sich zurücklehnte, und packten ihre Hüfte, um sie auf sich zu ziehen.

Er hatte eine sanfte, aber bestimmte Art, ihr zu zeigen, was er wollte, und schien zu ahnen, was ihr gefiel. Ihre Körper waren füreinander gemacht, dachte Cait und umfasste sein Gesicht, um ihn zu küssen. Langsam senkte sich ihr Becken und hieß ihn willkommen. Seine Lippen öffneten sich, zitterten, genau wie ihre. Schließlich lehnte sie sich zurück und gab sich mit geschlossenen Augen ihren Bewegungen und seinem fordernden Körper hin. Sie genoss es, das Tempo zu bestimmen, ihn zu reizen, zu reiten, bis zu ihrer beider Erlösung. Mit einem

Aufstöhnen sank sie nach vorn und wurde von seinen Armen umschlungen.

Noch außer Atem drehte Jake sich mit ihr auf die Seite, so dass sie ihn ansehen musste. »Keine Verpflichtungen? Erklär's mir, Cait.«

»Die Sonne geht gleich auf, und der Sturm ist vorbei.« Sie wandte den Kopf zum Fenster. »Ich muss mich um meinen Wagen kümmern.«

Keine Erklärungen, bitte dräng mich nicht, flehte sie ihn mit ihrem Blick an, und Jake gab ihr seufzend einen Kuss auf die Schulter. »Heute wartet viel Arbeit auf mich, und ich wette mit dir, dass in Kürze mein Chef am Telefon ist. Aber zuerst schleppe ich dich ab.« Er grinste.

»Das hast du doch schon …« Sie fuhr ihm über die Haare und stand auf.

»Du gibst es also zu. Das ist der erste Schritt zur Einsicht.« Er schwang die langen Beine über den Bettrand.

»Gar nichts gebe ich zu. Ich dusche jetzt, und danach sehen wir weiter.« Seine Selbstgefälligkeit irritierte sie. Dachte er, dass jetzt alles zwischen ihnen geklärt sei? Cait stellte sich unter das heiß herabprasselnde Wasser. Sie hatten miteinander geschlafen und beide ihren Spaß gehabt. Mehr als das, dachte sie, und das beunruhigte sie, brachte die Nervosität zurück. Zu ihrem eigenen Schutz durfte sie nicht zulassen, dass sie ihn brauchte. Am Ende würde sie verlieren, und von dieser Niederlage würde sie sich nicht erholen, denn wie oft konnte das Herz eines Menschen brechen?

Die Sonne schien von einem noch wolkigen, aber nicht mehr düsteren Himmel herab, und es regnete nicht mehr, als sie mit Jake zur Unfallstelle fuhr. Jake war trotz der frühen Stunde und einer eher kurzen Nacht bester Stimmung und stimmte in den Refrain eines Liedes von Bruce Springsteen aus dem Radio ein. Sie würde ihm das nicht sagen, jedenfalls nicht heute, aber sie liebte es, ihn singen zu hören. Jake war ein vielschichtiger Mann, dem es dauernd gelang, sie zu überraschen. Heute Nacht war er so zärtlich gewesen, dass sie geweint hatte, was er glücklicherweise nicht bemerkt hatte, sonst bildete er sich noch etwas ein.

Entlang der Straßen lagen umgestürzte Bäume und hier und dort ein totes Schaf. Der Sturm und die Überschwemmungen hatten heftig gewütet.

»Die armen Schafe. Ob sie ertrunken sind?« Cait schaute traurig aus dem Autofenster. Die Landwirte hatten wahrscheinlich große Verluste zu beklagen, und die Schäfer hatten es in den letzten Jahren ohnehin immer schwerer.

»Ich nehme es an. Wenn sie schon krank oder alt waren und es nicht in erhöhte Regionen geschafft haben.« Jake fuhr langsamer, denn sie befanden sich auf der Straße nach Capel Curig. Bei Tageslicht wirkte die Straße breit und überhaupt nicht gefährlich. Der See lag friedlich in seinem Bett, und nur wenige Schaumkronen kräuselten noch das Wasser. »Wie konnte ich nur so dämlich sein und mich abdrängen lassen …«, sagte Cait zerknirscht.

»Du bist gut. Gestern Abend sah es hier anders aus. Da hätte jeder die Nerven verlieren können, und wenn man bei einer heftigen Bö einmal falsch gegenlenkt, war es das.«

Tiefe Reifenspuren im aufgeweichten Grün des Seitenstreifens zeigten, wo Cait hinuntergefahren war. Jake parkte an der Straße, und sie stiegen aus. Wie selbstverständlich nahm er ihre Hand und ging mit ihr durch kniehohes Gras und Buschwerk, bis sie vor einem niedergerissenen Weidezaun aus Draht standen. Dahinter stand Caits Wagen, die Räder waren fast vollständig im Morast versunken. Die Bleche waren ringsherum verschrammt und verbeult.

Jake grinste und rieb sich das Kinn. »Da hast du ganze Arbeit geleistet, Mädchen.«

In einiger Entfernung hatte sich eine Schafherde um einen Unterstand versammelt und starrte zu ihnen herüber.

Cait lachte. »Ihr habt ja alle recht! Das war keine Glanzleistung. Bekommst du den Wagen herausgezogen?«

Jake schüttelte den Kopf. »Nein. Ich kann nicht bis hier runterfahren. Da brauchen wir schwereres Geschütz. Ein Traktor wäre das Beste, denke ich. Komm. Wir gehen zu meinem Wagen, und ich telefoniere mal rum, wer hier in der Nähe helfen kann.«

Es gelang Jake nach mehreren Telefonaten, einen Landwirt zu finden, der sich bereit erklärte, gegen ein entsprechendes Honorar seinen Traktor hier heraufzufahren. »Hundertfünfzig Pfund sind in Ordnung?«

Cait nickte, und Jake erklärte dem Farmer, wo sie zu finden waren.

»Ohne dich wäre ich wirklich aufgeschmissen gewesen. Danke, Jake.«

»So einfach kommst du nicht davon«, meinte er ernst.

»Nein?« Was erwartete er?

Doch als er sich vorbeugte, um sie zu küssen, seufzte sie erleichtert und öffnete leicht die Lippen. Als er sie freigab und sich zurücklehnte, hob er leicht vorwurfsvoll eine Augenbraue. »Was denkst du nur manchmal von mir? Du traust mir wohl alles zu.«

Sie biss sich auf die Unterlippe. »Nicht alles, aber …«

»Ich fühle mich beinahe geschmeichelt, aber nur beinahe.« Seine Augen schimmerten im Tageslicht graublau und waren voller Wärme. »Ein bisschen Vertrauen in mich wäre ein Anfang, Cait.«

»Ich möchte, aber … Ich meine, wir kennen uns kaum!«

»Also, nach letzter Nacht halte ich ›kaum‹ für untertrieben.«

»Das ist etwas anderes.« Sie hob das Kinn und verschränkte die Arme vor dem Körper.

»Ah, da ist sie wieder, die alte Cait in Abwehrhaltung«, konstatierte er mit einem amüsierten Lächeln.

»Ich wusste gar nicht, dass es eine neue Cait gibt. Vielleicht war es ein Fehler, und ich sollte jetzt aussteigen und hier auf den Farmer warten. Du hast sicher noch viel zu tun.« Sie zeigte auf sein Telefon, das blinkte und summte.

Jake warf einen Blick darauf und nahm das Gespräch mit gerunzelter Stirn an. »Ja? Parry hier.«

Sie hörte ihn zustimmen und sagen, dass er in einer Stunde dort sein würde.

»Das war Boswick, mein Chef. Wir treffen uns in der Zentrale in Penrhyndeudraeth, aber ich warte hier mit dir, bis der Farmer kommt.« Er griff nach ihrer Hand. »Jetzt verstehe ich, was du mir sagen wolltest. Keine Verpflichtungen bedeutet für dich, dass du dich sofort aus dem Staub machen kannst, wenn dir etwas nicht behagt.«

»Nein, das ist es nicht!« Sie entzog ihm verärgert die Hand.

»Was ist es dann?«

»Das habe ich dir bereits gesagt, aber du hörst nicht zu. Für dich ist offenbar alles einfach und klar, aber nicht für mich! Ich bin anders als du, Jake!«, verteidigte sie sich und spürte die vertraute aufkeimende Verzweiflung.

Als er lächelte, verflog ihr Ärger, und sie ließ es zu, dass er sie an seine Schulter zog und ihren Kopf an seiner Brust barg. »Ich bin sehr froh, dass du anders bist. Erstens mag ich deine Rundungen, und zweitens müsste ich mich mit dir prügeln, wenn du so wärst wie ich.«

»Wie bitte? Warum?« Sie schob ihren Arm unter seine Jacke und fühlte seine angespannten Bauchmuskeln, die vibrierten, weil er lachte.

»Mein Bruder ist wie ich, und wir haben Konflikte eigentlich ständig durch Raufereien gelöst. Das war der einfachste und direkteste Weg, und wir haben Energien abgebaut.«

»Und wer hat meistens gewonnen?«

»Ich bin älter. Am Anfang hatte ich die besseren Karten, aber dann hat er sich dem Kampfsport verschrieben, und ich habe eingesehen, dass Diskussionen auch ihren Reiz haben können. Du wirst ihn kennenlernen, wenn er nächste Woche zu Besuch kommt.«

Als Cait schwieg, fügte Jake hinzu: »Wenn ich dich meinem Bruder vorstelle, bedeutet das nicht, dass wir verlobt sind, also entspann dich.«

Sie knuffte ihn in den Magen, woraufhin er sie packte und auf seinem Schoß auf den Rücken drehte, doch bevor ihre Lippen sich berühren konnten, fragte sie: »Dann stellst du alle deine Affären deinem Bruder vor?«

Seine Augen funkelten. »Ist es das, was du willst, Cait, nur eine Affäre?«

Sie schwieg erneut, und als seine Miene hart wurde und er sie loszulassen drohte, küsste sie ihn.

Der Farmer kam früher als erwartet und verzog bedenklich das Gesicht, als er die Lage begutachtete. Doch mit Jakes Hilfe brachten sie Caits Wagen wieder auf die Straße. Der Motor sprang an, und da Jake denselben Weg wie sie hatte, folgte sie ihm bis zu einer Werkstatt in Minffordd. Dort stiegen sie beide aus, und Cait holte ihre Reisetasche aus Jakes Wagen.

»Kommst du klar?«, fragte er.

In der Werkstatt arbeiteten drei Mechaniker, von denen ihnen einer zuwinkte. »Hi Jake. Hast du die Karre so zugerichtet?«

Jake grinste. »Nein, das Lob gebührt der Dame.«

Der Mechaniker, ein junger Mann mit offenen Gesichtszügen, lachte. »Alles klar. Bin gleich bei Ihnen, Lady.«

»Danke!«, rief Cait und stellte die Tasche neben der Zapfsäule auf den Boden. »Fahr nur, Jake. Die Reparatur wird wohl ein paar Tage dauern, aber ich kann Birdies Wagen nehmen. Außerdem muss ich gleich nach ihrer Katze sehen und in den Laden und meine Entwürfe durchgehen und …«

»Du willst mich loswerden«, sagte er und schaute sich um. »Hier bist du in guten Händen. Die Jungs sind in Ordnung, ich war schon einige Male hier.«

»Ich … Danke, Jake, wirklich, ich kann dir gar nicht sagen …«, begann sie unbeholfen.

Doch er nahm sie einfach in den Arm und küsste sie kurz, aber nachdrücklich auf den Mund. »Brauchst du nicht. Ruf mich an, oder ich melde mich bei dir, je nachdem, okay?«

»Okay.«

Sie sah ihm nach, bis er hinter der nächsten Kurve verschwunden war, und vermisste ihn schon jetzt, obwohl das ein Gefühl war, das sie sich nicht erlaubte. Er war ein attraktiver Mann, keine Frage, und sie hatten eine leidenschaftliche Nacht und einen bemerkenswerten Morgen miteinander verbracht. Aber sie kam ohne ihn klar. Sie brauchte ihn nicht. Das musste sie ihm zu verstehen geben, denn darum ging es. Es war schön, aber das Leben ging weiter, ging immer weiter, nahm keine Rücksicht auf Gefühle und Sehnsüchte. Man musste sich wappnen und durfte seine Verwundbarkeit nicht preisgeben. Wenn man das tat, verlor man seine innere Stärke. Und das war alles, was sie hatte.

Der Mechaniker kam in einem ölverschmierten Overall auf sie zu. Unter seiner Mütze, die er mit dem Schirm im Nacken trug, lugten rotblonde Haare hervor. Er konnte höchstens fünfundzwanzig sein. Fachmännisch und mit gewichtiger Miene klopfte er hier und dort gegen die Bleche, während er das Auto umrundete. Dann blieb er vor ihr stehen. »Sie sind Jakes Freundin?«

Wenn sie Nein sagte, würde er sie ausnehmen, weil man das mit Auswärtigen so machte. Und wenn sie Ja sagte, wusste bald jeder hier, dass sie Jakes Mädchen war, wobei diese Möglichkeit einen gewissen Reiz hatte. »Ja. Ich bin Cait Turner. Meine Tante lebt hier in Minffordd. Charlotte Bennett. Vielleicht kennen Sie sie?«

»Meinen Sie etwa Birdie?« Grüne Augen musterten sie interessiert.

»Ganz genau.«

»Klar kenne ich Ihre Tante. Mein Großvater hat einen Brennofen, in dem sie manchmal ihre Töpfe und das ganze Zeug brennt. Ich bin Charlie.« Er streckte ihr eine ölige Hand entgegen, besann sich und wischte die Hand an seinem Overall ab. »Lieber nicht.«

Cait lächelte. »Gestern sah ich auch nicht besser aus. Freut mich, Charlie. Die Welt ist klein.«

»Vor allem in Minffordd. Wo lebst du?« Das Eis war gebrochen.

»In Chester, aber ich bin hier und in Nantmor groß geworden.«

»Uh, auf Craddock-Land …« Er steckte die Hände in die Taschen und betrachtete ihren Wagen.

»Na ja, damals hat die Sägemühle noch meinem Vater gehört. Aber die Craddocks waren unsere Nachbarn.«

»Sean ist ganz in Ordnung, aber der Alte trägt die Nase ziemlich hoch. Manchmal kommen er oder seine Frau zum Tanken vorbei. Sie ist noch schlimmer. Die weiß gar nicht, wie sie sich geben soll, so vornehm ist die. Schätze, sie hat eine Menge Probleme …«

»Ich kann dazu nichts sagen, Charlie. Ich bin nur noch selten hier.«

»Und dann bei diesem Unwetter.« Er stieß mit dem Schuh gegen die schlammverkrusteten Reifen. »Gestern passiert?«

Sie nickte. »Eine Bö hat mich von der Straße gedrängt. Gleich hinter Capel Curig, wo der See die Straße überspült hat.«

»Ja ja, üble Sache. Überall ist viel zerstört worden, und die Versicherungen stellen sich quer. Zumindest bei den Leuten, die zu dicht am Fluss gebaut haben. Also, so sieht's aus.« Er stellte sich breitbeinig vor sie hin. »Ausbeulen, checken, ob der Motor was abbekommen hat, vielleicht ist das Gestänge verbogen, Lackieren … Unter einer Woche kriegst du den Wagen nicht zurück. Wir rufen dich an, wenn wir was finden, was hohe Kosten verursacht. Dann kannst du sagen, ob du es gemacht haben willst oder nicht. Wäre das akzeptabel?«

»Absolut.« Sie gab ihm ihre Visitenkarte und schulterte die Reisetasche. »Oh, mein Handy ist kaputt, verkauft ihr welche?«

»Ein paar einfache Modelle sind noch da. Wir lassen das auslaufen, lohnt sich nicht.«

»Reicht für den Übergang.« Cait entschied sich im Laden für ein schlichtes Gerät, das jedoch seinen Zweck bestens erfüllte und mit ihrer Simkarte funktionsfähig war.

Charlie sagte zum Abschied: »Ich kann dir ein Taxi rufen.«

»Nein. Ich laufe. Ich hab's nicht weit.«

Bewegung und frische Luft würden ihr guttun und ihre Gedanken sortieren helfen.

23

Als Jake in Penrhyndeudraeth auf den Parkplatz der Nationalpark-Verwaltung fuhr, überkamen ihn Wut und tiefe Traurigkeit. Vor wenigen Tagen hatte er hier noch mit Rob gesprochen und mit ihm gelacht, und jetzt ging es weiter wie immer, zumindest machte es den Anschein. Robs Tod verblasste hinter dem Unwetter, dessen Auswirkungen heute alles bestimmten. Aber vielleicht überraschte ihn Leo Boswick ja auch mit ungeahnter Anteilnahme. Mit grimmiger Miene betrat Jake den Eingangsbereich der Parkverwaltung.

Molly saß am Empfang und begrüßte ihn mit einem traurigen Lächeln. »Hi Jake. Was ist nur mit diesem Juni los? Erst Rob und jetzt das Unwetter. Wann ist die Beerdigung? Weißt du es schon? Ich mag gar nicht bei Robs Eltern anrufen. Furchtbar ist das, einfach schrecklich.«

Sie drückte auf eine der blinkenden Tasten der Telefonanlage und schob einen Notizblock über das Licht.

»Willst du nicht drangehen?« Er mochte Molly, die immer freundlich und ein Fels in der Brandung des intriganten Büroalltags war.

»Kann warten. Also, weißt du, wann die Beerdigung ist?«

»Noch nicht sicher. Vermutlich übermorgen, aber Robs Eltern wollten sich noch melden. Es wird eine Feuerbestattung.« Es fiel ihm schwer, darüber zu sprechen.

Molly seufzte. »Ich wünschte, es wäre schon vorbei. So was geht mir immer an die Nieren. Es werden übrigens alle kommen, das haben wir so besprochen.«

»Das ist schön. Er hat es verdient.«

Ihre blauen Augen schimmerten feucht hinter ihrer Brille. »Ja, er war ein netter Kerl. Obwohl du noch nicht lange hier warst, hattet ihr einen besonderen Draht zueinander. Das weiß ich. Ist schon verrückt, wie das Schicksal manchmal spielt …«

Jake räusperte sich. »Hmm …« Schicksal hatte nichts mit Robs vorzeitigem Tod zu tun, aber darüber wollte er nicht mit ihr sprechen. Das war sein privater Feldzug. Wenn er mehr in den Händen hatte, würde er die anderen mit einbeziehen. So wie die Dinge lagen, war es besser, wenn nur Alun Bescheid wusste. Und Cait, fügte er in Gedanken hinzu. Sie war nicht nur sexy und machte ihn verrückt, wenn er nur an sie dachte, sondern er wusste, dass er sich auf sie verlassen konnte. Ihre Eigenwilligkeit und ihre Ängste waren Teile ihrer vielschichtigen Persönlichkeit, die er kennenlernen wollte, auch wenn sie sich noch dagegen sperrte.

Ein weiteres Lämpchen begann zu blinken, und Molly hob die Hände. »Ja ja, nicht so ungeduldig. Boswick wartet übrigens auf dich.« Sie nahm den Hörer ab. »Nationalpark-Verwaltung …«

Jake zog eine Grimasse und ging nach oben.

Dass Boswick schlechte Laune hatte, war nicht zu überhören. Die Bürotur stand offen, so dass jeder Zeuge von Leo Boswicks Wutausbruch werden konnte.

»Sie bewegen jetzt sofort Ihren faulen Hintern da hin! Sonst verklage ich Sie bis zum Sanktnimmerleinstag!«, brüllte Boswick, wartete einen Moment, weil sein Gesprächspartner anscheinend etwas zu entgegnen wagte, und schrie mit sich überschlagender Stimme: »Na und? So steht es im Vertrag! Zuerst sind Sie uns verpflichtet. Das hätten Sie sich vorher überlegen müssen. Was? … Ich scheiß drauf!«

Das Telefon flog knallend auf den Tisch, zumindest nahm

Jake das an, als er vorsichtig um die Ecke lugte und winkte. »Hallo, Leo!«

Der vierschrötige Glatzkopf von Leo Boswick war rot bis zu den Ohren, und man konnte den Mann nur zu seiner Gesundheit beglückwünschen. Jeder andere hätte wahrscheinlich schon einen Herzinfarkt erlitten. Schnaufend stürzte Leo ein Glas Wasser hinunter, wischte sich mit einem Taschentuch über die Stirn und schlug mit der Faust auf den Tisch. »Ich bin von Schwachköpfen umgeben. Verdienen wollen sie alle, aber nicht ihren Verpflichtungen nachkommen. Komm schon rein, Jake.«

Jake setzte sich auf einen der beiden Stühle vor dem Schreibtisch und legte die Hand auf die Jackentasche, denn sein Mobiltelefon klingelte. Rasch warf er einen Blick darauf. »Entschuldigung, Leo. Robs Eltern.«

Leo grummelte etwas und beugte sich über die vor ihm liegende Akte.

»Hallo, Max. Wie geht es euch?« Was für eine Frage, dachte Jake, doch irgendetwas musste er sagen.

»Wir versuchen zu realisieren, was geschehen ist, aber ich schaue noch immer zur Tür und denke, dass mein Junge jeden Augenblick hereinkommt und …« Max Davies, Robs Vater, schluchzte, fing sich wieder und sagte: »Die Beerdigung ist am Samstag. Um elf Uhr versammeln wir uns in der Kapelle von Llanberis, und dann gehen wir gemeinsam zum See und verstreuen seine Asche …«

Die letzten Worte gingen in verzweifeltem Schluchzen unter. »Warum, Jake? Das darf nicht sein. Die Jungen sollten nicht vor den Alten gehen …«

Selbst den Tränen nahe, sagte Jake: »Danke, Max. Ich sage es den anderen.«

Es klickte in der Leitung, und das Gespräch war beendet. Jake wischte sich die Augen und richtete sich auf, um Boswick direkt anzusehen. »Das war Robs Vater wegen der Beerdigung.«

Leo schüttelte langsam und mit ernster Miene den Kopf. »Armer Kerl. Ich habe selbst zwei Kinder und will mir nicht vorstellen, wie es wäre, wenn ihnen etwas zustieße. Wann ist die Beerdigung?«

»Samstag in Llanberis.«

Boswick blätterte in einem Terminplaner. »Sehr ärgerlich, aber am Samstag bin ich mit Sir Hugh auf seinem Landsitz bei Llanrwst verabredet. Es geht um zwei alte Cottages, die schon Richard Wilson in seinen Gemälden verewigt hat. Sir Hugh will die Gebäude dem Park als Teil eines Landschaftsmuseums vermachen. Sie gehören bereits zum Trust und würden eine zusätzliche Touristenattraktion darstellen. Das verstehst du doch? Ich meine, ihr geht ja sicher alle hin …«, fügte Leo hastig hinzu.

Verächtlich stieß Jake die Luft aus. »Wir gehen hin. Rob ist ja auch nur ein einfacher Ranger gewesen, leicht zu ersetzen, mach dir keinen Kopf, Leo. Dich vermisst sicher niemand.«

»Dich einzustellen war der größte Fehler, den ich seit Langem gemacht habe.« Leo bleckte die Zähne und klappte den Planer zusammen. »Die anderen haben mich überstimmt.«

»Ich weiß. Jemand wie du kann es nicht leiden, wenn man Entscheidungen hinterfragt. Aber wir sind nicht bei der Armee, und ich bin kein Befehlsempfänger. Niemand hier ist das. Wir arbeiten alle für dieselben Ziele. Oder nicht?«

Boswicks mächtiger Brustkorb hob und senkte sich. »Du bist zornig, weil Rob tot ist, und vielleicht gibst du dir ein wenig die Schuld daran. Wie auch immer, ich habe Verständnis für deine Situation, zumindest kurzzeitig. Aber das Leben geht weiter, Jake. Und gerade wurden wir von einem Unwetter heimgesucht. Du fährst jetzt dein Gebiet ab, kontrollierst die Wege und sicherst Stellen mit gefährlichem Geröll. Die Sicherheit der Menschen hat Vorrang. Erst danach kümmerst du dich um deine Vögel. Das heißt, kranke oder verendete Tiere sammelst du natürlich sofort ein. Wir verstehen uns?«

Jake stand auf. Dabei fiel sein Blick auf einen Briefkopf, und der Name des Absenders schien ihm bekannt, doch er konnte ihn nicht einordnen. »Nur zu gut.«

Als er schon halb durch die Tür war, sagte Leo: »Ich schicke natürlich einen Kranz, und das Komitee wird Rob in einer Anzeige würdigen.«

»Eine warmherzige Geste.« Jakes Kiefer knirschte, als er auf den Flur hinaustrat und sich fragte, wie es möglich war, dass immer derselbe kaltschnäuzige Typ Mensch auf einflussreichen Positionen landete. Doch die Antwort lag in der Frage begründet, und es war Zeitverschwendung, darüber nachzudenken.

Auf dem Gang begegnete er Kayla, die mit zwei Rangern sprach. Mike betreute Waldgebiete bei Betws-y-Coed, und Ken, der ältere der beiden, war für die Küstenstreifen bei Harlech zuständig. Ken klopfte Jake auf die Schulter, während Mike seine Augen nicht von der hübschen Verwaltungsassistentin lassen konnte. Der umgängliche, manchmal etwas verträumte junge Mann hatte nach einem Forstwirtschaftsstudium hier seine erste Stelle angetreten.

»Hat Leo dich auch eingenordet? Sicherheit geht vor …«, ahmte Ken Boswicks bärbeißigen Tonfall nach.

Ken hatte die fünfzig eben überschritten und betrieb die Rangertätigkeit neben einem B & B an der Küste. Er gehörte zu denen, die am ehesten Verständnis für Boswick aufbrachten, auch wenn er sich jovial gab, und Jake sah sich in seiner Gegenwart mit allzu kritischen Kommentaren vor.

»War nicht anders zu erwarten«, meinte Jake. »Am Samstag ist Robs Beerdigung. Ich geb Molly die Details, dann kann sie eine Rundmail verschicken.«

»Wie nehmen es seine Eltern?«, wollte Mike wissen und strich sich das dichte, braune Haar aus der Stirn. Sollte er tatsächlich ein Auge auf Kayla geworfen haben, hatte Jake schon jetzt Mitleid mit ihm. Kayla war berechnend, und Jake traute ihr nicht. Ihr Lächeln war immer eine Spur zu künstlich und ihr Lachen zu laut. Sie setzte ihr attraktives Äußeres allzu auffällig ein, und es mangelte ihr an echtem Mitgefühl, dachte Jake und empfand das als den größten Fehler, den ein Mensch haben konnte.

»Sehr schwer. Es kam so überraschend. Das macht es noch schlimmer. Ich fahre zum Pen-y-Pass. Musst du auch in die Richtung, Mike?« Jake ignorierte Kaylas aufgesetzte Trauermiene.

»Ich werde am Samstag auf jeden Fall kommen«, versicherte Kayla eifrig, schien sich an etwas zu erinnern und sagte im Ton tiefsten Bedauerns: »Ach du liebe Güte, das hatte ich ganz vergessen. Ich habe schon einen Termin. Es …«

Jake winkte ab. »Wir werden darüber hinwegkommen.«

»Zu bissig solltest du nun auch nicht sein, Jake, auch unter diesen Umständen nicht. Mike, wir sehen uns noch.« Kayla schenkte Mike einen vielsagenden Blick unter gesenkten Wimpern und schritt davon.

»Hör auf zu sabbern«, sagte Jake zu Mike.

Ken grinste. »Sie legt es drauf an. Ich wette, sie weiß genau, dass wir ihr hinterherstarren.«

»Und wenn schon. Sie sieht doch auch klasse aus!« Mike zeigte sich unbeeindruckt von den Kommentaren.

»Das ist aber auch alles … So, ich mache mich auf den Weg.« Jake reichte Ken die Hand. »Falls wir uns vorher nicht mehr sehen, bis Samstag.«

Ken nickte und kam mit ins Erdgeschoss, wo seine Teilnahme bei einem Planungsmeeting gefordert war.

Vor Mollys Empfang blieben sie stehen, und Jake fragte:

»Was ist eigentlich mit den Fischadlern, Ken? Hast du das Nest kürzlich kontrolliert?«

Ken, ein großer, hagerer Mann, der bei Harlech aufgewachsen war, hob die Brauen. »Nein, ist schon ein Weilchen her. Vor zwei Wochen war ich dort, da lagen zwei Eier im Nest. Warum fragst du? Es scheint alles in Ordnung. Ich beobachte sie oft mit dem Fernglas.«

»Gut, nein, nein, ich dachte nur an die Eierdiebe. Rob hatte den Verdacht, dass sie sich wieder herumtreiben. Deshalb war er auch an jenem Morgen oben, um die Eier zu kennzeichnen.« Jake legte lediglich die Umstände dar und hoffte auf irgendeine Art von Hinweis, der ihn weiterbringen könnte.

Seine Kollegen sahen ihn konzentriert an, und Ken sagte: »Ach so, von eurem konkreten Verdacht wussten wir noch nichts. Aber die Scheißkerle sind wieder ziemlich aktiv. Wenn einer erwischt wird, zahlt er seine Strafe und macht trotzdem weiter. Die sind besessen!«

»Ich habe in letzter Zeit keine Meldungen über verdächtige Aktivitäten reinbekommen«, meinte Mike. »Aber wir sollten uns sofort kurzschließen, wenn dieselben Fahrzeuge öfter in der Nähe von Nestern gesehen werden.«

»Rob sprach von Motorradfahrern, die mehrfach gesichtet wurden, die sollten wir auch im Auge behalten. Bei den einheimischen Kandidaten war ich schon«, schob er ein, damit keine Hetzjagd auf Lewis und seine Kumpane gestartet wurde. Das würde sie nur verschrecken. Immer gesetzt den Fall, sie hatten etwas damit zu tun.

»Ich gebe auch den anderen Bescheid, aber es ist immer verdammt mühselig, bis man einen dieser Kerle erwischt«, sagte Mike.

»Kann ich euch helfen, Jungs?« Molly hob den Kopf hinter ihrem Tresen und händigte nebenbei einer Besucherin eine Broschüre aus.

»Diesmal nicht, Molly. Oh Mann, jetzt muss ich mich beeilen!« Ken lief eilig zu den Versammlungsräumen.

Jake und Mike verließen die Parkverwaltung gemeinsam und blieben vor Jakes Wagen stehen. »Wie meintest du das vorhin mit Kayla, Jake?«

Jetzt bereute Jake seine Bemerkung. »Ach, nimm's nicht ernst, Mike. Sie ist hübsch, aber eben der komplizierte Typ Frau. Das war alles.«

»Wirklich? Kennst du sie denn … besser?«

Der Junge meinte es tatsächlich ernst, dachte Jake. »Nein, ehrlich, Mike, gib nichts auf meine Bemerkung.«

Erleichtert klimperte Mike mit seinem Wagenschlüssel. »Ich wollte nämlich niemandem in die Quere kommen, so was ist nicht gut.«

»Sprichst du aus Erfahrung?«

Mike hob das Kinn und zeigte eine Narbe. »Die hat mir der Exfreund meiner letzten Freundin verpasst. Sie ist dann wieder zu ihm zurück. Hat sie wohl beeindruckt …«

Lachend öffnete Jake die Wagentür. »Sei froh, dass du die Frau los bist. Sag mal, das wollte ich noch fragen, hast du bei dir schon Ziegen gesichtet? Ich könnte mir vorstellen, dass sie bei dem Unwetter Zuflucht suchen, und dann können sie ziemlichen Schaden anrichten.«

»Noch habe ich keine gesehen, und niemand hat sie gemeldet. Ist es eigentlich wahr, dass zwei von diesen wilden Ziegen erschossen worden sind, weil sie die Gärten von Plas y Brenin verwüstet haben?«

»Das war vor meiner Zeit, aber es scheint zu stimmen. Seitdem sind sie gesetzlich geschützt. Nur, besser wir fangen sie ein, bevor sie Schaden anrichten können. Man weiß nie, wie die Leute reagieren, wenn sie sowieso schon Einbußen durch die Flut erlitten haben.«

»Alles klar.« Mike schaute zum Himmel, an dem sich graue

Wolken sammelten. »Nicht noch mehr Regen. Mir reicht es für dieses Jahr!«

Der Parkplatz von Pen-y-Pass stand zur Hälfte unter Wasser, trotzdem parkten ein Dutzend Besucherautos dort. Es war kaum zehn Uhr, und Jake ging kopfschüttelnd zu den Touristen, die dabei waren, sich auf ihr Trekkingabenteuer vorzubereiten.

»Hallo, guten Morgen alle zusammen!« Jake gab sich Mühe, sie über mögliche Gefahren bei einem Aufstieg nach dem Unwetter aufzuklären, und einige nahmen von ihrem Vorhaben Abstand, aber eine Gruppe junger Engländer schlug seine Warnungen lachend in den Wind und marschierte los. Was sollte er machen? Er konnte den Aufstieg sperren, aber sie würden an anderer Stelle einen Weg finden. Frustriert baute er Warnschilder auf und verwies die Besucher für weitere Informationen an die Informationszentren des Parks. Dann machte er sich selbst mit einem Rucksack voller Absperrmaterial auf den Weg, um die Gefahrenstellen zu inspizieren.

Er hatte gerade die Hälfte des Pyg Tracks hinter sich gebracht, als er die Gruppe junger Leute entdeckte, die eine der Frauen in ihrer Mitte hielten und auf sie einredeten.

Der Boden war überall aufgeweicht, die Felsen nass und dort, wo sie mit Flechten und Moos überzogen waren, extrem glitschig. Vermutlich war die Frau ausgerutscht und hatte sich verletzt. Seine Wut über die ignoranten Touristen herunterschluckend ging er zu ihnen. »Was ist passiert?«

Die junge Frau weinte und hielt einen Fuß über dem Boden. Einer ihrer Freunde bestätigte Jakes Befürchtung. »Rufen Sie uns einen Helikopter! Sie hat Schmerzen und braucht sofort Hilfe!«, verlangte der etwa Dreißigjährige, der es vielleicht in seiner Firma gewohnt war, Befehle auszugeben. Hier jedoch hatte er sich an den Falschen gewandt.

»Ich werde nichts dergleichen tun, oder ist Ihre Freundin in einer lebensbedrohlichen Situation?«, fragte Jake kühl.

Die anderen standen mit betretenen Gesichtern herum, und einer murmelte: »Na komm, Tim, er hat ja recht. Wir bringen sie zum Parkplatz zurück und fahren sie zu einem Arzt.«

»Ich schlage das Krankenhaus in Bangor vor. In der Notaufnahme ist man auf solche Unfälle spezialisiert«, sagte Jake verbindlich. »Ich hatte Sie gewarnt. Nach einem solchen Unwetter hier rauszugehen ist fahrlässig.«

Tim verzog arrogant den Mund. »Sie sind doch auch hier draußen.«

»Weil Leute wie Sie sich über alle Vorsichtsmaßnahmen hinwegsetzen. Mit Ihrem dummen Verhalten gefährden Sie auch noch andere. Und wenn Sie es bis nach oben geschafft hätten und dann dort gestürzt wären, und Ihre Freundin hätte sich den Kopf aufgeschlagen? Ja, dann wäre die Rettungswacht gekommen!« Jake wurde nun doch laut. »Und der Steuerzahler kann für solche Idioten wie Sie auch noch aufkommen!«

»Das gibt eine Beschwerde, Ranger!«, rief der beleidigte Tim.

»Bitte, ich bestehe darauf.« Er nannte seinen Namen und ging weiter.

Während er dem Pfad auf den Crib Goch folgte, denn hier waren die meisten Gefahrenquellen zu erwarten, fragte er sich, wie lange er seinen Job wohl noch behalten würde. Wobei er nicht ausschließen mochte, dass dieser überhebliche Tim einsah, wie dämlich sein Tun gewesen war, und von einer Beschwerde absah. Nach zwei Stunden zügigen Wanderns sah er die erste Ziege. Die Tiere waren imposant und schön anzusehen, wie sie ihre mächtigen geschwungenen Hörner trugen und mit weißschwarzem Zottelfell auf winzigen Felsvorsprüngen posierten.

»Wenn man den Teufel beschwört …«, sagte er und blieb stehen. Der große Ziegenbock fixierte ihn und sicherte in alle Richtungen.

Normalerweise mieden die Tiere belebte Pfade und wurden nur selten gesichtet, und wenn, dann aus der Ferne. Dass der Bock hier stand, bedeutete, dass sie aus ihren Verstecken gekommen waren, um Nahrung in tieferen Gegenden zu suchen. Solange sie nur nicht auf die Felder schießwütiger Landbesitzer gerieten.

Jake marschierte weiter und wurde von dem Bock aus sicherer Entfernung beobachtet. Plötzlich fiel ihm ein, wessen Namen er da bei Boswick gelesen hatte: Fuller. Charles Fuller hatte ihm eine Touranfrage geschickt, und Caleb hatte sich offenbar darum kümmern wollen. Warum war diese Anfrage bei Boswick gelandet? Verschwitzt erreichte Jake die Stelle, an der Rob abgestürzt war. Er würde Caleb darauf ansprechen. Und dann fiel sein Blick auf etwas Bräunliches, das vom Regen unter den Steinen hervorgespült worden sein musste. Jake bückte sich und fischte eine Zigarettenkippe zwischen Schlamm und Steinen hervor. Einem Impuls folgend, wickelte er sie in ein Taschentuch und steckte sie ein.

Die Sicht war nicht klar, aber es hing auch kein Nebel über dem Gipfel. Jake konnte deutlich die niedergegangenen Geröllmassen entlang des Hangs erkennen und sperrte den weiteren Aufstieg einfach ab. Wer dennoch weiterging, tat das auf eigene Gefahr. Ein Toter war genug.

24

Von der Werkstatt lief Cait direkt zum Haus ihrer Tante, um nach Penelope zu sehen. Auch in Minffordd hatte das Unwetter Spuren hinterlassen, doch es waren oberflächliche Schäden wie überflutete Keller, die sich in kurzer Zeit beheben lassen würden. Birdies alter Transporter stand in der Einfahrt vor dem Haus. Ein paar Zweige und eine Plastiktüte lagen auf der Kühlerhaube, ansonsten war der Wagen unversehrt. Als Cait die Haustür aufschloss, sprang ihr Penelope mauzend entgegen und strich ihr schnurrend um die Beine. Gerührt über den Beweis der Zuneigung nahm Cait die Katze auf den Arm und ging mit ihr in die Küche. Alles roch vertraut und fühlte sich nach zu Hause an.

»Ach Birdie …«, seufzte Cait und drückte die Katze an sich, der das jedoch zu viel wurde. Rasch setzte sie Penelope auf den Boden, wo sie mehrmals den Schwanz hin- und herschlug und dann auf die Fensterbank sprang, um sich zu putzen.

Vielleicht sollte sie Birdie davon überzeugen, dass es besser wäre, die Vergangenheit ruhen zu lassen. Cait strich über eine blau-grüne Keramikschale. Sie wollte nicht verlieren, was ihr so lange Halt gegeben hatte. Jeder Mensch brauchte ein Zuhause, und Birdie hatte kein Recht, das kaputt zu machen. Und dann? Das Wissen um begangenes Unrecht würde an ihr nagen, sie in regelmäßigen Abständen heimsuchen, aber konnte das schlimmer sein als die Albträume, die sie seit Jahren plagten? Kaum. Oder doch?

In stummer Verzweiflung schlug Cait die flachen Hände auf

die Arbeitsplatte. Das darauf stehende Geschirr und die Töpfe klirrten und schepperten, und Penny sah sie mit gesträubten Haaren an.

»Schon gut.« Cait griff nach der Dose, in der Pennys Leckerlis aufbewahrt wurden, und die Katze sprang zu ihr.

Dann rief Cait Mrs Meredith an, bedankte sich und musste einen baldigen Teebesuch versprechen. Als Nächstes wählte sie Birdies Nummer und freute sich, als ihre Tante nach nur zweimaligem Klingeln den Hörer abnahm.

»Wie geht es dir?«, war Caits erste Frage.

»Viel besser! Gar kein Vergleich, von nun an geht es nur noch bergauf. Schluss jetzt mit dem Krankengeschwätz. Was wünschst du dir zum Geburtstag, meine Süße?«

Warum konnte sie das nicht einfach vergessen? »Nur, dass du gesund wirst, Birdie.«

»Erfüllt. Und sonst?«

»Ach, oh doch, da fällt mir etwas ein. Es wäre ganz toll, wenn ich deinen Wagen eine Weile borgen könnte. Ich hatte gestern einen kleinen Unfall wegen dem Hochwasser …«

»Was? Das sagst du so beiläufig? Was ist passiert? Geht es dir auch gut?«, wollte Birdie aufgeregt wissen.

»Ich hätte das gar nicht erwähnen sollen. Ja, alles in Ordnung. Mir ist nichts passiert, nur der Wagen hat etliche Schrammen und Beulen, und mir ist es lieber, wenn er einmal grundüberholt wird. Jake hat mich in die Werkstatt in Minffordd gebracht. Da arbeitet ein netter Junge namens Charlie. Sein Großvater hat einen Brennofen, den …«

»Oh, das ist ein hübscher Zufall! Sein Großvater ist Mad Madoc! Der verrückte Madoc, weißt du nicht mehr?«

Cait lachte. »Natürlich! Wie konnte ich den alten Kauz vergessen! Der hatte doch immer eine Tunika an und trug diese bunten Stirnbänder! Und er lief barfuß bis in den Winter. Ich dachte immer, der wärmt sich die Füße an seinem Brennofen …«

»Ist schon eine Weile her, dass ich bei ihm war. Das Wenige, was ich produziere, konnte ich bei mir brennen, aber wenn ich hier raus bin, werde ich ihn besuchen.« Ihre Tante kicherte vergnügt. »Weißt du, fast hätte ich mal eine Affäre mit ihm angefangen.«

»Waaas? Mit dem alten Hippie?«

»Du warst damals zu jung, aber er war mal ein hübscher Kerl, und wenn er wollte, konnte er Süßholz raspeln, dass einem ganz schwindelig wurde.«

»Und warum habt ihr nicht …«

»Ich weiß nicht. Damals hatte ich Angst vor einer festen Beziehung und fand es aufregender zu flirten, außerdem war das die Zeit, als dein Vater starb.« Birdie räusperte sich. »Aber wir haben das Flirten nie aufgegeben.«

Angst vor einer festen Beziehung, das kam Cait bekannt vor. »Manchmal lernt man den richtigen Mann eben zur falschen Zeit kennen.«

Es dauerte einen Moment, bis Birdie antwortete. »Wie war das mit Jake? Hat er dich zufällig auf der Straße aufgelesen?«

Cait holte tief Luft und streichelte Penny, die vor ihr auf den Tisch gesprungen war. Birdie schien in ihr zu lesen wie in einem offenen Buch. »Nicht ganz. Wir waren zum Essen verabredet, und als ich mich nicht gemeldet habe, mein Handy war kaputtgegangen, ist er losgefahren, um mich aufzusammeln.«

»Das war nett von ihm. Aber Jake ist ja auch ein netter Kerl. Wenn ich jünger wäre, hätte er mir gefährlich werden können.«

»Meine Güte, Birdie, ich hatte ja keine Ahnung!«, flachste Cait, doch sie musste sich eingestehen, dass sie wirklich nichts über das Gefühls- oder Liebesleben ihrer Tante gewusst hatte. »Und?«

»Was und?«

»Komm schon, mach's nicht so spannend. Du magst ihn doch!«

Seufzend gab Cait nach. »Ja, Birdie, sehr sogar, und das ist das Problem. Aber ich glaube beinahe, dass dich das freut!«

»Und wie! Als er damals mit seinen Fotografien bei mir hereinschneite, dachte ich gleich, das wäre ein Mann für Cait, aber da warst du noch mit diesem langweiligen Sebastian zusammen. Das ist doch hoffentlich vorbei, oder?«

»Aber ja, schon länger.« Cait grinste. »Er war wirklich langweilig, und ein Kontrollfreak dazu.«

»Er war nicht gut für dich. Du hast gar nicht mehr viel gelacht, wirktest immer angespannt und irgendwie auch traurig. Heute klingst du ausgelassen.« Birdie trank etwas.

»Ich erzähle dir nicht, was passiert ist.«

»Ha! Brauchst du nicht. Ich freu mich für dich, für euch! Mach es nicht durch deine Grübeleien kaputt, genieß es einfach. Versprichst du mir das?«

In Birdies Stimme schwang eine Eindringlichkeit mit, die Cait beunruhigte. »Ja, wenn du möchtest. Aber es geht dir doch gut?«

»Alles bestens. Wann kommst du mich besuchen?«

»Das hängt von den Straßenverhältnissen ab. Ich muss zuerst in deinen Laden und könnte am späten Nachmittag wieder losfahren.«

»Bis bald, meine Süße.«

In Portmeirion schienen alle verfügbaren Helfer im Einsatz. Der Schlagbaum war offen, und Mr Jones stand neben zwei Männern, die schwitzend versuchten, einen umgestürzten Baum von der Straße zu ziehen.

»Ihr müsst ihn zersägen. So wird das nichts. Der ist zu schwer!« Der weißhaarige Herr wirkte in seinem Anzug, als wäre er einem Filmset entstiegen und in einer falschen Kulisse gelandet.

Einer der beiden Männer wischte sich schnaufend die Stirn und ließ den angehobenen Stamm fallen, so dass der andere fluchend zur Seite sprang. »Tim, hol die Motorsäge. Mr Jones, wo Sie recht haben, haben Sie recht.«

Der alte Herr lächelte erfreut und entdeckte Cait, die ihren Wagen auf dem oberen Parkplatz abgestellt hatte.

»Hallo, Mrs Bennett, schön, Sie zu sehen, obwohl hier alles drunter und drüber geht. Der Sturm hat auch unsere exotische Enklave nicht verschont.«

Cait sah den bewaldeten Hang hinauf, an den sich unten die Häuser schmiegten. Auf der Terrasse des Restaurants lag ein abgerissener Ast, und der dazugehörige Baum ragte schräg vom Hang herüber. Trotzdem spazierten bereits Touristen durch das bunte Dörfchen.

»Aber Sie scheinen alles im Griff zu haben.« Sie zeigte zum Meer hinunter. »Was ist dort unten los?«

Mr Jones wiegte den Kopf. »Der Pool wurde überflutet und muss gereinigt werden, und die Pflanzen haben gelitten. Da ist wohl der größte Schaden zu sehen. Aber sagen Sie, wie geht es Ihrer Tante?«

»Danke, viel besser. Wir können zuversichtlich sein«, sagte Cait lächelnd.

»Großartig, das ist die beste Nachricht heute. Ah, da kommt der Mann mit der Motorsäge …« Mr Jones schien in seinem Element, und Cait ging die Stufen hinauf zu den Arkaden.

Vor Lexis Laden standen wie üblich die Kartenständer, und auch Phoebe hatte schon geöffnet und die Waren nach draußen gestellt. Cait konnte der Versuchung nicht widerstehen und warf einen Blick in den Souvenirladen. Lexi saß auf dem Hocker hinter dem Verkaufstisch und lackierte sich die Fingernägel.

»Guten Morgen, Lexi! Geht es gut?«

Erschrocken fuhr die Verkäuferin auf und stieß dabei das Fläschchen mit dem Nagellack um. »Scheiße. Musst du mich so erschrecken? Das hast du doch extra gemacht. Kannst ruhig die Nase rümpfen. Aber mit Kindern sieht die Welt anders aus, da hat man nicht viel Zeit für sich übrig!«

Während Lexi ihre Schimpftirade über Cait ergoss, wischte sie den pinkfarbenen Lack von der Holzplatte. Das würde die Ladenbesitzer kaum freuen.

»War nicht meine Absicht, dich so aus dem Konzept zu bringen, Lexi. Wir sehen uns sicher noch. Ich wünsche dir einen schönen Tag!« Caits Worte waren ehrlich gemeint, und sie hoffte, später noch einmal mit Lexi sprechen zu können. Vielleicht erfuhr sie etwas über die Aktivitäten ihres Ehemanns.

»Ach ja, du mich auch …«, hörte sie Lexi murmeln und schätzte ihre Chancen auf eine freundliche Unterhaltung eher gering ein.

Phoebe dagegen freute sich, sie zu sehen, vor allem als Cait die Kuchentüte hervorholte und auf den Tresen legte. An der Hauptstraße Richtung Porthmadog gab es ein winziges Café mit nur drei Tischen, in dem es köstliche frische Scones und Kuchen gab. Vor allem die gefüllte Schokotorte und der Karottenkuchen hatten es Cait angetan. Als Phoebe die Tüte sah, seufzte sie genießerisch.

»Ich liebe Julias Kuchen. Sie ist eine Göttin in der Backstube! Alle Rezepte hat sie von ihrer Mutter und Großmutter übernommen.« Phoebe stellte den Wasserkocher an und holte Teller und Becher. Dann legte sie die Scones und zwei Stück Karottenkuchen auf die Teller. Die weiße Creme verlockte Phoebe, mit dem Finger davon zu naschen.

»Hmm, himmlisch! Obwohl ich mir das eigentlich nicht leisten kann.« Sie tätschelte ihre wohlgerundeten Hüften.

Cait lachte. »Hör auf, du siehst großartig aus!«

Und sie meinte es so, denn mit der prachtvollen braunroten Lockenmähne und den strahlenden grünen Augen war Phoebe der Inbegriff einer attraktiven, lebensfrohen Frau. Phoebe lächelte und spielte mit dem herzförmigen Anhänger an ihrer Kette. Das Wasser sprudelte, und Phoebe goss zwei Becher schwarzen Tee auf.

Der aromatische Duft stieg aus den Bechern, und die beiden Frauen hockten sich mit ihren Tellern auf die Schemel. Phoebe wischte sich einen Krümel aus dem Mundwinkel. »Wie geht es Birdie?«

»Besser. Sie klang ziemlich munter heute. Ich will später noch zu ihr. Gestern musste ich wegen des Unwetters früher fahren und hatte einen Unfall, hinter Capel Curig.«

»Was? Um Himmels willen … Bist du in Ordnung?« Phoebe ließ die Gabel sinken und musterte Cait. »Da wäre ich jetzt nicht drauf gekommen. Du siehst blendend aus! Tut mir leid … Was ist passiert?«

Cait berichtete kurz und schloss damit, dass Jake sie aufgelesen hatte, was Phoebe ein wissendes Lächeln entlockte.

»Verstehe. Ich freu mich für dich.« Genüsslich schob sie sich einen Bissen Kuchen in den Mund.

»Was verstehst du? Ich habe überhaupt nichts gesagt!«

»Brauchst du nicht. Erst habe ich gedacht, Sean wäre vielleicht eine alte Liebe von dir, aber dann habe ich dich und Jake zusammen gesehen und wusste, dass ihr füreinander bestimmt seid.«

»Ach, Phoebe, jetzt hör aber auf. So ein Unsinn.«

Phoebe schüttelte den Kopf, wobei ihre selbst gemachten Ohrringe klimperten. »Ich spüre so etwas. Als meine Freundin ihren jetzigen Ehemann kennenlernte, wusste ich auch, dass die beiden füreinander bestimmt sind, und glaub mir, die waren erst wie Hund und Katze.«

»Na ja, also, ich mag Jake, aber …«, begann Cait, doch Phoebe winkte ab.

»Keine Erklärungen. Wir werden ja sehen, ob ich richtigliege.« Sie lächelte Cait so herzlich an, dass diese aufgab.

Im Grunde wünschte sie sich, dass Phoebe richtiglag, dabei war sie doch gar nicht bereit für eine ernsthafte Beziehung. »Der Kuchen ist wirklich gut!«

»Ja! Aber den Scone hebe ich mir auf, wenn du nichts dagegen hast.«

»Ich bin auch satt. Sag mal, Phoebe, was ist mit deinem Schmuck? Hast du dir darüber Gedanken gemacht? Und ich würde gern größere Stücke aus deiner Rakubrand-Serie sehen. Weißt du, ich könnte mir große Schalen oder Standvasen auch gut für unseren Laden in Chester vorstellen. Eventuell sogar Skulpturen. Sie müssten aber schon ausgefallen sein.«

Mit aufgerissenen Augen sah Phoebe sie an. »Wirklich? Du meinst für Amber Bell? Wow!«

»Aber ja. Exklusive individuelle Dekoartikel sind das i-Tüpfelchen jeder Einrichtung.« Cait umriss kurz den Einrichtungsstil von Mrs Millard.

»Exzentrisch, aber trotzdem ›down to earth‹, modern, aber nicht zu cool. Okay, verstehe. Am besten, du kommst mal bei mir vorbei und schaust dich um. Ich kann das ganze Zeug nicht herschleppen. Den Schmuck schon, das mache ich nächste Woche, versprochen. Aber für die großen Sachen musst du zu mir kommen. Ich wohne in der Nähe von Talsarnau am Strand.« Phoebe schnaufte. »Wir hatten Glück. Noch ein paar Zentimeter mehr Wasser, und mein Keller wäre auch abgesoffen.«

»Ich komme gerne. Aber ich muss meine Entwürfe fertigstellen. Könntest du mir nicht ein paar Fotografien deiner Arbeiten mailen? Wenn etwas für mich dabei ist, könnte ich es in meine Präsentation einfügen.«

»Das wäre natürlich der Hammer. Löst du mich jetzt hier ab?«, fragte Phoebe.

»Ja. Heute können wir es verantworten, früher zu schließen. Also, du kannst gern nach Hause fahren und mir Bilder schicken. Weißt du, die Kleinigkeiten machen am Ende den Unterschied.« Ihr Blick fiel auf Jakes Fotografien.

Phoebe war das nicht entgangen. »Jakes Bilder sind wirklich gut.«

»Das sind sie, und sie haben mehr verdient als einen Töpferladen.«

»Handwerkskunst. Wir verkaufen Kunst und nicht diese industrielle Massenware.« Stolz schwang in Phoebes Stimme mit.

»Und deshalb sollten wir der Kunst einen größeren Rahmen gönnen … Lass mich darüber nachdenken, Phoebe.« Cait schob ihren Teller zur Seite und nippte an ihrem Tee. »Und bitte, nimm die Kuchen mit. Ich esse nichts mehr davon.«

»Meine Schwester wird sich freuen. Danke, Cait. Oh, fast hätte ich es vergessen.« Phoebe kramte in ihrem riesigen Schulterbeutel, förderte ein liebevoll verpacktes Kästchen zutage und schob eine kleine Karte unter die gelbe Schleife. »Für Birdie. Ich komme jetzt nicht nach Bangor, aber bitte, drück sie von mir, ja?«

Gerührt nahm Cait das Geschenk für ihre Tante entgegen. »Darüber wird sie sich sehr freuen.«

»Nur eine Kleinigkeit …« Phoebe räumte das Geschirr ab, und Cait nahm ihr Notebook aus der Hülle, um mit der Arbeit an den Modellen für Mrs Millard anzufangen.

Mit dem Klingeln der Türglocke rechneten heute weder Cait noch Phoebe, und so richteten beide Frauen erstaunt die Augen auf den Besucher. Der große schlanke Mann, der sich nachlässig die dunklen Haare aus dem Gesicht strich, war niemand anderer als Sean Craddock. Cait war sich nicht sicher, ob sie sich über die unerwartete Begegnung freuen sollte. Immerhin könnte sie Sean ein wenig ausfragen. Andererseits wollte sie Jake nicht in die Quere kommen und einen Fehler machen, und außerdem hatte Jake ziemlich deutlich gezeigt, was er von einem Treffen mit Sean hielt.

»Hallo, die Damen! Ich habe deinen Wagen in der Werkstatt gesehen, Cait, und dachte, ich schau mal vorbei. Alles in Ordnung bei dir? Brauchst du Hilfe, einen Leihwagen vielleicht? Ich könnte dir einen borgen.« Sean hatte den Spitzbart abrasiert und sich einen Dreitagebart stehen lassen, was eine deutliche Verbesserung darstellte.

Auch Phoebe schien das zu finden, denn sie zupfte an ihrer Bluse und starrte Sean hingebungsvoll an.

»Mir ist nichts passiert. Ich hatte Glück. Der Wagen sieht übel aus, aber das ist nur äußerlich. Du hättest dich nicht extra hier herauszubemühen brauchen«, sagte Cait lächelnd.

Er trat an den Tresen und lehnte sich dagegen, so dass sie die Lachfalten um die Augen und die scharfe Linie um den Mund erkennen konnte. So charmant und liebenswürdig Sean sein mochte, unter der Oberfläche verbarg sich ein aufbrausender und unberechenbarer Charakter. Das durfte man nicht vergessen. Cait dachte an die Jahre in Nantmor zurück. Unwillkürlich verglich sie Sean mit Jake, der ähnlich leidenschaftlich und aufbrausend sein konnte, doch dem sie instinktiv vertraute. Dieses Gefühl hatte sie bei Sean nie gehabt, aber vielleicht tat sie ihm unrecht und hatte ihn insgeheim immer mit dem Unglück ihrer Familie in Verbindung gebracht. Er war ein Craddock, und die Craddocks hatten ihr alles genommen. Zumindest hatte sie das bis vor Kurzem geglaubt. Birdies Erzählung warf ein anderes Licht auf die Vergangenheit, und Cait gefiel ganz und gar nicht, was ihre Tante zu sagen hatte.

»Du bist mit deinen Gedanken gerade ganz woanders gewesen, Cait.« Sean stützte die Ellbogen auf den Tisch, und sie nahm den Duft seines teuren Aftershaves wahr. »Hast du einen Moment Zeit? Ich lade dich auf einen Kaffee ein. Deine hübsche Mitarbeiterin hier kann dich doch sicher vertreten.«

Cait schüttelte den Kopf. »Leider ist Phoebe in Eile. Ich brauche die Bilder für das Modell dringend, Phoebe.«

Sean zeigte eine Reihe blendend weißer Zähne. »Phoebe, richtig. Du hast wunderschöne Haare, aber das hörst du sicher dauernd …«

»Nein, äh … Ja, danke …«, stotterte Phoebe, packte ihre Sachen zusammen und sagte leicht vorwurfsvoll: »Ich mail dir die Bilder von meinen Objekten. Von Jakes Fotos machst du selbst digitale Bilder? Ach, wahrscheinlich seht ihr euch sowieso noch.«

Cait deutete das Aufblitzen in Phoebes Augen als Ermahnung, nicht mit Sean zu flirten, und konnte ihr Verhalten sogar nachvollziehen, aber sie durfte Phoebe nicht einweihen. »Du bist ein Schatz, Phoebe. Danke dir.«

Sean runzelte die Stirn und sah sich um. »Hat etwa Jake Parry die Fotografien gemacht, die hier im Laden hängen?«

»Ja, sie sind gut, oder?«, fragte Cait unschuldig.

»Fotos eben«, tat Sean die kunstvollen Bilder ab. »Die Kamera draufhalten und auf den richtigen Moment warten. Kennt ihr euch?«

»Nur durch Birdie. Sean, ich würde für einen richtig starken Espresso fast alles tun.« Cait strahlte ihn an. »Wärest du so lieb?«

Sean entspannte sich. »Sicher, für dich immer, Cait.« Mit federndem Schritt verließ er den Laden.

»Warum machst du das, Cait?«, zischte Phoebe, die sich ihre Tasche über die Schulter hängte.

»Ich habe meine Gründe. Es ist wichtig. Ich will eine Information von ihm haben, die er mir nur nebenbei verraten wird. Ist was Familiäres, von früher.« Cait drückte die weichen Oberarme der jungen Frau.

Phoebe verzog die vollen Lippen. »Na, du musst es ja wissen. Ich würde nicht so mit Jake umgehen. Der ist etwas Besonderes, und Sean ist ein … ein Filou.«

»Das weiß ich doch. Ich kenne ihn von früher und weiß genau, was ich tue.«

»Das haben schon viele gedacht, und dann war der Jammer groß.«

»Solange du Jake nicht auf die Nase bindest, dass Sean mich anflirtet, ist alles bestens.«

Vor sich hinmurmelnd, ging Phoebe hinaus.

Als Sean mit gewinnendem Lächeln und zwei Bechern zurückkam, war Phoebe bereits verschwunden und Cait ganz in Mrs Millards Haus versunken. Der Mix musste es sein: Modernes und Traditionelles, glänzende Stoffe und gedeckte Farben, vielleicht ein Farbtupfer hier und da. Sie öffnete Dateien, in denen sie bestimmte Möbelelemente nach Stilen geordnet hatte. Manchmal bedauerte sie, dass die Kollektionen jedes Jahr wechselten, aber beliebte Stücke wurden meist wieder aufgenommen oder erschienen in leicht modifizierter Form neu.

Der Duft des Espresso stieg ihr in die Nase, als Sean einen großen Pappbecher neben ihr Notebook schob. »Die kleinen Becher waren aus.«

Cait leerte den Becher in zwei Schlucken. »Danke!«

»Zeigst du mir, was du machst? Meine Mutter hat einige Stücke bei Amber Bell gekauft.« Sean trat neben sie, und Cait ließ ihn auf den Bildschirm schauen, der eine Reihe von Möbelfirmen zeigte. Sie klickte ein britisches Label an, das mit skandinavischen Designern arbeitete.

»Minimalistische Formen, geometrische Muster, alles in Grau-, Weiß- und Schwarztönen. Ich bastle noch, kombiniere und schaue, ob es zu meiner Kundin passt.« Sie öffnete die virtuelle Innenansicht des Landhauses und zog einen Sessel ins Wohnzimmer.

»Wow, das ist toll! Einrichten, ohne alles aufbauen zu müssen. Du hast etwas aus dir gemacht, Caitlin Turner.«

Sie widerstand dem Drang, sich seiner Berührung zu entziehen, als er ihr die Hand auf die Schulter legte. »Du doch auch, Sean. Hast deine eigene Pferdezucht.« An jenem Abend, als er sie zum Essen hatte einladen wollen, hatte Cait mit ihm gesprochen, ihn jedoch nach einem Becher Tee nach Hause geschickt.

Sean rückte etwas von ihr ab und sah sie von der Seite an. Seinen Kaffee hatte er nicht angerührt. »Was denkst du wirklich, Cait? Ich bin doch nur ein reicher Junge, dem alles auf dem Silbertablett serviert wurde, der nie für etwas kämpfen musste, sondern sich alles kaufen kann. War es das? Hat dich das früher davon abgehalten, dich mit mir einzulassen? Oder hing es damit zusammen, dass mein Vater eure Sägemühle gekauft hat?«

»Warum willst du das jetzt von mir wissen? Wir waren Teenager. Ich will nicht über meine Eltern sprechen. Das war schlimm genug.« Sie musste sich zu einem höflichen Ton zwingen, denn schließlich wollte sie ihn nicht verärgern, sondern etwas von ihm erfahren.

»Das hat mir furchtbar leidgetan damals. Bitte, glaub mir das.« Seine Stimme war sanft und voller Wärme. »Du hast keine Ahnung, dass ich meinen Vater deswegen gehasst habe, oder?«

Erstaunt sah sie ihn an und entdeckte eine Seite an Sean, die sie nicht an ihm vermutet hätte. Er sah gut aus, hatte alles, was man sich wünschen konnte, und nahm sich, wonach ihm der Sinn stand. Frauen fielen ihm wie reife Pfirsiche in den Schoß. Aber dieser Sean schien es ernst zu meinen, denn seine Augen waren dunkel, traurig und blitzten zornig auf, als er von seinem Vater sprach. Sie schüttelte den Kopf. »Nein, das wusste ich nicht.«

Er holte tief Luft und starrte auf den Bildschirm. »Ich habe dich immer bewundert, Cait. Für deine Stärke, deinen Mut. Du hast dir nichts anmerken lassen, hast nach dem Tod deiner Eltern deinen Schulabschluss gemacht, bist zu deiner Tante gezogen, und jetzt arbeitest du in einer renommierten Firma.

Du hast das alles allein geschafft. Nie hast du mir oder meiner Familie die Schuld für euer Unglück gegeben.« Sean drehte ihr das Gesicht zu. »Wäre ich in deiner Situation gewesen, ich hätte Rache geschworen oder … Ach, jedenfalls hätte mich das kaputt gemacht.«

»Du kennst mich nicht, Sean. Du weißt nicht, welche Narben der Selbstmord meines Vaters auf meiner Seele hinterlassen hat«, sagte sie leise und fragte sich, was er eigentlich von ihr wollte. Sie musste auf der Hut sein, sie vertraute Sean nicht, hatte ihm nie getraut, auch wenn er sich jetzt weich und mitfühlend zeigte.

»Natürlich nicht. Ich wollte damit auch nur sagen, dass es mir leidtut. Jedes Mal, wenn ich an der Sägemühle vorbeigehe, denke ich an euch. Ich habe meinen Vater gefragt, warum er die Mühle gekauft hat, wo er sie doch geschlossen hat.«

»Was hat er gesagt?« Sie dachte an Oliver Craddock und ihre Mutter und biss sich auf die Lippe.

»Du wirst es mir nicht glauben, aber er hat behauptet, dass er es für euch getan hat. Dabei ist es seine Schuld, dass dein Vater Konkurs anmelden musste.« Sean schnaufte abfällig. »Ist wohl seine Art, Schuldgefühle zu kompensieren. Da kauft er eben der Witwe die Mühle ab. Weißt du eigentlich, warum er deinen Vater nicht leiden konnte?«

»Nein«, sagte sie schnell. »Diese alten Geschichten machen mich traurig, Sean. Es reicht mir, Birdie so krank zu sehen, und heute Morgen scheint Lexi von nebenan auch noch eine Laus über die Leber gelaufen zu sein. Kennst du ihren Mann, Toby? Der hat auch ein Motorrad. Die beiden scheinen sich dauernd zu streiten.«

»Toby, Toby …«, überlegte Sean, um dann nachlässig zu sagen: »Wir sehen uns manchmal auf dem Crossparcours bei Tremadog. Tja, er hat es nicht leicht, und Lexi ist bestimmt auch nicht so ganz einfach. Gibt immer zwei Seiten, oder?«

»Ist wohl so. Ich bin sicher kein Beziehungsexperte.«

»Nein? Dass du noch solo bist, kann ich nicht verstehen.« Er schloss den Abstand zwischen ihnen und legte die Arme um sie. »Cait, findest du mich denn gar nicht anziehend? Nicht ein kleines bisschen?«

Sie gab ihm einen Kuss auf die Wange und löste seine Umarmung. »Du weißt doch genau, dass du ein sehr attraktiver Mann bist, Sean. Und es gibt sicher genug Frauen, die dir willig in die Arme fallen.«

Er lächelte schmal. »Keine Frage, aber die sehen oft nur Sean Craddock, den Erben. Du nicht, das hast du nie. Ich konnte dich nie beeindrucken, und das hat mich fertiggemacht.«

»Oh, armer Sean …« Sie lachte. »Können wir nicht Freunde sein?«

»Für den Anfang. Was hast du heute Abend vor?«

»Ich mache hier früher zu, dann fahre ich ins Krankenhaus nach Bangor, und dann muss ich das hier zu Ende bringen. Tut mir leid.« Es war ein seltsames Gefühl, von Sean Craddock umworben zu werden. »Du scheinst eben mehr Zeit zu haben als ich, was mich im Übrigen wundert, Pferde kosten doch Zeit, und dann machst du ja auch noch Touren mit Touristen.«

Argwöhnisch fragte er: »Wie kommst du darauf?«

Hoffentlich hatte sie keinen Fehler gemacht. Aber er hatte doch davon gesprochen, oder nicht? »Na, du hast doch erzählt, dass du Reitertouren für Touristen anbietest.«

»Ach so, das, ja, aber bei dem Wetter steht das nicht zur Debatte. Unsere Pferde sind hochklassig, die setzen wir keiner Gefahr aus.« Er nahm seinen Kaffeebecher und drehte ihn hin und her. »Kalt. Okay, ich muss weiter. Du bist erstaunlich gut informiert, Cait. Bist du sicher, dass nicht vielleicht der Ranger dir von meinen Pferdetouren erzählt hat? Ich glaube nicht, dass …«

»Doch, hast du, Sean.« Sie schenkte ihm ein herzliches Lächeln und verabschiedete ihn mit zwei Wangenküssen. »Danke für den Kaffee. Wir sehen uns sicher bald.«

»Das hoffe ich, Cait.«

25

Die Eisenbahn fuhr auch heute hinauf zum Gipfel des Snowdon, und so wunderte es Jake nicht, als er eine Gruppe von zehn Wanderern auf dem Weg nach unten traf. Sie grüßten ihn, und einer lächelte ihn freundlich an: »Ihr macht einen guten Job. Wir können uns nur im Namen aller Wanderer hier bedanken.«

Von der Gipfelstation waren also auch schon Ranger oder Helfer die Pfade abgegangen und hatten unsichere Passagen gesichert. Die Organisation des Parks funktionierte reibungslos, und Boswick durfte sich darauf etwas einbilden.

»Danke. Einen schönen Tag noch!«, erwiderte Jake und marschierte eilig hinunter.

Er hatte noch viel zu erledigen. Beide Routen hinunter an die Küste mussten auf Unwetterschäden kontrolliert werden. Nicht alle Wanderwege in die Berge konnte er an einem Tag abgehen, und so sperrte er diejenigen, von denen er wusste, dass sie bei heftigen Regengüssen Unfallpotenzial besaßen. Immer wieder telefonierte er mit den anderen Rangern, um sich über den Zustand des Parks auszutauschen. Gegen sieben Uhr saß Jake erschöpft in seinem Auto und überlegte sich, wohin er noch fahren müsste, bevor er für heute Feierabend machte. Seine Schuhe waren feucht und seine Hose mit Dreckkrusten und Schlammspritzern bedeckt. Sein Kinn fühlte sich rau an und benötigte dringend eine Rasur. Doch am Morgen war die Zeit eher knapp gewesen, dachte Jake und vermisste Cait.

Er startete den Motor und verließ den holprigen Feldweg

unterhalb von Croesor. Als er den Abbieger nach Garreg erreichte, bog er spontan ab. Er wollte sich vergewissern, dass die Scheune von Henlleys Farm, in der die Schleiereule nistete, nicht einsturzgefährdet war.

Die steile Auffahrt zur verlassenen Farm schaffte der Rangerover ohne Weiteres, blieb jedoch oben erst einmal in einem Schlammloch stecken. Der gesamte Hof vor dem Wohnhaus stand unter Wasser, und es hatten sich regelrechte Untiefen gebildet. Nach einigen Manövern gelang es ihm, den Wagen aus dem Schlamm zu befreien, und er parkte neben dem Haus auf der ehemaligen Terrasse, die zumindest zum Teil befestigt war. Er nahm seine große Taschenlampe und stapfte am Haus entlang zur Scheune, die im Dämmerlicht nur eine konturlose Masse war. Je näher er kam, desto unruhiger wurde er. Irgendetwas stimmte nicht. Das Scheunentor stand offen. Normalerweise war das nicht der Fall. Bevor er hineinging, schaute er um die Ecke und sah die riesige Fichte, die wie ein Streichholz abgeknickt und mitten durch das Scheunendach gefallen war.

Ohne zu zögern betrat er die Scheune, durch deren aufgerissenes Dach der bereits am Himmel stehende Mond zu sehen war. Er knipste die Lampe an und richtete sie auf den Balken unterhalb des Giebels. Die Spitze der Fichte hatte die Ecke nicht erreicht, in der die Eule ihr Nest gebaut hatte, und alles wäre gut gewesen, wenn nicht … Jake ließ den Lichtkegel bis zu jenem ungewöhnlich weißen Fleck in der Mitte der Scheune gleiten. Dort hing die Schleiereule an einem Holzpfeiler. Irgendein Perverser hatte das unschuldige Tier auf einen langen Zimmermannsnagel gespießt, für jeden sichtbar. Weiße Flaumfedern lagen überall auf dem Boden, und durch die hellen Brustfedern sickerte Blut. Als er sich bückte, sah er das Blut unter seinen Schuhen.

»Nein!«, brüllte Jake. Er wollte sich die Leiter holen, die offenbar auch der Täter benutzt hatte, um den Vogel aus der grässlichen Position zu befreien. Doch dann zögerte er und griff nach seinem Telefon. Alun nahm ab und hörte sich wortlos Jakes Bericht an.

»Lass alles so, wie es ist. Ich brauche ungefähr eine Stunde, bis ich da sein kann. Nichts weiter anfassen, okay? Das war eine Warnung für dich, so viel steht fest. Verdammt, Jake, das ist böse, aber wenn wir nichts finden, können wir nichts tun. Am liebsten würde ich dich dort weghaben. Der Täter scheint sich bedrängt zu fühlen. Verlass die Farm! Wir treffen uns im *Red Lion* in Garreg«, entschied der Sergeant.

»Aber wenn ich jetzt fahre und der Kerl zurückkommt und alles vernichtet? Vielleicht beobachtet er mich.« Jake hatte keine Angst, dafür war er zu wütend, aber ganz wohl fühlte er sich hier auch nicht.

»Ganz egal. Mach ein Foto mit deinem Handy. Und dann haust du von dort ab. Ich mache mich auf den Weg!« Alun legte auf, und Jake hielt sein Handy in die Höhe, um die Schlachtszene zu dokumentieren.

»Verfluchter Drecksack! Warte nur ab, irgendwann bist du fällig!«, schrie er in die dunkle Scheune hinein.

Als er das Handy ein letztes Mal auf die Eule richtete, kamen ihm die Tränen. »Es tut mir so leid, meine Schöne. Das hast du nicht verdient.«

Voller Zorn lief er über den Hof zu seinem Wagen. Wem zum Henker war er so auf die Füße getreten, dass derjenige sich von ihm in die Enge gedrängt fühlte? Es musste jemand aus der Gegend sein. Jemand, der ihn kannte und wusste, dass er sich um die Eulen kümmerte. Vorsichtig steuerte er die steile Auffahrt hinunter. Oder jemand hatte ihn beobachtet, war ihm gefolgt auf seinen Fahrten durch den Park und hatte sich notiert, wo er arbeitete. Keine der Möglichkeiten behagte Jake. Irgendjemand fühlte sich von ihm in seinem kriminellen Treiben gestört, und dieser Jemand schreckte vor Gewalttaten nicht zurück.

Der Wirt des *Red Lion* sah ihn erstaunt an, als er an die Bar stürmte und einen Pint bestellte. Da Barkeeper jedoch mit der gesamten Bandbreite menschlicher Emotionen konfrontiert wurden und mehr sahen oder hörten als die meisten, stellte der Mann ihm das Glas kommentarlos hin.

»Danke.« Jake nahm einen großen Zug und wischte sich mit dem Handrücken über den Mund. Sein Blick fiel auf die Tafel hinter der Bar, auf der kleine Gerichte angeboten wurden. »Ein Eiersandwich, bitte.«

Der Wirt nickte und rief die Bestellung zur Küche durch. Der Mann war um die vierzig, hatte wache Augen und einen durchtrainierten Körper. Er sah aus wie ein ehemaliger Rugbyspieler. Der kleine Pub war voll, wie Jake erst jetzt auffiel, als das Zornesrauschen in seinem Kopf verebbte. Er nahm sein Glas und setzte sich auf einen Barhocker am Ende des Tresens. Während er auf sein Sandwich wartete, lauschte er der rockigen Folkmusik, die aus den Boxen tönte, und versuchte erfolglos, das Bild der blutigen Schleiereule aus seinem Kopf zu verbannen.

»Jetzt erst recht«, murmelte Jake zwischen zusammengebissenen Zähnen.

Er sah auf, als der Teller mit dem Sandwich vor ihn gestellt wurde. »Guten Appetit. Ich weiß nicht, was dir passiert ist, mein Freund, aber du siehst so aus, als könntest du etwas Stärkeres vertragen.«

Der Wirt schob ihm ein Whiskyglas hin. »Der geht aufs Haus, *cheers*!«

Angenehm überrascht hob Jake das Glas. »*Cheers!*«

Genießerisch schloss er die Augen und ließ sich von dem erstklassigen Whisky durchwärmen. »Hmm, torfig, aber kein Laphroaig …«

»Walisischer Whisky!«, sagte der Pubbesitzer stolz. »Mein Name ist Don.« Er reichte Jake eine kräftige Pranke.

Jake schüttelte sie herzlich. »Jake. Warum kenne ich diesen Tropfen nicht? Verdammt gut!«

Don grinste. »Bist kein Waliser. Die Penderyn-Brennerei gibt es erst seit 2000. Was ich dir gegeben habe, ist ein Peated Single Malt. Alle Tropfen, die da rausgehen, sind einsame Spitze.«

Vom anderen Ende der Bar rief jemand: »Don, mach mir noch ein Lager, ja?«

»Kommt gleich.« Don rief etwas in die Küche, und eine junge Frau in dunkelgrünem Poloshirt mit dem Publogo erschien und kümmerte sich um den Gast. Derweil biss Jake in sein Sandwich und zeigte Don mit erhobenem Daumen an, wie gut er es fand. Don nickte. Seine Arme waren doppelt so breit wie Jakes, und die gespannten Muskeln zeigten, dass er noch immer gut im Training war.

»Meine Mona weiß, was sie in der Küche tut. Sie stammt von hier. Dieser Pub hat ihrem Vater gehört. Ich war Rugbyprofi in der ersten Liga. Erst das Knie, dann flog das Schultergelenk raus, zack und aus die Maus. Ich stamme aus Betws-y-Coed und hatte schon immer ein Auge auf Mona geworfen. Tja, und so kommt manchmal alles ganz anders und viel besser, als du es dir je erträumt hast.« Don lachte dröhnend. »Wenn du Whisky magst, dann merk dir den Penderyn. Ich versuche, möglichst viele Produkte von hier anzubieten. Jack Daniels findest du bei mir nicht!«

Don klopfte vor Jake auf die Bar und wandte sich einem anderen Gast zu. Warum war Jake noch nie in diesem Pub gewesen? Don war ein Original und ein hervorragender Gastgeber. Ganz unverkrampft war es ihm gelungen, Jake für eine Weile abzulenken. Und das Eiersandwich war so gut, dass Jake es mit wachsender Begeisterung verschlang, obwohl er anfangs nur seinen Hunger hatte stillen wollen.

Sein Telefon klingelte. »Hallo?«

»Hi, großer Bruder. Wo steckst du? Klingt laut. Pub. Okay,

ich will nicht lange stören. Wir schlagen Sonntag am späten Nachmittag bei dir auf. Was sagst du? Zu spontan? Shannon kann nicht anders.«

»Sonntag?« Jake fühlte sich ein wenig überrumpelt, freute sich aber. »Wow, ich meine, habt ihr schon eine Unterkunft? Ich weiß nicht, ob ich …«

»Alles geregelt. Shannon kennt da jemanden, der ein Ferienhaus bei Blaenau Ffestiniog hat. Da wohnen wir und wollen dich und Alun mit seiner Frau einladen. Shannon macht mich schon verrückt mit ihren Rezepten und Plänen für das Dinner. Du weißt, wie gern sie kocht«, sagte Benji.

»Und wie gut. Das ist wundervoll. Ich, nur …«

»Du willst jemanden mitbringen? Kein Problem. Bring sie mit!«

Er sah Benjis breites Grinsen förmlich vor sich. »Hoffentlich läuft sie mir danach nicht davon.«

»Ich werde mich benehmen, versprochen. Aber da ist noch etwas anderes, oder? Ich hör's an deiner Stimme, Jake. Stress im Job? Oh, shit, das Unwetter! Alles in Ordnung bei euch? Hier war es kaum mehr als ein Sturm mit viel Regen.«

»War ein harter Tag. Am Samstag ist Robs Beerdigung. Das steht mir irgendwie bevor und …« Jake scheute sich, hier über den Vorfall bei Henlleys zu sprechen, und war froh, Alun zur Tür hereinkommen zu sehen. »Alun ist eben gekommen. Ich rufe dich morgen an, Benji.«

»Okay, mach's gut, Jake.«

Jake steckte das Telefon ein und winkte Alun, der ihn bereits erspäht hatte. Mit ernster Miene kam Alun zu ihm und drückte ihn kurz an sich.

»Was für eine verteufelte Geschichte ist das denn nur!«, sagte Alun und zeigte auf das Whiskyglas. »Sehr gut. Ich sehe, Don hat sich um dich gekümmert. Hey, mein Alter!«

Don trat zu ihnen und schüttelte Alun über den Tresen die

Hand. »Lange nicht gesehen. Ich habe dich schon vermisst. Möchtest du auch einen Penderyn?«

»Bin noch im Dienst, leider. Später gern.« Alun blieb stehen und zog auch seine Jacke nicht aus.

Jake erhob sich. »Ich möchte zahlen, Don. Und vielen Dank für den hier!« Er tippte gegen das Whiskyglas.

Don tippte die Bestellungen in die Kasse und gab Jake den Bon. »Noch im Dienst? Was ist los? Braucht ihr Hilfe?«

Alun machte eine beschwichtigende Handbewegung. »Nicht hier, Don. Vielleicht brauchen wir tatsächlich deine Hilfe, aber das besprechen wir später.«

Die Augen des Pubwirts leuchteten auf. »Jederzeit!«

Alun legte Jake den Arm um die Schulter und geleitete ihn nach draußen, wo es mittlerweile dunkel geworden war. Die Leuchtreklame des Pubs und eine Straßenlaterne erhellten den Parkplatz spärlich. Aluns Dienstwagen stand vor ihnen. »Steig ein, Jake.«

»Nein, ich kann selbst fahren.«

»Steig einfach ein«, befahl Alun und setzte sich in den geländegängigen Dienstwagen der walisischen Polizei.

Bedächtig fuhr Alun über die schmalen Straßen. Er fuhr so langsam, dass Jake die Nerven zu verlieren begann. »Drück drauf, Mann! Sonst kommen wir da an, und der Scheißkerl hat seine Spuren verwischt!«

»Das hat er wahrscheinlich schon längst, Jake. Und wenn nicht, dann gibt es nichts, was uns weiterhelfen kann. Du weißt doch selbst, wie die Lage ist. Glaubst du, die schicken uns ein komplettes Spurensuchteam, nur weil jemand eine Eule getötet hat? Das sind Wunschträume und werden es wohl auch bleiben.«

Der erfahrene Sergeant warf Jake einen mitfühlenden Blick zu. Er hatte ein schmales Gesicht mit einem energischen Kinn und einem Mund, der gern lachte. Die Augen lagen unter leicht hängenden Lidern und täuschten die meisten, die ihn nicht kannten, über seinen scharfen Verstand und seine blitzschnellen körperlichen wie auch geistigen Reaktionen hinweg.

»Aber mit dem, was ich über Robs Tod weiß? Da müsste man doch …« Jake brach ab, denn er fühlte sich hilflos, und das machte es noch schlimmer.

Sie erreichten die versteckt liegende Einfahrt zur Farm.

»Gib sofort Gas, wenn du oben bist, sonst bleibst du stecken. Der ganze Hof ist ein einziges Schlammloch!«, warnte Jake.

Alun steuerte den Wagen geschickt durch das Nadelöhr und setzte mit Schwung über eine Schlammlache. Er wendete den Wagen, so dass die Scheinwerfer den Hof bis hin zur Scheune erleuchteten, und stieg aus.

Es beruhigte Jake, dass Alun sein Schulterhalfter mit der Dienstwaffe trug. Der Sergeant öffnete die Heckklappe und reichte Jake einen Schlagstock und eine große Lampe, nahm selbst eine Stablampe in die Hand und nickte Richtung Scheune. »Dann los.«

Gemeinsam gingen sie einmal um das Wohnhaus herum. Der Sturm hatte Zweige abgerissen, und hier und dort lagen Eimer und Bretter herum.

»Bei dem Wetter werden wir kaum Spuren finden können. Zumindest scheint niemand hier zu sein«, sagte Alun und leuchtete in die Fenster und über den kleinen Garten.

Als sie sich der Scheune näherten und Alun die Fichte im Scheunendach sah, pfiff er durch die Zähne. »Das wird den Besitzern nicht gefallen. Ich hatte mich beim Makler erkundigt. Es gab Interessenten, die sich die Farm angesehen haben. Aber da stand die Scheune noch …«

Es hatte wieder angefangen zu regnen, und feine Tropfenreihen gingen lautlos und wie Perlenschnüre im Lichtkegel der Lampen nieder. Ihre Schuhe versanken tief im Schlamm und machten bei jedem Schritt schmatzende Geräusche. Vorsichtig warf Alun einen Blick durch die offene Scheunentür und hielt seine Lampe hinein.

»Verflucht noch eins!«, rief er und ging hinein.

Jake folgte ihm und starrte direkt auf die Eule, die noch immer dort hing, wo er sie gefunden hatte.

»Ich habe schon viel gesehen, Jake, aber das hier überrascht selbst mich noch«, murmelte Alun und leuchtete den Boden ab. Kopfschüttelnd ging er durch die Scheune.

Nachdem er sicher war, dass sie allein waren, und er noch einen skeptischen Blick auf das Dach geworfen hatte, stellte er sich vor den Pfosten mit der aufgespießten Eule. »Was für eine Tragödie.«

»Hast du irgendeinen brauchbaren Hinweis gefunden?« Jake ahnte die Antwort bereits.

»Ich fürchte, nicht. Selbst mit Fußspuren wird es schwierig. Hier sind etliche durchgestiefelt, und derjenige, der das getan hat, wird nichts liegen gelassen haben. Das war keiner von diesen Vogeleisammlern. Diese Typen töten zwar die Küken in den Eiern, aber mir ist noch keiner untergekommen, der große Vögel umgebracht hätte. Das passt nicht zu deren Weltbild. Im Grunde lieben oder verehren sie Vögel ja, auch wenn das eine gestörte, tödliche Form von Liebe ist.«

Jake konnte den Blick nicht von dem schönen Vogel wenden, dessen Kopf zur Seite gesackt war, als schliefe er, doch der große Nagel mitten in seinem Körper und das Blut zerstörten die Illusion. »Kann ich sie da runterholen?«, fragte er mit heiserer Stimme.

Alun nickte. »Es tut mir leid, wir bräuchten ein Spezialistenteam, aber das würden sie mir niemals bewilligen, und dazu kommt das Unwetter. Da sind alle im Sondereinsatz.« Seufzend sah Alun sich um. »Lass mich einfach ein wenig herumschnüffeln, während du sie da runterholst. Hast du schon im Nest nachgesehen?«

»Nein! Daran habe ich überhaupt nicht gedacht.« Jake war intuitiv davon ausgegangen, dass der Täter die Eier ebenfalls zerstört hatte.

Sofort holte Jake die lange Leiter und stellte sie an den Heuboden. Durch das offene Dach prasselte der Regen auf die Bretter und machte sie zu gefährlich glitschigen Rutschen in eine ungewisse Tiefe. Auf dem Boden der Scheune standen diverse landwirtschaftliche Geräte mit scharfen Klingen und spitzen Enden. Ein Fall auf diese Gerätschaften konnte tödlich enden. Vorsichtig setzte Jake einen Fuß vor den anderen und tastete sich zu dem Pfosten vor, an dem sich der Querbalken mit dem Nest befand. Er benötigte eine zweite Leiter, um dort hinaufzugelangen, und fand nach einigem Suchen eine Holzleiter, an der bereits einige Sprossen fehlten. Doch sie schien zumindest lang genug.

»Wie kommst du da oben klar?«, rief Alun.

»Ich steig jetzt rauf!«

Jake stellte die Lampe auf zwei intakte Heubodenbretter und stopfte sich seine Taschenlampe in den Gürtel. Das alte Holz der Leiter war feucht, und die Gesamtkonstruktion ächzte unter seinem Gewicht, dass er befürchtete, sie könnte jeden Moment auseinanderbrechen. Wenn er jetzt stürzte, hatte der Drecksack gewonnen, dachte Jake und biss die Zähne zusammen. Stück für Stück näherte er sich dem Nest und horchte in die Dunkelheit. Falls die Küken geschlüpft waren, hockten sie stumm und ängstlich dort oben, oder sie waren bereits tot oder … Er erreichte das Nest und nahm die Taschenlampe hervor. Vorsichtig leuchtete er in das gut gepolsterte Nest, das sich zwischen den Balken befand.

»Sie sind noch da!«, flüsterte er ungläubig und rief laut nach unten: »Es sind vier Eier im Nest, und sie sind intakt!«

»Großartig! Das ist doch wenigstens etwas. Nimm sie mit, Jake. Ich rufe sofort James an, er wird alles vorbereiten.«

Mitnehmen ist leicht gesagt, dachte Jake und verwünschte sich, weil er nicht daran gedacht hatte, seinen Rucksack mitzunehmen. Seine Jackentaschen waren zu eng, und er hatte Angst, die Eier bei einer unbedachten Bewegung zu zerdrücken. Mit einem Pullover wäre es einfacher gewesen, aber die leichte Jacke würde es auch tun. Sich so gut es ging an den Balken abstützend, zog Jake seine Jacke aus und knotete die Ärmel zu. Vorsichtig ließ er in jeden Ärmel je zwei Eier gleiten, die er durch einen weiteren Knoten voneinander trennte, und legte sich die Jacke über die Schulter. Bedächtig machte er sich an das Hinabsteigen.

»Hast du sie?«

»Ja!« Jake erreichte den Heuboden und hörte ein unheimliches Knacken. Automatisch duckte er sich und konnte gerade noch dem niedersackenden Fichtenstamm und einigen Dachlatten ausweichen. Nichts wie weg hier! Unten wurde er von Alun erwartet, der die tote Schleiereule abgenommen und in eine Holzkiste gelegt hatte.

»Komm, raus hier. Das bricht gleich alles zusammen!« Alun lief voraus zur Tür, doch Jake zögerte.

»Deine Lampe ist noch oben.«

»Mach mich nicht wütend. Komm jetzt!« Er hatte das letzte Wort kaum ausgesprochen, da krachte der Stamm vollends auf den morschen Heuboden, der ächzte und knarrte. Die ganze Scheune schien sich plötzlich in Zeitlupe zu bewegen, und die beiden Männer rannten ins Freie. Erst in sicherer Entfernung blieben sie stehen und beobachteten, wie das altersschwache Gebäude in sich zusammenstürzte wie ein Kartenhaus.

»Das war knapp.« Leicht außer Atem schaute Jake zu seinem Freund, der die Kiste mit der Eule im Arm hielt.

Regentropfen fielen auf die weißen Federn der ausgebreiteten Flügel und weichten das verkrustete Blut auf, das sich in dünnen Rinnsalen verlief. Jake hatte schon immer eine Vorliebe für das sanfte Gesicht der Schleiereulen gehabt. Bei manchen Eulen, wie bei dieser, war sogar der Schnabel fast weiß. Nur das äußere Federkleid tarnte die Eule durch zarte nussbaum- und goldfarbene Maserung in ihrem natürlichen Jagdrevier.

Die schönen dunklen Augen starrten blicklos. Jake berührte den Kopf des Vogels. »Wer hat dir das angetan, meine Schöne? Aber vielleicht können wir deine Kinder retten.«

»Gehen wir, Jake. Die Eier müssen so schnell wie möglich in den Brutkasten. Wir wissen ja nicht, wie lange sie schon ohne Wärme waren. Sie ist ohnehin spät dran in diesem Jahr.«

»Das Henlley-Eulenpaar gehörte zu den Nachzüglern. Vielleicht sind sie gestört worden.« Jake sah nach oben. Der Regen war zu einem kaum spürbaren Nieseln geworden. Er vermisste die männliche Eule, denn die brütenden Weibchen wurden von ihren Partnern gefüttert. »Wo ist …«

Alun legte einen Finger an die Lippen und zeigte nach oben, wo plötzlich lautlos, als hätten sie es gerufen, das Eulenmännchen am Nachthimmel schwebte. Die von unten weißen Schwingen bewegten sich langsam, während das Männchen über ihnen kreiste und einen klagenden Gesang ausstieß, der lauter wurde, in heiseres Kreischen überging und erst verklang, als das Eulenmännchen aus ihrem Blickfeld verschwand.

Die beiden Männer gingen in stummem Einvernehmen zu Aluns Wagen und verließen die Farm mit einem Gefühl von Wut, Ohnmacht und Trauer, die nur durch die Hoffnung auf ein Überleben der Küken gemildert wurde.

Als Jake kurz nach Mitternacht in seinem Apartment in Beddgelert ankam, war er so müde, dass er beinahe unter der Dusche eingeschlafen wäre. Es war zu spät, um Cait noch anzurufen. Morgen, dachte er und sank in sein Kissen, morgen ist auch noch ein Tag. Irgendwann schreckte er aus bleiernem

Tiefschlaf auf, weil er glaubte, einen Schrei gehört zu haben, doch dann realisierte er, dass er geträumt hatte. Es war der Schrei der Schleiereule gewesen, der ihn geweckt hatte.

26

TY GLYN FARM, TREMADOG, SNOWDONIA, WALES, 24. DEZEMBER 1970

Birdie schaute auf die Eisfläche und entdeckte Lucas, der mit einigen Jungs Hockey spielte.

»Was guckst du denn?«, schniefte Anne. »Lass uns gehen. Ich habe genug für heute.«

»Das kann ich mir vorstellen. Aber du wirst doch wohl nicht zulassen, dass Nathan sich für dich zum Affen macht! Es ist Weihnachten, Anne! Komm, reiß dich am Riemen und benimm dich wenigstens heute wie ein verantwortungsvoller Mensch«, wies Birdie ihre Schwester zurecht.

»Ich bin verantwortungsvoll!« Anne hielt sich die Wange und fauchte wütend: »Nur weil ich mich nicht benehme wie die unberührbare Prinzessin auf der Erbse, heißt das nicht, dass ich eine Schlampe bin. Das meinst du doch, oder?«

Birdie zählte stumm bis fünf, bevor sie antwortete: »Das mit der Schlampe hast du gesagt. Ich halte dich lediglich für egoistisch. Denk doch zur Abwechslung mal an andere. In diesem Fall ist das Nathan. Könntest du das tun?«

Annes Lippen zitterten, und sie weinte. »Bin ich wirklich so schrecklich? Manchmal hasse ich mich selbst! Kannst du mich wenigstens ein kleines bisschen ausstehen?«

Seufzend nahm Birdie ihre Schwester in die Arme und streichelte ihr den Rücken. »Du bist meine Schwester. So, jetzt komm. Wir rufen Lucas und gehen gemeinsam zu den

Streithähnen. Ich hoffe nur, dass noch nichts geschehen ist …«

Sie baute ihre Hoffnung auf Nathans ausgeglichenen Charakter und seine Besonnenheit, doch wenn es um Anne ging, schien er ein anderer zu sein.

»Lucas!«, rief Birdie und winkte Nathans Bruder, der mit seinem Hockeyschläger über das Eis auf sie zuflitzte.

»Hi, na, was gibt es? Oh … was ist passiert?«, fragte er, als er Annes verweintes Gesicht sah. Seine Wangen waren gerötet von Kälte und Bewegung, sein Atem kristallisierte an seinem bunten Wollschal.

»Wir brauchen deine Hilfe. Komm einfach mit!«, sagte Birdie und lief in die Richtung, aus der ihre Schwester gekommen war.

Lucas zögerte nicht, sondern stapfte mit den Kufen über den gefrorenen Boden, den Eishockeyschläger in den Händen. »Klärt ihr mich mal auf?«

Birdie lief so schnell sie konnte, was auf dem unebenen, vereisten Boden und zwischen den eng stehenden Bäumen nicht ganz leicht war. »Dein Bruder will Annes Ehre verteidigen, und wir müssen ihn vor einer Dummheit bewahren.«

Lucas sah sich kurz nach Anne um, die ihnen schluchzend folgte. »Oliver?«

»Wer sonst.« Endlich sah Birdie die Lichtung, auf der Oliver Craddocks silberner Sportwagen parkte.

Oliver war in einen Ringkampf mit Nathan verwickelt, und der Schnee unter ihnen war mit blutroten Flecken getränkt. Einer von beiden hatte einen Schlag auf die Nase erhalten, und wie es aussah, war das Oliver, denn dessen heller Schal war ebenfalls blutverschmiert.

»Aufhören!«, schrie Birdie. »Hört auf, ihr beiden!«

Oliver schnaufte, seine Augen funkelten wütend, und er sah nicht so aus, als wolle er Nathan loslassen, der ebenfalls keuchte und den Fußtritten seines Gegners auswich. »Sag das diesem durchgeknallten Hornochsen hier. Er hat mich geschlagen!«

Das Gerangel ging hin und her, und Lucas sah keine andere Möglichkeit, als seinen Bruder von hinten zu packen. Oliver nutzte den Moment und verpasste Nathan einen Fausthieb ins Gesicht. Nathan schrie auf und fiel mit Lucas, der seine Arme umklammerte, nach hinten.

»Verflucht, was soll das? Lass mich los. Das geht dich nichts an!«, schrie der wütende Nathan.

Keuchend stand Oliver auf dem Kampfplatz, tastete vorsichtig nach seiner Nase und verzerrte schmerzvoll das Gesicht. »Scheiße, die ist gebrochen …«

Was Birdie am meisten überraschte, war Annes Reaktion. Ohne zu zögern lief ihre Schwester zu Oliver. »Oh Gott, du blutest ja. Lass mich sehen …«

Oliver Craddock hob abwehrend eine Hand und ging rückwärts auf seinen Wagen zu. »Bleib mir vom Leib. Du hast genug angerichtet! Bleibt mir alle vom Leib. Ihr passt wirklich gut zusammen. Feine Gesellschaft!«

Anne schrie und weinte und sank auf den Boden, als sie Oliver davonfahren sah. »Alles ist meine Schuld. Ich habe alles kaputt gemacht, alles …«

»Jetzt reiß dich zusammen, du dumme Gans!«, zischte Birdie sie an und zog sie auf die Beine. »Nathan, wie sieht es aus, sollen wir einen Arzt holen?«

Nathan stützte sich auf Lucas' Arm und schien sich zu erholen. Er winkte ab und hielt sich den Kiefer. »Hat einen verdammt harten Schlag, der Craddock. Er hat gesagt, dass du ihn zuerst geschlagen hast.« Noch etwas unsicher richtete Nathan sich auf und sah Anne direkt in die Augen. »Das ist kein Grund, eine Frau zu schlagen, aber er meinte auch, du wärst mit dem Gesicht gegen den Rückspiegel gestoßen, als er dich gepackt und geschüttelt hat. Stimmt das, Anne?«

»Jetzt glaubst du ihm mehr als mir?«, schluchzte Anne.

Nathan griff sich eine Handvoll Schnee und kühlte sich damit das Kinn. Als er den Schnee wegwarf, sagte er: »Ich weiß ehrlich gesagt nicht, was ich glauben soll, Anne. Und für heute ist es mir auch egal. Schöne Weihnachten allerseits!«

Ihren Eltern erzählten sie nichts von Annes folgenreichem Streit mit Oliver und gaben sich große Mühe, fröhliche Mienen zu machen. Erst nachdem alle am Weihnachtsmorgen die Geschenke ausgepackt hatten, fragte Esme ihre Töchter: »Ihr seid so bedrückt. Wollt ihr uns nicht sagen, was los ist?«

Birdie warf ihrer Schwester einen warnenden Blick zu, und diese sagte: »Es ist nichts, Mum. Ich habe mich mit Oliver gestritten. Das kommt vor. Außerdem mache ich mir Gedanken über meine Zukunft.«

John Bennett rieb sich die Stirn. Er war schon seit Stunden auf, hatte die Tiere gefüttert und Schnee geschaufelt. »Einen Jungen hätten wir haben sollen, Esme, der hätte den Hof übernommen. Der hätte sich keine Sorgen über die Zukunft zu machen brauchen. Eine Farm ist eine Lebensaufgabe.«

»Ja, das sieht man, und Geld bringt sie doch seit Jahren schon immer weniger«, murrte Anne. »Ihr rackert euch kaputt, und wofür?«

Esme stellte unglücklich den Punschkrug auf den Tisch und setzte sich mit ihrem Glas neben ihren Mann. »So ist es nicht, Anne. Wir sind vielleicht nicht so reich wie die Craddocks, aber das brauchten wir auch nicht.«

Sie ergriff die Hand ihres Mannes. »Euer Vater und ich haben diese Farm gemeinsam und mit Liebe bewirtschaftet. Wir haben zwei Mädchen großgezogen und sind stolz auf euch. Das dürft ihr nicht vergessen. Die Zeiten haben sich geändert. Schafe bringen nicht mehr so viel Geld wie früher. Aber es gibt andere Möglichkeiten.«

John nickte. »Wir wollen die Hälfte der Herde verkaufen

und eine Scheune zu einem Gästehaus umbauen. Macht euch um uns keine Gedanken, Birdie hat ihren Platz gefunden. Aber was willst du mit deinem Leben machen, Anne?«

»Du bist so ein hübsches Mädchen, Anne. Dir stehen alle Türen offen«, sagte ihre Mutter.

Bei diesen Worten durchfuhr Birdie ein kleiner Stich, auch nach Jahren hatte sie sich nicht daran gewöhnt, dass ihre Schwester allein wegen ihrer Schönheit mit allem bei den Eltern durchkam. Sie hätten Anne alles verziehen. Aber half ihr das? Birdie sah ihre Schwester auf dem Sessel vor dem Kamin sitzen, die Schultern nach hinten genommen, die glänzenden Locken fielen über den Rücken, in den zitternden Fingern hielt sie das Punschglas. Die dunklen Ränder unter ihren Augen zeugten von einer durchweinten Nacht. Anne konnte tun, was sie wollte, nur eines schien ihr nicht zu gelingen – die Liebe Oliver Craddocks zu erhalten.

Nach den Festtagen fuhren Birdie und Anne zurück nach Minffordd. Anne war übellaunig und verbrachte Stunden mit lauter Musik in ihrem Zimmer. Als Birdie den Gestank von Marihuana nicht mehr ertragen konnte, der schwer und süßlich überall im Haus zu kleben schien, stellte sie Anne am Silvesterabend ein Ultimatum. Sie standen gemeinsam in der Küche und bereiteten das Essen für die geplante Party vor. Die Gäste würden Getränke und Feuerwerkskörper mitbringen. Anne fluchte gerade über die Katze, die auf der Fensterbank saß und nach Fischresten angelte, als Birdie sagte: »Ich werde nicht länger zusehen, wie du dich langsam kaputt machst, Anne. So kann es nicht weitergehen.«

»Ich weiß.« Anne trug ein orangefarbenes Stirnband und stand barfuß auf den Steinfliesen.

Birdie legte das Messer zur Seite und sah ihrer Schwester in die Augen. »Du merkst nicht mal mehr, was du deinem Körper antust. Anne, guck doch!«

»Was?« Sie sah gleichgültig an ihrem mager gewordenen Körper herunter. »Ist mir egal. Oliver wollte mit mir das neue Jahr in London feiern, und er hat abgesagt! Er will nichts mehr mit so einer Verrückten wie mir zu tun haben!« Anne starrte Birdie mit aufgerissenen Augen an. »Ich bin doch nicht irre! Ich liebe diesen verfluchten Kerl, und er liebt mich auch, das weiß ich! Er hat es mir versprochen, und plötzlich macht er einen Rückzieher. Warum, Birdie? Ich versteh das nicht.«

Tränen stiegen ihr in die Augen.

»Du liebst ihn wirklich. Meine Güte, Anne. Das macht dich fertig. Es gibt noch andere Männer.« Nicht Nathan, dachte Birdie, bitte nicht Nathan. »Du solltest mal weg von hier. Schau dich um in der Welt. Such dir einen Job in London, wenn du willst. Du könntest modeln, wenn du aufhörst, dieses Scheißzeug zu rauchen.«

Anne ließ den Kopf gegen Birdies Schulter sinken. »Du würdest das machen, Birdie. Du könntest das, weil du stark bist, weil du eben Birdie bist. Aber ich kann das nicht.«

Birdie nahm sie an den Schultern und zwang sie, ihr in die Augen zu sehen. »Natürlich kannst du das. Du hast es ja noch nicht einmal versucht. Dann fang mit deinem Studium an. Aber geh dafür nach Manchester oder Edinburgh oder was weiß ich, auf jeden Fall weiter weg als nur nach Bangor.«

»Und was soll ich studieren?«, fragte Anne lustlos.

»Keine Ahnung. Irgendwas. Jedenfalls kannst du hier nicht länger bleiben. Im neuen Jahr musst du ein neues Leben anfangen.« Entschieden griff Birdie wieder nach dem Gemüsemesser und zerschnitt die Tomaten. »Ich will das Zimmer oben untervermieten, sonst komm ich nicht klar.«

»Das hast du dir ja schön ausgedacht. Oder hast du mit Mum und Dad gesprochen? Klingt ganz danach!« Anne griff in die großen Taschen ihres Kleides und zog einen Joint daraus hervor.

Blitzschnell entriss Birdie ihrer Schwester das Rauschmittel und zerkrümelte es über der Spüle. »Schluss damit! Es kotzt mich an, dich so zu sehen!«

Anne schrie und wollte auf ihre Schwester einschlagen, doch Birdie packte die dünnen Handgelenke. »Kein Mann ist es wert, dass du dich seinetwegen kaputt machst. Kapier das endlich. Nur du allein bist für dein Glück verantwortlich.«

Außer sich vor Zorn riss Anne sich los. »Ich hab schon alles im Griff, Birdie. Du spielst doch gern die große Schwester. Aber du weißt nicht, was es heißt, jemanden bis zum Wahnsinn zu lieben. Wenn ich die Augen schließe, kann ich ihn fühlen, ihn riechen, ich weiß, wie er schmeckt, überall …«

Anne ließ die Hände über ihre Brüste, den Bauch, die Schenkel gleiten. »Wenn ich mit ihm zusammen bin, ist alles so leicht, dann bin ich die Anne, die ich sein möchte, bin ich perfekt! Ich bin ganz, weil er bei mir ist, und dann …«

Sie warf den Kopf nach hinten, fasste sich in die wilde Mähne und stand mit einem Mal stocksteif da. Sie sah Birdie aus klaren Augen unter langen Wimpern an und sagte tonlos: »Und dann scheint alles kaputt, wir streiten uns aus irgendeinem nichtigen Grund. Er geht weg, geht zu einer anderen, treibt es mit dieser Hure und kommt doch immer zu mir zurück. Das ist der Wahnsinn unserer Liebe, Birdie.«

»Okay, ihr habt unglaublich tollen Sex. Aber du bist so jung, Anne, Oliver ist dein erster Mann. Herrgott, jetzt glaub mir doch einfach mal, dass du noch nicht alles erfahren hast, was die Welt zu bieten hat. Mach was aus dir, und dann komm zurück und vergleiche.« Birdie gab ihrer Schwester diese Ratschläge, obwohl sie das Gefühl hatte, hohle Phrasen zu dreschen. Was Anne ihr eben offenbart hatte, war so echt, so archaisch, so schrecklich selbstzerstörerisch gewesen, dass sie um ihre Schwester fürchtete. So sehr durfte man nicht lieben. Das war nicht gesund für die Seele. Aber wer war sie, das zu beurteilen?

Sie feierten gemeinsam ins neue Jahr hinein, sie lachten und tanzten mit ihren Freunden, und als die Feuerwerkskörper den Himmel bunt erleuchteten, standen sie umschlungen nebeneinander. Birdie spürte die Wärme ihrer Schwester neben sich und wurde von einer Welle tiefer Liebe für dieses unberechenbare, egozentrische, schöne Wesen ergriffen. Warum?, dachte Birdie. Ich sollte sie hassen, sie verachten, aber ich bewundere sie für ihre bedingungslose Hingabe.

»Pass auf dich auf, Annie, versprichst du mir das?«, flüsterte sie ihrer Schwester ins Ohr.

Anne lachte. Sie schien zu einem Entschluss gekommen zu sein und wollte ihr Leben neu ordnen. »Ich verspreche es, Birdie. Und wenn nicht, habe ich dich, oder?«

Dieses ›oder‹ klang ein wenig ängstlich, so als hoffte sie auf eine Bestätigung, und Birdie verstärkte den Druck ihrer Finger um Annes Hüfte. »Immer, Annie.«

Bangor, Ysbyty Gwynedd, Wales

Oh, Birdie, das ist so … Ich hatte ja keine Ahnung, wie meine Mutter, wie du …«, sagte Cait leise und streichelte Birdies Arm.

Birdie lächelte schwach. Das Erzählen strengte sie immer noch sehr an, obwohl sie heute besser aussah. Die Augen lagen nicht mehr ganz so tief, die Wangen schienen etwas voller, auch wenn man genau hinsehen musste, um die Verbesserung zu sehen. Sie bekam noch immer Antibiotika gegen die Infektion im Bein, doch Doktor Green schien zufrieden. Cait hatte gestern kurz mit ihm gesprochen, denn sie war über Birdies schwächlichen Zustand besorgt gewesen. Der Arzt hatte sie beruhigt, und seine positive Prognose hatte sich bestätigt. Wäre das nicht der Fall gewesen, hätte Cait ihrer Tante heute verboten, so lange zu sprechen. Andererseits brannte Birdie ihr Leben auf der Seele.

»Man vergisst leicht, dass jeder Mensch einmal jung gewesen ist. Aber das ist normal.« Birdies Augen leuchteten, und sie zwinkerte schelmisch. »Ich habe genug geredet für heute. Gib mir das Wasser, und dann erzähl mir von dir. Das Unwetter muss fürchterlich gewesen sein. Alle waren ganz aufgeregt. Erzähl mir genau, was überall los war. Ein bisschen Tratsch tut mir gut.«

Cait berichtete über die Schäden in Portmeirion, erzählte von Phoebes Schmuck und hätte fast vergessen, ihrer Tante das Geschenk zu überreichen. »Das hat sie mir für dich mitgegeben.«

»Oh, wie hübsch!« Birdie las die Karte und zog an der gelben Schleife. In der kleinen Schachtel lag eine Kette, die aus einem Lederband mit einem mattgrünen Stein bestand.

»Was ist das, ein Heilstein?« Cait nahm den schönen glatten Stein in die Hand.

»Ein Heliotrop, er soll mein Herz stärken. Wie lieb von Phoebe. Bitte sag ihr, dass ich mich sehr gefreut habe und ich sie noch anrufe. Bisher hatte ich einfach keine Lust, mit anderen zu sprechen. All diese mitleidigen Bemerkungen kann ich nicht ertragen.« Birdie betrachtete den Stein, den Cait ihr in die geöffnete Hand legte. »Aber das ist schön.«

Caits Handy summte. Sie hatte vergessen, es auszuschalten. Jake.

»Du lächelst. Es muss jemand sein, den du magst. Hier drinnen kannst du mein Telefon benutzen, wenn du möchtest.«

»Äh nein, ich rufe gleich draußen zurück. Brauchst du noch etwas? Kann ich dir was aus dem Laden holen?«

Seufzend ließ Birdie sich in ihr Kissen sinken, berührte mit den Händen ihre Haare, die aufgesteckt am Kopf klebten, und verzog das Gesicht. »Morgen kann ich aufstehen, und dann wasche ich mir die Haare, komme, was da wolle.«

»So gefällst du mir schon viel besser.«

Der alte Kampfgeist leuchtete wieder aus Birdies Augen. Ihre Tante hatte das Schwerste überstanden.

»Und wie war das dann, nachdem Jake dich auf der Straße mitgenommen hat? Hat er sich um dich gekümmert? Ich frage nur, weil ich ihn für einen sehr netten jungen Mann halte.«

»Er war sehr fürsorglich. So, jetzt sollte ich mich auf den Weg machen.« Cait stand auf, beugte sich vor und küsste Birdie auf die Wangen. »Und wenn ich das nächste Mal komme, erzählst du mir den Rest. Oder kann ich aus dem, was du bisher gesagt hast, schließen, dass meine Mutter sich aus Rache an Oliver, meinen Vater, gekrallt hat?«

Kaum merklich bewegte Birdie den Kopf verneinend hin und her. »Ganz so war es leider nicht. Leider, Cait, aber jetzt geh und ruf deinen Jake zurück.«

»Aber das ist nicht mein …«, protestierte Cait.

Doch ihre Tante hatte die Augen geschlossen und wirkte blass und erschöpft.

»Bis bald, Birdie.« Leise nahm Cait ihre Tasche vom Bett und verließ das Krankenzimmer.

Als sie das Krankenhaus verlassen hatte, atmete Cait tief durch, sog die salzige Meeresluft ein und war glücklich über Birdies Fortschritte. Weniger glücklich machten sie die neuen Enthüllungen, aber damit musste sie leben, und sie wusste noch nicht einmal alles. Cait hielt das Gesicht in die Abendsonne und ließ sich von den wärmenden Strahlen streicheln. Nach dem Unwetter hatten die Menschen aufgeatmet, als endlich die Sonne zum Vorschein kam und half, die Feuchtigkeit zu vertreiben.

»Hi Cait, danke, dass du zurückrufst«, begrüßte Jake sie.

Es war sieben Uhr, Caits Magen knurrte, weil sie kaum etwas gegessen hatte, und sie hoffte, dass Jake ebenfalls noch nicht zu Abend gegessen hatte.

»Ich komme gerade aus dem Krankenhaus. Birdie geht es so viel besser! Ich bin so glücklich und könnte die ganze Welt umarmen!«, platzte es aus ihr heraus.

»Fang mit mir an, wenn du magst. Ich habe dir eine Menge zu erzählen. Gestern Abend steckt mir noch in den Knochen.«

»Was ist passiert?«

»Ich erzähl's dir, wenn wir uns sehen. Hast du schon was gegessen?«

Sie lächelte. »Das wollte ich dich auch gerade fragen. Nein, und ich würde sehr gern mit dir essen. Vielleicht können wir draußen sitzen. Ich brauche frische Luft!«

»Du fährst doch über Capel Curig zurück. Gibt es da nicht ein rustikales kleines Restaurant am See, Bryn irgendwas? Dann treffen wir uns auf halbem Weg.«

»*Bryn Tyrch Inn*, ja, das kenne ich. So machen wir es.«

Cait stieg in Birdies alten Transporter. Der Motor stotterte von Zeit zu Zeit, und Cait nahm sich vor, ihn überholen zu lassen, sobald ihr eigener Wagen wieder flott war. Heute Morgen hatte sie Mrs Meredith einen Blumenstrauß und eine Schachtel Pralinen gebracht und sich für die Hilfe mit Penelope bedankt. Gleichzeitig hatte sie vorsichtig angefragt, ob es in Ordnung wäre, wenn sie einen Hausschlüssel bei ihr ließe, nur für den Fall. Die alte Dame schien erfreut, dass Cait ihr so weit vertraute, und zudem mochte sie die Katze. Für den Moment war Mrs Meredith die beste Lösung für Penelope, denn Cait konnte die alte Katze unmöglich mit nach Chester oder Bangor nehmen, und wenn Birdies Genesung weiter solche Fortschritte machte, konnte sie sich bald selbst wieder um Penny kümmern.

Die Abendsonne tauchte die Berge in orangeviolettes Licht und ließ die uralten Riesen sanfter erscheinen, als sie waren. Das schroffe Massiv des Glyder Fawr ragte zu ihrer Rechten auf, und nach wenigen Kilometern hatte sie Capel Curig erreicht. Der Ort lebte von den Bergsteigern und Naturliebhabern und bestand aus einigen hübschen Hotels und Gaststätten, die sich entlang der Straße nach Betws-y-Coed und an den Ufern des Sees malerisch in die Landschaft fügten. *Bryn Tyrch Inn* war ein weiß getünchtes Hotel am Ufer des Llyn Mymbyr mit einem hervorragenden Restaurant. Jedenfalls hatte es vor Jahren diesen Ruf genossen.

Als Cait den Wagen über die steinige Einfahrt rollen ließ, sah sie schon den weißen Rangerover des Parks vor dem Haus stehen. Ihr Herz schlug automatisch schneller, und sie warf einen kurzen Blick in den Rückspiegel, biss sich auf die Lippen und fuhr sich einmal durch die Haare. Sie ließ die dunklen Locken mit den kupferfarbenen Reflexen jetzt einfach wachsen. Ihr gefiel es, die Haare im Nacken zu spüren, und sie fand, es machte ihr Gesicht weicher. Sie hatte nie lange in der Sonne zu sein brauchen, und sofort nahm ihre Haut einen olivfarbenen Teint an. Um diesen natürlichen Bronzeton ihrer Haut hatte Jessica sie früher beneidet. Nicht einmal ihre Mutter hatte eine derart schöne Haut gehabt, abgesehen davon war Cait sich immer zu herb, zu dunkel und zu kantig vorgekommen. Die Frauen der Turners waren weich, weiblich und sinnlich.

Doch als sie jetzt aus dem Wagen stieg und das Aufleuchten in Jakes Augen sah, der am Seeufer stand und sie erwartete, fand sie sich schön und begehrenswert. Er stand einfach da, selbstbewusst die muskulösen Arme in die Hüften gestützt, die grauen Augen auf sie gerichtet. Nur um seine Lippen spielte ein Lächeln. Kein Wort, als sie ihn erreichte – er streckte einfach die Hand nach ihr aus, zog sie in seine Arme und küsste sie.

Seine Lippen waren fordernd und sanft zugleich. Sie wollte ihm geben, was er verlangte. Und mehr, weil sie ihn brauchte …

Sie hielt inne, bog den Kopf zurück und sah ihn aus verträumten Augen an.

»Was ist, Cait?«

»Ich habe dich vermisst.«

»Das habe ich gemerkt.« Er grinste und ließ die Hände über ihren Rücken gleiten. »Und das passt dir nicht.«

Sie wollte sich von ihm losmachen, doch er war stärker und hielt sie einfach fest. »Wenn du schon fragst. Nein.«

»Ich habe nicht gefragt. Das war eine Feststellung. Ich weiß, dass du mich begehrst, dass du gern mit mir zusammen bist, aber du willst eine Grenze ziehen. Ich darf dir nicht zu nahekommen, damit du weglaufen kannst, ohne allzu tiefe Wunden davongetragen zu haben.«

»Nein, das ist es nicht. Hör auf, sonst gehe ich wieder …«

Sofort ließ er die Arme sinken und trat einen Schritt zurück. Erschrocken sah sie ihn an und fühlte sich kalt und schutzlos. Vielleicht war es schon zu spät, und sie musste jetzt gehen.

Als ahnte er ihre widersprüchlichen Gefühle, nahm er ihre Hand und führte sie an seine Lippen. »Komm, lass uns essen. Kennst du das Restaurant? Ich war gleich nach meiner Ankunft einmal hier und fand es gut. Es lohnt sich schon allein wegen des Ausblicks.«

»Und den hast du ganz allein genossen?«

Er hielt ihr die Eingangstür auf. »Nein. Rob hat mir diesen Platz gezeigt.«

»Oh, tut mir leid.« Sie verwünschte sich für ihre unsensible Kratzbürstigkeit und streifte mit den Lippen seinen Mund, bevor sie an ihm vorbeiging.

»Ob das als Entschuldigung reicht, werden wir noch sehen.«

27

Cait leckte zufrieden ihren Dessertlöffel ab. »Hmm, das war genau das Richtige. Bin ich froh, dass ich nicht mit Sean essen gegangen bin.«

»Mit Sean?« Jake legte die Serviette neben seinen Teller und sah sie fragend an.

»Das hatte ich noch nicht erzählt. Was du erlebt hast, war so aufregend, dass ich es fast vergessen hätte. Ist nicht wichtig. Er ist im Laden vorbeigekommen, dachte wohl, er könne an alte Zeiten anknüpfen oder so ähnlich. Es fällt ihm schwer zu akzeptieren, dass er nicht jedes Mädchen um den Finger wickeln kann.«

»Gibt es denn eine gemeinsame Vergangenheit, an die ihr anknüpfen könnt?«

»Da ist nie etwas zwischen uns gelaufen, falls du das meinst.« Sie drehte ihr Weinglas hin und her. »Weißt du, er hat über meine Eltern gesprochen, dass er seinen Vater dafür gehasst hat, weil er uns das Geschäft kaputt gemacht hat. Und dann meinte er, dass es seinem Vater wohl leidgetan hat. Der Selbstmord meines Dads. Und dass er die Sägemühle gekauft hat, um meiner Mutter und uns zu helfen.« Cait trank einen Schluck Wein und fügte bitter hinzu: »Genutzt hat es nichts, sie ist kurz darauf verunglückt oder hat sich den Baum ausgesucht, wer weiß, sie war immer am meisten mit sich selbst beschäftigt. An uns hat sie ganz sicher nicht gedacht …«

»Sag das nicht. Niemand verlässt einfach so seine Kinder«, begann Jake und hielt inne, als er ihre traurigen Augen sah.

»Ich meine, unter normalen Umständen. Wir können ja nicht beurteilen, was damals passiert ist. Dein Dad muss verzweifelt gewesen sein. Was sagt denn deine Tante?«

»Ach, Jake, lass uns über etwas anderes sprechen, ja? Wollen wir zahlen?«

Nachdem sie das Restaurant verlassen hatten, nahm Cait seine Hand und ging mit ihm zum Ufer des Sees. Das Wasser plätscherte leise gegen die Steine, und etwas flatterte beinahe lautlos an ihnen vorbei.

»Eine Fledermaus!«, sagte Cait und schlang die Arme um Jake. »Ich habe mal eine bei uns in der Regentonne gefunden. So klein und pelzig. Sie hatte Glück, ich habe sie geschüttelt, und dann ist sie weggeflogen.«

»Du hast sie geschüttelt?« Er strich ihr über den Rücken, ließ seine Hände tiefer wandern und entlockte ihr einen Seufzer, als er sie enger an sich zog.

»Hmm, na ja, das Wasser abgeschüttelt, und eigentlich wollte ich sie trocknen, aber das fand sie wohl nicht so toll und … uh … Was machst du denn da?«

»Deine Kurven würdigen …«

»Ich hab gar keine, du solltest meine Schwester sehen, die hat …« Doch seine unermüdlichen Hände und sein Mund – oder waren es Zähne? –, die eine Spur von ihrem Hals zum Schlüsselbein und weiter zu ihren Brüsten zogen, machten Denken unmöglich.

»Wir sollten das woanders fortsetzen, sonst werden wir noch wegen Erregung öffentlichen Ärgernisses verhaftet.« Er gab ihr einen Klaps auf den Hintern und schob sie zum Parkplatz.

Als sie wenig später in Beddgelert in seinem Apartment standen, warf Jake seine Jacke über einen Stuhl. Er sagte nichts, trat vor das große Fenster und schaute zu den Bergen, die sich als unförmige schwarze Masse unter dem nächtlichen Himmel abzeichneten. Der Mond war beinahe voll, nur ein zarter Wolkenschleier verdunkelte ihn im Vorbeiziehen, und selten hatte Cait einen so prachtvollen Sternenhimmel gesehen.

»In der Stadt sieht man die Sterne kaum«, sagte sie.

»Nein, die Stadt hat ihre eigenen Lichter. Hier ist alles klarer, manchmal …«

»Was wirst du jetzt tun?«

Sie berührte seinen Oberarm, spürte die angespannten Muskeln, die sich lösten, als er sich ihr zuwandte.

»Kommt darauf an, was Alun herausfindet. Ich glaube, er hat eine Spur, auch wenn er es mir nicht gesagt hat. Vielleicht fürchtet er, ich würde etwas Unüberlegtes tun.«

»Würdest du?«

Sie sah seine weißen Zähne aufblitzen, dann legte er ihr die Hände auf die Schultern.

»Kommt drauf an. Ich bin nicht für meine Geduld bekannt, und wenn ich den Kerl zwischen die Finger bekommen würde, der Rob das angetan hat …« Der Druck seiner Hände um ihre Schultern verstärkte sich.

Er war kräftig, und er wusste sich zu verteidigen. Doch Cait wollte nicht, dass er etwas tat, was er später bereuen würde. »Nicht, Jake, das nicht. Dann wärest du nicht mehr der Mann, den ich …«

»Was?« Seine Stimme war rau, und sie fühlte die Wärme seines Körpers.

»Bei dem ich mich entschuldigen würde«, flüsterte sie und glitt mit den Händen unter sein T-Shirt, streifte es ihm über den Kopf und ließ ihre Lippen über seine Brust gleiten, sacht, wie Schmetterlingsflügel.

Noch konnte sie die Worte nicht finden, vielleicht nie, aber das war nicht wichtig. Jetzt zählte nur der Moment, und sie wollte, dass er ewig dauerte.

Es duftete nach Kaffee. Cait schlug die Augen auf und streckte sich wohlig. Es konnte noch nicht spät sein, denn die Sonne erhob sich gerade erst über den Gipfel des Snowdon. Welcher Tag war heute? Musste sie nicht in den Laden, Penelope versorgen, sich um den Auftrag kümmern … Mrs Millard würde nach ihrer Rückkehr die Entwürfe sehen wollen! Cait richtete sich ruckartig auf. Jake war schon auf, warum hatte er sie nicht geweckt?

Sie sprang aus dem Bett und streifte sich Jakes Hemd über, das sie auf dem Boden fand. Er stand in der Küche, schwenkte mit einer Hand eine Pfanne mit Pancakes und telefonierte.

»Wir sehen uns dort, Alun. Ich habe Robs Eltern etwas versprochen. Ja, in Ordnung, bis nachher.« Er legte das Telefon zur Seite und lächelte sie an. »Steht dir besser als mir. Hast du gut geschlafen?«

Sie fuhr sich durch die zerzausten Haare. »Du hast mich ja kaum gelassen …«

»Ich glaube, es war eher umgekehrt. Entschuldigung angenommen, hatte ich das erwähnt?«

Sie grinste. »Warum hast du mich nicht geweckt, wie spät ist es? Du hast mich völlig aus dem Konzept gebracht.«

»Das gefällt mir. Komm, trink einen Schluck Espresso.« Er nahm den silbernen Kocher von der glühenden Herdplatte und goss Espresso in ein dickwandiges Glas.

Caits Augen leuchteten auf. »Du weißt wirklich, wie man Frauen glücklich macht.«

Sie ging zu ihm und nahm das warme Glas entgegen. Genüsslich ließ sie den starken Kaffee über den Gaumen laufen. Erst dann fiel ihr auf, dass er eine schwarze Hose und ein schwarzes Oberhemd trug. »Oh nein, heute ist die Beerdigung?« Sie setzte das Glas ab. »Warum ist heute schon Samstag?«

»Keine Ahnung. Wenn es dich beruhigt, ich bin auch etwas

aus dem Rhythmus.« Er zog sie an sich und strich ihr über die widerspenstigen Haare. »Willst du mitkommen? Du musst nicht. Vielleicht hast du auch etwas anderes vor, kein Problem.«

Sie drückte das Gesicht an seine Brust, hörte sein Herz stark und gleichmäßig schlagen und nahm den Duft des frischen Hemdes und seiner Haut wahr. »Wann müssen wir da sein?«

Er drückte sie zärtlich und ließ sie los. »Um elf in Llanberis.«

Llanberis war heute vor allem durch die Snowdon Mountain Railway bekannt, die einzige Eisenbahn, die direkt auf den Gipfel des Snowdon fuhr. Bis Ende der Sechzigerjahre hatte das Dorf von den Schieferbrüchen gelebt, die geschlossen worden waren und vielen Ansässigen die Arbeit genommen hatten. Ein Elektrizitätswerk hatte Abhilfe geschaffen. Cait erinnerte sich noch gut an Proteste der Bevölkerung gegen das Werk, das so gar nicht in das Bild des Naturparks passte. Schließlich war ein Großteil unterirdisch gebaut worden und hatte Gegner und Befürworter zumindest ansatzweise versöhnt. Sie fuhren über die Hauptstraße in das Dorf, das am Westufer des Llyn Padarn lag. Der See und das Dorf waren nach dem keltischen Heiligen Peris benannt worden. Im Süden blickte man auf den Snowdon und im Osten auf die beeindruckende Kette des Glyder-Fawr-Massivs mit seinen schroffen Gipfeln. Vom Dorf aus führte ein beliebter Wanderweg hinauf auf den Snowdon.

Für die Schönheit der Landschaft hatte Cait heute wenig Sinn. Sie knetete nervös die Hände. Nach der Beerdigung ihrer Mutter hatte sie sich geschworen, nie wieder an ein offenes Grab zu treten. Doch das Leben ging weiter, und sie wollte Jake beistehen. Denn sie wusste, dass er dasselbe für sie tun würde.

Langsam fuhren sie an einem weiß getünchten Gebäude vorbei, hinter dem der Kirchturm von St. Padarn aufragte. Die Straße wurde bereits auf beiden Seiten von parkenden Autos gesäumt. »Er hat viele Freunde«, sagte Cait leise.

»Er ist hier aufgewachsen, hat hier bei der freiwilligen Bergwacht gelernt und gearbeitet. Die Einäscherung hat schon stattgefunden. Wir versammeln uns in der Kirche, und dann spazieren wir gemeinsam in die Berge, wo die Jungs von der Bergwacht einen Gedenkstein für Rob aufgestellt haben.«

Cait schluckte. »Das ist wunderschön.«

Jake fand eine Parklücke und fuhr hinein. »Es bedeutet seinen Eltern viel, dass alle kommen.«

Die kleine Kirche war bereits gut gefüllt. Cait setzte sich auf einen der wenigen noch freien Plätze im hinteren Teil der Kirche, während Jake nach vorn zu den Angehörigen ging. In der Mitte vor dem Altar stand auf einer Staffelei ein großes Schwarzweißfoto von Rob. Der Pfarrer sprach nur wenige einleitende Worte, danach erzählten Freunde des Verstorbenen von gemeinsamen Erlebnissen. Die Trauerredner stellten sich abwechselnd auf die eine oder andere Seite des Bildes und schienen so eine Art Zwiesprache mit dem Verstorbenen zu halten, was vor Cait das Bild eines lebenslustigen, liebenswerten und hilfsbereiten jungen Mannes entstehen ließ. Schließlich bedankte sich Max Davies, Robs Vater, bei allen Rednern und sagte unter Tränen: »Und jetzt möchte ich Jake um einen Gefallen bitten. Ich weiß, dass Rob sich das gewünscht hätte.«

Robs Vater versagte die Stimme, und Jake erhob sich und umarmte den gramgebeugten Mann, der den schwersten Gang seines Lebens tun musste. Max setzte sich wieder auf seinen Platz, nahm die Hand seiner Frau, und alle Augen richteten sich erwartungsvoll auf Jake. Es wurde sehr still in dem schlichten Kirchenschiff. Man hätte eine Nadel zu Boden fallen hören können, und dann begann Jake zu singen. Er sang ohne Begleitung, nur seine volle, etwas raue Stimme hallte durch die Kirche und füllte die Herzen der Zuhörer mit den wehmütigen Versen eines uralten Liedes:

Oh, Danny boy, the pipes, the pipes are calling
From glen to glen, and down the mountain side
The summer's gone, and all the roses falling
'Tis you, 'tis you must go and I must bide.

Obwohl Rob ein Fremder für sie war, schien er ihr durch die Worte seiner Freunde so nahe, dass Cait ihre Tränen nicht zurückhalten konnte. Es war furchtbar und gleichzeitig so rührend zu sehen, wie sehr dieser junge Mann geliebt worden war, dass sie bedauerte, ihn nicht gekannt zu haben.

Jake sang die letzten Töne, und die schöne Melodie schien noch immer in der Luft zu hängen, als er sich schon gesetzt hatte. Es dauerte einen Moment, bis die Trauergäste sich gefangen hatten. Taschentücher wurden gezückt, und man hörte unterdrücktes Schluchzen. Schließlich gab der Pfarrer ein Zeichen und verließ, gefolgt von Robs Eltern, die Kirche.

Cait wartete und reihte sich ans Ende des Zuges ein. Beim Betreten der Kirche hatte sie befürchtet, von Erinnerungen überwältigt die Trauerfeier vor deren Ende verlassen zu müssen. Es war nicht so gewesen. Das mochte an Jake liegen und an der Art, wie Robs Andenken geehrt wurde. Als sie in die warme Mittagssonne hinaustrat, die sich für diesen Tag durch die Wolken gekämpft hatte, sah sie die Trauergäste gelöst miteinander sprechen. Immer wieder fiel Robs Name, die Menschen lächelten, und Cait dachte, dass jemand, der in den Erinnerungen seiner Freunde so lebendig war, niemals sterben würde.

Ihren Gedanken nachhängend spazierte Cait um die Kirche herum, die von riesigen Eichen umgeben war. Die weiten Baumkronen spendeten Schatten und wachten über die Gräber. Ein Windhauch fuhr raschelnd durch das dichte Blattwerk, und Cait schluckte mehrmals, während sie blinzelnd nach oben schaute. Es war Jahre her, seit sie das Grab ihrer

Eltern in Beddgelert besucht hatte. Der Zorn über die selbstgerechte Entscheidung ihres Vaters, den Freitod zu wählen, Trauer über den doppelten Verlust und schließlich die ewig nagenden Zweifel – die Zweifel, ob ihre Eltern sie überhaupt je geliebt hatten – waren seitdem ihre ständigen Begleiter.

»Ach, hier bist du.« Jake trat neben sie, legte ihr den Arm um die Schultern und küsste sie sanft auf die Schläfe.

Sie lehnte sich an ihn. »Das war wunderschön. Traurig und irgendwie auch nicht, weil alle so voller Wärme von Rob gesprochen haben.«

»Er lebt weiter, in allen, die ihn lieben. Das hat etwas Tröstliches, vor allem für seine Eltern.« Er drückte sie kurz und nahm ihre Hand. »Komm, ich möchte dir jemanden vorstellen.«

Sie ließ sich von ihm aus dem Schutz des Blätterdachs in die Sonne ziehen. Ein drahtiger Mann mit auffallend blauen Augen stand neben einer Buchshecke und beobachtete die Menschen, die sich unterhielten und sich langsam in Gruppen für die gemeinsame Wanderung zusammenfanden.

»Cait, das ist Sergeant Alun Brace, mein Verbündeter in dieser Sache«, stellte er die beiden einander vor.

»Hallo, Cait, ich freue mich, dich kennenzulernen, wenn auch unter so traurigen Umständen.« Alun hatte einen festen Händedruck und strahlte Herzenswärme und Härte zugleich aus. Sein Blick war neugierig und intensiv und seine Haltung so angespannt wie die eines Raubtiers.

Cait fiel ein, dass Jake von Aluns Vorliebe für fernöstliche Kampfsportarten erzählt hatte. »Alun, freut mich sehr. Leider kannte ich Rob nicht, obwohl ich jetzt beinahe glaube, ihm ein wenig näher zu sein. Eine schöne Feier.«

Alun nickte. »Und Jake, du musst mir versprechen, auch auf meiner Beerdigung zu singen, dann vergießen sie zumindest wegen des schönen Liedes eine Träne …«

»Hör auf, Alun, keine Witze.« Jake runzelte die Stirn und

musterte eine Gruppe von Männern. »Caleb ist hier? Ich hätte nicht gedacht, dass er kommt. Er hat sich doch dauernd mit Rob gezofft.«

»Immerhin zeigt er mehr Anstand als Boswick, der glänzt durch Abwesenheit. Oh, Jake, ich muss dir etwas erzählen. Doc Cooper hat noch etwas herausgefunden. Entschuldige uns kurz, Cait.« Alun ging einige Schritte mit Jake und erzählte ihm mit verhaltener Stimme seine Neuigkeit.

Als die beiden zurückkamen, wirkte Jake nachdenklich und sehr ernst. »Tut mir leid, Cait, gerichtsmedizinische Details, die du dir nicht antun musst.«

Sie nickte verständnisvoll. »Jake, ich glaube, ich fahre zurück nach Minffordd. Ich muss diesen Auftrag noch bearbeiten, und die Wanderung dauert sicher zwei bis drei Stunden.«

»Danke, dass du mitgekommen bist. Alun, wir sehen uns gleich, ich bring sie zum Wagen«, sagte Jake und nahm Caits Hand.

Das hatte sie völlig vergessen. Sie waren zusammen gekommen, und ihr Wagen stand in Beddgelert. »Jake, ich rufe mir ein Taxi, bitte, geh nur wieder zu deinen Freunden. Ich möchte keine Umstände machen.«

Er wartete, bis sie außer Hörweite der Trauergäste waren und die Straße zu seinem Wagen entlanggingen. »Wenn du so mit mir redest, beleidigst du mich, Cait. Du machst mir keine Umstände. Ich helfe dir gern, sorge mich um dich und möchte, dass du ein Teil meines Lebens bist.«

Sie kamen neben seinem Wagen an, und er öffnete die Fahrertür. »Steig ein.«

»Bitte?« Verständnislos sah sie ihn an.

Er gab ihr seinen Autoschlüssel. »Wir tauschen. Du fährst mit meinem Wagen nach Minffordd. Alun bringt mich nachher nach Beddgelert, und dann kann ich mir meinen Wagen bei dir abholen.«

»Das ist … Warum bin ich nicht darauf gekommen? Gut, so machen wir es.« Sie kramte ihren Schlüssel aus der Handtasche und gab ihn Jake. Er stand dicht vor ihr, die Autotür schirmte sie vor den Blicken anderer ab. Cait stellte sich auf die Zehenspitzen und küsste ihn zärtlich auf den Mund. »Danke.«

»Wofür?« Er legte ihr die Hände um die Hüften und hielt sie fest.

»Du musst zurück, sie machen sich gerade auf den Weg.« Sie sah, wie der Zug der Trauergemeinde sich über die Straße auf die Berge zubewegte.

Jake wandte den Kopf und küsste sie dann kurz, aber so, dass sie nicht vergaß, wem sie ihre Antwort schuldete, und eilte davon.

Cait machte sich mit dem fremden Wagen vertraut. Jake steckte voller Überraschungen, aber er machte seinen Standpunkt klar, daran ließ er keinen Zweifel. Sie fuhr sich mit der Zunge über die Lippen und meinte seine Hände noch auf ihrem Körper zu spüren. Aber es war nicht nur die Körperlichkeit, das Knistern zwischen ihnen, jedes Mal, wenn sie ihn berührte oder ansah – es war viel mehr als das. Sie steuerte den großen Wagen vorsichtig über die Hauptstraße. Und das ›viel mehr‹ verunsicherte sie, sobald sie darüber nachdachte.

Als Cait in die Einfahrt zum Haus ihrer Tante fuhr, überlegte sie, ob sie noch im Laden vorbeisehen sollte, doch da sie Penelope vor der Tür warten sah, entschied sie sich dagegen. Die Katze sprang ihr entgegen, und Cait nahm sie auf den Arm. »Hallo, meine Süße. Tut mir leid, dass ich dich so vernachlässigt habe.«

Penny drückte den Kopf gegen Caits Kinn und schnurrte laut. Im Haus gegenüber bewegte sich die Gardine hinter einem Fenster im Erdgeschoss, und kurz darauf wurde die Haustür von Mrs Meredith geöffnet. Cait ging mit Penny auf dem Arm zu der älteren Dame.

»Ich kann mich gar nicht genug bei Ihnen dafür bedanken,

dass Sie sich um Penny kümmern. Sie sieht großartig aus!« Cait strahlte die Nachbarin an.

Mrs Meredith war ein wenig mollig und trug eine bunte Schürze über einem hellen Sommerkleid. Ihre weißen Haare hatten diesen leicht violetten Schimmer, den sich so viele ältere Damen von ihren Friseuren aufschwatzen ließen.

»Ich mache das sehr gern. Sie ist mir schon ans Herz gewachsen.« Mrs Meredith kraulte Penelope unter dem Kinn, was diese sichtlich genoss. »Arbeiten Sie jetzt für den Nationalpark?«, fragte sie mit Blick auf Jakes Wagen.

»Nein, der Wagen gehört meinem Freund. Wegen der Beerdigung seines Kollegen haben wir uns aufgeteilt, wissen Sie.«

»Ach ja, wie traurig, tut mir leid. Jetzt bleiben Sie hier, oder müssen Sie noch einmal weg?«

»Nein, ich bleibe. Ich habe noch einen Haufen Arbeit zu erledigen. Meine Chefin wird langsam ungehalten«, seufzte Cait. »Ich möchte meinen Job nicht verlieren, aber ich möchte auch meine Tante nicht im Stich lassen. Also pendele ich zurzeit zwischen Chester, Minffordd und dem Laden. Aber Birdie geht es viel besser, das ist die Hauptsache.«

»Das freut mich. Bitte, zögern Sie nicht, mich zu fragen, wenn Sie Hilfe brauchen. Nicht, Pennilein? Hübsches altes Mädchen … Oh, warten Sie …« Mrs Meredith verschwand im Haus und kam mit einer kleinen Tüte zurück. »Die mag sie besonders. Anfangs musste ich sie bestechen, damit sie zu mir kommt. Aber diese Leckerlis haben den Bann gebrochen.«

Cait steckte die Tüte ein. »Vielen Dank!«

»Herrje, die Früchte!«, rief Mrs Meredith.

Tatsächlich roch es süß und leicht angebrannt.

»Meine Tochter kommt mit ihren Kindern zu Besuch. Auf Wiedersehen!«

»Auf Wiedersehen!« Lächelnd ging Cait mit Penny über die Straße.

Mit ihrem Notebook und einem Stapel von Katalogen setzte sich Cait ins Wohnzimmer und konzentrierte sich auf die Inneneinrichtung von Mrs Millards Landhaus. Sie arbeitete zwei Entwürfe in gedeckten Farben aus, raffiniert in den Materialien, aber eher kühl, so dass das dunkelrote Sofa das farbliche Highlight blieb. Noch nicht ganz zufrieden mit dem, was sie sah, entschied sie sich für eine dritte Variante, die sich vollständig unterscheiden sollte. Der Entwurf war gewagt, entweder er würde Mrs Millard begeistern oder abstoßen. Die Wände des Wohnzimmers waren in Ultramarin lackiert. Dazu passten Jakes Fotografien und als Kontrapunkt Vintagemöbel in knalligen Farben. In sich war alles stimmig, nur gefallen musste es. Aber da Mrs Millard einen Hang für das Ausgefallene, leicht Morbide hatte, hegte Cait die Hoffnung, dass sie anbeißen würde.

Sie speicherte die Entwürfe und rieb sich den Nacken. Penelope hatte sich neben ihr auf dem Sofa zusammengerollt und blinzelte, als Cait aufstand und die Terrassentür aufstieß. Warme Luft schlug ihr entgegen, im Garten zwitscherten Vögel, nebenan spielten Kinder, ein Hund bellte. Barfuß trat sie hinaus auf die Steinfliesen und blieb an den Stufen stehen, die auf den Rasen führten. Das Holzhaus mit Birdies Werkstatt wurde von einer Birke überschattet, Efeu hatte sich auf einer Seite breitgemacht und eroberte das Dach. Cait dachte an das, was Birdie ihr über ihre Mutter erzählt hatte, und seufzte tief. Anne, dachte sie, nicht Mutter, sondern Anne, denn diese Frau war ihr noch fremder geworden. Und ihr Vater? Nathan Turner hatte eine Frau geheiratet, die einen anderen mehr geliebt hatte. Jedenfalls hatte es den Anschein.

Ein Auto fuhr langsam durch die Straße. Der leicht stotternde Motor verriet Birdies Transporter. Erleichtert lief Cait um das Haus herum und umarmte den überraschten Jake.

»Ich bin so froh, dass du hier bist«, flüsterte sie und vergrub das Gesicht in seiner Halsbeuge, dort, wo seine Haut weich und warm war und nach ihm duftete.

»Ist etwas passiert?«, fragte er und hielt sie fest.

»Nein, es war nur ein langer Tag.« Sie küsste ihn und nahm seine Hand. »Ich hätte etwas kochen sollen, aber ich war so mit meiner Arbeit beschäftigt, dass ich nicht dazu gekommen bin. Hast du überhaupt Hunger?«

»Nicht viel. Aber ein kaltes Bier wäre nett.« Sie gingen in die Küche, wo Jake die Schlüssel auf den Küchentisch legte. Er wirkte müde, was nach dem heutigen Tag nicht verwunderlich war.

»Ich glaube, Birdie hat sogar ein paar Flaschen. Ab und an trinkt sie gern ein Bier. Ah!« In der kleinen Vorratskammer fand Cait eine Bierflasche. »Allerdings nicht sehr kalt.«

»Macht nichts.« Dankbar nahm er die Flasche entgegen und trank einen großen Schluck. »Hmm, besser.« Er trug noch immer das schwarze Hemd, dessen Ärmel aufgekrempelt waren.

Erst jetzt fiel ihr auf, dass sie ebenfalls noch die schwarze Bluse trug. »Meine Güte, schau uns an. Ich habe mich noch nicht einmal umgezogen.«

»Du hast gearbeitet. Ich mag das an dir, du bist so konzentriert. Wenn du etwas tust, dann ganz. Darf ich deine Entwürfe sehen?«

Zögernd sagte sie: »Okay, aber … Ja, schau sie dir an und sag mir, was du denkst.«

Sie griff nach ihrem Notebook und nahm es mit auf die Terrasse, wo zwei Stühle und ein kleiner Tisch standen. Jake setzte sich, und sie öffnete die Dateien mit den Entwürfen. »Ich wollte dich erst fragen. Wenn es dir nicht gefällt, sag es einfach, aber eigentlich wäre es eine tolle Chance …«

»Was denn?« Neugierig betrachtete er die virtuellen Rundgänge durch das Landhaus, nickte zustimmend oder fragte nach, wenn er nicht wusste, wie er in den nächsten Raum gelangte. Plötzlich runzelte er die Stirn. »Halt mal, sind das meine Bilder?«

»Und Birdies Schale. Ich hätte dich gefragt, bevor ich es rausgeschickt hätte. Was denkst du? Möchtest du deine Fotografien zur Verfügung stellen? Ich meine, du verkaufst sie ja auch bei Birdie …« Sie knetete nervös ihre Unterlippe und sah ihn an.

»Schon, aber das hier ist so …« Er holte tief Luft. »Professionell. Ich mache das nur zum Spaß, das ist ein Hobby.«

Sie hatte ihn. Professionell war gut, denn das bedeutete, dass er ihre Arbeit schätzte. »Ich dachte, dass die Bilder, die du von den Raubvögeln und den Gipfeln gemacht hast, genau zu den Millards passen würden. Er ist Jäger und gerade in Schottland. Und was hältst du von dem dritten Entwurf?«

Er grinste. »Was ist das, eine schwarze Wand?«

Cait stellte sich hinter seinen Stuhl und drehte den Bildschirm so, dass die Farbe besser zu sehen war. »Ultramarin, ein höllisch teurer Lack. Sieht grandios aus, wenn es angestrichen ist. Hast du eine Wand, die Farbe braucht? Ich zeig's dir. Es gibt da noch ein unglaubliches Türkis, das schimmert wie ein Smaragd, warm, leuchtend, macht aus jeder Kammer einen Palast!«

Jake lachte und zog sie an den Armen zu sich herum, so dass sie sich auf seine Knie setzen musste. Sie legte ihm die Arme um den Hals und konnte nicht widerstehen, ihn zu küssen.

»Wenn ich mir ein Haus einrichten lasse, dann nur von dir.« Sein Kuss war leicht und spielerisch, doch in seinen Worten schwang so viel mehr mit, dass Cait sich aufrichtete, um das Notebook zu schließen.

»Dann hast du nichts dagegen, wenn ich deine Bilder anbiete?« Sie stand auf.

»Nein, mach nur, aber erwarte nicht, dass ich bei Bedarf

einfach mehr produziere. Ich fotografiere, wenn es sich ergibt, wenn mir danach ist, und so soll es bleiben.« Er griff nach der Bierflasche. »Vielleicht sollten wir doch noch etwas essen gehen.«

28

In angenehmer Umgebung und abgelenkt durch das Essen würde Cait sich wieder entspannen, dachte Jake und fragte sich, was sie so verstimmt hatte. Er spürte, dass sie seine Gefühle erwiderte, sich ihm mehr und mehr öffnete. Nur wenn es um eine mögliche gemeinsame Zukunft oder die Familie ging, verschloss sie sich wie eine Auster, zog sich von ihm zurück und konnte sogar verletzend sein. Da sie bisher nur angedeutet hatte, was in ihrer Familie vorgefallen war, fiel es nicht leicht nachzuvollziehen, was in ihr vorging. Nun, sie kannten sich noch nicht lange, obwohl es ihm anders vorkam. Sie schien ihm so vertraut, er fühlte sich ihr auf eine Art verbunden, wie er es bisher mit keiner Frau erlebt hatte, dass er sich zügeln musste, nicht von sich auszugehen, und ihr die Zeit zu lassen, die sie benötigte.

Nach dem Essen spazierten sie langsam zurück, doch bevor sie in die Straße zu Birdies Haus bogen, hielt er an. »Geht es dort zum Meer?«

»Du meinst die Straße nach Portmeirion?«

»Nein, ich dachte, du kennst vielleicht einen Pfad mitten durch die Wildnis. Als Kinder seid ihr doch sicher hier herumgestrolcht.«

Sie grinste. »Klar. Wir müssen durch den Garten der Martins, und dann führt ein Pfad die Klippen hinunter. Das ist übrigens sehr romantisch.«

»Dachte ich mir. Na los, ich folge dir.« Er sah es in ihren Augen aufleuchten und lächelte. Ablenkung und ein wenig Abenteuer waren das Richtige für Cait.

Und für ihn auch. Was Alun ihm heute erzählt hatte, nagte an ihm. Doktor Cooper hatte alle Befunde der Untersuchung noch einmal unter die Lupe genommen und festgestellt, dass er einen winzigen Metallsplitter übersehen hatte, der beinahe mit den Geweberesten entsorgt worden wäre. Cooper hatte die Legierung untersucht und tippte auf ein Metall, das für Werkzeuge, Gebrauchsgegenstände und technische Geräte mit dünnen Metallgehäusen verwendet wurde. Infrage kämen Thermosflaschen, Bergsteigerutensilien oder eine Taschenlampe. Da der Splitter winzig gewesen war, gab es keine Möglichkeit, mehr daraus zu lesen, und es reichte immer noch nicht, um die Untersuchung auf versuchten Mord auszuweiten. Rob hätte sich den Kopf auch beim Sturz an einem Haken aufgeschlagen haben können. Es war zum Verrücktwerden.

Cait kletterte vor ihm den engen Pfad hinunter, der an beiden Seiten kniehoch durch das Gestein zum Meer führte. Farne und die stacheligen Äste wilder Rosen hingen über die Gesteinsbrocken und kratzten durch den dünnen Stoff auf ihrer Haut. Die violetten Blüten der Wildrosen verströmten ihren unverkennbar zartsüßlichen Duft. Gedankenverloren pflückte Cait im Gehen eine Blüte ab und zerrieb sie zwischen den Fingern. Birdie hatte ihr nie erzählt, dass sie wilde Rosen liebte. All die Jahre, dachte Cait, all die Jahre hatte sie im Grunde kaum etwas über ihre Tante gewusst. Aber hatte sie sich je wirklich die Mühe gemacht und nachgefragt?

Von unten drang das Rauschen der Wellen herauf, ein Geräusch, das in der Dunkelheit noch intensiver war. Als sie das Ende des steinigen Pfades erreicht hatte, sagte Cait: »Oh, hier haben sie den Strand abgesperrt. Wahrscheinlich wegen des Sturms.«

»Haben wir nicht gesehen.« Jake hielt das rot-weiße Absperrband hoch und folgte ihr auf den Sand.

»Du bist unmöglich!«, rief Cait und lief zum Wasser, das noch immer leicht aufgewühlt war. Weiße Gischt krönte die Wellenkämme und hinterließ ein schaumiges Band auf dem Sand.

Jake tauchte eine Hand ins Wasser. »Schade, noch zu kalt zum Schwimmen. Habt ihr das als Teenager getan? Seid ihr heimlich nachts hierhergekommen?«

»Manchmal. Da müsstest du meine Schwester fragen. Jessica war die Expertin für romantische Stelldichein.« Cait stellte sich auf einen flachen Felsen und schaute auf das Meer. Ab und an schien der Mond durch die Wolken und ließ das andere Ufer der Bucht erkennen, wo vereinzelt Lichter blinkten.

Schon wieder begleitete Bitterkeit ihre Worte. Jake sammelte einen Stein auf und warf ihn in die Wellen.

»Hast du keine Angst, Jake? Ich hätte welche, wenn ich das in der Scheune gesehen hätte. Was meint Alun dazu?« Sie trat neben ihn und schlang ihm einen Arm um die Hüfte.

Er zog sie dichter an sich, so dass er ihre Wärme spüren konnte. »Als ich die Eule dort sah, hatte ich Angst. Nur für einen kurzen Moment. Der Kerl wollte mich warnen, aber da ich nichts weiß, kann mir nichts passieren.«

»Ist das so? Hast du keinen Verdacht? Alun hat dir doch etwas gesagt. Bitte, Jake, unternimm nichts auf eigene Faust. Versprichst du mir das?«

»Ich werde nichts Unüberlegtes tun. Na komm, ich bring dich zurück. Es ist spät, und mir steckt der Tag in den Knochen.«

Es war nach Mitternacht, als sie Birdies Haus erreichten. Cait kicherte. »Ich kann nur hoffen, dass Mrs Meredith schon schläft, sie beobachtet anscheinend die gesamte Nachbarschaft.«

»Wenn das so ist, sollte ich besser nach Hause fahren, um dich nicht zu kompromittieren.« Er machte einen Schritt zurück, und Cait lachte leise.

»Über dieses Stadium bin ich lange hinaus.« Sie öffnete die Tür, und Penelope kam mauzend heraus. »Hallo, Süße.«

Die Katze strich um ihre und Jakes Beine.

»Penny möchte auch, dass du mit reinkommst«, meinte Cait und machte ein schnalzendes Geräusch, woraufhin die Katze an ihr vorbei in die Küche lief.

»Denkst du, Birdie hätte etwas dagegen?« Er schloss die Tür hinter sich.

Cait lachte. »Oh nein, im Gegenteil, sie mag dich sehr.«

»Und ich mag deine Tante. Sie ist ein besonderer Mensch, eine Künstlerin. Warum hat sie nicht mehr aus ihrer Töpferkunst gemacht? Sie hätte das Zeug dazu gehabt.« Er nahm eine glasierte Schale vom Fensterbrett und drehte sie hin und her. »Wirklich schön, ungewöhnlich.«

»Ja, ihre Sachen sind sehr gut.« Cait füllte Penelopes Wasserschale auf. »Ich weiß es nicht. Sie hat bei einigen Ausstellungen mitgemacht und ist auch Mitglied bei den *North Wales Potters*. Aber das war es dann auch schon. Jake …« Sie streckte sich und unterdrückte ein Gähnen. »Ich bin erledigt.«

Er fuhr sich über die müden Augen. »Noch duschen und dann falle ich ins Bett wie ein Stein.«

»Birdie hat für uns Mädchen damals ein neues Bad einbauen lassen. Komm, ich zeige es dir.«

Er folgte Cait die Treppe hinauf und bewunderte das hübsche Haus. »Hat sie das alles allein gemacht? Die Paneele, die Farben?«

Cait wandte sich kurz zu ihm um und sagte stolz: »Meine Tante ist ein Allroundtalent. Handwerklich kann ihr keiner etwas vormachen. Hey, das liegt in der Familie. Vergiss nicht, dass mein Vater in erster Linie Tischler war.«

»Patente Frauen finde ich sexy.«

Sie blieb eine Stufe über ihm stehen, so dass er gegen sie prallte. »Du hast Glück, dass die andere Frau, die du so bewunderst, meine Tante ist …«

Er umfasste mit den Händen ihre Hüften und zog sie an

sich. »Birdie ist großartig, aber ich würde sie nicht fragen, ob sie mit mir duscht.«

»Oh, also wirklich!« Spielerisch schubste sie ihn von sich weg und nahm die letzten Stufen mit einem Satz. »Die erste Tür links, und daneben liegt Jessis Zimmer.«

Unter dem gleichmäßig prasselnden warmen Wasser wäre er beinahe eingeschlafen und stieß sich den Kopf an der Armatur. Dabei musste er wieder an Rob denken. Und plötzlich hatte er eine Idee. Aber die musste bis morgen warten. Gleich morgen früh, dachte er und schlang sich ein großes Badetuch um die Hüften. Als er in den Flur hinaustrat, überlegte er, ob Cait es wohl ernst gemeint hatte mit dem Zimmer ihrer Schwester. Doch dann sah er Licht aus einem offenen Türspalt scheinen und betrachtete das als Einladung.

Er drückte die Tür auf und fand Cait bereits eingekuschelt in ihrem Bett. Als er ihren zarten Körper unter der Decke und die wirren Haare betrachtete, die ihr ins Gesicht gefallen waren, fragte er sich, ob es richtig gewesen war, dass er sie auf die Beerdigung mitgenommen hatte. Sie wirkte so erschöpft und zerbrechlich. Sacht hob er die Decke und legte sich so neben sie, dass er sie sanft an sich ziehen konnte. Sie seufzte und murmelte: »Der Lichtschalter ist irgendwo über dir.«

Sie schliefen tief und traumlos und wurden von den ersten Sonnenstrahlen am nächsten Morgen geweckt. Zumindest dachte Jake das, bis er ein Gewicht auf seiner Brust bemerkte und ein sonores Brummen an sein Ohr drang. Er hatte nicht bemerkt, dass Cait schnarchte, und öffnete die Augen. Er lag auf dem Rücken, und auf seinem Brustkorb hockte Penelope und schaute ihn unverwandt aus ihren bernsteinfarbenen Augen an. Als er blinzelte, blinzelte sie ebenfalls, und Jake dachte an die Schleiereule und war sofort hellwach. Penelope schien zufrieden und sprang vom Bett.

Jake versuchte aufzustehen, ohne Cait zu wecken, doch sie

drehte sich um und streckte eine Hand nach ihm aus. »Wo willst du hin?«

»Aufstehen. Mein Bruder kommt heute, und ich muss noch etwas erledigen.« Er wollte sie küssen, doch sie richtete sich auf und starrte ihn an.

»Dein Bruder kommt? Davon hast du nichts gesagt!«

»Ich hatte dir doch erzählt, dass er demnächst mit seiner Freundin zu Besuch kommt. Jetzt kommen sie eben schon heute. Sie haben sich ein Ferienhaus bei Blaenau Ffestiniog gemietet, und Shannon will kochen. Sie ist eine großartige Köchin und macht das gern. Hey, das wird toll! Alun und seine Frau kommen auch.«

»Wie? Heute Abend?« Caits Miene wurde immer düsterer.

»Ja. Wo ist das Problem? Wenn du keine Zeit hast, kommst du eben nicht mit.« Er schwang die Beine aus dem Bett und schlang sich das Badetuch um den Körper.

»Ich hätte es einfach gerne gewusst.«

»Tut mir leid. Ich hab's vergessen. Gestern war ziemlich viel los, weißt du …«

»Ach, du weißt es erst seit gestern?«

»Nein, was macht das für einen Unterschied?« Er spürte, wie irritiert und verärgert sie war, schluckte eine bissige Bemerkung hinunter und kniete sich zu ihr aufs Bett. »Wir haben beide viel durchgemacht in der letzten Zeit. Für mich ist alles irgendwie erträglicher, weil ich dich kennengelernt habe, Cait.«

Ihre Züge wurden weicher, und ihre Hände, mit denen sie die Bettdecke gepackt hatte, lockerten sich.

»Ich bin vielleicht manchmal zu schnell, nehme für selbstverständlich, dass du meine Familie kennenlernen möchtest, weil du für mich wichtig bist.« Er lächelte und beugte sich so weit vor, dass er ihre Schulter mit den Lippen streifen konnte. »Und …«

»Komm her.« Sie zog ihn mit sich und schlang ihm die Beine um die Hüften. »Mir gefällt das, und über den Rest denke ich nach, ist das in Ordnung?«

»Damit kann ich leben.« Das Handtuch erschien ihm störend, und Jake warf es zu Boden.

Von Minffordd aus fuhr Jake als Erstes in sein Büro. Mit Cait war er so verblieben, dass sie sich aus Bangor melden würde, sobald sie Birdie besucht hatte. Selbst nachdem sie sich zärtlich geliebt hatten, schien sie ihm distanzierter, nachdenklicher, und er fragte sich, ob er einen Fehler gemacht hatte. Für ihn waren Essen mit Familie und Freunden normal, er freute sich darauf, seinen Bruder und die schwangere Shannon zu sehen. Doch für Cait schien das ein rotes Tuch zu sein. Langsam fuhr er die schmale Straße zu seinem Büro hinauf. Nach einer scharfen Biegung gelangte man auf den Hofplatz vor der Werkstatt. Jake fluchte stumm, denn der Haufen mit den unbrauchbaren Fallen lag immer noch dort. Er würde ein ernsthaftes Wörtchen mit Caleb reden müssen, und vielleicht nicht nur deswegen.

Manchmal arbeiteten sie auch am Sonntag, doch nach dem Sturm hatten alle unzählige Überstunden geleistet und gönnten sich zumindest einen freien Tag. Die Aufräum- und Reparaturarbeiten würden noch einige Zeit in Anspruch nehmen, auch wenn die dringendsten Gefahrenzonen gesichert worden waren. Jake ging direkt in sein Büro, schaltete das Licht ein und fuhr die Computer hoch. Er hatte einen Verdacht. Einen schrecklichen Verdacht, den er zunächst nicht hatte wahrhaben wollen, weil es ihm unfair schien, jemanden ständig an seiner Vergangenheit zu messen, aber etwas stimmte nicht mit Caleb … Der Kerl verbarg etwas vor ihm. Und jetzt dieser Metallsplitter. Was, wenn Caleb doch …? Wenn er Rob von hinten mit …? Erschlagen, das klang furchtbar und brutal. Und bei diesem Wort kam Caleb ins Spiel, den Jake für gewaltbereit und brutal hielt. Vorurteile hin oder her.

Die Computer gehörten nicht der neuesten Generation an und brauchten eine Weile, bis sie vollständig hochgefahren waren. Es widerstrebte ihm, die Habseligkeiten eines Kollegen zu durchsuchen, und ganz sicher würde er nichts finden, doch er musste sich davon überzeugen. Auf einem Stuhl lag eine Jacke von Caleb, und in der Ecke stand sein Rucksack. Systematisch ging Jake die Sachen durch, fand aber nichts, das einem Tatwerkzeug entsprechen könnte. Schließlich stieß er auf Calebs Taschenlampe, doch die hatte kaum einen Kratzer. Auch seine Bergsteigerausrüstung war sauber und schien seit Wochen nicht benutzt, denn auf der Tasche hatte sich bereits Staub angesammelt. Außerdem würde ein Exknacki wie Caleb es besser wissen, als ein Tatwerkzeug hier herumliegen zu lassen.

Jake stieß hörbar die Luft aus und setzte sich vor die Computer. Zuerst durchsuchte er seine eigenen Dateien nach der Mail von Charles Fuller, die jedoch nicht aufzufinden war. Dann loggte er sich bei Caleb ein. Er musste eine Weile suchen, bis er die Mail des Amerikaners in einem Ordner mit dem Titel »Vermischtes« fand. Caleb hatte die Mail tatsächlich an Boswick geschickt, und der hatte geantwortet, dass er nichts davon wisse und die Ranger sich gefälligst selbst um ihre Touren kümmern sollten.

»Okay, Leo, du bist aus dem Rennen, wer hätte das gedacht …« Jake suchte weiter und fand eine Weiterleitung von Fullers Mail an Sean Craddock. Für sich genommen musste das nichts bedeuten. Organisierte Sean nicht irgendwelche Touren mit Pferden? Das könnte passen. Überprüfen konnte er das nicht, denn Sean würde sich eher die Zunge abbeißen, als ihm eine hilfreiche Antwort zu geben. Doch er konnte im Namen des Nationalparks bei Fuller nachfragen, ob alles geklappt hatte, und so versuchen zu erfahren, was es mit der Tour auf sich hatte oder ob daran irgendetwas besonders gewesen war. Touren mit reichen Ausländern kamen nicht allzu oft vor, und die Art, wie dieser Fuller danach gefragt hatte, machte ihn neugierig, argwöhnisch. Er wollte, er musste es nun genauer wissen.

Jake feilte noch an einer passenden Formulierung, als sein Telefon klingelte.

»Hi Benji! Seid ihr etwa schon hier?«

»Da staunst du, was? Wir wollten den morgendlichen Verkehr umgehen und sind ganz früh losgefahren. Außerdem schläft Shannon in der letzten Zeit schlecht. Das Baby kickt sie dauernd in den Bauch. Scheint ein kleiner Kampfsportler zu werden …« Benji lachte herzlich.

»Ich freu mich so, euch zu sehen! Bin gleich fertig und fahre rauf nach Beddgelert. Das Wetter scheint gut zu bleiben. Was wollt ihr machen, wo sollen wir uns treffen?«

»Wieso, wo steckst du denn? Ahhhh …«, machte Benji bedeutungsvoll.

»Im Büro, Bruderherz.«

»An einem Sonntagmorgen? Was ist mit dir los? Hat dich deine Süße aus dem Bett geworfen?« Im Hintergrund konnte Jake hören, dass Shannon rief: »Hör nicht auf ihn, Jake. Er ist schon ganz nervös wegen des Babys!«

Jake lachte. »Wäre ich auch, und dabei hast du die ganze Arbeit, Shannon!«

»Ja ja, redet nur über meinen Kopf hinweg. Jake, wie wäre es mit Bodnant Garden, und danach könnten wir rauf ans Meer? Das habe ich aus Studententagen noch in guter Erinnerung. Shannon liebt Gärten, und Bodnant kann ich ertragen, mit der Schlucht und dem Wasserfall ist das mehr wie ein Landschaftspark. Wenn's zu blumig wird, bin ich raus.«

»Treffen wir uns in einer Stunde in Betws-y-Coed auf dem Parkplatz hinter dem Rugbyfeld«, schlug Jake vor.

»Komm doch direkt zu uns!«

»Ich muss mich noch umziehen.«

»Ahhh …«

»Ach, hör schon auf. Bis nachher.« Er beendete das Gespräch und lächelte in sich hinein. Dann verlangte die Mail an Fuller erneut seine Aufmerksamkeit. Nach einigen Formulierungsversuchen war Jake zufrieden und versandte die Mail. Er hatte seine private Mailadresse genutzt, damit Caleb die Antwort nicht entdeckte. Wenn es ganz dummlief, schickte Fuller die Antwort dennoch an die offizielle Parkadresse, und Jake stellte sein Smartphone so ein, dass jede eingehende Mail gemeldet wurde. In Anbetracht des Zeitunterschieds würde Fuller sich kaum vor dem späten Nachmittag melden, wenn überhaupt.

Das Herrenhaus Bodnant war im achtzehnten Jahrhundert erbaut worden und lag inmitten eines gut dreißig Hektar großen Landschaftsparks, der zu den schönsten von Großbritannien zählte. Haus und Garten lagen nördlich von Beddgelert am Fluss Conwy, nur wenige Kilometer von der gleichnamigen Hafenstadt entfernt.

Das Wetter spielte mit und verwöhnte sie mit einem warmen Junitag. Jake freute sich, seinen Bruder so glücklich zu sehen, und Shannon strahlte, wie man es von einer zufriedenen werdenden Mutter erwartete.

Sie spazierten um den Lilienteich vor der Pin Mill. Shannon hatte sich auf eine Bank gesetzt, um ein wenig zu verschnaufen und den Brüdern Zeit zum Plaudern zu geben. Das schätzte Jake sehr an Shannon. Sie war nicht besitzergreifend und ließ Benji seine Freiheit, obwohl Jake nicht den Eindruck hatte, dass sein Bruder Wert darauf legte. Die beiden wirkten so verliebt wie am ersten Tag, und Benji schien seiner Freundin jeden Wunsch von den Augen abzulesen.

»Gibt es Neues in Bezug auf Robs Tod?«, wollte Benji wissen.

Jake fasste die Ereignisse zusammen. »Was sagst du dazu?«

Benji fuhr sich durch die dichten, braunen Haare. Er war genauso groß wie sein Bruder und beneidenswert trainiert. Seine Züge waren etwas weicher und seine Augen grün. Man sah ihm an, dass er gern und viel lachte. Jake mochte die Leichtigkeit seines Bruders im Umgang mit den Untiefen des Lebens, denn er wusste, dass Benji dabei keineswegs leichtfertig war.

»Ich kenne diesen Caleb und auch die anderen nicht. Wirklich, Jake, es fällt mir schwer, dir zu helfen. Aber ich schätze, ich wäre ähnlich vorgegangen. Ohne Beweise kannst du nichts machen. Du kannst schlecht herumgehen und blind irgendwelche Leute beschuldigen. Damit könntest du dir eine Menge Klagen einhandeln.« Benji blieb vor einer verwitterten Statue stehen und legte seine Hand auf deren Schulter.

»So wie du Caleb schilderst, ist das ein Kerl, bei dem besondere Vorsicht angesagt ist. Der wittert sofort, wenn du hinter ihm her bist. Nein, nein, warte die Antwort von dem Amerikaner ab, und dann kommt ja auch Alun heute Abend, nicht wahr? Vielleicht hat der noch eine bessere Idee.«

»Hmm, gut. Entschuldige.« Jake nahm sein klingelndes Handy aus der Tasche.

»Jake, tut mir leid, ich will dich nicht stören«, begann Cait.

Sie klang nervös und gehetzt, und er ahnte, was kommen würde. »Du störst nicht. Wie geht es deiner Tante?«

Sie seufzte. »So weit ganz gut. Es ist nur, Jake, ich kann heute Abend nicht kommen. Ich schaffe das einfach nicht. Der Auftrag, und dann hat Amber angerufen, ich muss morgen früh in Chester sein und am besten heute Abend noch losfahren …«

»Verstehe. Wir sind in Bodnant Garden und wollen danach nach Conwy.«

»Oh, der Klassiker. Wunderschön, ich habe es geliebt, bin früher oft mit … Ja, genieß den Tag, und ich melde mich, wenn ich wieder Luft habe.«

Das tat weh. Nachdem sie sich heute Morgen noch geliebt hatten, sprach sie mit ihm wie mit einer flüchtigen Bekanntschaft. Benji sah ihn mit hochgezogenen Augenbrauen an, und Jake wandte sich ab. »Cait, wenn es etwas gibt, was du mit mir besprechen möchtest, dann habe ich Zeit.«

»Nein!«, erwiderte sie schnell. »Nein, das ist es nicht, ich, ach, bitte, ich kann jetzt nicht. Nur jetzt nicht, wegen Birdie und … ach …« Ihre Stimme brach ab, und er meinte ein unterdrücktes Schluchzen zu hören, doch dann schien sie sich wieder gefasst zu haben. »Ich rufe dich an, versprochen.«

Ungläubig starrte Jake auf sein Telefon. Sie hatte einfach aufgelegt und ließ ihn ratlos und besorgt zurück. Das war nicht fair, und so würde er sich nicht abspeisen lassen. Doch jetzt war nicht der geeignete Zeitpunkt, das zu klären.

29

Bangor, Ysbyty Gwynedd, Wales

Birdie saß aufrecht im Bett und tastete nach ihren frisch frisierten Haaren. Ihre Wangen waren leicht gerötet und die dunklen Schatten unter den Augen verschwunden. Unter den Blicken ihrer Tante hängte Cait ihre Handtasche über die Stuhllehne und setzte sich.

»Hast du mit Jake gebrochen?«

»Bitte? Nein, aber ich brauche eine Pause. Das ist alles etwas viel auf einmal, und nun das … Erzähl weiter, Birdie, jetzt muss ich die ganze Wahrheit wissen.« Als Birdie an diesem Nachmittag zu erzählen begonnen hatte, war Cait plötzlich klar geworden, worauf alles hinauslaufen musste. Sie würde nicht nachfragen, nur zuhören, ob sich ihre Befürchtungen bestätigten. Und das würden sie. Sie war aufgesprungen und hatte Jake abgesagt, denn das Letzte, was sie heute ertragen hätte, war ein Familientreffen. Mit geradem Rücken und gefasster Miene schaute sie ihre Tante an. »Sag mir, was passiert ist, Birdie.«

»Meine Süße, sieh mich nicht so an. Ich komme mir vor, als müsste ich vor dem Hohen Gericht aussagen«, versuchte Birdie zu scherzen.

Cait schwieg und wartete. Ihr Herz klopfte schneller, denn was nun folgte, würde ihr Leben verändern.

Minffordd, Snowdonia, Wales, August 1972

Anne hatte sich an der renommierten St. Martin's School of Art in London eingeschrieben und sich allem Anschein nach gut in der Metropole eingelebt. Ihre Eltern platzten vor Stolz auf die begabte Tochter, die jetzt mit namhaften Künstlern studierte und sogar die Skulpturenklasse von Anthony Caros besuchte. Obwohl Birdie es langsam leid wurde, sich die ständigen Lobeshymnen auf ihre Schwester anzuhören, sagte sie nichts, sondern lächelte und fand alles wunderbar. Sie hatte einige Male mit Anne telefoniert und fand ihre Schwester allzu aufgekratzt. In überschwänglichen Worten schilderte Anne die Kunstschule, ohne jedoch von ihren eigenen Arbeiten zu sprechen. Da Birdie von sich wusste, wie aufregend sie es fand, mit neuen Werkstoffen oder Techniken zu experimentieren, wunderte sie sich insgeheim, hielt sich mit Fragen jedoch zurück. Im ersten Jahr kam Anne für zwei Wochen im Sommer und zu Weihnachten zurück. Im zweiten Jahr war dies ihr erster Besuch zu Hause. Anne hatte Birdie angefleht, bei ihr wohnen zu dürfen, und wie immer hatte diese ihrer Schwester den Wunsch nicht abschlagen können. Zudem vermietete Birdie nur während des Semesters ein kleines Zimmer an Studenten und wollte damit nach Möglichkeit bald ganz aufhören.

Birdie ließ ihren klapprigen Lieferwagen an und machte sich auf den Weg zum Bahnhof. Vorher musste sie noch bei Madoc vorbeischauen. Im Laderaum klapperte es, und sie hoffte, dass sie die Kisten richtig festgezurrt hatte. Als sie das grüne Schild mit dem orangefarbenen Schriftzug »Madocs Töpferwaren« sah, fuhr sie vorsichtig in die Einfahrt neben dem alten Steinhaus. Madoc hielt Hühner und eine Ziege, und obwohl die Hühner sich schnell unter dem Wagen wegduckten, wollte sie nicht Gefahr laufen, eines zu überfahren.

Hinter dem Haus aus grauem Stein erstreckten sich Hof und Garten. Am Ende der ungepflegten Grünfläche befanden sich Hühner- und Ziegenstall. Direkt neben dem Haus hatte Madoc seinen großen Brennofen errichtet, auf den er zu Recht stolz war, denn er wurde von vielen Töpfern der Umgebung genutzt. Überall lagen Kisten, Säcke, zerbrochene Krüge, Eimer, Werkzeuge und was sonst noch an Abfällen beim Töpfern anfiel. Wenn Madoc nicht gerade mit Kundschaft beschäftigt war, hielten sich andere Töpfer oder Künstlerfreunde bei ihm auf. Der Freundeskreis des Töpfermeisters war bunt, und als Birdie aus ihrem Wagen stieg, winkte sie einem jungen Mann zu, der dabei war, ein riesiges Holzfass zusammenzunageln.

»Hey Birdie«, nuschelte er zwischen den Zähnen, die kleine Nägel hielten.

»John, ist Madoc da?«

John nickte zum Haus.

»Okay, ich seh mal im Laden nach.« Birdie hatte die widerspenstigen Locken zu einem losen Zopf gebunden, der über ein gelbes T-Shirt fiel. Die dunkelblaue Leinenhose war fleckig von der Arbeit, aber das ließ sich nicht vermeiden. Ihre Bastschlappen klatschten auf die Steine, während sie zur Hintertür von Madocs Haus ging.

Sie streckte die Hand nach der Klinke aus, als die Tür aufschwang und Madoc herauskam. Die langen dunklen Haare wurden von einem Lederband im Nacken gehalten. Er war nicht viel größer als sie selbst, trug wie immer eine bunte Tunika und weiße Hosen und schenkte ihr ein herzliches Begrüßungslächeln.

»Hi Birdie, Sonne meines Lebens. Was bringt dich her? Warst du wieder fleißig?« Er umarmte sie und küsste sie auf Wangen und Mund.

Madoc nahm sie seine Vertraulichkeit nicht übel, denn er war zu jedem freundlich. Vielleicht küsste er nicht jeden auf den Mund, aber das machte er gut, und deshalb hatte sie nichts dagegen.

»Madoc, was macht die Kunst? Ja, ich habe was zum Brennen. Ich teste eine neue Technik. Diese Schalen und Schüsseln sind alle für den Schrühbrand. Ich hole meine Schwester vom Bahnhof ab und komme nachher wieder, um den Glasurbrand mit dir zu besprechen. Passt dir das?«

Gemeinsam luden sie die offenen Holzkisten mit den rohen Töpferwaren aus Birdies Wagen.

»Für dich mache ich alles möglich, Birdie, weißt du doch. Und ich sage dir, geh weg aus Portmeirion und mach was Eigenes auf. Du hast das Zeug zur Künstlerin. Du versauerst da unten mit den Touristen. Du wirfst da Perlen vor die Säue.« Mit Kennermiene begutachtete Madoc die individuell geformten Schalen.

»Vielleicht mache ich das noch, Madoc. Aber durch den Laden habe ich eine gewisse Sicherheit. Ich muss das Haus abzahlen, und ich will mich nicht weiter verschulden.«

»Dir fehlt der Austausch mit anderen Künstlern. Im Winter gehe ich für ein paar Wochen nach Südfrankreich, dort treffen sich Töpfer und Bildhauer aus verschiedenen Ländern. Wird eine Art Workshop. Komm mit, Birdie! Was hält dich hier?«

Birdie schüttelte den Kopf. »Ich kann nicht, Madoc. Klingt verlockend, aber ich habe hier Verpflichtungen.«

»Bah, wenn man will, lässt sich alles regeln. Du willst nicht. Es ist dieser Nathan, nicht wahr? Ich seh doch, wie du ihm hinterherschielst. Und dabei hat der Mann nur Augen für deine Schwester.« Madoc stellte die letzte Kiste ab und sah Birdie an.

Mit seinen dunklen Augen und den sinnlich geschwungenen Lippen wirkte er wie die Inkarnation eines Renaissancejünglings. Birdie fand ihn attraktiv, aber er machte sie nicht nervös, löste nicht jenes unbestimmte Sehnsuchtsgefühl in ihr aus, wie Nathan es tat. Warum konnte man diese Gefühle nicht steuern und bestimmen, wen man lieben wollte und wen nicht? Das würde das Leben wesentlich einfacher machen. Sie umarmte Madoc und drückte ihn kurz an sich. Dann gab sie ihm einen freundschaftlichen Kuss und klopfte ihm auf die Schulter. »Bis nachher. Danke, Madoc!«

»Mach's gut!« Er schenkte ihr einen schmachtenden Blick, der Birdie zum Lachen brachte.

Sie lächelte noch, als sie den Wagen auf dem Parkplatz vor dem alten Bahnhofsgebäude zum Stehen brachte. Madoc war ein liebenswerter verrückter Kerl, vielleicht ein wenig zu verrückt für sie. Anne saß schon auf einer Bank in der Sonne und wartete. Als sie Birdie sah, sprang sie auf und fiel ihrer Schwester in die Arme. Sie hielt sie lange fest, und Birdie fand, dass Anne viel zu dünn war. Durch den wolligen Kleiderstoff konnte sie jede Rippe fühlen, und als Anne sich von ihr löste, blickte Birdie in ein ausgemergeltes, blasses Gesicht.

»Annie, was ist los? Ich dachte, jetzt kommt mir das strahlende Glamourgirl aus London entgegen?«

Anne biss sich auf die spröden Lippen und griff nach ihrer Tasche. »Es macht mich kaputt, Birdie. Ich kenn mich bald selbst nicht mehr … Können wir zu dir fahren? Ich will nach Hause.«

»Sicher.« Beunruhigt brachte Birdie ihre Schwester zum Wagen. Irgendetwas musste geschehen sein, und wie sie Anne kannte, hatte es mit einem Mann zu tun.

Der Transporter ruckelte über die Hauptstraße, Birdie winkte Bekannten zu, bog an der Kreuzung nach Portmeirion ab und fuhr schließlich in das Wohngebiet bis vor ihr hellblaues Häuschen. Anne seufzte.

»Hier ist es so ruhig und friedlich. Du hast es richtig gemacht, Birdie.«

Birdie nahm die magere Hand ihrer Schwester in ihre. »Jetzt erzähl mir, was los ist. Ich dachte, du genießt das Leben in

London, das College, die tollen Kurse bei berühmten Künstlern, all die interessanten Leute … Oder rauchst du immer noch das schreckliche Zeug?«

Anne wandte ihr das hübsche Gesicht zu. »Nein, ganz ehrlich. Selten, ganz selten rauche ich noch.« Sie biss sich auf die Lippen, die davon schon ganz kaputt waren.

»Du rauchst nicht, aber du nimmst was anderes? Scheiße, Anne, doch nicht wirklich?«

Sie fühlte, wie ihre Schwester zitterte.

»Manchmal«, sagte Anne leise. »Birdie, die sind alle so talentiert! Du hättest dorthin sollen. Du hättest mit Richard und den Land-Art-Künstlern diskutiert, Anthony Caros hätte deine Arbeiten sicher begeistert aufgenommen. Meine schaut er nicht mal an. Dafür hat er mich gefragt, ob ich als Aktmodell für seine Meisterklasse sitzen würde.«

»Aber das ist doch nicht schlimm. Das gehört dazu. Studenten sitzen sich gegenseitig Modell«, meinte Birdie.

»Das weiß ich auch! Aber ich werde nie mehr als das sein! Ich weiß das! Ich habe kein Talent, ich bin hübsch, und das war's.«

Birdie hielt Annes Hand fest. »Du bist mehr als nur hübsch, Anne. Du hast Ausstrahlung. Dann geh halt in die Schauspielklasse. Hast du das versucht?«

»Ich habe eine Menge versucht, Birdie.« Anne entzog ihr die Hand und stieg aus. Bevor sie die Tür zuwarf, sagte sie: »Und ich bin es leid. Ich kann nicht mehr.«

Birdie sagte sich, dass Anne von der langen Zugfahrt ermüdet war, und drang nicht weiter in sie. Sie empfahl ihr zu duschen oder sich hinzulegen. »Ich muss noch mal zu Madoc. Wir wollen meine neue Glasur brennen. Mal sehen, ob es so wird, wie ich es mir vorstelle. Wenn du möchtest, essen wir heute Abend zusammen. Oder hast du etwas vor?«

»Nein, sehr gern, Birdie. Ich bin dir ehrlich dankbar, dass

du mich immer aufnimmst. Ich könnte es nicht ertragen, von Mum und Dad ausgefragt zu werden.«

»Ist okay. Bis nachher.« Birdie fand zwar nicht, dass die Dinge in Ordnung waren, aber was sollte sie Anne schon raten, wo sie selbst nicht mit sich und ihren Gefühlen im Reinen war.

Seit jenem denkwürdigen Weihnachtsfest am See war ihr Verhältnis zu Nathan kompliziert geworden. Seufzend fuhr Birdie zurück auf die Straße. Nach der Prügelei mit Oliver hatte Nathan sich von ihr zurückgezogen. Es hatte Wochen gedauert, bis sie wieder normal miteinander sprechen konnten. Birdie hatte jede Gelegenheit genutzt, bei der Sägemühle vorbeizuschauen, um ihm zu begegnen. Samuel war immer besonders nett zu ihr, und wenn Lucas in den Ferien da war, um mitzuhelfen, trafen sie sich abends im Pub. Irgendwann kam dann auch Nathan wieder mit, und es war fast wie in alten Zeiten. Nur schien er den Kuss am See vollkommen vergessen zu haben.

Es war eine vertrackte Situation. Birdie hätte es nie über sich gebracht, Nathan auf den Kuss anzusprechen. Es war einfach nicht ihre Art, und dann war da schließlich noch Nathans Schwärmerei für ihre Schwester. Die Prügelei am See hatte ihr deutlich gezeigt, dass Nathan starke Gefühle für Anne hegte oder gehegt hatte. Nein, Birdie hatte sich geschworen, sich nicht vor Nathan zu demütigen. Wenn er tatsächlich etwas für sie empfand, musste er auf sie zukommen. Und in den letzten Monaten hatte sich etwas zwischen ihnen verändert. Nathan sah sie mit anderen Augen an, unterhielt sich wieder mehr mit ihr und schien überhaupt besserer Dinge zu sein. In zwei Tagen gab es das große Sommerfest in Portmeirion, und Nathan hatte sie gefragt, ob sie ihn begleiten würde.

Aber nun war Anne wieder hier. Birdie fuhr mit Schwung in Madocs Hof, verfehlte nur um Haaresbreite ein Huhn und trat auf die Bremse, dass es quietschte und krachte. So war es nun einmal. Anne war ihre Schwester. Früher oder später mussten sie sich über den Weg laufen, und vielleicht war früher besser, denn dann würde endlich eine Entscheidung fallen. Außerdem war Oliver da, und so, wie Birdie die beiden einschätzte, würden sie ihre zerstörerische Beziehung wieder aufnehmen. Aber vielleicht hatten sie sich ja weiter gesehen? Anne hatte nie darüber gesprochen, wen sie in London getroffen hatte, mit wem sie ausgegangen war, und dass sie nicht allein auf ihrem Zimmer gehockt und Trübsal geblasen hatte, war so sicher wie das Amen in der Kirche.

Madoc nahm ihre Scherben, so nannte man fertig gebranntes Tonzeug, aus dem Ofen. »Nichts zersprungen. Welche Glasur hast du dir vorgestellt?«

»Ich habe eine Vorliebe für Krakeleeglasuren, und diese soll zweifarbig werden.« Sie hatte die Glasur in einem Eimer angerührt und mitgebracht. »Schau, nach dem Brennen soll diese Schicht einen Mokkaton ergeben, und dann reibe ich Goldchlorid drüber, wir brennen noch einmal und lassen uns überraschen.«

»Gut, du glasierst jetzt. Nach dem Trocknen kann ich die Sachen morgen oder besser noch übermorgen brennen, und dann sage ich dir Bescheid, damit du für die zweite Schicht kommst.« Madoc drehte und wendete eine Schale in seinen Händen. »Ich habe mit Ascheglasuren experimentiert. Sieh mal.«

Er stellte Birdies Schale ab und ging in einen Holzschuppen, der mit Regalen bestückt war, auf denen die Töpferwaren auskühlen konnten. Mit leuchtenden Augen brachte Madoc eine viereckige Vase heraus, die eine asymmetrisch versetzte, flaschenhalsähnliche Öffnung hatte. Auf zwei Seiten hatten die Flammen orange-, mokkafarbene und weinrote Farbspuren hinterlassen. Auf den beiden anderen Seiten schimmerte der Aschefluss von Gelbbraun bis Schwarz.

»Wunderschön!« Birdie drehte das edle Stück hin und her

und bewunderte die reiche Palette an schimmernden Gelb-, Rot- und Brauntönen. Am Boden der Vase war die Werkstattmarke eingeritzt. »Wie hast du das gemacht? Hier, diese Tamadaren sind perfekt verlaufen!«

Mit Tamadaren meinte sie die Glasurtränen, die beim Brennen gewollt entstanden und den Stücken ihr individuelles Aussehen verliehen.

»Sechs Tage reduzierend gebrannt. Die Komposition der Glasur verrate ich dir nicht, aber du kannst gern damit herumprobieren, wenn du möchtest. Soll ich dir sagen, wann ich das wieder vorhabe?«

Madoc nahm das Stück, das wie viele seiner ausgefallenen Kreationen auf Ausstellungen gezeigt und teuer verkauft wurde. Aber dafür musste man sich einen Namen machen. Und den gewann man eben durch die Teilnahme an Workshops, Ausstellungen und bei Wettbewerben. All das kostete viel Zeit, die Birdie derzeit nicht hatte, weil sie an den Laden in Portmeirion gebunden war. Das eine war, was man wollte, das andere, was man musste, aber sie haderte nicht mit sich. So, wie es war, lief es ganz gut.

»Sehr gern. Ascheflug. Das finde ich schön. Ob es den Leuten auch gefällt? Die meisten wollen doch die glatten, gefälligen Sachen«, überlegte sie.

»Ja, die Touristen, die durch dein Modelldörfchen spazieren. Aber wer hier vorbeischaut, sucht nach walisischen Spezialitäten. Na, du kommst schon noch dahinter, Birdie. Wie geht es Anne? Ich habe sie ewig nicht gesehen.«

»Schwer zu sagen. Du weißt ja, wie sie ist. Ich hoffe nur, dass sie das Studium durchzieht. Dann hätte sie zumindest etwas, worauf sie aufbauen kann.« Birdie holte einen großen Pinsel heraus und begann, die Glasur aufzutragen. Überschüssige Flüssigkeit tropfte durch die Gitter auf den Boden der Holzkisten.

»Vielleicht ist ihr das nicht wichtig. Wenn ich Anne sehe,

denke ich oft an einen schönen Paradiesvogel, der immer in Bewegung sein muss. Wenn er auf der Erde sitzt, verliert er seinen Glanz, und wenn man ihn festhalten will, zerstört man sein Gefieder.« Madoc räumte seinen Ofen aus, während er sprach.

»Ich glaube, sie weiß einfach nicht, was sie will.«

»Das kann einen Menschen ganz schön fertigmachen. Oh, sieh mal, da fährt Oliver Craddock in seinem neuen Sportwagen vorbei. Was ist eigentlich mit den beiden? Ich habe sie nicht mehr zusammen gesehen, und sie waren das perfekte Paar, fand ich.« Madoc stellte eine Schüssel auf das Gitter. »Liebeskummer kann dich zerfressen.«

»Hör mir bloß damit auf. Man kommt über alles hinweg, wenn man will.« Energisch strich sie die nächste Schale mit der zähen Glasur ein.

»Du hättest sie etwas dünner machen sollen. Fürs nächste Mal …«, meinte Madoc. »Dann verläuft es besser.«

Sie war gern bei Madoc, hinter dessen lockerer Fassade sich ein tiefsinniger Geist verbarg, aber man wusste bei ihm nie, woran man war. Mit Madoc flirtete man, aber man verliebte sich nicht in ihn, dachte Birdie.

Der Abend war warm, und Birdie und Anne saßen nach dem Essen auf der Terrasse. Die Katze hatte sich in einem Blumenkübel eingerollt, und ringsherum summte und zirpte es. Von der anderen Straßenseite klang leise Musik herüber, und manchmal drangen Gesprächsfetzen an ihr Ohr. Es war ein friedvoller, geselliger Abend. Anne zündete sich eine Zigarette an und nippte an ihrem Wein. Mit geschlossenen Augen blies sie den Rauch langsam in die Dunkelheit. An ihren Handgelenken klimperten goldene Armreife, die Birdie vorher noch nicht gesehen hatte.

»Die sind hübsch.«

»Hmm, von Nigel.«

»Wer ist das? Bedeutet er dir etwas?«

»Nein. Wir schlafen miteinander, mehr nicht. Seine Eltern haben ein Landhaus in Kent und Pferde und so was alles. Er ist nett, aber sehr blass. Kein Charisma.«

»Gibt es noch mehr solcher Nigels in deinem Leben?«

Anne hob die Schultern, und die Armreife klimperten leise bei jeder ihrer Bewegungen. »Nicht wichtig.«

»Hast du Oliver wiedergesehen?«

Sofort kam Spannung in Annes Körper. »Nein! Ich meine, wir haben uns nicht getroffen, aber wir sind uns ein paarmal zufällig über den Weg gelaufen. Wenn man in gewissen Kreisen verkehrt, bleibt das nicht aus. Es gibt diese angesagten Clubs, in die Nigel mich mitgenommen hat.«

»Anne!«

»Was? Wir haben uns zugenickt und sind unserer Wege gegangen. Glaubst du mir nicht?« Hastig sog Anne an ihrer Zigarette.

»Nein. Nicht nach dem, was du mir über euch erzählt hast.«

Mit loderndem Blick sah Anne sie an. »So ist es aber gewesen. Ich habe mich ihm nicht an den Hals geworfen, sondern Haltung bewahrt. Diesmal habe ich ihn eiskalt abblitzen lassen. Ich kann ohne ihn leben!«

Doch ihre Stimme zitterte, und Birdie wusste, dass ihre Schwester log. »Vielleicht solltet ihr euch aussprechen, Anne.«

»Nein! Niemals! Er hat mich einfach sitzenlassen, mich betrogen, nein!«

Birdie streckte die Beine aus. »Und was genau ist es dann, was dich so fertigmacht?«

»Das Leben in London, Birdie. Ich habe immer gedacht, dass es mir gefallen würde, aber ich habe Angst, dass ich darin verbrenne.« Diesmal lag ein Ausdruck echter Verzweiflung auf Annes schönem Gesicht. »Ich bin nicht so stark wie du, Birdie. Ich wünschte, ich wäre es. Und weil ich mich kenne, weiß ich, dass es mich kaputt machen wird.«

»Aber es liegt an dir, was du daraus machst. Gib doch nicht immer anderen die Schuld, wenn du nicht klarkommst.«

»Du verstehst mich nicht. Das weiß ich doch. Wie soll ich es erklären? Es ist so eine furchtbare Leere in mir. Egal, was ich tue, mit wem ich zusammen bin, ich fühle mich immer allein, einsam.«

»Mit Oliver war das aber nicht so«, stellte Birdie fest.

Anne lehnte sich zurück und stieß den Rauch aus. »Nein, mit ihm nicht. Aber das ist vorbei. Ich will nicht von ihm abhängig sein.«

Was konnte sie darauf sagen? Anne wollte sich nicht helfen lassen. Sie wollte in ihrem Selbstmitleid baden und wissen, dass Oliver litt. Ob er das tat, war fraglich.

»Übermorgen ist das Sommerfest in Portmeirion. Ich gehe mit Nathan hin, und natürlich kommst du mit uns.« Die gesamte Region fieberte dem Sommerfest entgegen, das sich über mehrere Tage mit verschiedenen Veranstaltungen erstreckte und an einem Abend mit Musik und Tanz gefeiert wurde.

»Ich weiß noch nicht, Birdie. Das erinnert mich zu sehr an den Abschlussball.«

»Ich könnte Madoc fragen, ob er mit dir hingeht. Er ist ein netter, attraktiver Kerl.«

»Mad Madoc?« Anne lachte, doch dann sagte sie: »Warum nicht. Langweilig ist er jedenfalls nicht.«

Sommerfest in Portmeirion, Wales, August 1972

Birdie war kein Mensch mit esoterischen Neigungen, doch an diesem Abend hatte sie die düstere Vorahnung, dass er in einer Katastrophe enden würde. In ihrem geblümten Kleid, mit offenen Locken und Blumen in den Haaren sah Anne wie eine Elfe aus. Ihre grazilen Bewegungen und das süße Lächeln unterstrichen den Eindruck und machten sie zum Blickfang des Festes. Nathan verschlang sie mit den Augen, und Madoc war hingerissen und gab Anne ein Getränk nach dem anderen aus.

Birdie beobachtete, wie Anne Wein und Whisky im Wechsel trank. Das konnte nicht gut gehen. Im günstigsten Fall übergab sich Anne und musste bald nach Hause. Im ungünstigsten Fall würde sie gleich eine Szene machen. Birdie wartete nur auf den Auftritt von Oliver Craddock, und prompt betrat der Heraufbeschworene die Bühne.

Die Verwaltung und der Hotelier von Portmeirion hatten sich große Mühe gegeben. Lichtergirlanden, üppige Blumendekorationen und festlich gedeckte Tische, dazu ein reichhaltiges Buffet, bei dem kaum Wünsche offen blieben. Das Hotel lag direkt am Meer, nur durch Stufen vom Strand getrennt. Weiße Mauern, zierliche Türme, bunte Dächer und farbige Cottages waren malerisch entlang des Hanges platziert. In einer Ecke spielte eine Band alte und neue Tanzmusik und animierte die gut gelaunte Festgesellschaft zum Feiern und Tanzen. Für diesen Abend hatte man lange im Voraus Karten bestellen müssen, und Birdie hatte sich sehr gefreut, als Nathan sie eingeladen hatte. Es war ein Zufall, dass Madoc noch zwei Karten hatte ergattern können, und mittlerweile fragte sich Birdie, ob sie ihre Schwester nicht etwas blauäugig zum Mitkommen ermutigt hatte. Aber Anne hatte so niedergeschlagen und traurig gewirkt, und viel Abwechslung gab es in Minffordd und den umliegenden Orten nicht.

Oliver Craddock war ohne Zweifel eine stattliche Erscheinung. Er war groß, schlank und bewegte sich mit lässiger Selbstsicherheit. Seine dunklen Augen konnten überraschend aufblitzen und nahmen den jeweiligen Gesprächspartner für sich ein. Heute Abend trug er einen maßgeschneiderten dunklen Anzug und hob sich allein dadurch von den meisten, eher farbenfroh und sommerlich gekleideten Gästen ab. Seine Begleitung war eine hochgewachsene Blondine in einem eleganten grünen Abendkleid. Ein teures Collier blitzte im Schein der Lichterketten auf, und ihre blasierte Miene ließ darauf schließen, dass sie sich sonst in den gehobeneren Kreisen der Gesellschaft bewegte.

»Na, die passt aber wie die Faust aufs Auge zu Oliver«, meinte Madoc. »Ein waschechtes Upperclass-Püppchen, wenn ihr mich fragt.«

Ihr Tisch befand sich am anderen Ende der Terrasse, und Oliver und seine Begleitung bahnten sich noch ihren Weg durch die Gäste. Anscheinend hatten sie einen Tisch in ihrer Nähe reserviert, denn sie steuerten in ihre Richtung. Anne wurde blass und leerte ihr Weinglas.

»Ihr wisst nicht, wer das ist, oder?«, sagte sie mit ausdruckslosem Gesicht.

»Wir verkehren nicht in der High Society. Klär uns auf, Annie«, meinte Birdie.

»Das ist Lacey St. John.«

»Von den St. Johns?« Die St. Johns gehörten zum ältesten Adel Englands und pflegten enge Verbindungen zum Königshaus. Lacey war vor einigen Jahren als musikalisches Wunderkind durch die Presse gegangen. Sie hatte mit zehn Jahren ihren ersten Auftritt als Pianistin gehabt. Der Wirbel hatte sich schnell gelegt, denn die Familie St. John schätzte eine derartige Aufmerksamkeit nicht. Gerüchten der Boulevardpresse zufolge führte Lacey wohl ein recht ausschweifendes Leben, und man sagte ihr Verhältnisse mit Rockstars und einem russischen Balletttänzer nach.

»Uh, heißer Feger, wenn das stimmt, was man so gelesen hat.« Madoc schnalzte mit der Zunge. »Sieht man ihr gar nicht an.«

Nathan meldete sich zu Wort: »Man sieht den Wenigsten an, was sie wirklich sind.«

Die Musik setzte wieder ein, und Anne stand auf. »Komm, Madoc, lass uns tanzen.«

Doch Madoc hatte sich noch nicht ganz erhoben, da trat Oliver mit seiner Begleitung an ihren Tisch.

»Guten Abend, alle zusammen. Darf ich euch meine Verlobte, Lacey St. John, vorstellen?«, sagte Oliver mit ausgesuchter Höflichkeit.

Birdie sah, wie Anne versteinerte, sich zu einem Lächeln zwang und kein Wort herausbrachte.

»Lacey, das sind meine Freunde hier. Nathan Turner von der Sägemühle, Madoc, Meistertöpfer, und Birdie, ebenfalls vom Fach. Und das ist ihre Schwester Anne.« Ob er es bemerkte oder nicht, konnte Birdie nicht sagen, doch Olivers Ausdruck wurde weich, genau wie seine Stimme, als er sich an Anne wandte. Wollte er es ihr damit leichter machen oder empfand er noch immer etwas für sie?

Zum Teufel, warum mussten die beiden so stur und schwierig sein!

Anne räusperte sich. »Wir sind uns bereits in London begegnet, im *Step One*. Es war schon spät, und vielleicht waren wir alle nicht mehr nüchtern, aber ich erinnere mich an dich, Lacey.«

Lacey hob eine scharf geschwungene Augenbraue. Ihr Gesicht war etwas zu herb, um wirklich schön zu sein, und ihre Stimme kühl und herablassend. »Ich müsste lügen, wenn ich sagen würde, dass ich deinen Auftritt vergessen habe, Anne. Ohne Zweifel ein ausgefallener Abend.«

Anne lachte rau und kehlig. Sie hatte sich wieder gefasst und spielte das charmante Partygirl. »Oh ja, das war mal eine richtige Feier. Aber auch die Waliser verstehen es, sich zu amüsieren. Oliver wird dich nicht enttäuschen, da bin ich mir sicher. Wir hatten immer viel Spaß zusammen.«

Oliver legte einen Arm um Laceys schmale Hüfte. »Wir

alle hatten unsere wilden Zeiten. Jetzt sind wir erwachsen und müssen uns dem Ernst des Lebens stellen.«

»Ach, die Ehe ist also eine ernste Angelegenheit?«, fragte Anne spöttisch.

»Nicht für uns, wir fahren in den Flitterwochen nach St. Barth. Dort sind wir ganz unter uns«, schnurrte Lacey und strich Oliver über die Wange.

»Verantwortung, Anne, in der Ehe muss man bereit für eine neue Verantwortung sein.« Oliver hatte Lacey losgelassen und schien beinahe zu vergessen, dass sie noch neben ihm stand.

Anne kämpfte mit den Tränen. »Ich dachte, es geht um Liebe. Ich wünsche euch alles Gute. Aber bitte erwarte nicht, dass ich zu deiner Hochzeit komme.«

»Nicht, Anne.« Oliver nahm ihre Hand und zog sie an sich. Er wollte sie auf die Stirn küssen, doch Anne hob ihr Gesicht, und ihre Lippen berührten sich, schienen nur darauf gewartet zu haben und verfingen sich für Sekunden in einem leidenschaftlichen Kuss.

Abrupt machte sich Anne von ihm los und rannte davon.

»Na komm, Darling, oder möchte sich noch jemand an deinen Hals werfen?« Lacey warf einen abschätzigen Blick auf Birdie.

»Er gehört ganz dir«, meinte Birdie mit vieldeutigem Unterton. Es war nur eine Frage der Zeit, wann Oliver sich aus dem Ehebett schleichen und nach Abenteuern suchen würde. Er war nicht für die Monogamie geschaffen. Aber vielleicht war Lacey ja aus ähnlichem Holz geschnitzt. Zum ersten Mal begriff Birdie, dass ihre Schwester diesen Mann wirklich geliebt hatte. Für Anne war das ganze Leben ein Spiel, ein Abenteuer, eine ewige Suche nach dem nächsten großen Kick, aber ihre Gefühle für Oliver waren echt gewesen. Mein Gott, dachte Birdie, sie musste mit Anne reden. Noch war es nicht zu spät.

»Entschuldigt mich«, sagte Birdie und ließ die anderen einfach stehen.

»Na, die haben aber ein Benehmen«, hörte sie Lacey ätzen und Oliver beschwichtigend auf sie einreden.

Anne war nirgends zu sehen, doch Birdie glaubte zu wissen, wo sie ihre Schwester finden würde. Sie bahnte sich den Weg durch die Tanzenden und stieg die Stufen zum Weg über dem Hotel hinauf. Romantische Wanderwege zogen sich den gesamten Hang hinauf und führten zu pittoresken Aussichtspunkten. Einer davon war ein kleiner weiß-blauer Leuchtturm. Der Nachthimmel war klar und voller Sterne, und der süße Duft blütenschwerer Büsche hing in der Luft. Es war beinahe so wie vor zwei Jahren bei Annes Abschlussball. Nur liefen sie heute nicht ausgelassen durch die Nacht, sondern mussten bereits auf zerbrochene Träume blicken.

»Annie!«, rief Birdie und rang nach Atem, denn der Weg machte eine steile Kurve.

Die Musik verfolgte sie, und sie hörte Schritte hinter sich. Sie drehte sich um, doch es waren nur zwei junge Paare, die bei der nächsten Abzweigung abbogen. Nach fünf Minuten erreichte Birdie den letzten Anstieg vor dem Leuchtturm.

»Annie! Bist du da oben? Wenn ja, sag bitte was, damit ich mich nicht umsonst da hochquäle. Meine Schuhe sind die reinsten Folterwerkzeuge.«

Sie hörte ihre Schwester unterdrückt lachen. »Ja, ich bin hier. Komm rauf.«

Schnaufend erklomm Birdie die Stufen zu dem malerischen Aussichtspunkt und ließ sich neben ihrer Schwester auf die kleine Mauer fallen. »Ich sollte mehr Sport machen …«

Anne schniefte und wischte sich die Augen. »Hast du ein Taschentuch?«

»Hier.« Birdie zog ein zerknülltes Taschentuch aus ihrem winzigen Umhängetäschchen. Sie wartete, bis Anne sich die Nase geputzt und die Wimperntusche unter den Augen fortgewischt hatte.

»Ich bin so dämlich gewesen, Birdie. Stolz und dumm. Als ich ihn da heute mit ihr sah, traf es mich … wie ein Messer mitten ins Herz. Ich hätte da neben ihm stehen sollen, nicht sie! Diese widerliche, arrogante Kuh! Sie kann jeden haben. Ihr Vater ist grässlich reich.«

Anne schluchzte und lehnte sich an ihre Schwester, die ihr den Arm um die Schultern legte. »Vielleicht ist das der Grund«, meinte Birdie. »Und wenn Oliver sie heiratet, weil seine Eltern es wünschen? Das ist doch möglich. Schließlich geht es um das Vermehren von Vermögen, und profitable Eheschließungen gehörten seit ewigen Zeiten dazu. Vorteilhafte Allianzen schließen.«

»Ach, das war vielleicht im Mittelalter so. Heute doch nicht mehr. Ich glaube, dass er nie vorhatte, mich zu heiraten. Er hat nur mit mir gespielt, sich mit dem hübschen Landei vergnügt und genau gewusst, dass er irgendwann eine reiche Tussi aus seinen Kreisen heiraten würde. Ich war so schrecklich naiv, Birdie, so dumm, so dumm …«, brachte Anne zwischen weiteren Schluchzern hervor.

»Aber du liebst ihn noch immer. Das habe ich gesehen. Und er dich auch. Noch ist er nicht verheiratet. Sprich mit ihm, Anne, sag ihm, dass …«, versuchte Birdie ihre Schwester zu überreden. »Sonst bereust du es für den Rest deines Lebens.«

»Nein!« Plötzlich richtete Anne sich auf, atmete mehrmals tief durch und sah Birdie aus lodernden Augen an. »Niemals krieche ich zu ihm. Er hat meinen Kuss erwidert, oh, und wie er das hat. Entweder er kommt zu mir, oder das war es.« Sie packte Birdies Schultern. »Ich bin nicht so reich wie Lacey, alles, was ich habe, ist mein Stolz, und den lasse ich mir nicht nehmen.«

»Annie, ich hoffe, du tust das Richtige. Ich wünsche es dir. Und was jetzt?«

Anne stand auf und zog Birdie mit sich auf die Füße. »Jetzt feiern wir!«

30

Bangor, Ysbyty Gwynedd, Wales

Cait beobachtete ihre Tante und sah, wie die widersprüchlichsten Gefühle in ihr kämpften. Doch heute strengte Birdie das Erzählen nicht so sehr an. Sie schien erleichtert, es endlich loswerden zu können, und wirkte mit jedem Wort entspannter.

»Und dann? Ich kann mir denken, wie es weiterging. Meine Mutter hat sich an Nathan rangemacht, und er hat dich wieder zur Seite geschoben.«

Birdie schüttelte langsam den Kopf. »Nein, ganz so war es nicht. Du darfst nicht vergessen, dass ich es war, die mehr liebte. Ich war von Anfang an in Nathan verliebt. Er hat mir in dieser Hinsicht nie falsche Hoffnungen gemacht. Als deine Mutter in jenem Sommer aus London zurückkam, habe ich zum ersten Mal Angst um sie gehabt. Ich dachte, sie würde sich etwas antun oder sich mit offenen Augen ins verderbte Stadtleben stürzen und wieder mit dem verfluchten Zeug anfangen. Es waren verrückte Zeiten damals, Cait. Der Kalte Krieg prägte das politische Klima, der Vietnamkrieg war noch in vollem Gange, und wir jungen Leute versuchten, unseren Weg zu finden. Viele flüchteten sich in die Drogen. Es war relativ einfach, an Stoff zu kommen, und die Gefahr der Abhängigkeit wurde nicht so gesehen. Man wusste ja auch noch nicht so viel darüber wie heute. Ich will damit niemanden entschuldigen, aber es war eben ein scheinbar leichter Weg, der Realität zu entfliehen. Deine Mutter war labil, was solche Versuchungen anging. Vielleicht hätte sie eine Therapie gebraucht. Aber sie war schon als Kind anders.«

Lächelnd lehnte Birdie sich zurück. »Sie war eben immer die wunderschöne kleine Annie, der Engel, dem alle Sympathien zuflogen. Vielleicht war alles zu leicht für sie. Wer weiß. Jedenfalls war sie ein flatterhaftes und zutiefst trauriges Wesen. Das wusste nur ich. Sie sprach sonst mit niemandem darüber. Im Sommer von Olivers Verlobung blieb Anne länger in Minffordd. Sie jobbte wieder im *Red Lion Pub*. Erst im November fuhr sie zurück nach London, war aber zwei Wochen vor Weihnachten wieder zurück. Sie teilte uns mit, dass sie ihr Studium geschmissen hatte, und nahm sich über dem Pub ein Zimmer. Unsere Eltern waren maßlos enttäuscht, strichen jede Unterstützung, und der Kontakt wurde spärlich.«

Birdie trank etwas Wasser und fuhr fort: »Ich spürte, dass Nathan sich wieder von mir zurückzog. Er pflegte ein betont freundschaftliches Verhältnis, und mir dämmerte, dass zwischen ihm und Anne etwas lief. Sie waren wirklich diskret, so als wollten sie niemanden verletzen. Niemanden …« Sie lachte bitter. »Mich, wen sonst. Es war kurz nach der Hochzeit von Oliver und Lacey, dass Nathan zu mir kam. Das fand ich übrigens sehr anständig. Er kam zu mir nach Hause und überreichte mir ein Geschenk. Oh, ich wusste sofort, dass es sich nicht um eine Liebesgabe handelte. Das konnte ich an seinem schuldbewussten Blick sehen. Gib mir meine Handtasche, Cait, bitte.«

Cait holte eine lederne Handtasche mit langen Fransen und einem indianischen Stickmotiv auf der Lasche aus dem Schrank und gab sie ihrer Tante. Mit wenigen Griffen förderte Birdie das Gesuchte zutage und legte Cait eine silberne Kette mit einem weißbläulich schimmernden Schmuckstein in die Hände.

»Die hat Nathan mir damals geschenkt und gesagt, dass der

Mondstein meinem Wesen entspräche. Ich wäre die treue, beständige Freundin, die ihn verstünde.« Mit geschlossenen Augen sprach Birdie weiter: »Er und Anne gingen nun schon über Monate miteinander aus, und er wüsste, dass sie ihn brauchte. Er könne ihr das geben, was sie jetzt benötigte: Stabilität und Geborgenheit, eine Familie. Du brauchst mich nicht, Birdie, du bist stark und unabhängig, sagte er zu mir.«

Als Birdie die Augen aufschlug, waren sie voller Bedauern. »Ich hätte ihn auch gebraucht, aber ich habe es nie gesagt. Es entsprach nicht meiner Natur.«

Cait nahm Birdies Hand und streichelte sie. »Und was war mit der Liebe? Hat er gesagt, dass er dich liebt oder meine Mutter?«

»Oh, das konnte ich in seinem Gesicht lesen. Er vergötterte Anne und hat sie ganz sicher leidenschaftlich geliebt. Aber er war eben Nathan, der stille, zurückhaltende Nathan, der nicht mit seinen Gefühlen hausieren ging. Er war ein guter Mann.« Es schien, als wolle sie noch etwas hinzufügen.

»Aber? Ich meine, das erklärt noch nicht, warum er sich das Leben genommen hat. War meine Mutter unglücklich in der Ehe? Und warum hast du eine Schuld auf dich geladen? Du hast doch nichts falsch gemacht!«

»Doch, das habe ich, Cait. Ich habe geschwiegen. Es wäre meine Pflicht gewesen, Nathan darüber aufzuklären, wie sehr Anne und Oliver einander in dieser Hassliebe verbunden waren. Es war nur eine Frage der Zeit, wann die beiden ihre Beziehung wieder aufnehmen würden. Aber das war nicht alles …«

Nantmor, Snowdonia, Wales, Februar 1990

Es zerriss Birdie das Herz, den Niedergang des Sägewerks mit ansehen zu müssen. Jetzt stand es endgültig fest. Nathan musste Insolvenz anmelden. Die Banken liehen ihm schon lange kein Geld mehr, und seine Arbeiter hatten seit Monaten kein Gehalt mehr bekommen. Unglückliche Investitionen, mehr Ausgaben als Einnahmen und ein Unglücksfall im Sägewerk, bei dem ein Arbeiter schwer verletzt worden war und für den die Versicherung nicht zahlte, weil Nathan seiner Wartungspflicht bei den Maschinen nicht nachgekommen war, hatten zur Katastrophe geführt.

Als Birdie mit ihrem Lieferwagen über die holprige Auffahrt fuhr, klirrte es im Laderaum. Sie hatte Kisten mit frisch gebrannten Schalen bei Madoc abgeholt. Ihr Laden warf einen nicht unerheblichen Profit ab, und sie hatte ihr Häuschen in Minffordd inzwischen abgezahlt. Große Sprünge konnte sie sich trotzdem nicht erlauben und hatte ihren Nichten bereits mehr Geld geliehen, als sie sich leisten konnte. Die beiden Mädchen taten ihr leid. Sie waren junge, lebenslustige Teenager und wollten nicht jeden Cent umdrehen müssen oder betteln, wenn sie sich ein neues Kleid oder eine CD kaufen wollten. Weder Nathans noch Birdies Eltern konnten mit Geldspritzen aushelfen, denn sie waren auf ihre kleinen Renten angewiesen. Alle Rücklagen waren aufgebraucht.

An diesem Vormittag wollte Birdie den Mädchen eine Freude machen und mit ihnen nach Bangor oder Caernarfon fahren. Seit einigen Tagen waren die Temperaturen gestiegen und die Straßen frei. Der Schnee war zum größten Teil geschmolzen, doch der Winter war noch nicht zu Ende. Bis zum April musste man mit allem rechnen. Birdie fuhr über den Hof und parkte vor dem Sägewerk. Es war schrecklich, kein Geräusch zu hören, weder die Stimmen der Männer noch das Kreischen der Säge. Niemand hämmerte, und kein Transporter brachte Holz. Auch die beiden Lieferwagen der Tischlerei waren bereits verkauft. Da beide Betriebe auf Nathans Namen eingetragen waren, kam alles unter den Hammer. Wenn kein Wunder geschah, stand ihnen eine Zwangsversteigerung bevor. Diese Demütigung würde Nathan kaum überstehen.

Vielleicht wäre alles nicht so schlimm geworden, wenn Nathans Ehe nicht schon seit Langem zerbrochen wäre. Birdie hatte sich nie eingemischt, aber sie hatte genau gewusst, dass Anne und Oliver seit Jahren ein Verhältnis hatten. Die beiden trafen sich heimlich und taten alles, um ihre Affäre zu verbergen, doch Birdie kannte ihre Schwester zu gut. Aber das war nicht ihre Ehe. Man lag so, wie man sich bettete, lautete ein altes Sprichwort. Vielleicht empfand sie insgeheim eine gewisse Schadenfreude darüber, dass Nathan eine Frau geheiratet hatte, die ihn nicht liebte.

Sie ließ die Autotür zufallen und stapfte über den Hof, der an vielen Stellen matschig war. Nathans Vater war bereits vor fünf Jahren gestorben und musste den Verfall seines Lebenswerks nicht mehr mit ansehen. Es hätte Samuel das Herz gebrochen. Ihr langer, bunter Wollschal flatterte im Wind, als Birdie auf das Wohnhaus zuging. Auch das würden sie wohl verlieren.

»Verdammt«, murmelte sie.

Niedergeschlagen stieg sie die Stufen zum Eingang hinauf, klopfte an die Tür, die immer offen war, und ging hinein. »Hallo, ich bin's, Birdie. Ist jemand zu Hause?«, rief sie und hörte laute Stimmen aus Nathans Büro.

»Du warst der größte Fehler meines Lebens! Nicht mal die Mühle konntest du erfolgreich betreiben! Was für ein Versager bist du eigentlich! Verdammt, jetzt heul nicht. Ich hasse Männer, die weinen! Reiß dich zusammen, Nathan, und nimm Olivers Angebot an. Er will dir doch nur helfen. Und wenn du zu stolz dazu bist, denk wenigstens an die Mädchen. Was ist? Was soll ich ihm sagen?«, rief Anne.

»Gar nichts wirst du ihm sagen! Ich regle das allein. Ich brauche seine Hilfe nicht. Eher bring ich mich um!«, schrie Nathan außer sich vor Wut.

Birdie stand wie elektrisiert im Flur und wagte nicht, sich zu bewegen.

»Du Schlappschwanz. Selbst dazu bist du doch zu feige! Ach, mach doch, was du willst. Ich gehe jetzt zu Oliver und sag ihm, dass wir sein Geld nehmen. Ich bin nicht zu stolz dazu!«, schrie Anne.

»Nein, du bist ja auch seine Hure!«, brüllte Nathan.

Es hörte sich an, als hätte Anne eine Vase gegen die Wand geworfen. Scherben klirrten, dann flog die Tür auf, und Anne stürmte mit rotem Gesicht an Birdie vorbei. Ohne auf sie zu achten, lief sie aus dem Haus und warf die Tür krachend hinter sich ins Schloss. Birdie war so geschockt von der Szene, dass sie die zitternden Hände in den Ärmeln ihres Pullovers versteckte und flüsterte: »Nein, so dürft ihr nicht miteinander umgehen, so nicht. Das ist furchtbar … Nathan!«

Aufgeregt lief sie zum Büro, dessen Tür offen stand, und fand Nathan über den Schreibtisch gebeugt. Er hob den Kopf, und man sah, dass er geweint hatte. Das blonde Haar war schütter geworden und an den Schläfen ergraut, und mit den Jahren hatten sich tiefe Sorgenfalten um Mund und Nase eingegraben. Vor ihr saß ein zutiefst verzweifelter Mann. Müde hob er den Blick.

»Was willst du hier? Hast du alles gehört? Du weißt ja sowieso alles. Am Ende halten die Schwestern zusammen. Ist doch so. Blut ist dicker als Wasser.«

»Nathan, ich liebe meine Schwester, aber ich habe mich nie in eure Ehe gemischt. Das weißt du!«, sagte sie beschwörend.

Die Scherben einer Keramikvase lagen vor der zersplitterten Glastür von Nathans Waffenschrank.

Nathan winkte ab. »Ja ja, aber du warst immer da, immer irgendwo. Natürlich weißt du, wie es um uns steht. Wahrscheinlich hast du schon vorher, bevor ich Anne geheiratet habe, gewusst, dass es schiefgehen würde.«

»Was hätte ich dir denn raten sollen, Nathan? Du kanntest Anne doch. Und du wusstest um meine Gefühle zu dir. Wie hätte sich das aus meinem Mund angehört? Wie eine eifersüchtige Schwester, die der anderen den Mann nicht gönnt, den sie liebt.«

»Du hast mich wirklich geliebt, Birdie. Und ich war zu verblendet, das zu sehen.« Er ließ die Stirn in seine Hände fallen und raufte sich die Haare.

Birdie ging zu ihm und legte ihm den Arm um die Schultern. »Es ist zu spät, um über die Vergangenheit zu weinen. Jetzt ist es so, und ihr müsst das Beste für eure Kinder tun. Ihr habt zwei süße Töchter, die euch brauchen.«

»Ach, Birdie …« Er stand auf und stieß sie dabei unsanft nach hinten. »Du warst doch immer mehr Mutter für sie, als Anne es je gewesen ist. Ich habe mich vollkommen in Anne getäuscht. Ich dachte, dass sie mich, eine Familie und die Sicherheit eines Heims braucht, um glücklich zu sein. Dass sich dann alles regeln würde, dass sie aufhören würde, ständig davonzulaufen. Sie ist keine gute Mutter. Das ist hart, aber es ist die Wahrheit. Sie denkt nur an sich selbst und an diesen verfluchten Craddock. Niemals werde ich ihm meine Firma geben, niemals!«

»Gibt es denn eine Lösung? Hast du noch eine Quelle aufgetan?«

Nathan trat ans Fenster und sah zur Werkstatt hinüber. »Mein Vater hat mir diesen Betrieb überschrieben. Voller Stolz hat er mir die Übereignungsurkunde gegeben und gesagt, dass er sich beruhigt zur Ruhe setzen kann, weil er weiß, dass sein Werk in guten Händen ist. Nicht einmal das habe ich geschafft. Nicht einmal das! Anne hat ja recht!«

»Aber es war eine Verkettung unglücklicher Umstände, die zur Pleite geführt hat. Ich meine, du konntest doch nicht ahnen, dass die Holzwirtschaft in eine Krise gerät, dass der Finanzberater dir ausgerechnet das Aktienpaket empfiehlt, das sich in Luft auflöst … Dafür konntest du doch nichts!«, versuchte sie zu trösten.

Er wandte leicht den Kopf und warf ihr einen harten Blick zu. »Doch, Birdie. Ich habe die Entscheidungen getroffen. Ich bin dafür verantwortlich. Die Maschinen hätten regelmäßig von mir gewartet werden müssen. Ich wollte sparen, und deshalb ist es zu dem Unfall mit Peter gekommen. Das verzeihe ich mir nie. Ich kann nur von Glück sagen, dass er keine bleibenden Schäden davongetragen hat. Nein, ich muss jetzt den Kopf für meine Fehler hinhalten.«

»Aber wenn Oliver doch helfen will! Er hat wahrlich genug Geld!«

»Du auch? Nein!« Nathan donnerte mit der Faust auf einen Aktenschrank.

»Herrgott, manchmal muss man seinen Stolz eben herunterschlucken. Tu es für deine Töchter! Für sie wird das alles schlimm genug, und zum Teufel, Oliver ist dazu verpflichtet zu zahlen, schließlich ist Cait seine …« Sie schlug sich die Hand vor den Mund und verschluckte den Rest des Satzes.

Wenn sie erwartet hatte, dass Nathan brüllen und toben würde, hatte sie sich getäuscht. Er wurde kreidebleich und sackte rückwärts gegen die Wand, suchte Halt an der Gardine, die unter seinem Gewicht aus der Halterung riss, und stützte sich am Fensterbrett ab. »Es ist also wahr. Und du hast es gewusst … Du hast es gewusst und es mir nicht gesagt. Verschwinde, Birdie. Geh raus und lass dich hier nie wieder blicken!«

Blind vor Tränen rannte Birdie über den Flur. Was hatte sie getan? Sie stolperte die Stufen hinunter und stürzte in den matschigen Hof. Ihre Knie schmerzten, doch sie rappelte sich wieder auf und stieg in ihr Auto. Als sie die Auffahrt hinunterfuhr, sah sie im Rückspiegel, wie Cait mit dem Moped aus dem Wald kam. Birdie verlangsamte den Wagen und kurbelte das Fenster hinunter, um sie zu rufen, da knallte der Schuss. Sie wusste sofort, was das bedeutete, und stellte den Motor ab, denn auf dem einspurigen Weg konnte sie nicht wenden, und es gelang ihr nicht, den Rückwärtsgang einzulegen.

»Cait!«, brüllte sie von Weitem. »Cait, nicht, geh nicht rein!«

Birdies Lunge wollte bersten, so schnell rannte sie über den unebenen Weg, fiel erneut hin, fühlte warmes Blut ihr Schienbein hinunterlaufen und brüllte, bis sie heiser wurde: »Nein! Oh Gott, nein! Nathan, Cait! Was habe ich getan …«

Bangor, Ysbyty Gwynedd, Wales

Cait hatte die Hand ihrer Tante losgelassen und den letzten Sätzen mit ausdrucksloser Miene gelauscht. Fassungslos starrte sie diese Frau an, von der sie gedacht hatte, dass sie ihr vertrauter war als sonst ein Mensch, und dabei hatte Birdie es geschafft, dieses Geheimnis über all die Jahre zu bewahren.

»Mein Vater ist nicht … Wer weiß es noch außer dir?«

Birdie blinzelte. »Niemand. Deine Mutter hat es gewusst, vom ersten Tag an. Als ich dich sah, habe ich es geahnt und Anne gefragt, und sie hat genickt. Ich musste ihr versprechen, es nicht zu verraten, denn das wollte sie Nathan nicht antun. Sie hat gesagt, dass sie es nur offenbaren würde, wenn du ernsthaft erkranken würdest und es aus medizinischen Gründen notwendig wäre.«

»Wie umsichtig«, sagte Cait zynisch.

»Cait, es tut mir so leid, ich hätte es dir früher sagen sollen, aber ich konnte nicht.« Birdie streckte die Hände nach Cait aus, doch die zuckte unter der Berührung zurück.

»Das ist … Birdie, lass mich einfach darüber nachdenken, ja? Ich, ich werde jetzt gehen.« Cait erhob sich und griff nach Jacke und Tasche. »Dir geht es gut, Birdie?«

Sie wusste nicht mehr, wo ihr der Kopf stand. Gedanken, Erinnerungen, Bilder schossen durcheinander und machten sie schwindelig.

»Meine Süße, das ist ein Schock für dich, aber hätte ich es nicht sagen sollen?«

»Natürlich! Etwas früher wäre nur schön gewesen!«, erwiderte Cait heftiger als gewollt und begann, im Zimmer auf und ab zu gehen. Bis auf eine schlafende Bettnachbarin auf der gegenüberliegenden Seite waren sie allein. Schließlich blieb sie neben Birdies Bett am Fenster stehen.

»Dann hätte ich mir nicht diese Vorwürfe gemacht, nicht immer gedacht, dass ich schuld war, dass ich irgendetwas falsch gemacht habe …«

»Aber wie denn? Du warst ein Kind, ein Teenager. Ich habe dir das immer wieder gesagt, Cait, dir und deiner Schwester. Jessi hat übrigens angerufen. Sie sorgt sich, und es tut ihr leid, dass sie nicht kommen konnte, aber sie plant einen Besuch für nächste Woche.«

Cait stöhnte. »Hoffentlich nicht an meinem Geburtstag. Ich hasse es, wenn sie ein Aufhebens darum macht. Sonst bin ich ihr auch egal, und dann macht sie ein Riesentrara und hält sich für den Messias. Und unter diesen Umständen will ich sie schon mal gar nicht sehen! Große Güte, das kann doch alles nicht wahr sein … Oh, und bitte, sag es ihr nicht, hörst du, Birdie? Das ist meine Sache. Das geht sie überhaupt nichts an!«

»Selbstverständlich nicht. Das bleibt unter uns. Ich hatte nicht vor, es irgendjemandem sonst zu sagen. Vor meiner Einweisung hier ins Krankenhaus habe ich es schriftlich festgehalten und bei einem Anwalt hinterlegt. Im Falle meines Todes hätte man es dir mitgeteilt, aber das schien mir nicht fair. Ich wollte es dir selbst erklären.«

»Wundervoll. Ich weiß noch nicht, ob ich dir dafür danken soll oder nicht«, meinte Cait und sank wieder auf den Stuhl. »Ich weiß gar nichts mehr.«

»Komm her.« Birdie beugte sich vor und schloss ihre Nichte in die Arme. Sacht wiegte sie Cait hin und her, so wie sie es immer getan hatte, wenn sie früher mit einem Problem zu ihr gekommen war.

»Ich habe mir immer eine Tochter wie dich gewünscht, Cait. Vielleicht hatte ich Angst, dass du mir davonläufst, zu den Craddocks gehst, wenn du es erfährst. Dass sie dich locken mit ihrem Reichtum und all den Möglichkeiten, die sie dir hätten bieten können. Ich war egoistisch und habe viele Fehler gemacht.«

»Ach, Birdie«, schluchzte Cait und drückte ihre Tante an sich. »Du warst immer für mich da. Das vergesse ich dir nie.«

Birdie streichelte Caits Haare. »Deine Mutter hat dich sehr geliebt, glaub mir, Cait. Sie hat dich und Jessica geliebt, aber sie hatte so viele Probleme mit sich selbst, dass sie nie gesehen hat, was wirklich wichtig war. Auf der Suche nach ihrem Glück hat sie übersehen, dass es schon da war.«

»Du nimmst sie immer in Schutz, Birdie. Dabei war meine Mutter eine selbstsüchtige Person, die einen Mann geheiratet hat, den sie nicht liebte. Und diesem Mann hat sie das Kind ihres Geliebten untergeschoben. Nein, es gibt nicht viel Gutes über meine Mutter zu sagen.«

Ein tiefer Seufzer entfuhr Birdie. »So, wie du es sagst, klingt es hart und grausam, aber so war es nicht. Ich habe versucht, es zu erklären. Ich kann dir nur sagen, dass Anne eine zutiefst verzweifelte Frau war. Sie war nie zufrieden, nie richtig glücklich. Nein, das stimmt nicht. Als sie euch geboren hat, sah sie entspannt und so wunderschön und glücklich aus, wie nie zuvor und nie danach. Diese beiden Male war deine Mutter ganz bei sich. Glaubst du mir das, Cait?«

»Hm …«, schniefte Cait an Birdies Brust.

»Für heute belassen wir es dabei. Denk darüber nach, Cait. Du kannst mich alles fragen, jederzeit. Aber ich glaube, es wäre eine gute Idee, wenn du mit Oliver sprichst. Ich habe mich immer gefragt, wie seine Seite der Geschichte aussieht. Er ist ein verständiger Mann mit dem Herz auf dem rechten Fleck, auch wenn das manchmal schwer zu erkennen ist.«

31

Crib Goch, Snowdonia, Wales

Jake und Benji hielten an und wischten sich den Schweiß von der Stirn. Es war ein ungewöhnlich warmer Junimorgen.

»Das ist ja wie im Hochsommer, Wahnsinn!«, stöhnte Benji.

»Jetzt beschwer dich noch! Meistens regnet es, und heute kriegst du mal die schönste Seite der Berge zu sehen und bist nicht zufrieden«, erwiderte Jake und zog seine Wasserflasche aus dem Rucksack.

»Es ist großartig. Nur habe ich nicht damit gerechnet. Für unser Vorhaben wäre es besser gewesen, wenn die Temperaturen kühler wären. Andererseits gelten für alle dieselben Bedingungen.« Auch Benji griff nach seiner Wasserflasche, goss sich einen Schwall in den Nacken und nahm einen großen Schluck.

»So ein verdammter Drecksack! Aber den kriegen wir bei den Eiern. Er rechnet nicht damit, dass wir jetzt kommen, das ist unser Vorteil«, sinnierte Jake und starrte zum Gipfel hinauf, wo er Caleb Ash vermutete.

»Er ist ein Exknacki, ja? Der spielt nicht nach Regeln, Jake. Wenn wir ihn mit den Beweisen konfrontieren, musst du mit allem rechnen. Wahrscheinlich hat er sogar eine Waffe dabei.«

Die Gedanken an die Stabtaschenlampe hatten Jake nicht losgelassen. Es war das perfekte Tatwerkzeug, und die Legierung konnte passen. Er hatte Calebs Taschenlampe erneut untersucht und festgestellt, dass sie fabrikneu war. Kein Wunder, dass es keine Spuren daran gab. Aber Jake wusste, dass keine neuen Lampen bestellt worden waren. Er hatte herausgefunden, dass Caleb auf eigene Rechnung eine neue Lampe desselben Fabrikats bestellt hatte. Wenn sein Verdacht richtig war, hatte Caleb die Tatwaffe irgendwo entsorgt. Die einzige Möglichkeit bestand darin, ihn zu überraschen und zu einer Aussage zu bringen. Deshalb hatte Jake seinen Bruder mit auf die Tour genommen. Er brauchte einen Zeugen.

»Hättest du Alun nicht doch einbeziehen sollen?«, fragte Benji.

Jake fuhr sich mit dem Handrücken über die feuchten Lippen. »Nein. Sobald es einen offiziellen Verdacht gibt, muss Alun nach den Vorschriften handeln. Er hätte Caleb verhaftet. Der braucht nur von seinem Recht, die Aussage zu verweigern, Gebrauch zu machen, und das war's. Sicher hat er ein Alibi für die Tatzeit, und die Taschenlampe hat er bestellt, weil er sie bei privater Nutzung kaputt gemacht hat. Glaub mir, Benji, entweder wir kriegen ihn dran, oder das Schwein kommt damit durch.«

»Und was ist mit dem Ami? Wenn der bestätigt, dass er an einer von Caleb organisierten Tour teilgenommen hat, wäre das doch auch was.«

»Phh, wieso? Ist doch nur eine Tour! Keiner von denen wird jemals zugeben, dass sie Eier aus den Nestern gestohlen haben. Ich gehe mal davon aus, dass in den Staaten nichts gegen Fuller vorliegt, sonst hätte Alun das sicher schon herausgefunden.«

Sie standen unterhalb der Wegkreuzung des Pyg Track, an der man zwischen den Aufstiegen zum Snowdon und zum Crib Goch wählen konnte. Trotz der frühen Morgenstunde waren schon Touristen unterwegs. Es gab anscheinend immer jemanden, der noch früher auf war, denn ein junger Mann kam ihnen bereits vom Snowdon entgegen.

»Wow, bist du im Dunkeln da hoch? Meine Güte, das ist gefährlich!«, sagte Jake.

Der sportliche junge Mann grinste. »Kein Problem. Ich wollte der Erste dort oben sein und ganz allein den Sonnenaufgang genießen. Das war's wert. Ich kenn mich aus, die Bergwacht wird meinetwegen nicht aus den Federn geklingelt.«

»Darauf solltest du dich nicht verlassen. Es kann immer etwas passieren«, dämpfte Jake den Überschwang des jungen Wanderers. »War sonst noch jemand unterwegs?«

»Na ja, einer eurer Kollegen kam kurz nach mir. Ist zum Crib Goch. Er hatte eine Schaufel dabei, wollte wohl was reparieren wegen des Sturms vor ein paar Tagen. Mann, das ist ja gerade noch gut gegangen. Ich war mal in Peru, als …«

»Danke, ja, dann noch einen schönen Tag!«, unterbrach Jake den redseligen Wanderer und nickte seinem Bruder zu. »Das ist Caleb.«

Der Boden war nass und aufgeweicht, und wo es keine Befestigungen gab, bestand noch immer die Gefahr von herabkommenden Geröllmassen. Jake hatte seine Kletterausrüstung mitgenommen, denn er wollte das Bergdohlennest kontrollieren. Nach allem, was geschehen war, konnte es durchaus sein, dass die Eierdiebe zurückgekommen waren. Es sei denn, die Dohlen waren mittlerweile geschlüpft, was für alle die beste Lösung wäre.

»Und du glaubst wirklich, dass dieser Caleb in der Lage wäre, eine Schleiereule derartig zu quälen und zu töten? Immerhin arbeitet er für den Park!« Benji schaute zweifelnd den Berg hinauf.

»Ich weiß es nicht, Benji. Ich hoffe, ich irre mich. Es wäre furchtbar, so jemanden im Umgang mit Tieren zu wissen. Vielleicht führen die Beweise ja in eine völlig falsche Richtung. Manchmal verrennt man sich. Aber im Moment will ich einfach herausfinden, was dran ist.« Jake stemmte die Hände in die Hüften und sah seinem Bruder fest in die Augen. »Ich muss einfach.«

»Okay, dann lass uns weitergehen. Oh, Augenblick …« Benji öffnete eine der Seitentaschen seiner Outdoorhose und zog das summende Handy heraus. »Hi Süße, alles in Ordnung?«

An seinem Gesichtsausdruck konnte Jake ablesen, dass etwas nicht stimmte, und als Benji das Gespräch beendete und ihn mit blasser Miene ansah, machte auch sein Herz einen Sprung. »Ist was mit Shannon?«

»Sie fühlt sich nicht gut, meint, es seien Wehen … Jake, ich muss zu ihr.«

»Ist sie ganz allein in dem Haus? Ruf den Notarzt, Benji!«

»Die Nachbarin ist bei ihr. So ein Glück. Sie brachte frische Eier und Milch von der Farm zu uns, und da ging es Shannon schon nicht gut. Sie ist bei ihr geblieben und hat gleich den Arzt gerufen. Der kommt jede Minute, aber ich muss trotzdem zu ihr, Jake.« Benji kämpfte sichtlich mit sich. »Ich will dich jetzt nicht hängen lassen …«

»Geh schon! Ich kann auf mich aufpassen. Na los, was wartest du noch! Hau ab!« Jake klopfte seinem Bruder auf die Schulter. »Ich gehe das Dohlennest kontrollieren. Mehr nicht. Falls Caleb dort oben ist, stelle ich ihn nicht zur Rede.«

»Versprochen?«

»Ehrenwort.«

Benji nickte unschlüssig. »Na schön … Jake, der Kerl ist gefährlich, mach keine Dummheiten! Das ist es nicht wert!«

»Ich weiß. Jetzt geh schon!« Jake wollte nicht, dass sein Bruder es sich anders überlegte, wusste er doch, wie viel ihm Shannon und das Baby bedeuteten. Entschlossen stieg er den Pfad hinauf und hielt sich mit den Händen an den Felsen fest. Erst nach mehreren Metern drehte er sich um und sah die Silhouette seines Bruders im Licht der Morgensonne, wie er im Laufschritt den Hang hinuntereilte. Umso besser, knirschte Jake mit den Zähnen, nur noch du und ich, Caleb …

Der felsige Aufstieg lag still und friedlich vor ihm. War

die Sicht bis zur Kreuzung des Pyg Track noch klar gewesen, tauchte Jake jetzt in die Nebelwand ein, die sich als dunstiges Gewebe über den Gipfel des Crib Goch legte, scharfe Kanten verwischte und die Sicht bis auf wenige Meter begrenzte. Die beeinträchtigten Sichtverhältnisse verschafften dem, der sich verbergen wollte, einen Vorteil, doch auch der Verfolger konnte sich länger bedeckt halten.

Jake stieg verbissen weiter auf, darauf bedacht, möglichst kein Geräusch zu verursachen. Ab und an hielt er inne, um in den Nebel zu lauschen, der die meisten Geräusche verschluckte. Fast glaubte er, sich getäuscht zu haben und außer ihm sei niemand hier oben, da hörte er einen Stein den Berg hinabrollen, ein unterdrückter Fluch folgte und zeigte Jake an, dass Caleb nur wenige Meter über ihm war. Der Kerl schien gerade seine Gurte zu befestigen, um sich abzuseilen. Jake wischte sich die Feuchtigkeit aus dem Gesicht, die Haare tropften vor Nässe, und die Felsen waren schlüpfrig, so dass die Hände abglitten und kaum Halt fanden. Er orientierte sich an vertrauten Felsformen und schätzte, dass er nur fünf Meter unterhalb der Absturzstelle war. Hier ging es scharf um die Kurve, und danach musste er sich mit den Händen auf das Plateau ziehen, von dem aus man sich zum Dohlennest abseilen konnte. Dort oben war Caleb.

Jake versuchte, möglichst langsam und lautlos zu atmen, und lehnte sich mit dem Rücken an die Felswand, doch seine Schuhe fanden nicht genug Halt, ein kleiner Stein löste sich und rollte über die Geröllmassen. Bleib liegen, betete Jake stumm, bleib endlich liegen. Das Geräusch erstarb. Er starrte in die nun dichte Nebelwand über ihm und wartete. Nichts geschah, kein Laut erklang, kein Vogel schrie. Es war, als wäre alles Leben auf dem Berg erstorben, als hätte der Nebel es aufgesogen. Wenn er sich bewegte, hatte er verloren, er musste Caleb in Sicherheit wiegen, immer vorausgesetzt, der Kerl war dort oben. Aber jeder Nerv in Jake sagte ihm, dass Caleb da war. Plötzlich gab es ein Geräusch von herabrollenden Steinen und ein metallisches Hämmern.

Ein Kletterhaken wurde in den Fels geschlagen. Zwei Minuten, dachte Jake, dann gehe ich rauf und schnappe ihn mir. Es muss sein, Benji wird das verstehen … Wenn er unten am Seil hängt, kann er nicht ausweichen. Jake wartete noch etwas länger, spannte die Muskeln und war mit wenigen gezielten Bewegungen oben auf dem Plateau. Der Schlag traf ihn unerwartet und mit solcher Wucht, dass er zu Boden ging und sich gerade noch abfangen konnte.

»Scheiße, verflucht, was …?« Ihm dämmerte, dass er Caleb unterschätzt hatte. Er versuchte aufzustehen, doch ein Fußtritt in die Rippen belehrte ihn eines Besseren.

»Bleib liegen, Jake. Was suchst du hier oben?« Caleb stand über ihm, bullig und mit einer Miene, die nichts Gutes verhieß.

»Dir eine Frage stellen, Caleb.«

»Wo ist dein Bruder?«

»Zurück, seine Frau ist krank.«

»Ich habe euch beobachtet, oder hast du gedacht, du kannst mir folgen, ohne dass ich es bemerke? Da musst du früher aufstehen, Jaky …« Er spuckte seinen Namen in gehässiger Manier aus. »Weil wir so hübsch unter uns sind, Jaky, und weil du diesen Berg nicht lebend verlassen wirst, beantworte ich dir deine Frage.«

Er hätte auf Benji hören sollen, aber noch war nichts entschieden, und Caleb schien sich seiner Sache allzu sicher. Das war nie gut. Wenn man überheblich wurde, beging man Fehler.

»Ich habe nie an einen Unfall bei Rob geglaubt. In seiner Kopfwunde wurden Metallsplitter gefunden, und deine Taschenlampe fehlt, Caleb. Damit hast du ihn erschlagen, nicht wahr?«

Caleb zog die Oberlippe hoch und sog zischend die Luft

durch die Zähne. »Clever, unser Jake. Ich war gerade dabei, mich für das Abseilen zu den Bergdohlen vorzubereiten. Leider lagen die Aufbewahrungsbehälter für die Eier auf meinem Rucksack. Hätte Rob die nicht gesehen, hätte ich mich rausreden können. Aber er begann, immer mehr Fragen zu stellen, unter anderem nach den Motorrädern, die bei den Minen gesichtet worden waren. Tja, da hat er schneller geschaltet als du, Jake. Toby und Lewis sind Dummköpfe, die hätten wir nie eingeweiht.«

»Du und Sean?«, brachte Jake mit heiserer Stimme hervor. »Sean hat die reichen Kunden rangeholt, und du …«

»Ich wusste, wo die Nester sind, schließlich haben wir ja alles dokumentiert, nicht wahr?« Caleb lachte tief und kalt.

»Und dafür haben die ausländischen Sammler so viel Geld bezahlt? War es das Risiko wert?«

»Jetzt enttäuschst du mich aber. Streng mal deine Phantasie an, Jaky. Es gibt solche und solche Sammler. Einige ziehen den Kick aus dem riskanten Stehlen der Eier, dem illegalen Rüberschaffen in ihre Heimat.«

»Wie dieser Fuller aus Chicago?«

»Das wäre wohl auch so ein verschrobener Idiot. Du machst dir ja keine Vorstellung davon, wie krank diese Leute im Gehirn sind. Die zahlen Unsummen dafür, dass du ihnen zeigst, wo sie suchen müssen. Für ein lächerliches Vogelei … Tja, und dann sind da solche, die erst die Eier stehlen und danach im Ausland und fern der Familie mal so richtig die Sau rauslassen wollen. Für die gibt es stilvolle Reitertouren mit Rahmenprogramm …« Ein anzügliches Lachen entrang sich Calebs Kehle.

In Jakes Phantasie formten sich Bilder von Orgien in einem abgelegenen Landhaus. »Sean hat dafür den Rahmen geschaffen, und du hast Mädchen und Drogen besorgt?«

»Seans Pferdezucht ist ein Reinfall. Nur konnte er das seinem Alten nicht eingestehen. Wow, Craddock junior ist ein

Versager! Der Alte hätte ihn glatt fallen lassen und ihm jede finanzielle Hilfe gestrichen. So konnte Sean zumindest auf seine gesellschaftlichen Kontakte bauen, und er ist ein hervorragender Gastgeber. Wir ergänzen uns perfekt mit unseren Talenten.«

Jake streckte den Arm aus, um nach einem Stein zu greifen, doch sofort trat ihm Caleb mit einem Stiefel auf die Hand. »Lass das, das hat keinen Sinn. Da, wo ich herkomme, kämpft man anders. Du hast keine Chance, Jake, sieh es ein.«

»Und die Schleiereule? Warum musstest du das tun? Ein unschuldiges Tier!«

Caleb hob die Schultern. »Ein Vogel mehr oder weniger. Schade, dass du es nicht kapiert hast, hätte dir eine Menge erspart. War ja ganz rührend, wie du auf der Beerdigung gesungen hast, aber das bringt ihn auch nicht zurück. Uhuhu, das Leben ist kein Waldspaziergang, Jaky. Das Leben ist ein harter, dreckiger Kampf, jeden Tag aufs Neue, und nur die Stärksten überleben.«

»Du weißt es nicht besser, Caleb. Es ist traurig, dass du nicht begreifen kannst, dass die Stärksten nicht die mit den meisten Muskeln sind.«

»Red du nur klugscheißerig daher. In diesem Augenblick bin ich im Vorteil, daran lässt sich nichts drehen!«, zischte Caleb wütend und trat Jake mit Wucht in die Seite.

Mit einem Schmerzensschrei rollte Jake sich zusammen und sprang dann mit aller ihm verbleibenden Kraft auf die Füße, um dem überraschten Caleb einen Fausthieb zu verpassen.

Caleb fluchte und zog mit einer blitzschnellen Bewegung ein Jagdmesser aus seinem Gürtel. Wie ein Tiger federte er nun hin und her und fixierte Jake. »Ach ja, du warst ja mal Karateschüler. Mir schlottern die Knie. Na komm schon, zeig, was du noch draufhast.«

Das Plateau war kaum zwei mal zwei Meter groß, und jeder Fehltritt konnte zum Tod führen. Die Felsen waren feucht und rutschig, und der Nebel machte es unmöglich, die Abbruchkante zu sehen. Sie kämpften praktisch nach Gefühl und Instinkt. Jake machte sich keine Illusionen darüber, dass Caleb im Vorteil war. Der erste Hieb traf ihn am Oberarm. Jake spürte das Blut herunterlaufen, ignorierte den Schmerz und nahm seine Kampfposition ein. Es gelang ihm zwar, Caleb einen Fußtritt gegen die Brust zu versetzen, doch der wirbelte herum, und das Messer traf Jakes abwehrend erhobene Handfläche.

»Reicht dir das, Jake? Springst du selbst oder muss ich dich treten?«, knurrte Caleb und ließ das Messer von der einen in die andere Hand gleiten.

In diesem Moment ertönte ein gellender Schrei, ein Schatten kam hinter Jake aus dem Nebel und versetzte Caleb einen Stoß, dass dieser taumelte und mit dem Messer in der Luft herumfuchtelte.

»Benji!«, rief Jake.

Sein Bruder versetzte Caleb eine Reihe schneller Schläge gegen Kopf, Brust und die Messerhand, und Caleb sackte stöhnend nach vorn. Mit einem letzten erstickten Schrei trat Benji seinem Gegner vor die Brust, platzierte einen Handkantenschlag an dessen Hals, und Caleb ging krachend zu Boden.

Außer Atem hielt Benjamin Parry inne und packte seinen Bruder bei den Schultern. »Geht es dir gut? Du blutest!«

Jake nickte ungläubig und starrte auf den ohnmächtigen Caleb. »Verflucht, Benji, ich wusste gar nicht, wie gut du bist … Wieso bist du …«

»Ich war kaum ein paar Schritte gelaufen, da rief Shannon mich zurück und gab Entwarnung. Es geht ihr gut, Fehlalarm. Das gibt es wohl öfter mal. Jedenfalls dachte ich mir, dass du sicher Unsinn machst und nicht auf mich hörst. Da bin ich dir hinterher und kam ja wohl gerade noch rechtzeitig. Der

Drecksack hätte dich erledigt, Jake! Glaubst du mir nächstes Mal? Mann!«

Benji riss seinen Bruder in die Arme und drückte ihn an sich. »Verdammt, du blutest richtig heftig! Ich rufe die Bergwacht!«

32

Chester, Nordwestengland, Dezember

Chester glich einem Wintermärchen. Dicke Schneeflocken gingen seit dem frühen Morgen nieder und verzierten die Stadt mit einer weißen Schicht Zuckerguss. Cait stapfte missmutig durch den Schnee, der unter ihren Stiefeln knirschte, und fragte sich, warum sie so schlecht gelaunt war. Birdie war wieder auf dem Damm. Die Kur in Bath hatte ihr gutgetan, obwohl sie sich mit Händen und Füßen dagegen gesträubt hatte. Jetzt war Birdie wieder in ihrem Häuschen und experimentierte mit neuen Töpfertechniken. Phoebe war die meiste Zeit im Laden, und die beiden schienen sich richtiggehend angefreundet zu haben. Ganz besonders freute es Cait, dass der alte Madoc irgendwann bei Birdie aufgetaucht war, um ihr mit Blumen und selbst gebackenem Brot Genesungswünsche zu überbringen. Birdie schien das zu gefallen, denn seitdem erschien Madoc regelmäßig bei ihrer Tante, und die beiden taten einander allem Anschein nach gut.

Cait grüßte im Vorbeigehen automatisch Bekannte, ohne sich auf ein Gespräch einzulassen. So viel war in diesem Sommer geschehen, dass sie noch immer mit sich haderte. Sie wusste, dass sie Jake vor den Kopf gestoßen hatte, als sie ihn gebeten hatte, ihr Zeit zu geben. Der arme Kerl war mit tiefen Schnittwunden aus einem Kampf mit Caleb Ash hervorgegangen. Ash war Robs Mörder und saß dafür ein. Cait freute sich, dass der Täter überführt und seiner gerechten Strafe zugeführt worden war, obwohl das für Robs Eltern nur ein schwacher Trost war. Doch es verschaffte ihnen einen gewissen Seelenfrieden. Cait seufzte und wischte sich die kalte Nase. Seelenfrieden war genau das, was sie nicht finden konnte. Sie hatte sich mit ihrer Schwester ausgesprochen, und sie hatten einen neuen Anfang gemacht. Es würde nicht leicht werden, doch zumindest redeten sie wieder miteinander. Da sie seit Jahren kein Gespräch geführt hatten, das nicht im Streit geendet hatte, war das ein enormer Fortschritt. Nur über Birdies Geheimnis hatte sie nicht mit Jessica gesprochen. Mit niemandem hatte Cait bisher darüber gesprochen, nicht einmal mit Jake.

Sie konnte es einfach nicht. Nächtelang lag sie wach und grübelte, wie sie es beginnen sollte, aber es war einfach zu schrecklich. Sean Craddock war Calebs Komplize gewesen. Das machte alles noch furchtbarer. Ausgerechnet Sean, den sie seit ihrer Jugend kannte, dieser gut aussehende Kerl, dem die Welt offenstand, dem die Frauen zu Füßen lagen, dem das Geld seines Vaters alles ermöglichte, ausgerechnet dieser charmante Filou hatte die Gesellschaft eines schmutzigen Verbrechers wie Caleb Ash gesucht und mit ihm gemeinsame Sache gemacht. Und Sean war ihr Halbbruder!

Oliver Craddock hatte die besten Anwälte mit der Verteidigung seines Sohnes beauftragt, und sicher würde sich eine annehmbare Lösung finden, doch das wusch Seans Weste nicht weiß. Das Ansehen der Craddocks war unwiderruflich beschädigt, und es würde viel Geld und intensive Publicityarbeit brauchen, bis die Sache in Vergessenheit geriet. Aus den Zeitungen waren die Berichte verschwunden, doch im Internet kursierten noch immer genügend hämische Kommentare zu Seans illegalen Touren. Es war von hässlichen Details die Rede, und man sah Oliver Craddock nur selten in Minffordd oder den umliegenden Orten. Seine Frau Lacey hatte sich ganz nach London zurückgezogen. Birdie berichtete, dass Oliver mit grimmiger

Miene und gesenktem Kopf durch die Straßen lief und alle öffentlichen Ämter aufgegeben hatte. Von einer großen Spende an den Nationalpark war die Rede, und die Leute sprachen hinter vorgehaltener Hand hämisch über Craddocks Schuldgefühle und eine Geste der Wiedergutmachung.

Cait erreichte die Eingangstür von Amber Bells Einrichtungshaus und trat sich die Stiefel auf der untersten Treppenstufe ab. Wie sollte sie diesem Mann jetzt gegenübertreten und ihm sagen, dass er ihr Vater war? Sie konnte es einfach nicht! Wahrscheinlich würde er sie als Lügnerin vor die Tür setzen und denken, dass sie sein Leid ausnutzen und Geld von ihm erpressen wollte.

Sie schlug die Kapuze ihres warmen Lammfellmantels zurück, sah, dass Amber im Verkaufsraum Kundschaft hatte, und eilte an der Glastür vorbei nach oben.

»Hallo, Cait. Schneit es noch immer so heftig?«, begrüßte Trish sie und sah von ihrem Schreibtisch auf.

Cait zog den Mantel aus und hängte ihn an die Garderobe. »Wenn das so weitergeht, schnalle ich mir Schneeschuhe unter. Gibt es etwas Neues?«

Trish zupfte an ihren Korkenzieherlocken und klopfte mit dem Kugelschreiber auf ihren Notizblock. »Eine Mrs Cornish bittet um Rückruf, und Mrs Millard hat dich zur Einweihungsfeier eingeladen. Da solltest du hingehen, scheint sehr exklusiv zu sein, die Mailänder Möbelfirma hat die Lieferung der Sessel für Januar avisiert, ach ja, und es wartet jemand in deinem Büro auf dich.«

Trish legte den Kopf schief und lächelte süß. »Wenn du ihn nicht willst, nehm ich ihn … Ich habe ihm einen Espresso gebracht, Kuchen wollte er nicht.«

Seit dem erfolgreichen Millard-Projekt war Cait mit Aufträgen überschüttet worden. Amber hatte eingesehen, dass sie etwas tun musste, um ihre beste Mitarbeiterin nicht an die

Konkurrenz zu verlieren, und hatte Cait ein eigenes Büro und eine prozentuale Beteiligung an der Firma angeboten. Von Amber Bell konnte man das als eine Art Ritterschlag und ernsthafte Anerkennung ihrer Arbeit ansehen. Cait war darüber sehr glücklich und hatte sich mit Feuereifer in die Arbeit gestürzt. Zudem half ihr das, sich von ihren eigenen Problemen abzulenken. Doch das gelang nur bis zur nächsten schlaflosen Nacht, und lange würde sie diesen Zustand nicht aushalten.

»Danke, Trish.« Neugierig ging sie zu ihrem Büro und drückte die Tür auf. »Guten Tag, meine Sekretärin …«

Weiter kam sie nicht, denn Jake war aufgestanden und trat einen Schritt auf sie zu. Ihr Herz machte einen Satz, als sie in seine dunkelgrauen Augen sah, in denen sie Schmerz, Enttäuschung und Sehnsucht las.

»Hallo, Cait. Ich will nicht lange stören, aber ich brauche eine Antwort.«

Ihr fiel auf, dass seine Haare etwas länger waren, was ihm gut stand, und er schien trainiert zu haben, denn seine Schultern wirkten breiter. Vielleicht hatte der Schock des Kampfes mit Caleb ihn dazu veranlasst. Sie hätte bei ihm sein sollen, ihn trösten, doch allein sein Anruf hatte sie in eine derartige Panik versetzt, dass sie in eine lähmende Starre verfallen war, unfähig, sich der Realität zu stellen.

»Worauf?«, brachte sie mit kaum hörbarer Stimme hervor.

»Auf meine Frage nach dem Warum. Warum hast du dich einfach nicht mehr gemeldet, warum wolltest du mich nicht mehr sehen? Was ist passiert, Cait? Ich war bei deiner Tante, aber sie hat gesagt, dass du es mir selbst erzählen musst. Also, was ist los?« Bei der letzten Frage wurde seine Stimme weicher, und er hob leicht die Hand, als wolle er sie nach ihr ausstrecken.

Als Cait die dicke, rote Narbe in seiner Handinnenfläche sah, stockte ihr der Atem. Sie schüttelte hilflos den Kopf und konnte die Tränen nicht zurückhalten. »Oh, Jake, es tut mir so leid«, schluchzte sie und flog in seine Arme.

Er drückte sie fest an sich und murmelte beruhigende Worte, während er ihr über den Rücken strich. Schließlich nahm er ihr Gesicht in die Hände und küsste sie. Seine Lippen waren so warm, zärtlich und fordernd, dass es ihr den Atem raubte. Ihr Körper schien sich sofort an seine Bestimmung zu erinnern, und Jake ging es nicht anders, denn er zog sie mit sich zum Sofa, nicht ohne vorher mit einem Fuß die Tür zuzustoßen. In enger Umarmung fielen sie auf das weiche Polster, und erst als Jake ihren Hals küsste und sie ihre Beine um seine Hüften schlang, kam sie zur Besinnung.

Atemlos machte sie sich von ihm los und sah ihn liebevoll an. »Wir sind in meinem Büro, Jake Parry.«

Er setzte sich auf und zog sie an sich. »Hinter verschlossenen Bürotüren sollen ja unerhörte Dinge vor sich gehen, habe ich mir sagen lassen …«

Cait nahm seine Hand und strich sacht über die Narbe. »Mein Gott, er hat dich wirklich böse verletzt.«

»Das ist nichts, Cait. Es ist gut gegangen. Mein Bruder hat mir das Leben gerettet. Das war einer der furchtbarsten und gleichzeitig größten Augenblicke in meinem Leben. Als ich Benji sah, wusste ich, dass alles gut ausgehen würde. Ich kann mich auf ihn verlassen wie auf mich selbst. Cait.« Er drückte ihre Hand und sah sie an. »Ich möchte, dass du mir vertraust. Dass du in mir den Menschen siehst, dem du deine Sorgen und Freuden mitteilen kannst, einfach so. Ich werde dich nicht enttäuschen. Warum willst du das nicht einsehen?«

»Du wärst fast gestorben, Jake!«, flüsterte sie.

»Das ist es? Du hast Angst, dass ich dich verlasse?«

Sie konnte ihn nur stumm mit zitternden Lippen ansehen.

»Cait, das … Komm her.« Er zog sie an sich, barg ihren Kopf an seiner Brust und wartete, bis ihr Schluchzen verebbte.

»Alle Menschen, die ich geliebt habe, haben mich verlassen.«

»Aber deine Eltern haben das doch nicht mit Absicht getan. Es ist geschehen. Das ist Schicksal. Man kann das Schicksal nicht bestimmen, nicht aufhalten.« Jake suchte nach den richtigen Worten. »Du kannst nicht ewig trauern, dann versäumst du das Leben!«

Sie wischte sich die Augen und hielt seine Arme fest, während sie ihn ansah. »Mein Vater hat sich erschossen, und ich habe seine Leiche gefunden! Er hat sich erschossen, weil er keinen Ausweg mehr wusste!«

»Aber das hatte doch nichts mit dir zu tun! Es ist nicht deine Schuld!«

Sie sah ihn mit einem Ausdruck abgrundtiefer Trauer an. »Mein Vater war pleite. Er hat alles verloren. Er hatte seine Frau an den Mann verloren, der sein größter Konkurrent war, der seine Firma kaufen wollte. Mein Vater hat sich erschossen, als er erfuhr, dass ich nicht seine Tochter bin, Jake!«

»Wie bitte?«

»Wer hat Nathan Turners Sägemühle gekauft?«

Entsetzt starrte er sie an, und die Erkenntnis dämmerte in seinen Augen. »Oliver Craddock.«

»Ich bin seine uneheliche Tochter, Jake. Das ist es, was Birdie mir offenbart hat, das und noch einiges mehr. Kannst du jetzt verstehen, warum ich nicht mit dir sprechen konnte? Ich weiß selbst nicht mehr, wer ich bin, wo ich hingehöre …«

Jake sah sie unbeeindruckt an. »Unsinn. Das weißt du ganz genau, Caitlin Turner. Frag dein Herz.«

Sie senkte den Blick und schüttelte den Kopf, doch er legte ihr einen Finger unters Kinn und zwang sie erneut, ihn anzusehen. »Frag dein Herz.«

»Du gibst nie auf, oder?«

»Nicht, wenn es sich lohnt, das habe ich dir schon einmal gesagt. Ich weiß, was ich will. Dich. Mir ist es egal, wessen Tochter du bist. Ich sehe nur eine stolze, dickköpfige, unglaublich schöne junge Frau, die mir den Verstand raubt, wenn sie lächelt, und die ich als Teil meines Lebens wissen möchte. Was ist mit dir, Cait? Was willst du?«

Sie krallte sich verzweifelt in seinem Pullover fest und hielt ihn auf Abstand. »Du machst es dir zu leicht, Jake. Was ist, wenn du wieder hinter irgendeinem Mistkerl herjagst und dir etwas zustößt?«

»Wird nicht passieren. Ich kann auf mich aufpassen. Habe ich dir auch schon mal gesagt. Genauso gut kann ich morgen vom Bus überfahren werden, wenn ich über die Straße gehe. Wir gehen Risiken ein, jeden Tag. Aber was ist das Leben, wenn wir es nicht wagen?«

Sie legte den Kopf in den Nacken, und dann entrang sich ihrer Kehle ein gurgelndes Schluchzen, das nach einem tiefen Atemzug in ein raues Lachen überging. Und als sie Jake mit feuchten Augen ansah, lächelte sie. »Ja. Ich will leben, Jake, endlich leben, und ich glaube, das kann ich nur mit dir.«

»Ja?«

»Ja.«

Sie besiegelten ihren Pakt mit einem innigen Kuss und ließen erst voneinander ab, als ein höfliches Räuspern sie störte.

»Äh, Cait, ich will ja nicht unterbrechen, aber Mrs Cornish ist in der Leitung und wartet seit zehn Minuten«, sagte Trish, doch es lag kein Vorwurf in ihrer Stimme, sondern sie grinste und musterte Jake neugierig.

»Danke, Trish. Ich muss das Telefon wohl überhört haben«, murmelte Cait, stand auf und ging zur Tür.

»Kann ich verstehen. Den würde ich auch nicht gehen lassen. Hallo, möchten Sie noch einen Espresso?«, fragte sie Jake, der verlegen lächelte und sich durch die Haare fuhr.

»Ich habe alles, was ich brauche.«

Trish verdrehte verzückt die Augen, so dass nur Cait es sehen konnte. »Hmm, du siehst so glücklich aus wie seit Monaten nicht, Cait. Ich freue mich für euch. Darf ich deine Trauzeugin sein?«

»Trish! Jetzt mal langsam. Ich nehme das Gespräch an.« Sie schob die überschwängliche Sekretärin zur Tür hinaus und lehnte sich dagegen.

Jake erhob sich. »Deine Sekretärin gefällt mir. Sie weiß, worauf es ankommt.«

»Nein, ich lass mich nicht überfahren, Jake. Und außerdem gibt es da noch etwas, was ich klären muss.« Sie ging zu ihrem Schreibtisch.

»Oliver«, meinte Jake.

Cait nickte fest und nahm den Hörer ab.

33

NANTMOR, SNOWDONIA, WALES

»Ach, Liebes, du weißt ja gar nicht, wie glücklich ich bin, dass du dich dafür entschieden hast, mit Oliver zu sprechen. Es ist das einzig Richtige, und er wird dich nicht enttäuschen, glaub mir.« Birdie drückte ihre Nichte an sich und küsste sie auf beide Wangen.

Sie standen in der Küche von Birdies Haus und blickten nach draußen, wo der Schnee sich auf dem Fensterbrett türmte. Es war der kälteste Dezember seit Jahren. Penelope konnte der Kälte nichts abgewinnen, testete jeden Morgen aufs Neue, ob die weiße Pracht noch dort war, und zog mauzend die Pfote ein, wenn diese die Eiskristalle berührte. Es waren noch drei Tage bis Weihnachten, und Cait hatte sich Urlaub bis zum Neujahrstag genommen.

Jake würde am Abend aus Caernarfon zurückkommen, wo er als Boswicks Stellvertreter einem Umweltkongress beigewohnt hatte. Da Boswick sich für Calebs Einstellung eingesetzt hatte, fühlte er sich für dessen mörderisches Tun verantwortlich und versuchte, es an Jake durch eine Beförderung und das Übertragen verantwortungsvoller Aufgaben zumindest ansatzweise wiedergutzumachen.

Weihnachten wollten Cait und Jake gemeinsam mit Birdie feiern, und für Silvester planten Jake und Benji eine Party in einem Ferienhaus bei Beddgelert. Die ganze Familie und einige Freunde würden sich einfinden. Obwohl Cait bei dem

Gedanken noch etwas unwohl zumute war, versuchte sie, dem Ganzen positiv gegenüberzustehen. Vielleicht würde sogar ihre Schwester samt Familie kommen, und weil sie wusste, wie sehr Birdie sich darüber freuen würde, sagte Cait, dass sie die Idee wunderbar fand.

Cait nahm eines der Plätzchen, die Birdie gerade gebacken hatte, vom Blech und biss hinein. »Himmlisch! Wann kommt Madoc dich besuchen?«

Birdie wischte sich die Hände an einem karierten Küchenhandtuch ab. Ihre Wangen waren rosig, und die Strapazen der Krankheit waren ihr nicht mehr anzusehen. Nur wenn sie zu schnell ging, kam sie leicht außer Atem und musste sich öfter hinsetzen, doch das schmälerte ihren Tatendrang nicht. »Weiß ich nicht genau. Daran hat sich bei ihm nichts geändert. Er taucht auf, wenn du nicht mehr mit ihm rechnest. Aber er ist ein liebenswerter verschrobener Geselle.« Sie grinste. »Deshalb verstehen wir uns so gut.«

Die Krümel von ihrem sandfarbenen Pullover wischend, nahm Cait ihren Mantel vom Stuhl. »Dann will ich mal. Ich bin so nervös, Birdie …«

»Denkst du, ihm geht es anders? Wobei … Er weiß es ja noch gar nicht, oder?«, fragte ihre Tante.

»Möglich, dass er etwas ahnt. Ich habe ihn um ein Gespräch unter vier Augen gebeten.« Cait holte tief Luft. »Bis später.«

Vorsichtig lenkte sie ihren Wagen, den Charlie wieder flottgemacht hatte, über die vereisten Straßen. Wo das Streusalz den Schnee getaut hatte, bildete sich ein schmieriger Film, und Cait war froh, sich für neue Winterreifen entschieden zu haben. Immerhin schneite es nicht mehr, obwohl der graue Himmel weitere Niederschläge vermuten ließ. Cait stellte die Musik lauter, konnte den poppigen Weihnachtsliedern jedoch nicht viel abgewinnen. Aber das mochte auch an ihrer Nervosität liegen, die sich mit jedem Kilometer, der sie näher nach

Nantmor brachte, steigerte. Die kleine Dorfkirche lag romantisch verschneit inmitten des alten Friedhofs mit den schief stehenden Steinkreuzen.

Ohne einen Blick für die Schönheit der verschneiten Gipfel rings um sie herum bog Cait in die Privatstraße, die sie zum Anwesen der Craddocks brachte. Ihr ehemaliges Elternhaus schien dem Verfall preisgegeben, das Dach der Werkstatt war eingefallen und einige Fensterscheiben des Wohnhauses gesprungen. So lange war es her, und trotzdem hatte sie das Gefühl, als müsste ihr Vater aus dem Haus kommen und ihre Mutter würde gleich um die Ecke treten und ihr zuwinken.

Cait biss sich auf die Lippe und gab Gas, um den erdrückenden Erinnerungen zu entfliehen. Die Weiden rings um Craddocks prächtiges Anwesen waren leer. Alles wirkte sehr still, und als sie auf den Hof vor dem Wohnhaus fuhr und ausstieg, wurde ihr bewusst, dass tatsächlich niemand hier zu sein schien. Kein Pferd wieherte, keine Kuh und kein Schaf waren zu hören. In ihr stieg eine furchtbare Angst auf. Oliver würde sich doch nicht etwas angetan haben?

Von Panik getrieben, lief sie zur Eingangstür und hämmerte mit dem Türklopfer gegen das massive Holz.

»Hallo, ist da jemand? Hallo, bitte, machen Sie auf! Ist alles in Ordnung?«

Es dauerte nicht lang, und die Tür wurde von einer jungen Frau in Dienstbotenuniform geöffnet. »Bitte? Sind Sie angemeldet?«

Sie sprach mit stark osteuropäischem Akzent und verzog keine Miene.

»Ja, Cait Turner. Mr Craddock erwartet mich. Geht es ihm gut?«

Die Haushälterin hob die Brauen. »Sicher. Kommen Sie bitte hier entlang.«

Cait folgte ihr durch einen hohen Flur, der mit Landschaftsgemälden geschmückt war, in ein gemütliches Kaminzimmer.

»Mrs Turner, Sir«, kündigte die Haushälterin Cait an und verschwand auf leisen Sohlen.

Ein Feuer prasselte in einem großen, aus hiesigem Stein gemauerten Kamin, davor lag ein zotteliger Hund, der nur müde ein Auge öffnete, blinzelte und sich grunzend auf die andere Seite drehte. Zwei riesige Ohrensessel standen versetzt vor dem Kamin, dazu ein Sofa, und die Wände waren mit Bücherregalen verdeckt. Auf einem schwarzen Sockel stand eine antike Marmorskulptur, die sicher echt war, und ein messingfarbener Servierwagen war mit teuren Spirituosen bestückt. Cait konnte sich nicht erinnern, diesen Raum in ihrer Jugend betreten zu haben, aber es lagen beinahe zwanzig Jahre zwischen heute und ihrem letzten Besuch.

»Cait, treten Sie bitte näher.« Oliver Craddock streckte eine Hand aus dem Sessel, der mit dem Rücken zu ihr stand, und winkte sie zu sich.

Zögernd trat sie um das Sofa und sah, dass Oliver einen bandagierten Fuß vor sich auf einen Hocker gelegt hatte.

»Verzeihen Sie meine Unhöflichkeit, aber ich habe mich vom Pferd werfen lassen, und das ist meinem Knöchel nicht gut bekommen. Bitte, nehmen Sie doch Platz.« Er deutete auf den Sessel, der ihm gegenüberstand.

Cait trug noch immer ihren Mantel, zog ihn aus und legte ihn auf das Sofa.

»Ah, Irina weiß noch nicht, was sich gehört, aber ich kann froh sein, dass sie mich nicht auch verlassen hat.« Craddock lächelte gequält. Die volle silberne Mähne und die klassischen Gesichtszüge hatten auch im Alter nichts von ihrer einstigen Anziehungskraft verloren. Er war kaum fülliger geworden, nur die tiefen Sorgenfalten auf der Stirn zeugten von dem Drama um seinen Sohn.

»Wenn ich ungelegen komme …«, begann Cait zaghaft.

»Ungelegen?« Er lachte verbittert. »Seit mein Sohn mich in der Öffentlichkeit blamiert und meinen Namen mit Schande bedeckt hat, kommt mir so schnell nichts mehr ungelegen. Cait, wir kennen uns von früher. Es hat mir immer leidgetan, was Ihnen und Ihrer Familie geschehen ist. Das war alles nicht richtig, es hätte nicht so weit kommen dürfen.« Er seufzte. »Ich bin nicht schuldlos daran, müssen Sie wissen.«

Sie lächelte schwach. »Weil Sie und meine Mutter sich geliebt haben? Ich weiß davon. Birdie hat es mir erzählt.«

Seine Augen leuchteten. »Birdie, Ihre Tante, ist ein großartiger Mensch. Ich habe sie immer für ihren Mut und ihre Tatkraft bewundert. Wie geht es ihr? Ich habe von ihrer Krankheit gehört.« Er versuchte, sich vorzubeugen, zuckte aber mit schmerzverzerrtem Gesicht zurück.

»Kann ich Ihnen etwas bringen?«, erbot sich Cait.

»Ein Glas Whisky wäre schön. Es steht alles da vorn. Nehmen Sie sich, was Sie möchten, oder rufen Sie nach Irina. Die kann Ihnen Kaffee oder Tee kochen.«

Cait stand auf und füllte zwei Gläser mit edlem schottischen Whisky. Eines davon reichte sie Craddock, der es dankbar entgegennahm. »*Cheers!*«

Nachdem sie sich gesetzt und an ihrem Glas genippt hatte, sagte sie: »Meiner Tante geht es wieder gut. Ich hänge sehr an ihr. Birdie war mir mehr Mutter, als meine eigene Mutter es je war. Das sollte man nicht sagen, aber es ist so.«

Er sah sie aufmerksam an, schien ihr Gesicht mit neu erwachtem Interesse zu studieren. »Anne war eine wunderschöne Frau, exzentrisch, leidenschaftlich …«, sinnierte er.

»Unglücklich«, fügte Cait hinzu.

»Ja, das war sie wohl. Es tut mir leid, ich …«

»Nein, nein, ich bin nicht gekommen, um Ihnen Vorwürfe zu machen. Was zwischen Ihnen und meiner Mutter war, geht mich nichts an. Ich meine, es ginge mich nichts an, wenn Ihre Beziehung ohne Folgen geblieben wäre.« Sie machte eine Pause und wartete auf eine Reaktion.

Oliver trank hastig einen weiteren Schluck Whisky und setzte sein Glas mit zitternden Händen ab. »Wollen Sie damit andeuten, dass …«

Er legte sich eine Hand aufs Herz und schloss die Lider. Sein Brustkorb hob und senkte sich unter angestrengten Atemzügen. Schließlich öffnete er die Augen, die feucht schimmerten. »Du bist meine Tochter.«

Ein Kloß in Caits Hals machte es ihr unmöglich zu antworten. Sie nickte und presste sich die Hand gegen die Lippen, um nicht aufzuschluchzen. Er leugnete es nicht! Er schien nicht verärgert, im Gegenteil, Oliver Craddock war tief bewegt!

Mühsam stemmte er sich aus seinem Sessel und machte mit ausgestreckten Armen einen Schritt auf sie zu. Cait sprang auf und umarmte den Mann, der ihr leiblicher Vater war und der ihre Mutter bis heute liebte. Sie weinten beide, und Cait fühlte sich in seiner Umarmung auf seltsam vertraute Weise geborgen. Als sie sich ein wenig beruhigt und sich die Tränen von den Wangen gewischt hatten, half Cait ihrem neu gefundenen Vater in seinen Sessel zurück.

Liebevoll sah er sie an, schien sich nicht sattsehen zu können. »Ich habe es geahnt, aber weil Anne nichts gesagt hat, habe ich es nie zur Sprache gebracht. Ich dachte, wenn sie es für richtig hält, wird sie sich mir anvertrauen. Aber dann kam alles anders. Nathan hat die Firma in den Ruin getrieben, und Anne hätte ihn niemals verlassen. Das wollte sie ihm nicht antun. Und ich war gebunden, es war alles …« Er seufzte. »Kompliziert.«

»Birdie hat mir erzählt, wie es gewesen ist. Mein Vater war verzweifelt, weil er sich als Versager fühlte, und dann ist ihr herausgerutscht, dass ich nicht seine Tochter bin. Sie hat es von Anfang an gewusst. Danach hat er sich erschossen.« Sie griff nach dem Glas und ließ den Alkohol ihr Inneres wärmen.

Aus Olivers Miene sprach blankes Entsetzen. »So war das? Hätte ich das gewusst … Das muss schrecklich für dich gewesen sein, Cait. Wir haben die Fehler gemacht! Wir ganz allein haben unser Leben und das unserer nächsten Angehörigen ins Chaos gestürzt und zerstört. Das ist unverzeihlich!«

»Wenn ihr euch so geliebt habt, warum habt ihr nicht geheiratet? Sie hätte Nathan niemals heiraten dürfen!«

Oliver stieß einen traurigen Seufzer aus. »Das habe ich auch nicht verstanden. Und ich habe es ihr nicht verziehen, dass sie das getan hat. Es war alles so kompliziert mit uns. Wir liebten und wir hassten uns. Ohne sie konnte ich nicht leben und mit ihr auch nicht. Ich war kein tugendhafter Mensch, beileibe nicht. Das wusste sie, aber sie wollte mich nicht teilen.« Er schwieg. »Sie hat nicht verstanden, dass sie die Einzige war, der mein Herz gehörte. All die Affären haben nichts bedeutet. Es war nur Sex, nur meine männliche Eitelkeit, die bestätigt werden wollte, immer wieder. Das war meine Schwäche. Hätte sie darüber hinwegsehen können, ich hätte sie geheiratet! Ich hatte sogar schon einen Verlobungsring gekauft. Meine Eltern waren gegen diese Ehe, aber ich habe nichts darauf gegeben. Allerdings musste ich Konzessionen machen. In einem Winter wollten sie, dass ich mich in London mit einer reichen Erbin traf, mit deren Eltern meine Eltern befreundet waren. Es war ihre Bedingung. Mein Vater hätte mich sonst enterbt. Er sagte, zumindest diesen Gefallen schuldete ich ihm und der Familie.«

Cait begann zu verstehen. »Birdie erzählte mir von einem Streit am See, kurz vor Weihnachten. Da hast du dich mit Nathan geprügelt.«

»Das wusste sie noch? Ja, es ging darum, dass ich Anne absagen musste, und sie wollte es nicht verstehen. Sie war felsenfest davon überzeugt, dass ich sie nur hinhalten und eine Frau aus meinen sogenannten Kreisen heiraten wollte. Ach …« Oliver fuhr sich über die Augen. »Hätte ich gewusst, wie sehr sie das verletzte, dann hätte ich auf das Geld verzichtet. Ich dachte, dass sie das versteht. Die Verlobung mit Lacey sollte erst mal nur pro forma sein. Ich war jung und überheblich und dachte, ich kann alles haben …«

»Aber das hättest du ihr erklären müssen.«

»Wir haben uns schrecklich gestritten, uns die fürchterlichsten Dinge an den Kopf geworfen, und als sie dann sagte, dass es vorbei sei, hielt ich es für das Beste. Zumindest für eine Weile.«

»Deshalb hat sie Nathan geheiratet?«

Oliver nickte. »Ich wusste, dass sie ihn nicht liebte, aber er war vernarrt in sie, schon immer. Und irgendwie habe ich sogar gehofft, dass sie bei ihm ihren Frieden findet. Was für ein Irrsinn! Sobald sich die erstbeste Gelegenheit ergab, haben wir unser Verhältnis wieder aufgenommen. Wir waren so verdammt egoistisch.« Er sah sie an, und es blitzte kurz in seinen Augen. »Aber sie war die perfekte Frau für mich, Cait. Wenn ich heute darüber nachdenke, dann lag der Reiz unserer Beziehung sicher auch im Verbotenen.«

»Nach dem Tod meines Vaters hättet ihr doch …«

»Oh nein. Anne gab sich die Schuld und versank in einem dunklen Loch von Trauer und Schmerz. Sie neigte immer zu Depressionen, die sich danach verstärkten. Nein, sie sagte, dass sie mich nun niemals wiedersehen könne, das sei ihre Strafe.«

Cait schluckte. Liebe und Hass, Schuld und Verlangen schienen auf grausame Weise untrennbar miteinander verbunden.

»Meine Frau und ich führten von Anfang an eine offene Ehe. Ich will nichts beschönigen. Ich habe den Einfluss und die Macht, die ich hatte, genossen.« Oliver Craddock lehnte sich zurück. »Aber was bedeutet das schon? Meine Frau hat mich verlassen, als ich sie zum ersten Mal wirklich gebraucht hätte. Nachdem die Polizei Sean verhaftet hat, sagte sie zu mir, dass das allein meine Schuld wäre. Sie hat die Scheidung eingereicht und jeden Kontakt abgebrochen.«

Er sah sie an. »Ich habe viele Fehler gemacht und alles verloren, was ich liebte, Cait. Mein Geld ist immerhin dazu nütze, dass ich damit Seans Anwälte bezahlen kann.«

Was konnte sie ihm sagen, wie ihn trösten?

Oliver hob den Blick. »Ich habe damals die Sägemühle gekauft, um euch zu helfen. Ich habe weitaus mehr dafür bezahlt, als sie wert war. Anne wollte das Geld nicht annehmen, Birdie hat es für eure Ausbildung angelegt. Ich konnte die Mühle nicht weiterverkaufen. Sie gehört dir, Cait. Die Mühle und das Land ringsherum, der Wald. Ich werde es dir überschreiben. So ist es richtig.«

»Nein, das kann ich nicht annehmen, das möchte ich nicht«, protestierte Cait, doch Olivers entschiedener Blick brachte sie zum Schweigen.

»Du kannst damit machen, was du willst, es verkaufen oder verpachten. Das liegt bei dir.« Er hob sein Glas. »Komm, stoß mit mir an, Caitlin, meine Tochter!«

Cait zögerte kurz. »Und Sean? Wie wird er das aufnehmen?«

»Er hatte schon immer eine Schwäche für dich. Wir werden einen Weg finden. Du bist jetzt eine Craddock.« Er lächelte.

»Zur Hälfte.« Sie stieß mit Oliver Craddock an. Einfach würde es nicht werden, aber es war ein Anfang.

Als sie Birdie später von ihrem Treffen mit Oliver erzählte, weinte diese und war überglücklich, dass sie sich ausgesöhnt hatten. »Werdet ihr euch wiedersehen?«

»Ja. Es wird wohl noch ein wenig Zeit brauchen, aber wir wollen einander kennenlernen. Birdie, ich bin dir so dankbar, dass du es mir erzählt hast. Nathan wird immer mein Vater sein, aber zu wissen, was passiert ist, was für ein Mensch Oliver ist, dass er meine Mutter wahrhaftig geliebt hat, auf seine

Weise – das gibt mir einen inneren Frieden, auf den ich nicht mehr zu hoffen gewagt hatte.«

Sie umarmte ihre Tante und weinte, aber diesmal waren es Tränen des Glücks.

Am frühen Abend stand Jake mit geheimnisvoll strahlendem Gesicht vor der Haustür. Er küsste sie und sagte: »Hol deine Jacke. Ich muss dir etwas zeigen.«

Cait lief ins Haus und rief: »Birdie, Jake ist hier, wir fahren kurz weg. Bis später!«

»Mach's gut, Süße!«, rief Birdie, und ihre Stimme klang so heiter wie lange nicht.

Als Cait neben Jake im Wagen saß, legte sie ihm eine Hand aufs Bein und murmelte an seinem Ohr: »Na, komm schon, sag mir, was für eine Überraschung es ist. Ich habe dir übrigens auch eine Menge zu erzählen.«

Doch er ließ sich nicht erweichen. »Nichts zu machen …«

Sie zog einen Schmollmund und las die Straßenschilder. »Garreg? Was wollen wir da?«

»Es gibt hier einen großartigen Pub. Da wollte ich immer schon mal mit dir hin.« Jake setzte den Blinker und bog in die schmale Nebenstraße, die durch die sanften Hügel hoch nach Beddgelert führte.

Hier wurden die Wege nur von den anliegenden Farmern geräumt, und ohne ein geländegängiges Auto war man im Winter aufgeschmissen. »Du wirst vielleicht einen neuen Wagen brauchen …«

»Wie bitte?«

Es war bereits dunkel, und Cait konnte nur das kleine Schild mit dem Namen Henlley lesen. Jake fuhr eine ziemlich steile Auffahrt hinauf und brachte den Wagen vor einem alten Farmhaus zum Stehen.

»Wir sind da.« Er stieg aus und nahm ihre Hand, als sie um den Wagen herumkam. »Wie gefällt es dir?«

»Was? Diese alte Farm?«

»Ein bisschen mehr Respekt, bitte. Das Wohnhaus ist über hundert Jahre alt und hat einen gewissen Charme.«

Cait schnaubte. »Ja, das kann ich mir vorstellen, alte modrige Gemäuer haben meistens einen ganz gewissen Charme, das sagen zumindest die Makler.«

Sie schaute sich um und fand einen gepflasterten Hof, und unter der Schneedecke rings um die Front des Hauses waren Pflanzenkübel zu erahnen. Das Haus machte bei näherem Hinsehen einen durchaus gepflegten Eindruck. So als hätte sich jemand große Mühe mit der Renovierung gegeben. Aus den Fenstern des Erdgeschosses schien warmes Licht zu ihnen heraus.

»Hier leben Schleiereulen, Cait.« Jake zog sie auf eine Scheune zu, die neu erbaut war, was das frische Holz verriet.

»Oh, wie wundervoll! Hier pflegst du die Eulen?«

»Okay.« Er blieb stehen und nahm sie in die Arme, wobei die dicken Winterjacken einen gewissen Abstand vorgaben. »Das ist mein Haus. Ich habe Henlleys Farm gekauft. Das ist die Scheune, die bei dem Unwetter zusammengebrochen ist und in der die Schleiereule getötet wurde. Ich habe sie aufbauen lassen und darin eine Eulenstation eingerichtet. Diese Vögel sind so sanft und geheimnisvoll, dass man sie einfach lieben muss. Genau wie dich, Cait Turner.«

Sie konnte kaum ihr Gleichgewicht halten, so überwältigt war sie von ihren Gefühlen. »Du liebst mich, weil ich etwas Eulenhaftes an mir habe?«

»Ich liebe dich, weil du so bist, wie du bist. Und das ist mein Haus.« Er wartete. »Ich möchte, dass es auch dein Haus ist, Cait.«

»Oh … Aber ich arbeite in Chester!«

»Ich habe nicht gesagt, dass du hier arbeiten sollst, oder?«

»Nein, hast du nicht.«

»Ich zahle vielleicht nicht so viel wie eure betuchten Kunden, aber ich würde dir gern den Auftrag zur Einrichtung dieses Hauses geben.«

»Was könntest du denn zahlen?« Sie rückte näher und konnte das Glitzern in seinen Augen sehen.

»Ich zahle in Naturalien.«

»Das ist genau die Währung, die ich liebend gern von dir annehme. Küsst du mich jetzt? Es ist verdammt kalt.«

Er lachte, und als sie sich küssten, wusste Cait, dass sie endlich zu Hause war.

Danksagung

Diese Seite zu schreiben ist mir eine große Freude, denn es bedeutet, dass der Roman als fertiges Manuskript vorliegt. Auf dem Weg bis zur letzten Zeile haben mir viele wunderbare Menschen zur Seite gestanden, ohne deren Unterstützung all dies nicht möglich wäre.

Besonders herzlich möchte ich mich bei Harry Olechnowitz, meinem Agenten, Barbara Heinzius vom Goldmann Verlag, den lieben Goldfrauen Manuela Braun, Barbara Henning und Katrin Cinque und meiner Lektorin Regine Weisbrod bedanken.

Meine Rechercheireise führte mich dieses Mal in den Snowdonia Nationalpark, wo sich Ifan Jones die Zeit für eine fachliche Beratung nahm. Ohne ihn wüsste ich nichts über die illegale Szene der Sammler von seltenen Vogeleiern, wie viel Arbeit es bedeutet, Hunderte von Nistkästen zu bauen, und dass man die Gewölle von Eulen sammelt und bis zur Analyse einfriert.

Von Herzen danke ich meiner Familie, die mich während all meiner mehr oder weniger seltsamen Schreibphasen erträgt, aufmuntert und liest und mit Rat und Tat zur Seite steht. Und ein liebevoller Dank gilt meinen vierpfötigen Freunden, die mich immer wieder daran erinnern, dass Spaziergänge am Strand oft die besten Inspirationen bringen.

Glossar

Von wo aus auch immer man nach Wales einreist, ob man über die Severnbrücke fährt oder von Shrewsbury kommt, der rote walisische Drachen begegnet einem von nun an auf Schildern und Fahnen, und alle Hinweisschilder sind zweisprachig.

Cymraeg, Walisisch, ist eine alte und beim ersten Lesen ungewöhnliche Sprache. Doppelkonsonanten sind die Regel, und ein paar kleine Hinweise sind hilfreich bei der Aussprache der Ortsnamen.

Konsonant	Aussprache
ch	ein scharfes dt. ch
dd	stimmhaftes th wie in *those*
ff	F wie in Fenster
ll	gezischter l*ch*-Laut
ng	wie der frz. Nasallaut
ph	Ph wie in Photographie
rh	behauchtes r
th	stimmloses th wie in *thing*
llew	sprich lche-u
uwd	sprich ie-ud

Beddgelert	sprich Be-th-gelert
Betws-y-Coed	sprich Betus-ir-Coid
Penrhyndeudraeth	Penr-indei-dre-ith

Constanze Wilken,

geboren 1968 in St. Peter-Ording, wo sie auch heute wieder lebt, studierte Kunstgeschichte, Politologie und Literaturwissenschaften in Kiel und promovierte an der University of Wales in Aberystwyth. Als Autorin ist sie sowohl mit großen Frauen- als auch mit historischen Romanen erfolgreich. Weitere Titel von Constanze Wilken sind bei Goldmann in Vorbereitung.
Weitere Informationen unter www.constanze-wilken.de

<u>Mehr von Constanze Wilken:</u>

Die Tochter des Tuchhändlers. Roman
(Als E-Book erhältlich.)

Die Malerin von Fontainebleau. Roman
(Als E-Book erhältlich.)

Die Lautenspielerin. Roman
(Als E-Book erhältlich.)

Blut und Kupfer. Historischer Roman
(Als E-Book erhältlich.)

GOLDMANN
Lesen erleben